JOANNE ROCK

Retrouvailles à Mesa Falls

Traduction française de
ROSA BACHIR

PASSIONS

HARLEQUIN

Collection : PASSIONS

Titre original :
HEARTBREAKER

Réalisation graphique : E. COURTECUISSE (HarperCollins France)

HARPERCOLLINS FRANCE
83-85, boulevard Vincent-Auriol, 75646 PARIS CEDEX 13
Service Lectrices — Tél. : 01 45 82 47 47

www.harlequin.fr

ISBN 978-2-2804-4370-8 — ISSN 1950-2761

- 1 -

Voilà six ans que Gage Striker ne s'était pas retrouvé dans la même pièce qu'Elena Rollins. Après leur rupture, ils n'avaient plus eu de contacts. Pas le moindre coup de fil. Ni le moindre message.

Pourtant, dès que son ancienne petite amie franchit le seuil de sa propriété, pour rejoindre une fête à laquelle elle n'était pas invitée, il ressentit sa présence, et tous ses sens furent en alerte.

Comment avait-elle réussi à entrer ? Il avait pourtant engagé une équipe de vigiles pour empêcher de telles intrusions. Beaucoup de célébrités étaient présentes ce soir, dans sa maison du Montana nichée au cœur du ranch Mesa Falls. Et ses invités étaient en droit d'attendre que leur vie privée soit protégée. Les responsables de cette négligence seraient sanctionnés. En attendant, Gage devait prendre le problème en charge. Ce qu'il ferait dès qu'il aurait repéré Elena.

Il se trouvait dans le grand vestibule, avec son ami et associé Weston Rivera. Plus loin, dans le grand salon, quelques personnes dansaient. Soudain, il y eut de l'agitation près de la porte d'entrée. L'une des vedettes les plus importantes de la soirée venait d'arriver avec son équipe. La star des réseaux sociaux, Chiara Campagna, était d'une beauté remarquable, avec ses longs cheveux noirs et ses grands yeux bruns, mais Gage ne lui accorda qu'une seconde d'attention.

La seule personne qu'il cherchait du regard était Elena.

Des invités se précipitèrent vers le vestibule, filmant avec leurs téléphones Chiara, qui accepta une fleur de magnolia d'un admirateur. Gage était étonné qu'elle soit au centre de toutes les attentions, puisque la concurrence était rude. Le service de relations publiques du ranch avait même invité des vedettes d'Hollywood, pour attirer l'attention des médias sur les initiatives environnementales du Mesa Falls.

Et aussi pour justifier le fait que les six propriétaires du domaine étaient tous présents ce week-end. En réalité, ils s'étaient retrouvés pour une réunion de crise. Les journaux à scandales s'intéressaient beaucoup trop au Mesa Falls, et ce, depuis que l'actrice Tabitha Barnes avait profité du gala de fin d'année du ranch pour porter des allégations explosives à l'encontre de l'un des anciens clients du ranch, Alonzo Salazar.

Au grand désarroi de Gage, Elena était récemment devenue journaliste spécialisée en divertissement. Il la soupçonnait d'avoir choisi cette branche uniquement pour avoir une chance de se venger de lui, après leur rupture houleuse. Les ragots à colporter ne manquaient pas en Californie, où Elena vivait. Pourtant, elle avait publié sur les réseaux sociaux une photo de son billet d'avion pour Missoula, dans le Montana. En légende, elle avait indiqué qu'elle comptait dénicher un scoop sur l'affaire Salazar.

Gage était au courant de sa venue depuis une semaine.

Au prix d'un effort, il reporta son attention sur son associé, et sur l'élégante jeune femme blonde à son bras. Gage ne la connaissait pas, mais Weston et elle semblaient très proches, s'il en jugeait par la façon dont Weston la tenait par la taille.

— Il y a plus d'invités que prévu, observa Gage en comptant grossièrement les gens présents dans le vestibule. Il nous faut des vigiles plus efficaces.

Puis, d'un ton plus aimable, il s'adressa à la cavalière de Weston.

— Je m'appelle Gage, au fait.

— April Stephens, répondit la jeune femme. Je vous remercie de m'avoir invitée. Votre maison est splendide.

— Merci.

Il avait apporté de la modernité à ce grand chalet de montagne. En temps normal, il y passait peu de temps puisque ses affaires l'obligeaient à voyager. Avec ses mille trois cents mètres carrés, la propriété était idéale pour accueillir des fêtes comme celle-ci.

— Je sais que ce n'est pas l'idée que tout le monde se fait d'une soirée agréable, dit-il à April. Si vous revenez en été, vous verrez que faire cuire quelques côtes de porc sur la terrasse et lancer des fers à cheval au bord de la piscine est davantage mon style.

À l'inverse de ses parents, il n'avait jamais cru que les apparences étaient essentielles. Il était peut-être né avec une cuillère en argent dans la bouche, mais il s'en était débarrassé dès qu'il avait compris qu'il y avait des inconvénients à être bien né. À présent, il possédait sa propre fortune. Il établissait ses propres règles. Bizarrement, il organisait des fêtes pour des gens aussi privilégiés que lui. Mais au moins, c'était lui qui décidait de tout à présent.

Weston se pencha vers Gage.

— J'ai besoin d'aide pour convaincre April de passer plus de temps ici.

Gage était surpris que son associé exprime si clairement son intérêt pour la jeune femme. Il connaissait Weston depuis l'adolescence, or jamais son ami n'avait fourni d'efforts pour impressionner une femme.

Gage répondit d'un signe de tête puis reporta son attention sur April.

— Il faut vraiment que vous reveniez au ranch quand il n'y aura pas autant d'animation, affirma-t-il.

Il claqua soudain des doigts, car il venait de se rappeler où il avait déjà vu la jeune femme.

— April ! Ça me revient, maintenant. Vous êtes l'enquêtrice financière. Comment avance votre dossier ?

April avait été engagée par le fils d'Alonzo Salazar pour enquêter sur les royalties empochées par Alonzo, amassées grâce à un roman à succès écrit sous un pseudonyme, et qui avait causé beaucoup de tort à l'actrice Tabitha Barnes et à sa famille.

— Il est clos, assura-t-elle. J'ai retrouvé assez d'éléments pour satisfaire mon client, et j'ai officiellement terminé ma mission ici. Je repars demain pour Denver.

Gage hocha la tête, comprenant qu'elle ne donnerait pas plus de détails. Demain, il demanderait à Devon Salazar une mise à jour sur le dossier. Les découvertes d'April pourraient peut-être permettre d'envoyer les médias dans une autre direction.

Cependant, cette pensée encourageante quitta aussitôt son esprit. Un étrange frisson venait de le saisir. Quand la sensation se transforma en vibration, il n'eut pas d'autre choix que de se retourner.

Et il se retrouva face à son ex-amante.

Elena Rollins avançait vers lui, moulée dans une robe bustier de soie et de velours. Ses cheveux châtain foncé étaient à moitié relevés, et quelques boucles brillantes recouvraient une épaule nue. Six ans s'étaient écoulés depuis leur rupture ; pourtant, il la trouvait toujours aussi renversante. L'espace d'un instant, il crut que le sourire qui étirait ses lèvres rouges lui était destiné.

Puis elle ouvrit grand les bras.

— April ! s'exclama-t-elle.

Elle salua chaleureusement la cavalière de Weston Rivera, lui donnant l'accolade comme si elles étaient de vieilles amies. Elena connaissait April Stephens ? Comment était-ce possible ?

Gage remarqua qu'Elena tenait un téléphone à bout de bras. Était-elle en train de diffuser des images de la fête sur Internet ? À cette pensée, la fureur l'envahit.

— Un sourire pour mes abonnés, enjoignit Elena à April.

Elle leva son téléphone pour qu'elles soient toutes les deux dans le cadre.

April hésita, ne souhaitant manifestement pas être sous les projecteurs.

— Vous n'étiez pas au courant du métier d'Elena ? lança Gage à April tout en retirant l'appareil des mains d'Elena et en le glissant dans la poche de sa veste. C'est une enquiquineuse professionnelle.

Elena le fusilla du regard. Ils restèrent immobiles, dans un silence tendu. Weston dit quelque chose à Gage – il ignorait quoi – puis s'éloigna avec April. À présent, Gage et son ex-petite amie étaient seuls, si l'on faisait abstraction des deux douzaines d'invités qui filmaient encore avec leurs téléphones les moindres mouvements de Chiara Campagna.

— Ce téléphone m'appartient, protesta Elena, levant le menton. Tu n'as aucun droit de me le prendre.

— Tu n'as aucun droit d'être ici, mais ça ne t'a pas empêchée de t'introduire dans ma propriété.

Elle le toisa, plissant ses jolis yeux noisette.

— Ma caméra tourne peut-être encore. Tu devrais me rendre mon téléphone. Si je fais une scène, ce sera une mauvaise publicité pour ton ranch.

Elle tendit la main, attendant qu'il obéisse.

— Si tu as un problème avec moi, Elena, pourquoi ne pas t'en plaindre aux vigiles que tu as convaincus de te laisser entrer ce soir ?

Il désigna d'un signe de tête les deux cerbères en costume gris postés de chaque côté de l'entrée.

— Tu es entrée illégalement, souligna-t-il.

La foule de gens autour d'eux diminua quand Chiara Campagna et son entourage se rendirent dans le grand salon. Au moins, il y aurait moins de public pour ce qu'Elena avait en tête.

— Tu me mets au défi, Gage ? demanda-t-elle d'une voix sensuelle.

Une voix qu'elle utilisait sans doute pour déstabiliser les hommes.

Ça ne marchait pas sur lui, pour sûr.

— Non, je te laisse un choix, rectifia-t-il.

Il refusait de lui offrir la confrontation qu'elle voulait manifestement enregistrer et partager avec ses abonnés.

— Tu peux parler en privé avec moi de ce que tu fais chez moi, ou tu peux laisser mes gardes te raccompagner. Quoi que tu décides, je peux te garantir qu'il n'y aura aucune caméra pour filmer la scène.

— Comme c'est dommage ! s'exclama-t-elle avec un soupir théâtral. Cela aurait pu ajouter un peu de piment à la situation.

Elle le toisa de pied en cap.

Si elle réussissait à le faire sortir de ses gonds, elle aurait gagné.

Contre toute attente, une envie de l'embrasser éperdument le saisit.

— Qu'est-ce que tu choisis, Elena ? insista-t-il d'une voix calme.

Elle leva les mains en signe de reddition.

— Emmène-moi dans ta tanière, Gage, et fais de moi ce que bon te semble.

Elle pencha la tête sur le côté, l'air songeur.

— Oh ! attends une minute, dit-elle.

Elle se mordilla la lèvre et secoua la tête.

— Tu ne recours plus à ton côté rebelle à présent, n'est-ce pas ? persifla-t-elle. Ton père y a veillé il y a longtemps, en payant toutes tes mauvaises fréquentations pour qu'elles laissent son précieux héritier tranquille.

Sa voix n'était plus du tout séductrice, et son regard était glacial.

Le père de Gage l'avait payée pour qu'elle sorte de sa vie, et Gage avait toujours su qu'un jour Elena réglerait ses comptes.

Mais il n'avait pas prévu qu'elle serait aussi vindicative.

Elena suivit Gage d'un pas tremblant.

Avec son mètre quatre-vingt-cinq, Gage était assez impressionnant. Sa carrure était aussi imposante que jamais, et son smoking bien coupé mettait en valeur son large torse et ses bras puissants. Puisqu'elle marchait derrière lui, elle pouvait l'observer à loisir. Ses cheveux noirs, plus longs que par le passé, effleuraient le col de sa veste. Elle aperçut les tatouages sur ses avant-bras, juste sous les manchettes. Autrefois, elle adorait suivre les motifs complexes et colorés, lui demandant inlassablement de lui en expliquer le sens. Et il lui répondait de bonne grâce, avec cet accent néo-zélandais qui était un aphrodisiaque pour elle. Ou peut-être était-ce simplement Gage qui la charmait. S'il avait eu un accent texan ou bostonien, elle aurait sans doute trouvé cela tout aussi irrésistible.

Il lui faisait beaucoup d'effet, autrefois.

Et elle ne s'était pas préparée à l'effet qu'il lui faisait maintenant. Six années s'étaient écoulées depuis que leur relation s'était terminée brutalement. Gage avait cru son père, qui lui avait raconté qu'elle avait accepté un pot-de-vin pour quitter Gage. Elle avait été si furieuse que Gage la juge coupable d'office qu'elle n'avait pas pris la peine de le détromper. Elle s'était dit que, s'il la croyait capable de troquer leur histoire d'amour contre de l'argent, c'était qu'il ne la connaissait pas. Qu'il ne l'aimait pas.

Elle en avait conclu que leur rupture était une bonne chose. Elle s'était même mariée ensuite, mais son union avait tourné au désastre. Son époux, chef cuisinier ayant sa propre émission de télévision, avait eu une liaison avec son assistante pendant qu'Elena assistait à une conférence dans une autre ville. Un scénario tristement banal. Elena s'était retrouvée divorcée avant même d'avoir trente ans.

Pourtant, même l'infidélité de son mari ne l'avait pas autant bouleversée que le fait de revoir Gage ce soir. Une preuve de plus qu'elle n'aurait jamais dû épouser Tomas.

Elle chassa ces pensées de son esprit tandis que Gage la conduisait vers une aile calme, à l'autre bout de la maison. Le son de la musique s'évanouit lorsqu'ils empruntèrent un couloir en pierre grise, aux lumières tamisées et au plafond en bois clair. Les murs étaient presque nus. Même les sols n'étaient pas recouverts de tapis ; ses talons aiguilles résonnaient contre le parquet.

Ils entrèrent dans un grand salon. Ou peut-être était-ce un bureau ? L'immense table de verre aux pieds d'acier était peut-être un espace de travail. Un canapé en cuir était collé contre le mur opposé, face à une cheminée en pierre.

La décoration était aussi froide et peu accueillante que son hôte.

Gage ferma les portes et se tourna vers elle. La pièce était insonorisée ; ici, difficile d'imaginer qu'une fête bruyante avait lieu dans une autre partie de la maison.

— Tu veux bien me dire ce que tu fabriques ici ? demanda-t-il, le regard indéchiffrable. Ou tu préfères prendre un verre d'abord ?

Les angles de son visage étaient plus saillants que dans son souvenir. Sa mâchoire carrée était ombrée par une barbe de quelques jours soigneusement taillée.

Il se dirigea vers un minibar situé sous un écran de télévision.

— J'ai eu une année difficile, mais je ne me suis pas encore mise au bourbon, répondit-elle.

Ayant vu les ravages de la boisson sur sa mère, Elena ne buvait pas d'alcools forts.

Tandis qu'il se servait un verre, Elena se rappela le goût du bourbon préféré de Gage sur sa langue quand il l'embrassait. Le souvenir, si soudain et vivace qu'elle fut ébranlée, provoqua une onde de chaleur malvenue en elle.

— Finalement, dit-elle, songeant que cet homme et les souvenirs qu'il réveillait étaient bien plus dangereux que n'importe quel spiritueux, peut-être qu'un petit verre ne me ferait pas de mal.

Elle sentit son regard sur elle, mais n'osa pas lever les yeux vers lui. Pendant qu'elle tentait de se reprendre, elle fit mine d'avoir un intérêt soudain pour les flammes du feu de cheminée.

Elle entendit Gage lui préparer son verre puis refermer le minibar.

Il la rejoignit près de la cheminée.

— Tiens, dit-il. J'ai ajouté un glaçon pour l'adoucir un peu. Tu veux t'asseoir ?

— Non, merci.

Elle accepta le verre qu'il lui tendait, en prenant soin de ne pas effleurer sa main. Le moindre contact physique avec Gage la troublait beaucoup trop.

— Inutile de faire comme si c'était une visite de courtoisie, lâcha-t-elle.

Elle fit tourner le liquide dans son verre, respirant les odeurs de vanille grillée et de chêne fumé.

Mais aucune odeur ne restituait vraiment la saveur des baisers de Gage.

— Ce n'est pas mon intention, crois-moi, assura-t-il. Assieds-toi, lui enjoignit-il, désignant le canapé.

Ne voulant pas protester, elle alla prendre place sur le canapé. Il fit de même, laissant plus d'un mètre entre eux. Après avoir posé son verre sur le bord de la fenêtre, derrière le canapé, il se tourna vers elle.

— Tu veux bien me dire ce que tu fais là ? demanda-t-il, desserrant son nœud papillon.

— Tu as dit tout à l'heure que j'étais une enquiquineuse professionnelle, donc je suis presque sûre que tu sais déjà pourquoi je suis ici.

Sur ses comptes de réseaux sociaux, elle avait multiplié les publications sur son voyage dans le Montana, pensant qu'ainsi Gage finirait par être au courant de son arrivée imminente.

— En tant que journaliste spécialisée dans le divertissement, je compte dénicher ici le scoop que les lecteurs attendent au sujet d'Alonzo Salazar.

— Depuis quand travailles-tu pour la presse à scandales ?

— Depuis que mon ex-mari infidèle a fait bloquer nos avoirs pour me pourrir la vie. J'ai choisi un emploi qui me permettrait de gagner de l'argent rapidement, pour subvenir à mes besoins en attendant que la situation soit réglée.

Cette explication était loin de rendre compte des difficultés financières et émotionnelles dans lesquelles son divorce compliqué l'avait plongée. Dès qu'Elena avait appris l'infidélité de Tomas, elle avait quitté le domicile conjugal, pensant que son mari se comporterait en adulte. Grave erreur.

— Je suis navré pour ton divorce.

La compassion dans la voix de Gage semblait réelle. Il l'observa tout en buvant une gorgée d'alcool, puis reposa son verre.

Cependant, lorsqu'il reprit la parole, son ton changea.

— Mais il y a un million de façons pour l'une des

femmes les plus brillantes que je connaisse de gagner sa vie. Pourquoi choisir de chambouler l'existence d'autres personnes pour gagner de l'argent ?

— Je ne te remercierai pas pour ce compliment ambigu, destiné à me faire culpabiliser.

La raison pour laquelle elle avait choisi cette activité ne le regardait pas.

— Pour ce que cela vaut, j'aime parler de gens qui méritent un blâme public.

— Tu ne peux tout de même pas suggérer que j'entre dans cette catégorie ? répliqua-t-il, l'air contrarié.

Gage Striker était un homme qui n'avait jamais connu un seul moment de doute. Un homme qui ne savait pas ce que cela faisait d'être condamné par l'opinion publique. De devoir se battre pour gagner sa respectabilité.

Elle décida d'éluder sa question. Elle n'était pas prête à s'engager dans une joute verbale avec lui.

Pas encore, du moins.

— Je pensais plutôt à Alonzo Salazar, dont le roman a gâché des vies, dit-elle. Cet homme a tiré profit des malheurs de personnes réelles.

Elle se tourna pour prendre son verre sur le rebord de la fenêtre. La soie de sa robe bruissa quand elle croisa les jambes.

Gage avait suivi ses mouvements du regard, remarqua-t-elle. Elle se sentit gênée.

Et troublée.

— Et pourtant, ton enquête t'a amenée jusque sur mon perron.

Il baissa la voix et se pencha vers elle.

— C'est une situation un peu trop pratique pour être une coïncidence, n'est-ce pas ?

Pour éviter de répondre, elle sirota son bourbon, laissant les saveurs se développer sur sa langue. Un soupçon de caramel. Une touche de fumée. Des notes de cerise. Tout cela lui rappela le dernier baiser que Gage lui avait donné.

Elle réprima l'envie de coller le verre contre son front. La présence de Gage et le souvenir de ses lèvres sur les siennes provoquaient une fièvre en elle.

— Ça n'a rien de pratique pour moi, répliqua-t-elle. Mon travail ici serait bien plus facile si n'avions pas un passé si… acrimonieux.

— Acrimonieux. C'est comme ça que tu appelles ça ?

— Je ne dirais pas que nous sommes amis. Et toi ?

Elle reposa son verre, s'avisant qu'elle ferait mieux de ne pas trop boire.

— Moi non plus. Et le fait que nous ne soyons pas amis est la raison pour laquelle tu es ici, Elena, quoi que tu en dises.

Son cœur s'emballa. Une part d'elle regretta de ne pas lui avoir dit exactement ce qu'elle pensait de lui lorsqu'elle l'avait quitté.

— Et quelle est cette raison, Gage, puisque tu sembles si bien me connaître ?

Elle crut voir une lueur dans son regard quand il répondit :

— Nous savons tous les deux que tu es ici pour te venger.

- 2 -

Gage se demanda si Elena allait le regarder dans les yeux et prétendre le contraire.

Elle était assise à côté de lui, dans cette robe rouge sang excitante, ses cheveux brillants recouvrant ses épaules tels les serpents de la Méduse. Elle était si attirante qu'il en oublia presque la menace qu'elle représentait. Une menace pour son nom, pour sa réputation, et pour tout ce qu'il avait bâti au ranch Mesa Falls au prix de tant d'efforts.

Elle décroisa et recroisa les jambes, la longue fente de sa robe révélant ses jambes fines. Les rubans de velours de ses sandales étaient noués autour de ses chevilles, attirant son regard vers ses jolis pieds ornés d'un vernis rouge carmin.

Elena était d'une beauté à couper le souffle même quand elle ne s'habillait pas en femme fatale. Ce soir, elle était particulièrement superbe, et il n'arrivait pas à la quitter des yeux. Hélas.

— Me venger de quoi, au juste ? finit-elle par demander.

— De l'affront que t'a fait ma famille, quand mon père t'a payée pour que tu me quittes. Tu étais furieuse contre lui.

Elle n'avait même pas cillé quand Gage lui avait demandé si elle avait accepté l'argent. Sa réponse positive – son menton levé avec défiance – avait éteint tous les sentiments qu'il avait pour elle.

— Tu étais folle de rage contre moi, aussi, ajouta-t-il.

Il n'avait jamais compris comment elle avait pu éprouver une telle colère envers lui, alors que c'était elle qui avait troqué leur relation contre de l'argent. Plus tard, il avait songé que son père avait peut-être menti à Elena et prétendu que Gage ne voulait plus d'elle dans sa vie. Mais lorsque cette idée lui était venue à l'esprit, Elena était partie depuis longtemps, et plus rien de tout cela n'avait eu d'importance.

Lorsqu'elle l'avait quitté, elle avait mis la moitié du monde entre eux. Elle était retournée en Californie, là où ils s'étaient rencontrés, tandis que lui était resté en Nouvelle-Zélande pour aider son père, alors en campagne pour décrocher un siège au Parlement et acquérir un statut plus important au sein de son parti. Pour le père de Gage, la politique avait toujours été très importante, car elle était pour lui un moyen de préserver les intérêts financiers de la famille Striker. Malheureusement, maintenant que la fortune de Gage dépassait celle de son père, leur relation semblait encore plus ténue.

— Cela fait six ans que nous avons rompu, lui rappela-t-elle, fixant ses ongles comme si la conversation l'ennuyait. J'ai tourné la page. J'ai épousé quelqu'un d'autre.

— Et ça t'a réussi, n'est-ce pas ?

Le silence qui s'ensuivit lui indiqua que la pique avait atteint sa cible. Mais il s'en voulut de sa mesquinerie. Il vit de la douleur passer dans son regard, avant qu'elle ne se ressaisisse.

— Je suis d'accord, j'ai été stupide d'épouser Tomas.

Il était surpris qu'elle le reconnaisse si aisément.

Elle s'adossa au canapé, se détendant légèrement.

— Mais ce que je veux dire, continua-t-elle, c'est que je n'aurais certainement pas concocté un plan pour me venger au bout de six ans.

— Je n'aurais pas dû faire de commentaire sur ton mariage. Mes excuses.

Elle inclina la tête avec la grâce d'une reine.

— Et je suis désolée de m'être introduite chez toi sous un faux nom. Mais compte tenu de notre passé, je me voyais mal te demander une invitation.

Il émit un petit rire sec, et s'efforça de focaliser son attention sur les flammes du feu et non sur la belle jeune femme assise à côté de lui.

— Et j'aurais sans doute refusé ta demande. Comme tu le sais, cela fait partie de mon travail de protéger l'intimité de mes invités. Ce qui veut dire : pas de journalistes people.

— Quoi qu'il en soit, j'ai besoin de récupérer mon téléphone.

Elle tendit la main, et il remarqua qu'elle ne portait pas d'alliance. Il n'y avait même pas de marque blanche sur son annulaire.

— Mes abonnés croiront qu'il y a eu un problème, puisque ma vidéo s'est brusquement interrompue.

— Alors, c'est qu'ils te sous-estiment largement. Tu es une femme pleine de ressources.

Ils s'étaient rencontrés peu de temps avant que la première entreprise de Gage n'entre en Bourse. À l'époque, il se consacrait entièrement à sa start-up, qui proposait différents outils pour assurer l'anonymat sur la Toile. Elena travaillait pour une entreprise concurrente, et elle avait démissionné car elle trouvait les produits de Gage meilleurs.

Elle était venue à son bureau pour le lui dire, offrant ses services d'influenceuse pour atteindre une cible jeune. À l'époque, elle avait une base d'abonnés qui la suivaient sur les réseaux sociaux pour ses astuces mode et beauté, et il n'avait pas compris en quoi cela pourrait l'aider. Elena lui avait appris qu'il ne fallait jamais sous-estimer une cible. Grâce à une vidéo astucieuse qu'elle avait publiée sur son blog, Gage avait gagné cinquante mille clients en une journée. Il avait offert à Elena un pourcentage, ainsi qu'un emploi. Au bout du compte, lorsqu'ils s'étaient séparés, il n'avait pas seulement perdu la femme qu'il aimait. Il avait aussi perdu une employée hors pair, puisqu'elle lui avait donné sa démission le jour de leur rupture.

— Alors que dois-je faire pour récupérer mon téléphone ? insista-t-elle. Ouvrons les négociations maintenant. Je n'ai pas de temps à perdre, et j'imagine que toi non plus.

Elle tendit le bras vers le bourbon qu'il lui avait servi, puis, comme si elle se ravisait, elle reposa la main dans son giron.

Il alla lui servir un verre d'eau et le lui apporta. Elle prit le verre en prenant soin de ne pas effleurer ses doigts. Étrangement, l'absence de contact physique rendit la tension sensuelle encore plus palpable.

— Merci.

— Si tu veux récupérer ton téléphone, commence par être honnête avec moi. Que fais-tu dans le Montana ?

Elle prit une longue gorgée d'eau avant de poser le verre à côté de son bourbon. Gage remarqua la touche de rouge à lèvres sur le cristal, ce qui le déconcentra un instant.

— J'ai été honnête avec toi, Gage. Je veux obtenir des réponses sur la fortune mal acquise d'Alonzo Salazar, et découvrir où sont passés les droits d'auteur de son livre. Je ne quitterai pas le ranch tant que je n'aurai pas récolté des informations, ou que je n'aurai pas une solide piste qui mène autre part.

Gage savait déjà qu'April Stephens avait trouvé des réponses. Mais il se garderait bien d'en informer Elena.

Car les secrets d'Alonzo étaient liés aux siens. Son ancien professeur avait été mêlé à une tragédie au pensionnat Dowdon, qui impliquait les six propriétaires du ranch, et dont ils avaient eu bien du mal à se remettre.

Voilà pourquoi son objectif premier était de protéger le passé d'Alonzo. Donc, il n'allait certainement pas laisser Elena approcher April Stephens ce soir. Heureusement, l'enquêtrice quitterait le ranch demain dans la matinée.

Puisqu'il connaissait très bien Elena, il était prêt à la manipuler s'il le fallait.

— Donc tu es juste ici pour un scoop, résuma-t-il. Pas parce que tu avais envie de me revoir.

Il sut qu'il l'avait décontenancée lorsqu'il vit ses épaules se raidir légèrement. Était-elle attirée par lui ? Ou se préparait-elle seulement pour le prochain round ?

— Tu ne risques rien avec moi, Gage. Je l'ai promis à ton père, après tout.

Et voilà, elle montrait de nouveau les dents. Pour être franc, il lui était plus facile de la considérer comme une ennemie que comme une femme désargentée après un divorce médiatisé. Si elle vendait des articles aux tabloïds, cela voulait dire que ses finances n'étaient pas au beau fixe. L'Elena qu'il avait connue était pourtant une redoutable femme d'affaires.

— Et tu ne cherches pas à te venger de moi, déclara-t-il.

Il avait besoin qu'elle lui confirme ce point.

Ou peut-être voulait-il juste l'agacer.

Elle émit un petit rire, puis se leva et marcha vers la cheminée.

— Pour vouloir me venger, il faudrait que je ressente quelque chose pour toi, Gage, asséna-t-elle froidement.

Il faillit la croire. Mais quelque chose passa dans son regard. Une lueur fugace, mais qu'il était certain d'avoir vue. Et cette lueur prouvait qu'il ne lui était pas totalement indifférent.

Se levant à son tour, il la rejoignit devant le foyer de pierre. Les yeux rivés sur ses courbes féminines, il se rappela les milliers de fois où il l'avait caressée. Embrassée.

Les souvenirs qui l'assaillirent étaient plus brûlants que n'importe quel feu.

— Je ne te crois pas, Elena.

Elena eut le souffle coupé. Ce que Gage venait de dire l'avait sonnée.

Et il était bien trop près d'elle. Heureusement, elle lui tournait le dos. Elle ferma les yeux et s'efforça de contenir les picotements d'excitation qui la parcouraient. Le doigt de bourbon qu'elle avait bu dansait dans ses veines, semblant la réchauffer de part en part.

Elle n'était pas venue pour mener Gage en bateau. Mais elle ne pouvait pas se permettre de baisser la garde une seule seconde. Il fallait qu'elle écrive cet article sur Alonzo Salazar, afin de renflouer ses comptes. Si au passage elle incommodait Gage, tant mieux. Une vengeance ? Non. Mais au moins, elle montrerait à Gage qu'un Striker ne pouvait pas se servir de sa fortune pour se débarrasser de toutes les choses gênantes dans sa vie.

— Peu importe que tu me croies ou non, rétorqua-t-elle.

Elle effleura du bout de l'index la pierre grise autour de la cheminée. Tout était bon pour retarder le moment de le regarder.

— Tu ressens quelque chose pour moi, murmura-t-il.

Sa voix lui fit l'effet d'une caresse le long de son dos.

— Quelque chose qui n'est sans doute pas positif, mais je suis sûr à cent pour cent que tu n'es pas indifférente.

Il cherchait à la provoquer, elle le savait.

Le silence s'étira entre eux. Elle s'était essayée à la comédie autrefois, après avoir fui le taudis en plein désert de son père pour rejoindre Los Angeles à l'âge de dix-sept ans. Elle n'était pas très douée à l'époque, mais aujourd'hui elle était très motivée. Prenant une grande inspiration, elle se tourna vers Gage et le regarda droit dans les yeux.

— Navrée de te décevoir, mais je suis dans le Montana pour le travail, pas pour rallumer une flamme éteinte depuis longtemps. Alors, si tu as fini, je vais m'en aller.

Elle passa devant lui, mais au dernier moment il la retint par le coude.

— Attends.

Il relâcha rapidement son bras.

Parce qu'il ne voulait pas toucher la femme qui l'avait trahi ? Ou parce qu'il avait ressenti le même courant de désir qui l'avait traversée ?

Elle se retourna vers lui.

— Tu comptes vraiment rester en ville pour enquêter sur cette histoire ? demanda-t-il.

Sa voix avait perdu un peu de son hostilité.

— Oui. Je n'irai nulle part tant que je n'aurai pas de réponses.

Elle resterait au Mesa Falls aussi longtemps qu'elle pourrait se le permettre, en tout cas, car les chambres du grand chalet étaient chères. Elle doutait que Gage la chasse, étant donné les efforts que son service de relations publiques avait fournis pour promouvoir le Mesa Falls. Gage ne pouvait pas prendre le risque qu'elle fasse une mauvaise publicité à son ranch.

— Dans ce cas, dit-il, tu n'as qu'à séjourner chez moi.

Elle cligna des yeux, certaine d'avoir mal entendu.

— Je te demande pardon ?

— Si tu es si indifférente, ça ne devrait pas te poser de problème de vivre sous mon toit pendant que tu effectues tes recherches.

— Pour que tu puisses garder un œil sur moi pendant que j'enquête ? Pour être sûr que je ne trouve pas les réponses que je cherche ?

Il alla prendre leurs boissons. Il termina son bourbon, puis lui apporta son eau.

Tentant de garder son calme, elle serra le verre, appréciant sa fraîcheur contre sa paume. Elle ne se faisait pas d'illusions, Gage ne lui offrait pas son hospitalité par gentillesse.

— Je préfère refuser ton offre.

— Pourquoi dépenser ton énergie à trouver un moyen de te faufiler chez moi, alors que tu pourrais être mon invitée ? demanda-t-il d'un ton faussement raisonnable.

— Pourquoi ne pas me mettre dehors, tout simplement, comme tu as menacé de le faire tout à l'heure ?

Elle n'avait pas confiance en son offre. Parce qu'elle ne pouvait pas faire confiance à Gage.

— La publicité négative sur ma personne ne me gêne pas, dit-il. En revanche, je tiens à préserver la réputation du ranch.

Il se dirigea vers l'immense table qui semblait faire office de bureau. Retirant le téléphone d'Elena de la poche de son smoking, il le posa sur la surface en verre.

— Par conséquent, je ne voudrais pas que l'on te voie quitter le ranch entre deux vigiles. Mais pour répondre à ta précédente question, ce serait en effet pratique pour moi de connaître tes allées et venues pendant ton séjour au Mesa Falls.

— Donc, tu admets que tu me surveillerais ?

— Ce que tu fais de tes journées n'est pas vraiment secret, puisque tu publies des photos en ligne. Mais la réponse est oui. Si tu es sous mon toit, je resterai informé et je n'aurai pas à consulter les réseaux sociaux pour savoir ce que tu trames.

Il marquait un point. Maintenant qu'elle avait affirmé clairement qu'elle voulait des réponses sur Alonzo Salazar, il n'allait pas ignorer sa présence au ranch.

— D'ailleurs, continua-t-il, je serais à ta disposition vingt-quatre heures sur vingt-quatre, sept jours sur sept.

— Dans quel but ? demanda-t-elle froidement.

— À toi de me le dire. Je suppose que tu as des questions sur le Mesa Falls. Depuis peu, je me suis engagé à passer plus de temps ici, pour m'assurer que la mission du ranch est remplie.

— Et tu accepterais de répondre à mes questions ?

Elle vida son verre, imaginant ce que ce serait de vivre chez Gage pendant des jours.

Des semaines.

À cette perspective, elle eut le ventre noué. La désinvolture avec laquelle il avait évoqué leur relation l'avait profondément blessée. Pour la première fois, elle se demanda si elle avait bien fait de revenir dans le Montana et de rouvrir cette plaie.

— Je ne peux pas te le promettre. Je t'offre simplement la possibilité de me poser tes questions.

Il avança vers elle, lui retira son verre des mains et le posa sur le manteau de la cheminée.

— Qu'as-tu à perdre, Elena ? Si tu n'es pas venue pour te venger et que tu ne ressens plus rien pour moi, alors tu peux travailler sur ton article chez moi. Comme ça, tu n'auras pas à déjouer la vigilance de mes agents de sécurité. Et, oui, cela me permettra d'avoir une influence sur ton article.

Elle avait très envie de refuser. D'envoyer Gage au diable et de quitter cette maison.

Mais il l'avait mise au pied du mur. Et surtout, elle ne pouvait pas se permettre de décliner sa proposition. Lissant un pli invisible sur sa robe, elle s'avisa que cette offre était une opportunité bienvenue. Une chance de dénicher des informations sur la vie d'Alonzo Salazar et sur sa fortune cachée.

— Il y a plus courtois comme invitation, finit-elle

par répondre. Mais je ne suis pas en position de faire la difficile.

Il hocha la tête, l'air satisfait.

— Excellent. Tu as pris une chambre au grand chalet ? J'enverrai quelqu'un chercher tes affaires.

Il sortit son propre téléphone de sa poche et tapa un message.

— Tout de suite ? s'étonna-t-elle.

Sa valise presque vide était un portrait de ses finances bien plus réaliste que la belle robe qu'elle avait achetée dans une boutique du coin pour une somme modique.

— Je suis sûr que tu es pressée de commencer ton enquête. Tu ne m'as pas dit que tes abonnés méritaient des réponses ?

Il l'avait manipulée afin qu'elle fasse ce qu'il voulait, c'était une certitude. Mais quelles étaient ses motivations réelles ?

— J'espère ne pas être devenue ta prisonnière dans cette maison retirée.

— Une perspective plaisante, mais non.

Il afficha un sourire presque carnassier.

— Tu peux, bien évidemment, aller et venir à ta guise. Mais fuir à la première occasion ne ressemble pas au comportement d'une femme indifférente à mon charme.

— Je voulais juste dire que j'aimerais aller chercher moi-même mes affaires au chalet.

Si Gage se mettait en tête d'enquêter sur elle, il n'y aurait pas grand-chose qu'elle pourrait lui cacher. Mais elle ne tenait vraiment pas à ce qu'il sache à quel point sa situation financière était difficile.

— Tu manquerais le reste de la fête alors que tu as fait tant d'efforts pour pouvoir y assister ?

Il secoua la tête et approcha d'elle.

— La soirée ne faisait que commencer, Elena. Allons

nous amuser, et tu trouveras tes bagages dans ta suite quand tu seras prête à aller te coucher.

Il lui tendit galamment le bras. On aurait presque pu croire qu'il la courtisait. En réalité, il cherchait juste à la provoquer. À la tenter.

Il pensait qu'elle n'était pas indifférente à son charme ? Eh bien, il avait raison.

Elle avait l'impression qu'il ferait tout ce qui était en son pouvoir pour démontrer qu'elle mentait sur ce point. Mais puisqu'il avait déjà une si piètre opinion d'elle, elle n'était plus à cela près.

Elle avait réussi à s'introduire chez lui. Maintenant, à elle de profiter au maximum de cette occasion.

Elle glissa la main au creux de son bras, acceptant sans un mot son invitation.

Il plongea le regard dans le sien, et elle sentit un courant électrique jaillir entre eux. Détournant les yeux, elle vit son téléphone sur la table.

— Mon appareil-photo…, commença-t-elle.

— … est confisqué pour le reste de la soirée.

Il posa la main sur la sienne.

— Il sera en sécurité ici, dans ta suite, à ton retour.

Désarçonnée, elle regarda autour d'elle.

— Ici ?

— Cette pièce sera ton bureau durant ton séjour. Ta chambre est juste à côté, précisa-t-il, désignant une porte au fond de la pièce.

— Je vois que tu as beaucoup de place pour moi, ironisa-t-elle.

Elle savait que Gage était devenu encore plus riche ces dernières années, et cette immense maison en était la preuve.

— Oui, en effet.

Il serra doucement sa main avant de la relâcher.

— Tu ne te rendras même pas compte que nous vivons sous le même toit.

Étant donné la façon dont son pouls s'affolait quand il était dans les parages, elle en doutait fort.

- 3 -

Plus tard ce soir-là, Elena se rendit dans la cuisine et se servit une assiette de fruits, dépitée. Cette soirée avait été un fiasco. Devenir une invitée officielle de la fête de Gage ne l'avait pas vraiment aidée dans son enquête.

Bien sûr, le fait que Gage l'ait suivie presque en permanence y était sûrement pour quelque chose. Poussant un soupir de frustration, elle versa un yaourt sur ses fraises et ses tranches d'ananas. Bien qu'il prétende le contraire, Gage comptait être davantage un chien de garde qu'un hôte.

Ce qui ne serait pas un problème si elle n'était pas si sensible à son charme. En l'occurrence, chaque fois qu'il était près d'elle, ses pensées s'éparpillaient telles des aigrettes de pissenlit dans une brise de printemps.

Elle prit quelques framboises sur l'un des plans de travail de la cuisine et les posa sur son assiette. Elle avait renoncé à chercher April Stephens, la femme qu'elle avait rencontrée dans la boutique où toutes les deux avaient trouvé leurs robes respectives, plus tôt dans la journée. April avait semblé être une source prometteuse pour obtenir davantage d'informations sur les propriétaires du ranch, puisqu'elle aussi était dans le Montana afin d'enquêter sur la fortune d'Alonzo Salazar.

Selon toute vraisemblance, la jeune femme avait déjà quitté la fête. Pour ce qui était des autres propriétaires, Elena avait repéré Weston Rivera en train de boire seul dans un petit salon. Son frère, Miles, avait eu une conversation animée avec Desmond Pierce près de la piscine. Mais tous deux avaient cessé de parler dès qu'elle était apparue, aussi n'avait-elle rien pu entendre.

Quant à Gage, seul autre propriétaire présent ce soir, il n'était jamais loin d'elle. Il venait d'ailleurs d'arriver dans la cuisine, des flûtes de champagne à moitié vides dans une main.

Ayant retiré son nœud papillon depuis longtemps, il semblait délicieusement chiffonné. Le premier bouton de sa chemise était ouvert, et sa barbe naissante s'assombrissait à mesure que la soirée avançait. Elena remarqua que certaines femmes le suivaient du regard. C'était bon de savoir qu'elle n'était pas la seule à être captivée par son charme ténébreux et son physique d'athlète.

— Tu sais, les employés du service traiteur s'occupent aussi du nettoyage, fit-elle remarquer. C'est pour ça que tu les paies.

— Merci du tuyau, Elena. Mais quand on est piégé dans une pièce où la conversation tourne autour du rouge à lèvres qui a la plus longue tenue, le besoin de s'échapper par tous les moyens devient irrépressible.

Posant les flûtes dans l'évier, il avança jusqu'à elle.

— Je peux me joindre à toi ? demanda-t-il.

Il avait déjà pris un morceau de baguette, ne s'embarrassant pas d'un couteau pour le couper en deux. Elle réprima un sourire. Le père de Gage avait sûrement consacré beaucoup de temps et d'argent à l'éducation de son héritier, afin qu'il ait de bonnes manières et un certain savoir-être en société. Mais apparemment, Gage n'était pas totalement dompté.

— Seulement si nous parlons d'autre chose que de maquillage, répondit-elle, prenant une serviette en papier et se servant un verre d'eau. Moi aussi, j'ai eu mon compte de conversations insipides.

Cela la contrariait d'en avoir appris si peu sur les associés du ranch ou sur Alonzo Salazar. Mais elle pourrait peut-être obtenir des informations de son hôte.

La foule avait considérablement diminué. Seuls quelques invités dansaient encore dans le grand salon. Un chanteur de pop était en pleine conversation avec un mannequin européen à qui Elena n'avait parlé que brièvement. Ces gens ne correspondaient pas au type de personnes dont Gage s'entourait en temps normal. Mais cela s'expliquait : la fête avait été préparée par le service de relations publiques du ranch. Le but était de présenter le domaine aux jeunes influenceurs et d'attirer l'attention sur les pratiques écologiques du Mesa Falls.

Elle approuvait cette initiative. Toutefois, les invités étaient très différents de ceux qu'elle côtoyait habituellement. Ils semblaient tous si jeunes…

— Allons nous installer là-bas, suggéra Gage, désignant un coin repas près de fenêtres qui donnaient sur la piscine. Comme ça, je pourrai surveiller les choses jusqu'à ce que ces jeunes gens soient à court de carburant.

Elena prit place sur un banc rembourré. L'espace était confortable et calme.

Gage se glissa sur le banc à côté d'elle, plus près qu'elle ne l'aurait cru. Pour discuter ? Ou pour prouver qu'il lui faisait de l'effet ? Lui lançant un regard furtif, elle dut reconnaître qu'elle n'était plus capable de déchiffrer les nuances de son expression. Ou peut-être avait-il appris à masquer ses pensées depuis leur séparation. C'était sans nul doute un formidable atout dans les affaires.

— Alors, combien de temps restes-tu au ranch ? demanda-t-elle, dépliant sa serviette et la posant sur ses genoux. Est-ce que tu as toujours ta maison à Palo Alto ?

Lorsqu'elle l'avait rencontré, il venait d'acheter cette propriété. Ils avaient envisagé d'y emménager ensemble, mais peu après l'achat Gage l'avait emmenée en Nouvelle-

Zélande pour faire la connaissance de sa famille. Et tout s'était écroulé.

— Oui, c'est toujours ma résidence principale. Mais Weston cherche quelqu'un pour gérer le ranch à plein temps.

Il lui proposa un morceau de pain, mais elle refusa d'un signe de tête.

Être assise si près de lui réveillait de vieux souvenirs. Son après-rasage était le même ; depuis qu'ils avaient rompu, la fragrance la tentait parfois dans ses rêves.

Plongeant quelques framboises dans son verre d'eau fraîche, elle tenta de se recentrer sur leur conversation. Gage lui apprendrait peut-être des éléments intéressants.

— Weston va quitter le groupe ? demanda-t-elle.

Elle savait que Weston était le plus jeune des frères Rivera, tous deux associés du Mesa Falls. Weston avait divers investissements dans le pays – surtout des start-up à croissance rapide, qui avaient fait de lui un homme richissime. Miles Rivera, quant à lui, dirigeait le ranch familial situé dans les contreforts de la Sierra Nevada, en Californie.

— Non, il reste associé. Mais maintenant que nous commençons à attirer l'attention des tabloïds – il lui lança un regard appuyé —, Weston ne veut plus être le seul responsable de la sécurité et de la tranquillité des clients.

Ou alors il voulait s'assurer que les secrets de tous les propriétaires étaient bien gardés. Elle penchait pour la seconde hypothèse.

— Donc, tu vas vivre ici de façon permanente ? demanda-t-elle.

Elle avait du mal à imaginer Gage se retirer du monde, dans ce coin reculé du Montana. Il ne s'était peut-être pas lancé en politique comme son père l'aurait voulu, mais il avait une grande aisance en société. Elle le voyait davantage travailler dans une grande ville que dans un ranch isolé.

— Pour l'instant, oui, répondit-il. Nous verrons comment les choses vont évoluer dans les mois qui viennent, notamment l'intérêt des médias pour Alonzo.

Elle sirota son eau et regarda le spectacle qui se déroulait dans le vaste salon : deux jeunes hommes dansaient pour divertir les six ou sept jeunes femmes lovées dans les canapés de cuir. Ils tournoyaient sur la pointe de leurs chaussures de luxe et se déhanchaient, récoltant des cris et des sifflements d'approbation de leur public enthousiaste.

La D-J semblait indifférente et continuait à faire tourner ses disques. L'un de ses écouteurs avait glissé de son oreille.

— Si tu continues à donner des fêtes de ce genre, ta vie ici ne sera pas ennuyeuse, observa Elena d'un ton léger, stupéfiée par l'agilité des danseurs.

Gage secoua la tête.

— Je ne suis pas sûr que les batailles de danse soient très divertissantes. Et puis, j'aime la vie au ranch. N'oublie pas que j'ai grandi dans une ferme d'élevage, avant que mon père ne s'intéresse à la politique.

Justement, elle avait oublié ce détail. Mais maintenant, tout lui revenait en mémoire. Gage et elle avaient prévu de visiter la ferme de son enfance lorsqu'elle l'avait accompagné en Nouvelle-Zélande. Mais avant qu'ils en aient l'occasion, le père de Gage était intervenu pour reprocher à Elena sa relation avec son fils. Elle était rentrée aux États-Unis prématurément. Et seule.

Elle était encore perdue dans ses pensées quand une jeune femme, sans doute un membre du personnel du ranch, suggéra aux invités de la rejoindre dans une autre pièce, leur promettant des cadeaux de luxe et un essayage de chapeaux stetson personnalisés. Cela fonctionna, car le grand salon se vida rapidement.

— Et toi ? demanda Gage quand ils furent seuls. Comment vas-tu t'en sortir dans ces montagnes ? Ça n'a rien à voir avec ta vie citadine de Los Angeles.

— Compte tenu de mon actuel combat juridique avec mon ex-mari, prendre du temps pour faire le vide dans mon esprit et communier avec la nature me fera le plus grand bien.

— J'ai du mal à t'imaginer communier avec la nature.

— Je n'ai peut-être pas grandi dans une ferme d'élevage, mais j'ai passé mon enfance dans le désert californien, et je dormais à la belle étoile aussi souvent que dans ma chambre. C'était aussi une vie au grand air.

Ces bons souvenirs la firent sourire. Il lui avait fallu des années de thérapie pour retrouver les moments heureux parmi les nombreux moments tristes et effrayants avec ses parents alcooliques, mais elle y parvenait à présent.

— J'espère explorer tout ce que le ranch a à offrir.

Elle s'était essayée à plusieurs activités depuis qu'elle avait fui son foyer à dix-sept ans. Elle avait d'abord réalisé des tutoriels beauté, dont le succès avait attiré les publicitaires. Avec l'argent gagné, elle avait pu payer une partie de ses études. À l'époque où elle avait connu Gage, elle était devenue femme d'affaires. Et lorsqu'elle avait épousé Tomas, elle avait soutenu sa carrière.

À présent, elle était au creux de la vague. Elle ne savait pas encore ce qu'elle allait faire après ce séjour dans le Montana, mais elle avait une certitude : fuir ne lui avait pas réussi. Au fil des ans, elle avait laissé les autres dicter ses choix. Sa famille, d'abord. Puis le père dominateur de Gage. Enfin, son ex-mari. Dorénavant, elle allait prendre sa vie en main.

Pour de bon.

Une demi-heure plus tard, Gage conduisait Elena à sa suite, tout en s'interrogeant sur les changements qui s'étaient opérés en elle.

Ce n'était plus la femme qu'il avait fréquentée six ans plus tôt. Toutefois, ce n'était pas parce que son côté compétitif n'était plus visible qu'il avait forcément disparu. Elle avait eu beau justifier sa présence dans le Montana, il avait le sentiment qu'elle ne lui avait pas tout dit, et qu'elle était ici pour réparer un tort. Pour lui faire payer de ne pas l'avoir défendue face à son père.

Mais comment aurait-il pu prendre sa défense alors qu'elle lui avait caché son passé ? Lorsqu'il avait appris que le père d'Elena était recherché par la police, le ciel lui était tombé sur la tête. Elle avait passé une grande partie de son adolescence avec lui, en cavale. Sa mère était une alcoolique au comportement violent, qui avait fait plusieurs séjours en prison. Elena n'était en rien responsable des erreurs de ses parents, bien sûr. Mais il avait été blessé qu'elle ne lui ait rien confié de tout cela. C'était le détective privé engagé par le père de Gage qui avait tout découvert. Elena n'avait pas eu assez confiance en Gage pour lui révéler ses secrets. Une preuve du peu de considération qu'elle avait eu pour lui.

À présent, elle était de retour. Et il ne savait que penser. Une chose était sûre : elle était plus enivrante que n'importe quel bourbon. Elle marchait quelques mètres derrière lui ; pourtant, elle exerçait sur lui une attirance magnétique, qui le poussait inexorablement vers elle.

— Merci de m'avoir raccompagnée, dit-elle lorsqu'ils furent de retour dans le salon de sa suite.

Elle récupéra son téléphone, qu'il avait laissé sur la table de verre tout à l'heure.

Sa robe de soie et de velours bruissait à chacun de ses pas. Serrant les dents, il tenta de ne pas penser à ses jambes cachées sous l'étoffe.

Il ouvrit à la volée la porte de sa chambre.

— Tes affaires sont là, et il y a des serviettes dans la salle dc bains, indiqua-t-il.

Remarquant le bouquet d'herbe d'ours sur la table de chevet, il hocha la tête, satisfait. Les jolies fleurs sauvages étaient protégées dans plusieurs régions, mais, grâce aux pratiques écologiques du ranch, elles poussaient en abondance sur le domaine. Bien que ses employés aient eu peu de temps pour préparer la chambre, ils avaient fait du bon travail.

Gage n'avait guère envie de s'attarder sur la raison pour laquelle il voulait faire plaisir à une femme qui avait menti pour passer le seuil de sa porte. Il se dit que ces fleurs étaient juste une branche d'olivier, une manière de l'amadouer afin qu'elle renonce à rédiger un article sur Alonzo Salazar.

— Comme elles sont belles ! s'extasia-t-elle, se penchant pour respirer le parfum des fleurs jaunes et blanches. Merci, Gage.

Si la chaleur dans sa voix ne l'avait pas troublé, la voir près du grand lit aurait suffi.

Elle retira la pince fantaisie qui retenait ses cheveux. Fasciné, il regarda la masse soyeuse retomber en cascade. Les boucles dansèrent et s'étalèrent autour de ses épaules quand elle se retourna vers lui.

Il savait bien qu'il devrait la laisser seule. Sans tarder.

Mais son esprit songeait déjà à un autre scénario pour finir cette soirée. Un scénario dans lequel il descendait la fermeture à glissière de sa robe fourreau. Le tissu glisserait sur ses courbes, et Gage pourrait caresser sa peau à loisir. Il pourrait découvrir si le sexe entre eux était toujours aussi explosif qu'autrefois. Leur lien charnel avait été très fort, si fort qu'il n'avait pas réussi à renouer une relation à long terme depuis leur rupture. Personne n'arrivait à la cheville d'Elena.

— Pas de quoi, dit-il, la bouche sèche. Si tu as besoin de quoi que ce soit…

De l'aide pour retirer sa robe. Un massage de la nuque. Des orgasmes multiples. Il avait beaucoup d'idées en tête.

— Non, j'ai tout ce qu'il me faut, dit-elle, posant son téléphone et la pince à cheveux sur la table de chevet. Merci de m'accueillir chez toi.

Il n'était plus si sûr d'avoir pris la bonne décision en l'invitant à séjourner chez lui. Car Elena pourrait bien lui faire perdre la tête. Et si elle y parvenait, il serait très facile pour elle de lui soutirer toutes les informations secrètes qu'il détenait sur les autres propriétaires du ranch.

Au prix d'un effort, il se rappela quelle était sa priorité.

— Ce n'est pas grand-chose, assura-t-il.

En réalité, il n'avait pas eu d'autre choix. Il s'était installé dans le Montana pour protéger son passé. Par conséquent, il devait surveiller Elena Rollins.

— Et je demanderai à l'un des employés de t'amener un véhicule tout-terrain demain, pour que tu puisses explorer les environs.

— Merci.

Elle sembla sincèrement touchée.

— J'annulerai mes rendez-vous de l'après-midi pour pouvoir t'accompagner, annonça-t-il.

Mais avant cela, il lui faudrait trouver un moyen de contenir son attirance pour elle.

Il espérait vraiment que c'était la fatigue qui l'empêchait de contrôler son attraction ce soir. Mais il avait le sentiment que ce n'était pas le cas.

Le sourire d'Elena s'évanouit, et il vit qu'elle était de nouveau sur ses gardes. Il ferait bien de l'imiter.

— Dans ce cas, je te verrai demain, conclut-elle, hochant la tête pour lui signifier que leur entrevue était close. Bonne nuit, Gage.

Il pivota sur ses talons et sortit de la chambre, pour éviter de faire quelque chose qu'il pourrait regretter.

Mais il savait déjà que cette nuit il ne rêverait que d'Elena.

- 4 -

Le lendemain, peu avant midi, Elena se surprit à vérifier l'heure pour la énième fois et marmonna un juron.

Recroquevillée sur la banquette du bow-window de sa chambre spacieuse, elle ajusta un plaid en cachemire sur ses jambes et s'ordonna de ne plus penser à son rendez-vous imminent avec Gage. Ce matin, alors qu'elle était censée rassembler des documents pour son avocat afin de répondre à la dernière demande farfelue de son ex-mari concernant leur supposée « dette commune », elle avait eu du mal à se concentrer. Pendant qu'elle téléchargeait des relevés bancaires datant de son mariage avec Tomas, ses pensées avaient plusieurs fois dérivé vers l'homme séduisant qui avait décidé d'être son hôte temporaire.

Retapant l'oreiller en soie placé derrière son dos, elle s'efforça de se détendre. Elle regarda par la fenêtre la splendide vue sur les montagnes Bitterroot, dont les sommets étaient encore enneigés bien qu'il y ait des signes de l'arrivée du printemps un peu partout. Elle devait l'admettre, elle se sentait très à l'aise dans la maison de Gage – physiquement, du moins. Les draps de coton égyptien, les épaisses serviettes de bain et les fleurs fraîchement coupées sur sa table de chevet y étaient sans doute pour quelque chose. Elle n'avait pas été entourée par un tel luxe dcpuis son séjour en Nouvelle-Zélande avec Gage. Et bien qu'elle ait rêvé de lui cette nuit, elle n'avait pas aussi bien dormi depuis des lustres.

Même durant sa brève année de mariage avec Tomas, lorsqu'ils étaient tous deux au sommet de leur carrière, elle avait économisé pour la maison qu'ils espéraient acheter, pour accueillir la famille que Tomas avait prétendu vouloir fonder. Par conséquent, elle ne s'était jamais offert les produits de luxe dont la maison de Gage regorgeait.

Elle envoya à son avocat un mail dont les pièces jointes constituaient la preuve que ce n'était pas elle qui avait accumulé la dette que Tomas voulait maintenant partager avec elle. Ils avaient beau être divorcés depuis des mois, Tomas trouvait encore des moyens d'enfreindre les clauses de leur accord, ou de prétendre qu'elle les avait enfreints, ce qui leur coûtait à tous les deux une fortune en frais de justice. Pire, la maîtresse de Tomas s'était installée dans l'ancienne maison d'Elena et y campait jour et nuit, pour être sûre qu'Elena ne puisse pas récupérer ne serait-ce qu'un torchon de vaisselle. Elena était donc au comble de la frustration.

À peine avait-elle envoyé le mail que son téléphone s'éclaira. Elle venait de recevoir un message de Gage.

Les prairies sont encore boueuses. J'ai des vêtements pour toi, pour que tu ne salisses pas les tiens. Je suis devant ta porte.

Elle passa doucement le pouce sur l'écran. S'accrocher à son hostilité envers Gage n'était pas facile quand il se montrait si prévenant.

Écartant le plaid, elle marcha en chaussettes sur l'épais tapis persan et alla ouvrir la porte à Gage. Son hôte portait une veste d'équitation couleur taupe au col en cuir marron. Avec son jean, ses bottes et son stetson beige, Gage Striker ressemblait à un parfait cow-boy américain. Un cow-boy très séduisant, de surcroît.

Mais ils n'étaient pas amis, se rappela-t-elle, et elle

n'était pas vraiment une invitée, bien qu'elle apprécie sa belle suite. Elle devait maintenir quelques limites.

— Bonjour. J'apporte des cadeaux, annonça-t-il, brandissant une épaisse veste en jean doublée de laine de mouton.

Une grande boîte était posée devant lui.

— Tu es toujours partante pour visiter les terres du ranch ? demanda-t-il, observant son pantalon de yoga et son sweat-shirt déformé. Je vais être honnête, j'ai passé la moitié de la matinée à imaginer quelle excuse tu me donnerais pour te défiler.

Elle prit la veste, et ne fut pas surprise de lire le nom d'un créateur sur l'étiquette. De plus, le vêtement était à sa taille.

— Je ne devrais pas te laisser m'acheter, Gage. Les journalistes ne désapprouvent-ils pas les pots-de-vin ?

Il se raidit, mais se reprit rapidement. Il s'était sans doute souvenu d'un autre pot-de-vin : la somme d'argent que le père de Gage avait offerte à Elena pour qu'elle laisse la famille Striker tranquille. Cette pensée réveilla ses regrets, mais aussi sa colère.

— Les vrais journalistes, oui, répondit-il, ramassant la boîte à ses pieds. Les colporteurs de ragots, en revanche, les acceptent volontiers. Surtout ceux qui n'ont pas pensé à emporter les chaussures adéquates pour un printemps dans le Montana.

Serrant toujours la veste, elle le suivit jusqu'au canapé et s'assit, curieuse malgré elle de découvrir le contenu de la boîte.

— Tes employés m'espionnent déjà ? répliqua-t-elle. Ma collection de chaussures ne regarde personne.

Il retira son chapeau et s'assit sur le canapé à côté d'elle.

— Personne ne t'espionne, assura-t-il. Mais j'ai supposé que tu avais laissé tes bottes chez toi, à en juger par la taille de ta valise, que j'ai aperçue hier soir.

Il posa la boîte à côté d'elle.

— Vas-y, ouvre. Dis-moi si mon choix convient à l'influenceuse de mode réputée que tu es. Les bottes feront-elles l'affaire ? Ou auront-elles droit à une légende du style : « jamais de la vie » ?

Difficile de rester sur ses gardes quand il usait de son charme. Sa carrière d'influenceuse avait subi un sérieux coup de frein ces dernières années, lorsqu'elle s'était concentrée sur son mariage, mais elle essayait de la relancer. Prenant la boîte, elle la posa sur ses genoux et souleva le couvercle. L'odeur du cuir flotta dans l'air quand elle souleva le papier crépon et découvrit une paire de bottes d'équitation noires à revers bleu.

— Elles sont magnifiques, s'extasia-t-elle, passant la main sur le cuir somptueux. À présent, je peux aussi aller faire du cheval.

— C'est ce que j'ai pensé, renchérit-il, l'air satisfait. Tu disais vouloir communier avec la nature pendant ton séjour dans le Montana. Ces bottes t'y aideront.

Elle était surprise qu'il ait retenu ce qu'elle lui avait dit hier. Elle avait oublié qu'il savait écouter et observer.

Elle enfila la première botte, tandis que Gage lui préparait déjà la seconde.

— Tu es bien accommodant aujourd'hui, remarqua-t-elle en chaussant la seconde botte. Je m'interroge sur tes motivations.

Elle se leva et tendit le bras vers la veste, mais Gage la précéda. Il se leva à son tour et l'aida à enfiler le vêtement.

Il était si chevaleresque. Si prévenant.

Si séduisant.

— Plus vite je te fais visiter les environs, plus vite tu constateras qu'il n'y a rien ici qui constitue un scoop sur Alonzo.

Il mit soigneusement ses cheveux sur un côté avant de replier le col de la veste. Puis il posa les mains sur ses épaules quelques secondes, son geste mettant ses sens en alerte, bien malgré elle. Lorsqu'ils sortirent de la suite, son corps vibrait encore après ce bref contact.

— Alors, toutes ces petites attentions sont intéressées ? répliqua-t-elle, voulant désespérément dresser des murs entre Gage et elle.

— Elena.

Il avait dit son prénom avec tant de douceur qu'elle s'arrêta net. Elle se retourna vers lui et plongea son regard dans le sien.

— Nous nous sommes fait souffrir autrefois, mais c'était il y a longtemps, fit-il valoir.

Il semblait voir clair en elle. Pourtant, elle faisait tout pour le maintenir à distance, loin de l'endroit où elle cachait tous ses véritables sentiments.

— Je ne pense pas que nous ayons besoin de nous comporter en ennemis mortels à cause d'une rupture ancienne, Elena. Et toi ?

C'était une manœuvre habile. Si elle continuait de lui envoyer des piques, elle passerait pour une personne irritable et puérile.

— Je peux essayer de me contrôler, concéda-t-elle, baissant les yeux. Au moins pendant la visite du ranch. Si nous parlions de ton ancien mentor, plutôt ? Tu pourrais me raconter tout ce que tu sais sur Alonzo Salazar, un colporteur de ragots hors pair.

Gage réussit à reporter la conversation jusqu'à ce qu'Elena et lui se mettent en route. Ils étaient maintenant à bord d'un grand véhicule tout-terrain à deux places. Gage avait pris son temps pour ajuster le rétroviseur et aider Elena à attacher sa ceinture, tout en cherchant un moyen de répondre à sa question sur Alonzo.

Une fois qu'ils furent lancés sur la piste poussiéreuse

qui longeait Kootenai Creek et la rivière Bitterroot, Elena agrippa l'arceau de sécurité et le transperça du regard.

— Pour un homme qui m'a promis d'être entièrement disponible pour mes questions, je te trouve bien silencieux au sujet d'Alonzo, observa-t-elle d'un ton léger.

Elle resserra l'écharpe rose qu'elle avait enroulée autour de sa tête pour retenir sa chevelure.

Ils rebondirent sur une colline rocheuse, et Gage fit une embardée pour rejoindre le lit de la rivière.

— J'ai dit que tu pouvais me poser des questions. Je ne t'ai pas garanti que je répondrais.

Après quelques instants, il ralentit et lui montra un balbuzard qui venait de quitter son perchoir. Le grand rapace émit une série de cris aigus et décrivit des cercles dans le ciel.

— Parce que mon père est un personnage public, j'ai appris à protéger ma vie privée et à être discret. Être plus communicatif me demande un effort, et il me faut un peu de temps.

— Tu essaies de déterminer quels éléments tu peux me révéler.

Pas de doute, elle était perspicace.

Elle observa le balbuzard qui alla se poser dans un pin ponderosa.

— Et si je t'aidais en te disant ce que je sais déjà ? suggéra-t-elle.

Elle l'observa de près. Une fois de plus, il eut l'impression qu'avec lui elle était constamment méfiante. Après la façon dont ils s'étaient séparés, il pouvait comprendre sa réserve. Mais cela signifiait qu'il devait être prudent, car elle pouvait lui lancer des piques acérées à tout moment.

— D'accord, dit-il, appuyant sur l'accélérateur pour monter jusqu'à une crête.

— Personne ne savait qu'Alonzo Salazar, professeur de lettres retraité ayant enseigné dans la prestigieuse école

Dowdon, était l'auteur du livre à scandales *Hollywood Newlyweds*, qu'il a écrit sous le pseudonyme d'A.J. Sorensen. Mais l'identité de l'auteur a été révélée ici au ranch, lors d'une soirée promotionnelle à Noël dernier.

Elle sortit son téléphone de sa poche et prit un selfie, sans doute pour avoir des images de cette journée à publier sur Internet.

— La révélation a particulièrement marqué les esprits car elle a été faite par Tabitha Barnes, l'actrice dont la liaison était révélée dans le roman. Quand il a appris son infidélité, son mari, un metteur en scène en vue, a demandé le divorce. Il a aussi coupé tout lien avec la fille qu'il croyait être la sienne, car dans le livre il était précisé qu'elle était la fille de l'amant de Tabitha.

Compte tenu de ce que cette jeune fille avait traversé – elle avait été abandonnée et chassée de la maison de son enfance par l'homme qu'elle avait cru être son père —, on pouvait penser qu'Alonzo était une ordure. Mais Gage connaissait son professeur suffisamment bien pour savoir qu'il avait sans doute eu une bonne raison d'agir comme il l'avait fait.

— Exact, dit-il. Mais je tiens à préciser que je ne savais rien du nom de plume d'Alonzo avant ce soir-là. Les autres propriétaires du ranch non plus. Même ses fils n'étaient pas au courant.

Il ne savait toujours pas comment Alonzo avait réussi à garder le secret sur son livre toute sa vie durant. La vérité n'avait éclaté que plusieurs mois après sa mort.

Lorsqu'ils furent au sommet de la crête, qui offrait une vue imprenable sur la vallée de la rivière, Gage gara le véhicule au bord d'une clairière et coupa le moteur.

Elena détacha sa ceinture et se tourna vers lui. Autour d'eux, des oiseaux piaillaient.

— En supposant que ce soit vrai, ce dont je ne suis pas

convaincue, pourquoi aucun des six propriétaires du ranch n'a émis un communiqué pour condamner ses actes ?

Elle pencha la tête et l'observa, l'air interrogateur. Ses longs cheveux châtains se répandirent sur son épaule, lui rappelant à quel point il avait envie de plonger les mains dans la masse soyeuse.

— Vous étiez tous des élèves d'Alonzo à Dowdon. Tu m'as dit un jour qu'il était un mentor pour tes amis et toi ; alors, je sais que tu as du respect pour lui. Mais ça ne peut pas être bon pour le ranch d'être associé à ce genre de scandale. Pourquoi protéger Alonzo ?

Le directeur des relations publiques du ranch avait posé la même question. Hier, quand Gage avait discuté avec Weston, Miles et Desmond juste avant la soirée, tous s'étaient mis d'accord : moins ils en diraient, mieux cela vaudrait. Cependant, avec Elena, Gage devait adopter une autre stratégie. Il devait faire en sorte qu'elle reste dans le Montana, pour gagner du temps. Ce matin, il avait laissé plusieurs messages à Devon Salazar. Le fils d'Alonzo ne l'avait pas encore rappelé, mais peut-être accepterait-il de lui communiquer les découvertes d'April Stephens, l'enquêtrice qu'il avait engagée.

— Je te rappelle qu'il a présenté ce livre comme une fiction, et qu'il a modifié le nom de tous les protagonistes, argua-t-il. Selon moi, il ne cherchait à nuire à personne.

Il releva le bord de son chapeau pour sentir le soleil sur son visage, respirant l'air printanier pour l'aider à réprimer son désir pour Elena, qui couvait toujours en lui.

— Comme tu le sais, reprit-il, le livre était sorti depuis un an quand une journaliste d'Hollywood a décidé de retrouver à qui les personnages correspondaient dans la vraie vie. C'est là que la fascination pour cette histoire a commencé.

— C'est vrai, j'avais oublié. Je vais étudier la question

de plus près. Je crois que la frénésie médiatique autour de ce livre a commencé quand nous étions ensemble.

Durant leur relation, ils avaient été si captivés l'un par l'autre qu'ils avaient vécu dans une bulle, passant leur temps à se parler et à faire l'amour.

— Pas étonnant que cette histoire ne nous ait pas trop marqués à l'époque, fit-il valoir.

Il n'arrivait toujours pas à comprendre comment Elena avait pu mettre un terme à une relation aussi intense que la leur, puis épouser quelqu'un d'autre. Jusqu'à l'annonce de ses fiançailles, il avait cru qu'elle reviendrait un jour auprès de lui.

— Oui, pas étonnant, approuva-t-elle.

Une esquisse de sourire passa sur ses traits.

— Alors, tes partenaires et toi avez décidé de ne pas vous prononcer tant que vous n'en saurez pas plus. Mais que se passera-t-il quand l'enquêtrice engagée par Devon Salazar révélera ce qu'il est advenu des droits d'auteur du livre ? Quelles qu'aient été les intentions d'Alonzo à l'origine, tu dois admettre que ce n'est pas très moral d'avoir profité financièrement des malheurs d'une famille.

Gage n'avait pas mesuré à quel point Elena connaissait son sujet, mais à l'évidence elle en savait beaucoup sur April Stephens et sur sa visite au ranch.

— À mon avis, il n'a pas tiré profit directement de ce livre, objecta-t-il. C'est pourquoi je ne me joins pas à la meute pour le condamner. Et tu ne le devrais pas non plus, tant que tu n'en sais pas plus.

— Tu es sérieusement en train de prétendre que tu es aussi ignorant que moi sur cette question ?

— J'en sais plus que toi seulement parce que je considérais Alonzo comme un ami, et que je connais son caractère. Ce n'était peut-être pas un bon père pour ses fils, mais je me plais à penser qu'il a essayé de compenser cette faille en étant une figure paternelle pour mes amis et moi.

Roulant des épaules, il s'apprêta à redémarrer.

— Et sur cette note, reprenons la route.

— Attends, dit-elle, posant la main sur la sienne. Pourquoi ne pas me dire des choses positives sur lui, alors ? Comment se fait-il que tes amis et toi soyez devenus si proches d'un ancien professeur de votre pensionnat ?

Sa main sur la sienne le troublait et l'empêchait de trouver une réponse à sa question. De toute façon, il n'avait pas envie de répondre.

Il serra sa main et la caressa doucement.

— C'est une conversation ou un interrogatoire ? esquiva-t-il. Si tu gardais quelques questions pour ce soir ? Tu pourrais me les poser autour d'un dîner.

Elle secoua la tête et retira sa main.

— Je n'ai pas le luxe de chercher des réponses juste quand l'envie m'en prend, Gage. Il s'agit de mon travail, et je ne serai pas payée tant que je n'aurai pas d'article.

Il remarqua qu'elle n'avait pas fait allusion à son invitation à dîner. Parce qu'elle n'avait pas envie de passer davantage de temps avec lui ? Ou parce qu'elle craignait de céder au désir qui couvait entre eux ?

— Plutôt mercenaire comme approche, commenta-t-il. Tu remarqueras que je ne parle à aucun autre journaliste ; alors, personne ne pourra vendre un article avant toi.

— Et si tu n'as pas les réponses dont j'ai besoin ?

Elle s'interrompit pour observer un troupeau de mouflons qui traversait la colline.

— Oh ! fit-elle, admirative. Comment s'appellent ces animaux ?

— Des mouflons. Tu n'en avais jamais vu ?

— Jamais. J'en ai peut-être vu des plus petits, sans cornes, mais j'ai cru que c'étaient des chèvres.

Elle se mit à enregistrer la scène avec son téléphone.

Il désigna les femelles à la tête du troupeau.

— De très grandes chèvres, alors, taquina-t-il.

Le sourire qui se peignit sur ses lèvres le réjouit.

Hier soir, dans sa robe d'un rouge vif éclatant, elle était renversante, mais il la trouvait encore plus fascinante à cet instant. Elle ne portait aucun maquillage, mais sa bouche avait une jolie teinte rosée. Une boucle de cheveux dansait dans la brise et lui chatouillait la joue.

Il se pencha vers elle pour regarder l'écran de son téléphone.

Il respira son parfum frais aux notes de lavande, le même qu'autrefois. Et, comme si le souvenir olfactif avait été un déclencheur, d'autres souvenirs l'assaillirent. Il se revit, assis derrière Elena dans une baignoire pleine de pétales de rose. En train de longer la côte Pacifique avec elle, au volant de sa BMW Z8 Roadster, le bruit de l'océan se mêlant aux rires d'Elena. Il se remémora ces instants où il l'avait déshabillée dans l'ascenseur privé menant à leur suite au dernier étage à Seattle, lors d'un voyage d'affaires.

— Mais je ne suis pas experte en faune ! s'exclama-t-elle, l'arrachant à ses pensées. Comment aurais-je pu savoir ?

Elle arrêta l'enregistrement, puis reporta son attention sur lui et le surprit en train de l'observer.

L'espace d'un instant, le passé et le présent se mêlèrent. Il aimerait avoir encore le droit de la prendre dans ses bras et de l'embrasser… De lui faire tout oublier hormis les sensations qu'il faisait naître en elle…

Il l'entendit émettre un soupir. Puis elle prit la parole.

— Ce à quoi tu penses…, commença-t-elle.

Elle s'éclaircit la voix et reprit :

— Ce serait une erreur.

La détermination dans sa voix l'aida à se ressaisir. Se redressant sur son siège, il hocha la tête.

— Si nous sortions pour nous dégourdir les jambes ? proposa-t-il.

— Volontiers.

Il n'était pas sûr qu'il y ait assez d'air frais dans ces montagnes pour l'aider à oublier les lèvres d'Elena. Mais il ferait tout son possible pour les chasser de son esprit.

Elle ouvrit sa portière et descendit du véhicule avant qu'il puisse venir l'aider.

— Ça m'aidera à assouplir mes nouvelles bottes, dit-elle.

Fixer son attention sur les jambes d'Elena était presque aussi dangereux que de penser à leur liaison passée. Un feu brûlait déjà en lui, et il n'était pas sûr de pouvoir l'éteindre. Se maudissant pour son manque de concentration, il sortit du véhicule.

— Allons par là, suggéra-t-il, montrant une piste qui menait à la crique.

Il retira sa veste et son stetson, et les lança sur le plateau du tout-terrain.

— Le temps se réchauffe, remarqua-t-il.

Lorsqu'il retroussa ses manches, Elena observa ses tatouages, et il se rappela sa fascination pour les motifs sombres gravés sur sa peau. Elle semblait aussi captivée que par le passé, et Gage songea que le tatoueur qui avait réalisé ce travail remarquable en Nouvelle-Zélande mériterait une prime.

C'était un soulagement de savoir qu'il n'était pas le seul à lutter contre son attirance.

— Je peux te poser une question ? demanda-t-elle.

— Tant que ça ne concerne pas Alonzo.

— Non, rassure-toi. Nous n'avons jamais reparlé du jour où j'ai quitté la Nouvelle-Zélande. Mais il y a une question que je me suis toujours posée.

Il se tendit, devinant qu'il n'allait pas apprécier la suite. Lui qui avait cru qu'elle luttait contre leur ancienne attirance, il s'était trompé.

— C'était le deuxième jour le plus horrible de ma vie, avoua-t-il. Je ne m'en souviens pas très bien.

Cela ne suffit pas à la décourager. Elle leva le menton et soutint son regard.

— Quand ton père t'a ordonné de rompre avec moi parce que ma famille serait une gêne pour les Striker, pourquoi ne m'en as-tu pas parlé ?

- 5 -

Elena était sur la défensive, mais elle était aussi excitée.

Les tatouages de Gage avaient réveillé les souvenirs de ces nuits de passion où il ondulait en elle, les bras appuyés de chaque côté de son corps. En voyant ses avant-bras, elle avait bien failli se pâmer. Alors, pour oublier son désir, elle avait fait appel au sentiment de trahison qu'elle éprouvait depuis si longtemps. Elle n'était pas fière d'avoir eu recours à ce procédé, mais elle était trop vulnérable face au pouvoir de séduction de Gage. Elle se protégeait comme elle le pouvait.

— Mon père est allé te trouver avant de m'apprendre ce qu'il savait sur toi, lui rappela-t-il calmement.

Il observa le troupeau de mouflons, puis passa devant elle et continua à marcher.

— Avant même que j'aie eu le temps d'enregistrer les informations qu'il venait de m'apprendre, il m'a porté le coup de grâce. Il m'a dit qu'il t'avait proposé de l'argent pour que tu sortes de ma vie, et que tu avais accepté cet argent.

Elle avait cru entendre des regrets dans sa voix. Regrettait-il de l'avoir perdue ? Ou regrettait-il qu'elle lui ait caché son passé pendant toute la durée de leur relation ?

Elle penchait pour la seconde hypothèse. Elle n'avait peut-être pas pris l'argent, mais elle avait sa part de responsabilités dans leur rupture. Elle avait fait ses valises avant même d'avoir parlé à Gage. Elle se rendait compte à présent que, déjà à l'époque, elle avait une attitude défensive. Pour éviter d'être quittée, elle était partie.

Elle accéléra le pas pour le rattraper.

— J'étais furieuse contre lui, avoua-t-elle, sortant son téléphone pour prendre d'autres photos des falaises qui s'élevaient au-dessus de la crique.

Elle était contente de pouvoir dépenser son énergie nerveuse en prenant des clichés, pendant cette conversation douloureuse.

— Et puis, je regrettais d'avoir attendu le moment parfait pour te parler de ma famille. Et parce que j'ai trop attendu, je n'ai pas eu la chance de te révéler mon histoire sous une lumière moins accablante.

Elle passa en mode vidéo et filma les mouflons qui descendaient vers la crique, espérant trouver un moyen de rendre la vidéo attrayante pour ses abonnés. Elle qui était autrefois une influenceuse en vue, elle était maintenant à la traîne dans ce marché très concurrentiel. Une chose de plus que son divorce lui avait coûtée : elle ne pouvait plus se permettre d'assister aux soirées et aux événements que les gens aimaient voir dans ses contenus.

— Ton père était en cavale. Y a-t-il un moyen de présenter ça sous un jour flatteur ? lâcha-t-il, descendant la colline en direction de la crique.

— Bien sûr que non. C'est un voleur, et il aurait dû se rendre il y a longtemps.

Elle n'avait pas revu son père depuis qu'elle avait quitté son foyer à dix-sept ans. Il vivait sans doute au Mexique à présent, libéré du fardeau d'élever une fille.

— Quand j'étais adolescente, il m'a convaincue qu'il ne pouvait pas se rendre, parce que ma mère nous avait abandonnés et qu'il n'y aurait personne pour s'occuper de moi s'il allait en prison.

— Ou, du moins, c'est ce qu'il t'a dit, souligna Gage.

Il continuait de descendre la pente, contournant les rochers et les arbres. Elena le suivit, remarquant que le bruit de l'eau était de plus en plus fort.

— Ton bien-être était-il vraiment sa priorité ? questionna-t-il. Alors qu'il est encore en cavale dix ans plus tard ?

— Non, bien sûr. Mais quand j'avais quinze ans et que je vivais chez lui, j'admets que je l'aidais à fuir la police. S'il était allé en prison, j'aurais été placée en foyer.

— Au lieu de m'avouer la vérité, tu as décidé de prendre le pot-de-vin que mon père t'a proposé.

Il secoua la tête. Manifestement, il pensait encore qu'elle avait sacrifié leur relation pour de l'argent.

N'était-ce pas précisément la raison pour laquelle elle avait choisi de le quitter ?

— Tu m'as clairement fait comprendre ce que tu pensais de moi, répliqua-t-elle, la colère montant en elle. Il était impossible que nous restions ensemble après ça.

Soudain, elle glissa sur des feuilles mortes et agrippa l'épaule de Gage pour ne pas tomber.

Il la saisit aussitôt par la taille et la maintint en équilibre. Elle sentit son cœur s'emballer. Gage était si près… Et il avait les mains posées sur elle. Sa virilité si tentante lui rappelait qu'elle avait délibérément épousé quelqu'un qui lui faisait moins d'effet, espérant qu'elle serait à l'abri des émotions fortes qui lui donnaient le sentiment d'être instable. Imprévisible.

— Ça va ? demanda-t-il.

Ses mains puissantes étaient toujours sur sa taille.

Elle resta immobile, ne sachant pas ce qui l'inquiétait le plus : le fait qu'il ne la lâche pas, ou le fait qu'il allait la lâcher. Parce qu'ils étaient sur une pente, son regard était au même niveau que le sien. Il était assez près pour qu'elle distingue la petite cicatrice au-dessus de son sourcil. Elle avait embrassé cette cicatrice et lui avait demandé son origine. Il lui avait raconté que c'était le résultat d'un accident lors d'une randonnée, qui remontait à son adolescence.

— Ça va, répondit-elle, la gorge sèche.

Elle tenta de se raccrocher à la colère qu'elle avait éprouvée un instant plus tôt.

— Je ne regardais pas où je mettais les pieds, c'est tout.

Il la lâcha enfin, mais ne recula pas. Il l'observa, comme s'il cherchait à déterminer si elle mentait ou non.

— Nous sommes presque arrivés, de toute façon, finit-il par dire. J'ai pensé que tu aimerais voir ça.

Il désigna d'un signe de tête un sentier qui semblait mener à une pente plus raide encore.

— Tu acceptes de me tenir la main pendant quelques mètres ? demanda-t-il.

Pourquoi prenait-il la peine de lui demander son avis alors qu'il avait une si piètre opinion d'elle ?

Il tendit la main, lui laissant le choix. Elle songea qu'elle était devenue très susceptible depuis leur rupture. Pas seulement avec lui, mais aussi avec Tomas. Elle n'avait pas toujours été ainsi – prête à sortir les griffes à tout moment.

Certes, elle aimerait se protéger contre la souffrance, mais elle ne voulait pas être le genre de personne qui prêtait de mauvaises intentions aux gens. Alors, sans un mot, elle posa la main dans la sienne.

Serrant sa paume, il la guida sur le court chemin menant à une clairière, depuis laquelle la crique était bien visible. L'eau se déversait le long d'épais rochers sombres et luisants, avec une telle force qu'une brume s'élevait au-dessus de la cascade.

— C'est splendide, s'émerveilla-t-elle.

Tenant toujours la main de Gage, elle se rappela une autre cascade qu'ils avaient admirée ensemble, sur la côte de Big Sur.

— La réponse du Montana à la Californie, commenta-t-elle.

Il se tourna vers elle, et le souvenir sembla flotter entre eux. Ils avaient été si heureux de faire ce voyage le long de la côte Pacifique, enivrés par leur amour tout neuf. Comme elle avait été naïve de croire que cet amour allait durer éternellement…

Elle était prête à parier que les pensées de Gage empruntaient le même chemin sombre, car il se rembrunit. Il répondit d'un bref signe de tête, puis pivota sur ses talons.

Il remonta le chemin escarpé, l'entraînant avec lui.

— J'ai un rendez-vous avec les autres propriétaires du ranch cet après-midi, lui apprit-il. Nous devrions repartir.

Tandis qu'elle grimpait à côté de lui, elle se dit que c'était une petite victoire d'avoir réussi à aller au bout de cet après-midi sans laisser son désir pour Gage la consumer. Mais le fait que Gage soit aussi affecté qu'elle par leurs souvenirs communs la perturbait.

Un sentiment de vide l'envahit. Elle espérait obtenir des informations sur le mystère Alonzo Salazar bientôt. Car ensuite, elle pourrait quitter le Montana, et Gage, pour de bon.

Gage gagna la bibliothèque, où la réunion des propriétaires aurait lieu. Il n'aurait pas été surpris qu'Elena le suive. Elle n'avait pas caché qu'elle était ici uniquement pour récolter des informations sur Alonzo Salazar.

Mais elle n'était pas dans les parages. Il composa le code de déverrouillage de la porte, une mesure de sécurité nécessaire : en tant que banquier d'affaires, il avait accès à des informations financières extrêmement sensibles. Elena regrettait-elle déjà sa décision de séjourner chez lui ? Lorsqu'ils étaient revenus de la cascade, ils n'avaient pas échangé un mot, et on aurait dit que leurs souvenirs communs les avaient accompagnés pendant tout le trajet de retour.

Bien malgré eux, leur passé semblait s'inviter dans chacune de leurs conversations. Lorsque Elena avait mentionné leur escapade sur la côte Pacifique, Gage n'aurait pas dû se sentir troublé. Mais il avait dû prendre une douche froide dès leur retour chez lui.

— Attends, Gage, j'arrive ! lança une voix familière derrière lui.

Gage se retourna. Desmond Pierce courait vers lui, la cravate un peu de travers. Hormis ce détail, il ressemblait à un acteur hollywoodien avec sa chemise bien coupée et ses cheveux parfaitement coiffés. Ses lunettes d'aviateur brillaient sous les lumières du couloir.

— Les lunettes, c'est pour cacher une gueule de bois ? demanda Gage, tenant la porte pour son ami.

— Pas du tout, répondit Desmond d'un ton placide, retirant lesdites lunettes et les glissant dans sa poche. Dans mon casino, je vois tous les soirs comment l'alcool influence les décisions de mes clients. Je suis sans doute le type le plus sobre que tu connaisses.

Il s'arrêta sur le seuil et maintint la porte ouverte.

— Miles arrive, il discute avec un agent de sécurité. Tu as bien fait d'engager des gardes pour les week-ends, avec toutes les célébrités qui vont et viennent au ranch.

Desmond possédait plusieurs casinos, et il passait la plupart de son temps dans son tout premier établissement, au bord du lac Tahoe, où il était voisin de deux autres propriétaires du ranch, Jonah Norlander et Alec Jacobsen. Ces derniers étaient absents ce week-end.

— Et Weston ? demanda Gage, actionnant une télécommande pour ouvrir les stores.

— Il a envoyé un message à Miles tout à l'heure.

Desmond se chargea d'allumer la cheminée au gaz.

— Wes est allé à Trapper Peak ce matin pour rejoindre

April Stephens, partie en randonnée. Les choses ont dû bien se passer puisqu'ils sont maintenant ensemble dans un chalet, quelque part dans la montagne.

Gage marmonna un juron au moment où Miles, le frère aîné de Weston, apparaissait au bout du couloir. L'associé tapait sur son écran de téléphone tout en marchant.

— Wes ne peut pas venir, annonça-t-il d'une voix dédaigneuse. Il est amoureux.

— À t'entendre, c'est une maladie contagieuse, répondit Gage.

Il lui fit signe d'accélérer le pas et, lorsque Miles fut entré, il ferma la porte derrière lui et la verrouilla.

— L'effet est le même que pour une maladie contagieuse, marmonna Miles, rangeant son téléphone dans la poche de sa veste. Wes est en quarantaine toute la journée, et il ne peut pas assister à notre réunion.

Miles dirigeait le ranch Rivera, dans la partie californienne des montagnes de la Sierra Nevada. C'était une immense propriété, qui avait été autrefois un point de discorde entre les deux frères. Parce que Weston et son père ne s'étaient jamais entendus, c'était Miles qui avait hérité de la responsabilité du ranch. Wes était lésé, bien sûr, mais Gage avait toujours considéré que c'était Miles qui souffrait le plus de la situation, puisqu'il avait dû porter seul une lourde responsabilité familiale alors qu'il aurait pu avoir de l'aide. Gage savait ce que c'était que de porter le poids des attentes lorsqu'on était le seul héritier. Il n'avait jamais voulu de ce fardeau.

— Ce n'est pas une mauvaise chose, souligna Desmond, déjà installé sur l'un de quatre fauteuils clubs disposés autour d'une table basse. Cela pourrait nous être très utile de mieux connaître April Stephens, puisqu'elle a été engagée pour enquêter sur la fortune d'Alonzo.

Miles se servit un verre de bourbon avant de s'asseoir face à Desmond.

— Si Weston a appris les secrets de cette jeune femme, il ne m'en a pas parlé.

— C'est à Devon Salazar qu'elle rend des comptes, rappela Gage.

Il posa la carafe de bourbon et des verres sur un plateau, qu'il apporta sur la table basse.

— Inutile de demander à Wes de trahir la confiance d'April, puisque nous pouvons directement interroger le fils d'Alonzo, continua-t-il. Nous n'avons peut-être pas confiance en Devon, mais il nous doit la vérité, puisque c'est lui qui a lancé l'enquête qui a mené les médias jusqu'à nous.

— Alors, on patiente sans rien faire, c'est ça ? s'exclama Desmond. Ça ne me paraît pas très prudent, puisqu'il y a au ranch une journaliste people qui essaie activement d'apprendre tout ce qu'elle peut sur Alonzo.

Gage savait que Desmond et Miles attendaient une réponse de sa part.

Il prit son temps pour se servir un verre, puis se cala dans son fauteuil, les odeurs de cuir, de chêne et de vieux livres ne lui procurant pas le réconfort habituel.

— J'ai pris ce problème en charge, assura-t-il, avalant une gorgée de bourbon. J'ai passé tout l'après-midi avec Elena pour la détourner de son enquête.

— Pourquoi ne pas l'encourager à écrire sur un autre sujet ? suggéra Miles, fixant les flammes du feu de cheminée. Une journaliste people a sans doute d'autres options plus profitables qu'un article sur Alonzo. Il y a assez de célébrités au ranch pour que…

Desmond claqua des doigts.

— Présente-la à Chiara Campagna ! s'exclama-t-il. Offre-lui une occasion de rencontrer en privé l'une des personnalités les plus demandées du monde.

Miles ricana.

— La célébrité de Chiara Campagna n'est fondée sur rien, déclara-t-il.

— Il y a juste un petit problème, souligna Gage. Je ne connais pas Chiara.

Mais il se demandait déjà si Elena envisagerait de la rencontrer.

— Elle était ici hier soir pour une bonne raison, expliqua Desmond, sortant son téléphone de sa poche. C'est une très bonne amie d'Astrid, la femme de Jonah.

Jonah avait épousé son amour de lycée, un mannequin d'origine finlandaise, et le couple avait acheté une propriété au lac Tahoe, non loin du casino de Desmond. Jonah était le seul de leur groupe à s'être marié jusqu'ici. Il menait une vie normale, malgré la tragédie qui avait marqué leurs années au pensionnat. Lorsque leur ami Zach Eldridge s'était tué en sautant d'une falaise, lors d'une randonnée à cheval, leur vie à tous avait changé à jamais. Grâce au père influent de Gage, l'affaire n'était pas parue dans la presse, mais elle les hantait tout de même. Gage avait été particulièrement touché ; à cause de l'intervention de son père, Zach n'avait pas eu droit à un hommage digne de ce nom au pensionnat. Le père de Gage n'avait pas voulu que le nom prestigieux des Striker soit associé à une mort que certains voyaient comme un suicide.

À l'époque, Alonzo Salazar était leur professeur principal, et il les avait aidés à gérer les conséquences du drame. Gage avait voulu quitter le pensionnat contre l'avis de son père, et c'était Alonzo qui l'avait convaincu de rester.

— En quoi cela nous aiderait ? demanda Miles.

— Jonah m'a dit que Chiara comptait rendre visite à Astrid cette semaine, répondit Desmond tout en tapant un message. Gage n'a qu'à emmener la journaliste chez Jonah pendant quelques jours, pour qu'Astrid puisse la présenter à Chiara. Tout le monde y gagnera. Cela permettra d'éloigner cette jeune femme du ranch, et elle écrira un article qu'elle pourra vendre bien plus cher qu'un sujet sur Alonzo. Avec un peu de chance, après cela, elle rentrera à Los Angeles et oubliera le ranch et Alonzo.

C'était un bon plan, certes. Mais Gage préférerait éviter de passer plus de temps avec Elena.

— Il faut que je reste ici, insista-t-il.

C'était un argument que ses amis pourraient entendre, espérait-il.

— Maintenant que Weston a d'autres préoccupations, nous avions décidé que je le remplacerais en tant que responsable du ranch, souligna-t-il. Je ne peux tout de même pas partir un jour après avoir endossé ce nouveau rôle.

— Éloigner une journaliste insistante est plus important que d'être présent au Mesa Falls, rétorqua Miles, vidant son verre et le posant sur le plateau. Je peux rester ici jusqu'à ton retour.

Gage et Desmond le dévisagèrent, surpris.

— Et le ranch Rivera ? demanda Gage.

— J'emploie des gens compétents pour ne pas avoir à être présent à chaque seconde, répondit Miles.

Il se leva brusquement. On aurait dit que le sujet le mettait mal à l'aise et qu'il était impatient d'en changer.

— Je pense que le Mesa Falls peut se passer de responsable pendant trois jours, fit valoir Desmond.

— Sommes-nous sûrs qu'Astrid laissera Elena interviewer cette pseudo-célébrité ? marmonna Miles.

Gage réprima un sourire amusé. Manifestement, Miles n'appréciait pas cette nouvelle espèce de célébrités. Lui-même avait été sceptique, jusqu'à ce qu'Elena lui démontre le pouvoir des réseaux sociaux. Il mesurait l'influence que des personnes comme Chiara Campagna pouvaient avoir sur l'opinion publique.

Desmond brandit son téléphone.

— Astrid vient de me répondre, elle est d'accord. Chiara se rend chez elle pour voir leur bébé. Gage, tu peux aller le voir aussi.

— Ah, oui, il y a un bébé.

Gage n'avait pas eu l'intention de dire cela à voix haute. En vérité, il avait complètement oublié que Jonah était récemment devenu père.

— Quelqu'un d'autre a vu ce bébé ? demanda-t-il.

— C'est une petite fille, précisa Desmond. Elle s'appelle Katja, et Jonah est fou d'elle. Tu aurais déjà dû leur rendre visite.

— Qu'est-ce que tu as contre les bébés ? demanda Miles, l'air un peu plus joyeux maintenant que c'était Gage qui se retrouvait sur la sellette.

— Rien, dit-il, se levant et terminant son verre de bourbon. C'est juste une chose de plus que Zach n'aura jamais. Je sais que nous essayons tous de ne pas parler de lui ou du drame, mais ces grandes étapes de la vie ravivent la blessure. Vous comprenez ce que je veux dire ?

Aucun d'eux ne répondit, car la réponse était évidente. Bien sûr, ils comprenaient. Le tic-tac de l'horloge de grand-père emplit le silence.

Gage posa son verre sur le manteau de la cheminée.

— C'est une bonne idée d'envoyer Elena au lac Tahoe, dit-il enfin.

Ne restait plus qu'à la convaincre d'y aller avec lui.

— Je vais téléphoner à Astrid avant notre départ et, dès qu'elle me confirmera que Chiara est d'accord pour donner une interview à Elena, je ferai préparer le jet privé.

Desmond hocha la tête.

— Tu peux séjourner au casino plutôt que chez Jonah, si tu préfères. Je te laisserai une villa à disposition.

— Merci, Desmond. J'accepte volontiers ta proposition.

Gage aurait sûrement besoin de mettre un peu de

distance entre Jonah et lui. Car la paternité de son ami serait un rappel trop vif de tout ce que Zach n'aurait jamais.

Bien évidemment, partager une maison avec Elena présenterait des problèmes d'une autre nature. Mais il préférait affronter son désir pour elle plutôt que de penser à son ami disparu.

Pendant qu'elle se faisait maquiller avant d'assister à une première à Hollywood, Chiara Campagna réfléchissait à son prochain voyage. Elle venait de rentrer du Montana et était maintenant impatiente de se rendre au lac Tahoe, où elle retrouverait son amie Astrid. Chiara pouvait compter sur les doigts d'une main les personnes qui avaient contribué à faire d'elle une reine des réseaux sociaux, et l'ancien top-modèle Astrid Norlander en faisait partie.

Elle navigua sur son téléphone pendant que le maquilleur ajoutait des bijoux le long de sa tempe, assortis à sa robe à sequins. Elle cherchait des informations sur Elena Rollins, la jeune femme qu'Astrid souhaitait lui présenter. Chiara avait reconnu le visage d'Elena ; si sa mémoire était bonne, c'était une influenceuse beauté qui avait délaissé son profil durant son bref mariage avec un célèbre chef cuisinier. Une erreur que Chiara n'avait pas l'intention de commettre ; elle n'abandonnerait jamais ses activités pour soutenir la carrière de quelqu'un d'autre. Adolescente, elle avait eu pour ambition de devenir une artiste reconnue grâce à ses collages. Elle avait dû renoncer à ses rêves et avait fini par créer de belles pièces avec des objets de récupération. Mais au moins, elle avait découvert une autre manière d'employer sa créativité.

— Pouvez-vous lever le menton ? demanda le maquilleur. Je vais ajouter un peu d'illuminateur sur vos pommettes.

Chiara éteignit l'écran de son téléphone et bougea

docilement la tête. Elle était déjà en train de planifier son séjour à Tahoe. Elle présenterait cela à ses abonnés comme un week-end de détente entre filles, et prévoirait des activités photogéniques. Sur le plan professionnel, tout irait bien.

Cependant, Astrid avait mentionné qu'Elena serait accompagnée par Gage Striker. Chiara croiserait donc à nouveau le chemin de deux des propriétaires du ranch : Jonah et Gage. Bien qu'elle adore Astrid, Chiara avait un grief de longue date contre les six associés du Mesa Falls. Ils avaient tous été amis avec Zach Eldridge, un garçon qu'elle adorait et qu'elle avait perdu quand elle avait quinze ans et lui seize. Elle était peut-être l'une des rares personnes au monde à savoir que Zach faisait une randonnée à cheval avec ses six amis le jour de sa mort. Le père de Gage avait usé de son influence pour cacher le fait que son fils était présent lors du décès de Zach, mais Chiara avait tout de même réussi à découvrir la vérité.

Elle n'oublierait jamais le jour où elle s'était introduite sur le campus de Dowdon et où elle avait découvert ce qui était réellement arrivé à Zach, qui adorait l'art autant qu'elle. Elle avait questionné Gage et Miles séparément, exigeant qu'ils lui disent la vérité, mais tous deux lui avaient fourni des réponses similaires qui avaient semblé répétées. Elle avait pleuré. Supplié. Elle s'était donnée en spectacle par amour pour son ami, voulant désespérément comprendre ce qui s'était passé le jour du drame.

Elle savait que Zach était perturbé par quelque chose cette semaine-là. Il n'était pas lui-même lors du dernier spectacle artistique de l'école, un événement commun à l'internat de filles qu'elle fréquentait et au pensionnat de Dowdon.

Lorsqu'elle avait revu les amis de Zach chez Gage, quelques jours plus tôt, aucun d'eux n'avait semblé reconnaître Kara Marsh, la jeune fille qu'elle était avant de créer son personnage d'influenceuse. C'était peut-être une bonne chose : ils ne seraient pas sur leurs gardes en sa présence. Depuis Noël, les médias s'intéressaient à Alonzo Salazar et à ses liens avec les six propriétaires du Mesa Falls. Chiara sentait que les réponses sur ce qui était réellement arrivé à Zach étaient enfin sur le point d'être révélées. Afin de rendre hommage à la mémoire de Zach, elle devait tout faire pour que son histoire soit enfin dévoilée, et tant pis si des personnes devaient souffrir au passage.

- 6 -

Elena avait besoin de se changer les idées. Après avoir passé la journée avec Gage, elle était en proie à une foule de sentiments conflictuels. Mais lorsqu'elle s'installa dans le bureau de sa suite et alluma son ordinateur, elle constata que sa messagerie était pleine de mauvaises nouvelles.

Des notifications de mails de sa banque, de ses créanciers, de ses employeurs, s'affichaient sur l'écran les unes après les autres. Tandis qu'elle parcourait les messages, elle se rendit compte que sa situation financière avait empiré. La femme qui sous-louait son appartement lui avait fait un chèque en bois. Par conséquent, les chèques qu'Elena avait faits ensuite avaient été refusés. Les nouvelles ne semblaient pas meilleures sur le plan professionnel : deux journaux lui demandaient de lui envoyer rapidement un article sur Alonzo. Elle était sûre de pouvoir en retirer un bon prix, mais, puisqu'elle n'avait encore aucun texte à proposer, elle n'avait aucun espoir d'être payée avant un bon moment.

Pour couronner le tout, son nombre d'abonnés avait encore diminué, ce qui signifiait que ses pages sur les réseaux sociaux seraient moins attractives pour les publicitaires. Même si elle ne voyait pas d'inconvénient à retourner dans le monde des affaires et à occuper un emploi similaire à celui qu'elle avait exercé dans l'une des sociétés de Gage, elle savait aussi que ses chances sur le marché du travail avaient également baissé. Que valait une experte en médias sociaux sans abonnés ? Pas grand-chose.

Fixant les flammes qui s'élevaient dans l'élégante cheminée en pierre, Elena sentit une soudaine tension pulser dans sa tête. Tous ces déboires lui rappelaient qu'elle aurait dû se montrer plus agressive lors de son divorce. Les actifs qu'elle possédait en commun avec Tomas étaient gelés. De plus, son ex-mari refusait de lui rendre ses affaires personnelles, ce qui achevait de lui gâcher la vie.

Lorsqu'on frappa à la porte, elle accueillit volontiers cette distraction.

— Oui ? répondit-elle.

Elle essuya ses yeux humides. Il fallait qu'elle se ressaisisse. Elle ne pouvait pas changer le passé… avec son ex-mari, ou avec Gage.

— C'est Gage. Je peux te parler un instant ?

Sa voix grave s'infiltra en elle, lui rappelant de douces confidences sur l'oreiller. Elle était résolue à maintenir un mur entre Gage et elle, mais la tâche n'était pas facile.

Refermant son ordinateur portable, elle soupira, puis se leva.

— Bien sûr, entre.

Elle espérait que le ton de sa voix avait semblé léger. Gai. Comme si tout allait bien, et que son monde n'était pas en train de s'effondrer.

Gage ouvrit la porte et entra. Elle remarqua aussitôt ses larges épaules, moulées dans une chemise gris anthracite. Le tissu épousait ses muscles fermes, et les manches retroussées exposaient ses tatouages noirs. Il lui fallut un instant pour réussir à reporter son attention sur son visage. Ses yeux noisette la parcouraient ; il l'observait tout aussi intensément qu'elle.

Une nouvelle bouffée d'excitation l'envahit. Apparemment, plus elle le voyait, plus les réactions de son corps étaient fortes. Elle resta debout devant le bureau, afin de laisser plusieurs mètres entre Gage et elle.

— Je suis désolé de te déranger, dit-il, avançant vers elle. Tout va bien ?

— À merveille, mentit-elle.

Elle n'avait aucune envie de montrer sa vulnérabilité, encore moins à Gage.

— Je relisais une partie de mes recherches sur Alonzo, expliqua-t-elle.

Elle avait joué la carte la plus susceptible de le tenir à distance.

— Dans ce cas, je serai bref.

Il s'arrêta près de la cheminée, croisa les bras et appuya une épaule contre le mur en pierre.

— Je souhaitais te parler d'une opportunité professionnelle.

Que voulait-il dire par là ? songea-t-elle, intriguée.

— Je suis sûre que tu n'es pas venu pour m'offrir un emploi.

Elle se tourna pour lui faire face, mais resta derrière le bureau. Mieux valait ne pas approcher. Gage était trop séduisant, et elle sentait déjà sa résolution faiblir.

— Non, en effet, dit-il en souriant. Mais je dois voir Jonah Norlander, l'un des propriétaires du ranch, qui est marié à…

— Le monde entier sait qu'il a épousé Astrid Koskinen, l'ancien top-modèle. Ils viennent d'avoir leur premier enfant.

Elena était maintenant au comble de la curiosité, et elle était heureuse que ce sujet lui fasse oublier le sex-appeal du séduisant banquier d'affaires qui se tenait devant elle.

— Exact. Et, apparemment, Astrid est une amie proche de Chiara Campagna.

— C'est le cas, affirma-t-elle.

Elena avait étudié le nouveau paysage des influenceuses mode et beauté avant de revenir sur les réseaux sociaux, et elle savait que Chiara était une célébrité de tout premier plan.

— J'aurais aimé l'approcher hier soir, mais elle était déjà partie quand nous sommes retournés à la fête, après notre discussion. Elle est déjà retournée à Los Angeles, et j'ai vu sur son flux qu'elle assiste à une première à Hollywood ce soir.

Gage haussa les sourcils, l'air surpris.

— Dans ce cas, ce que j'ai à t'offrir éveillera peut-être ton intérêt. Chiara sera à Tahoe pour rendre visite à Astrid cette semaine, en même temps que je travaillerai avec Jonah. Si tu m'accompagnes, tu auras une occasion d'interviewer Chiara.

Sa proposition la stupéfiait. Et, en toute franchise, c'était une offre qui n'aurait pas pu mieux tomber. Mais son enthousiasme fut rapidement douché par ses doutes.

— Comment sais-tu qu'elle m'accordera une interview ?

— Eh bien, tu sais te montrer persuasive, et tu rencontreras Chiara dans la maison d'une amie en qui elle a confiance. Pourquoi refuserait-elle de te donner un entretien ?

— Parce que son temps vaut une fortune, voilà pourquoi. Elle ne va pas simplement le consacrer à quelqu'un comme moi, à moins que…

Ses soupçons se renforcèrent lorsqu'elle s'avisa que Gage s'intéressait très peu à l'univers de la mode et de la beauté. Il n'était pas logique qu'il lui vende cette rencontre comme une opportunité professionnelle, à moins qu'il n'ait une raison très précise de le faire.

— Elle fait une faveur personnelle aux propriétaires du Mesa Falls, avança-t-elle.

Glissant nonchalamment une main dans sa poche, il avança vers le bureau.

— Il est bien plus probable qu'elle soit à Tahoe pour

voir le bébé d'Astrid, mais tu es libre de penser ce que tu veux.

Il passa la main sur le plateau en verre du bureau, puis plongea le regard dans le sien.

— Tu m'as dit que tu enquêtais sur l'affaire Alonzo Salazar pour dénicher un scoop, alors j'ai pensé que, peut-être, l'occasion de discuter avec Chiara dans ce genre de cadre serait alléchante.

Chiara Campagna était la star des médias sociaux en ce moment. Si Elena pouvait l'interviewer, les journaux se battraient pour acheter son travail, et le tarif serait sans doute supérieur à celui qu'elle obtiendrait pour un article sur Alonzo Salazar.

— Où est le piège ? insista-t-elle.

Elle était certaine que cette occasion en or n'était pas une simple coïncidence.

— Il n'y en a pas. Simplement, je considère que tu devrais faire un article sur quelqu'un qui est un personnage public par choix, et non sur Alonzo, qui n'a jamais recherché la notoriété et qui l'a même évitée, puisqu'il a écrit son roman sous un nom de plume.

Il désigna son ordinateur portable sur le bureau.

— Mais si tu préfères continuer à chercher de sales histoires sur mon ancien professeur, vas-y, je t'en prie.

Il fit quelques pas, comme s'il s'apprêtait à sortir de la pièce.

— Attends, dit-elle, posant la main sur son bras.

Il se figea, et elle sentit son cœur s'affoler.

L'espace d'un instant, ils se regardèrent, et ce fut comme si un monde de possibilités s'ouvrait entre eux. Elle résista au besoin insensé de caresser sa peau, et s'obligea à retirer sa main.

— C'est une offre que je ne peux pas refuser, avoua-t-elle.

Elle avait besoin de cette opportunité, pour payer son loyer et mettre fin à des mois de vaches maigres.

— Si tu veux bien m'emmener à Tahoe avec toi, je te serai reconnaissante de me présenter à Chiara.

Elle vit ses épaules se détendre légèrement.

— Bien, dit-il, hochant la tête. Tu pourras faire tes bagages demain matin. J'aimerais que nous partions vers midi.

— Je serai prête, assura-t-elle.

Pour une fois, ils étaient d'accord sur quelque chose.

— Combien de temps resterons-nous à Tahoe ?

— Trois jours, cela devrait être suffisant pour moi.

Il était tout près d'elle à présent. Si près qu'elle pouvait sentir le parfum de son après-rasage.

— Est-ce que cela te suffira aussi ? demanda-t-il.

Elle prit une profonde inspiration, laissant les notes de bois de cèdre taquiner ses sens. Ce qui n'était pas très sage. Mais le fait que Gage lui offre cette occasion de retrouver un peu d'indépendance financière, à un moment où elle se sentait particulièrement vulnérable, mettait à mal ses bonnes résolutions.

Ce cadeau était peut-être destiné à détourner son attention du mystère Alonzo Salazar, mais c'était tout de même un cadeau. Et elle éprouvait de la gratitude envers Gage.

— Trois jours, c'est très bien, répondit-elle.

Durant ce voyage, le plus difficile serait sans doute de réprimer son attirance pour lui.

— Excellent. Je vais prévenir le pilote que nous serons deux passagers.

— Merci.

Elle s'enlaça la taille, en partie pour être sûre qu'elle n'allait pas le toucher à nouveau. Le souvenir de sa peau sous ses doigts était gravé à jamais dans son esprit.

— J'apprécie ton invitation, Gage.

Son prénom semblait si intime quand elle le prononçait… Peut-être était-ce parce qu'ils étaient seuls, et que la nuit était tombée. Ou peut-être parce qu'un lit se trouvait dans la pièce adjacente.

Il s'attarda un instant sur ses lèvres, et elle sentit sa bouche s'assécher. Il lui semblait que leur dernier baiser remontait à une éternité ; pourtant, elle se rappelait avec une précision parfaite la tendresse infinie avec laquelle il avait savouré ses lèvres, mêlée à son désir enfiévré.

Elle était sur le point de perdre le contrôle sur ses émotions. Heureusement, Gage recula d'un pas.

— Pas de quoi, dit-il, glissant les mains dans ses poches. Je ferais mieux de te laisser, il se fait tard.

— Oui. Bonsoir, Gage.

Il se dirigea vers la porte d'un pas sûr et rapide. Était-il en train de fuir les mêmes pensées séductrices qui la taraudaient ? Elle ne pouvait pas en être certaine, mais elle savait que, durant ces trois jours ensemble à Tahoe, ils risquaient d'être tentés.

Néanmoins, peut-être qu'entre les affaires de Gage, son interview avec Chiara et le fait de côtoyer de jeunes parents et leur bébé ils seraient trop occupés pour céder au désir qui brûlait entre eux. Elle devrait simplement éviter de se retrouver seule avec lui, dans la mesure du possible.

Le vol jusqu'à Tahoe durait deux heures, et Gage faisait de son mieux pour se concentrer sur son travail. Après avoir failli embrasser Elena hier – il avait envie de l'embrasser chaque fois qu'il était près d'elle —, il avait pensé qu'il valait mieux garder ses distances pendant toute la durée du trajet. Un choix sage : avec son splendide tailleur jupe d'un vert émeraude et sa masse de cheveux châtains ramenés sur le sommet de sa tête, Elena ressemblait tout à fait à la femme d'affaires irrésistible de son souvenir.

Les choses avaient bien commencé : Elena et lui s'étaient installés à des côtés opposés de l'avion. Pendant une heure, il ne l'avait pas entendue et avait supposé qu'elle travaillait, tout comme lui.

Mais à présent, elle était en appel vidéo avec une amie, et quelque chose dans le ton de sa voix l'inquiétait. Elle semblait bouleversée.

Levant les yeux de sa tablette, il constata qu'elle était toujours installée à la station de travail, à l'avant de l'avion. Son ordinateur portable était ouvert, et elle était en pleine conversation avec une femme qu'il ne connaissait pas.

Elle lança un regard par-dessus son épaule et le surprit en train de l'observer. Il se sentit un peu coupable de l'espionner, mais cette culpabilité disparut aussitôt quand il remarqua ses yeux rougis.

Il déboucla sa ceinture et alla la rejoindre. Mais lorsqu'il arriva près d'elle, elle coupa la communication avec son amie et referma le clapet de son ordinateur.

— Tout va bien ? s'enquit-il.

Il avait envie de la toucher, de la réconforter comme il le pouvait, mais il ne voulait pas la brusquer.

— Tu as besoin de quelque chose ? demanda-t-il.

— Non, merci, dit-elle, prenant des mouchoirs dans son sac. Tout va bien.

— Elena, insista-t-il, s'agenouillant devant elle pour mieux voir son visage, à l'évidence, ça ne va pas. Que se passe-t-il ?

Elle se pinça l'arête du nez pendant un instant, puis tapota ses yeux avec un mouchoir. Elle semblait reprendre le contrôle sur ses émotions.

— Je parlais avec une amie à moi, qui vit à Los Angeles. Elle m'a proposé de m'aider à récupérer quelques affaires dans la maison que j'occupais avec Tomas, mais apparemment la nouvelle fiancée de mon ex a refusé de la laisser entrer.

Elle s'essuya le coin des yeux à nouveau.

— C'est une situation que beaucoup de gens connaissent quand ils se séparent. Je ne sais pas pourquoi je me laisse atteindre.

— Ces affaires sont-elles légalement à toi ? demanda-t-il, se rappelant qu'elle s'était séparée de son mari un an plus tôt.

Elle répondit d'un signe de tête positif.

— Elles sont listées dans les documents de votre divorce, alors ?

Manifestement, c'était un sujet dont elle n'avait pas envie de parler. Néanmoins, elle répondit :

— Oui, mais j'attendais le bon moment pour retourner dans cette maison. J'essayais d'éviter la fiancée de mon ex.

— Il me semble avoir lu quelque part qu'il a fait sa demande en mariage à son assistante pendant son émission culinaire.

Il détestait cet homme sans même le connaître, puisqu'il avait fait du mal à Elena.

— À mon avis, continua-t-il, il voulait surtout faire le buzz. Mais tu es légalement propriétaire de tes biens, Elena. Il n'y a pas à être diplomate avec des gens qui nient tes droits.

L'avion entra dans une zone de turbulences, et Gage dut s'agripper aux bras du siège pour ne pas tomber.

— Je le sais bien. Mais je ne voulais pas affronter la femme qui s'est infiltrée dans ma vie, et qui a fait semblant d'être mon amie jusqu'à ce week-end où elle a couché avec mon mari.

Elle poussa un petit cri quand ils traversèrent un autre trou d'air, plaquant ses mains sur les siennes. Elle lui lança un bref regard, puis retira ses mains pour les poser sur l'assise de son siège.

— C'est une histoire tristement banale, dit-elle. Bien loin de ce que j'avais imaginé. Je croyais que Tomas allait finir par se comporter en homme digne et qu'il m'enverrait mes affaires, mais maintenant je pense qu'il traîne des pieds dans l'espoir que je renonce. Sa nouvelle fiancée est malveillante et, hélas, elle fait la même taille que moi.

Elle secoua la tête, manifestement contrariée, et une boucle brune s'échappa de son chignon. La mèche s'accrocha sur ses cils, et Gage ne put s'empêcher de l'écarter doucement pour la replacer derrière son oreille. Ses cheveux soyeux brillaient sous l'éclairage tamisé de la cabine.

— Donc, ton amie n'a pas pu entrer dans ton ancien foyer conjugal pour récupérer tes affaires ?

Il voulait être sûr d'avoir bien compris, car il réfléchissait déjà à une manière d'aider Elena.

Cela le rendait fou de penser qu'elle devait vivre sans ses effets personnels depuis des mois, tout cela parce qu'elle voulait se comporter de manière raisonnable. Il savait que sa situation financière s'était dégradée après son divorce, mais il avait cru que sa détermination et ses talents lui avaient permis de rebondir. Voilà pourquoi il n'avait pas compris qu'elle soit venue dans le Montana avec si peu de bagages, elle qui tenait autrefois un blog de mode à succès. Du temps de leur relation, ses placards étaient pleins de pièces de créateur.

À présent, elle n'avait même pas de bottes pour un week-end à la montagne. Qu'elle l'admette ou non, Gage avait le sentiment qu'elle avait de sérieux problèmes d'argent.

— C'est cela, répondit-elle, confirmant ses suppositions.

Elle semblait moins bouleversée maintenant qu'elle avait eu quelques minutes pour se ressaisir.

— Ce qui me prouve qu'il est grand temps que je me rende dans cette maison moi-même, dit-elle. J'ai enfin cessé de croire que la situation se réglerait toute seule.

Gage l'étudia, intrigué par cette facette de sa personnalité qu'il ne connaissait pas. Elle avait toujours été si sûre d'elle. Si farouchement investie dans tout ce qu'elle entreprenait.

Il se rendit compte qu'il la regardait depuis un peu trop longtemps, et qu'il était un peu trop près. Il avait encore les mains sur les bras de son siège. La fragrance de son parfum aux notes de lavande taquinait ses narines.

— Tu as besoin de quelque chose en attendant ? demanda-t-il. Y a-t-il quoi que ce soit que je puisse faire pour toi avant que tu ne rentres à Los Angeles ?

Il voulait l'aider à alléger le fardeau de ces mois de frustration. Sans parler du chagrin qui les avait sans doute précédés.

— Non. Merci.

Elle regarda ostensiblement par le hublot, comme si elle n'était pas prête à accepter la moindre faveur de sa part.

— Tu m'emmènes au lac Tahoe. C'est déjà beaucoup.

Elle ne se tourna pas vers lui, mais elle serra son siège plus fort. Un signe qu'il la troublait autant qu'elle le troublait.

Il s'installa sur le siège à côté d'elle tandis que le pilote amorçait la descente vers la côte nord-ouest du lac Tahoe. Il téléphonerait à un ami travaillant dans le domaine de la sécurité, et lui demanderait d'envoyer une équipe pour récupérer les biens d'Elena, à un moment où son ex-mari serait présent. Tout à l'heure, sur l'ordinateur d'Elena, il avait eu le temps de voir le nom de l'amie qui avait essayé de l'aider. Il pourrait la solliciter, afin qu'ils soient sûrs de ne prendre que ce qui appartenait à Elena – rapidement, légalement, et sans qu'Elena soit incommodée une minute de plus.

Il aimait l'idée de faire cette petite chose pour elle, bien qu'il ne lui ait toujours pas pardonné de l'avoir quitté en échange d'un pot-de-vin. Mais elle n'était pas la seule responsable de leur rupture douloureuse. C'était Gage qui avait décidé d'emmener Elena en Nouvelle-Zélande, alors qu'il savait que son père aimait se mêler de sa vie. Entre Elena et lui, les choses auraient peut-être été différentes si elle lui avait avoué son passé avant que le père de Gage ne s'en charge.

Bien sûr, il n'y avait aucun moyen d'en être certain.

Elena avait dû vivre avec les conséquences de ses actes après leur séparation. En l'aidant à reprendre ses biens, Gage avait le sentiment de se racheter pour le rôle qu'il avait joué dans leur rupture.

Mais l'aider de cette manière ne comblait pas son besoin de l'embrasser. De la caresser. De lui faire oublier son détestable ex-mari.

- 7 -

Trois heures plus tard, Elena était confortablement installée dans le salon de Jonah et d'Astrid Norlander. Située côté montagne, la maison offrait une superbe vue sur le lac Tahoe. Et l'hospitalité du couple avait presque fait oublier à Elena sa journée pénible.

— Veux-tu que nous nous installions dehors pour attendre Chiara ? lui suggéra Astrid.

La jeune femme désigna l'immense terrasse derrière la baie vitrée. De grands canapés étaient disposés autour d'une table, au centre de laquelle trônait une cheminée portative. Beauté finlandaise élancée, Astrid avait des yeux d'un bleu éthéré et des cheveux couleur platine qui lui arrivaient aux épaules. Elle ne portait pas la moindre trace de maquillage ; pourtant, elle était d'une beauté si renversante qu'il était difficile de ne pas la dévisager. Elle n'avait pas tardé à sympathiser avec Elena et à la tutoyer.

— Il y a des parasols chauffants et des couvertures, mais avec ce soleil je pense que nous n'en aurons pas besoin, dit-elle avec son charmant accent.

— Oui, allons dehors, approuva Elena.

Elle se leva et prit son cocktail Spritzer sur la table basse. La boisson peu alcoolisée, mélange de vin blanc et d'eau pétillante, était parfaite pour la rendre plus sociable sans l'enivrer.

Astrid ajouta quelques tranches d'orange à son eau pétillante, puis enfila des sabots fourrés.

— Les hommes semblent absorbés par leur match, fit remarquer Elena.

Jonah et Gage étaient assis au bar qui séparait la cuisine du salon, les yeux rivés sur l'écran plat suspendu au-dessus de la cheminée. Un match de basket-ball universitaire battait son plein.

— Ils étaient tous les deux étudiants à UCLA, lui rappela Astrid tout en ouvrant la baie vitrée. Je crois que Gage a programmé l'heure de son vol en fonction du début du match !

Elena sourit, se rappelant avoir assisté à quelques matchs avec Gage autrefois. À l'époque, il travaillait énormément, et elle aimait le voir se détendre pendant quelques heures.

— Ça ne m'étonnerait pas du tout, répondit-elle, sortant sur la terrasse.

— Ton tailleur est superbe, commenta Astrid en touchant sa manche. Est-ce que le styliste est quelqu'un que je connais ?

— C'est un ensemble que j'ai fait moi-même, avoua-t-elle, flattée.

Elle jeta un coup d'œil aux manchettes et aux boutons, qu'elle avait dénichés dans un magasin de déstockage.

— Vraiment ? s'étonna Astrid, observant de plus près la veste cintrée. Il y a tellement de détails uniques. Tu as un talent fou.

Elena scruta le visage de la jeune femme, se demandant si elle avait dit cela uniquement par politesse. Mais puisqu'elle ne vit qu'un intérêt véritable dans le regard d'Astrid, elle répondit :

— Quand j'alimentais mon blog de manière régulière, je créais des pièces que j'avais envie de porter mais que je ne trouvais nulle part. J'ai fait quelques vidéos où j'explique comment choisir des étoffes et récupérer des échantillons de tissu chez les tailleurs.

Elle avait travaillé dur pour faire prospérer son blog et créer des liens avec ses abonnés. Aujourd'hui, elle regrettait d'avoir mis ses activités de côté durant son mariage. Pourquoi avait-elle consacré tout son temps à soutenir la carrière de Tomas, au lieu d'être fidèle aux gens qui avaient été loyaux envers elle ? Pourquoi n'avait-elle pas trouvé un équilibre entre la carrière de Tomas et la sienne ?

— Tu es très douée, affirma Astrid, agitant l'index vers elle pour appuyer son propos.

Soudain, elle se figea.

— Une seconde, dit-elle. Est-ce que tu as entendu le bébé pleurer ?

La jeune maman sortit son téléphone de sa poche pour consulter le flux vidéo de la chambre d'enfant. Elle l'avait déjà consulté à plusieurs reprises depuis l'arrivée d'Elena et de Gage. Cette fois encore, c'était une fausse alerte : Katja dormait toujours.

— Tout va bien ? demanda Elena, s'appuyant contre l'élégant garde-corps en bois et métal qui entourait la terrasse.

Les sommets des montagnes étaient encore enneigés, mais le soleil réchauffait l'air printanier, et la brise transportait le doux parfum des végétaux alentour.

— Oui, tout va bien, répondit Astrid.

La jeune femme posa le téléphone sur la table de marbre.

— Chiara est arrivée, et je viens de lui ouvrir le portail. Ça t'ennuie si je vais l'accueillir ? Je n'en ai que pour une minute. Je suis impatiente de te la présenter.

— Non, bien sûr, je t'en prie.

Pendant qu'Astrid retournait à l'intérieur de la maison, Elena fit quelques pas sur le plancher en bois de la terrasse surélevée.

Regardant par la baie vitrée, elle aperçut Gage, qui croisa son regard. Peut-être parce qu'il avait remarqué qu'elle était seule, il la rejoignit quelques secondes plus tard. Il portait un costume noir ainsi qu'un T-shirt aux rayures grises et blanches qui mettait son torse en valeur. Elena brûlait de passer la main sur ses muscles saillants. En plus de son attirance manifeste pour lui, elle éprouvait maintenant de la gratitude à son égard, après la façon dont il s'était comporté avec elle aujourd'hui. Quand elle avait appris que son amie Zoe n'avait pas pu récupérer ses affaires dans son ancienne maison à cause de la nouvelle compagne de Tomas, elle avait accusé le coup. Pire, elle avait bien failli fondre en larmes devant Gage.

Heureusement, il avait fait preuve d'une extrême douceur. Il avait écouté ses explications, sans la juger, et lui avait permis de dépasser sa colère pour se concentrer sur leur séjour au lac Tahoe.

— Tout se passe bien ? s'enquit-il. Veux-tu autre chose à boire en plus de ton vin ?

— C'est davantage une eau pétillante qu'un verre de vin, en fait. Mais je te remercie de t'occuper de moi.

Elle appréciait sa sollicitude. Il savait qu'elle buvait très peu d'alcool en général. Le bourbon qu'elle avait pris chez lui le premier soir était une exception notable, mais elle avait eu des circonstances atténuantes.

D'un autre côté, le comportement de Gage la désarçonnait. Elle ignorait comment gérer leur nouvelle relation. Entre sa gentillesse dans l'avion et le fait qu'il ait organisé une interview avec la femme qui, à elle seule, pouvait relancer la carrière d'Elena sur les réseaux sociaux, elle ne pouvait plus se dire que Gage était son ennemi.

— Astrid est allée accueillir Chiara, dit-elle. Merci encore d'avoir organisé cette rencontre.

Elle observa les montagnes au loin et sirota sa boisson, savourant son effet rafraîchissant. Avec Gage près d'elle, elle n'aurait certainement pas besoin du chauffage de terrasse pour éviter d'avoir froid. Lorsque Gage effleura son épaule avec la sienne, des picotements d'excitation la parcoururent.

— Pas de quoi, répondit-il. Nous resterons assez longtemps pour que tu obtiennes ce dont tu as besoin, nous verrons le bébé, et ensuite nous retournerons au casino.

Tout à l'heure, ils avaient déposé leurs affaires dans une élégante maison de quatre chambres que Desmond avait mise à leur disposition, avant de rejoindre la maison de Jonah dans une Land Rover de location.

Bien qu'ils soient seuls sur la terrasse, Gage se pencha vers elle et murmura :

— Tu peux me donner le signal quand tu seras prête à partir.

— Quel est le signal ?

Elle entendit la voix d'Astrid dans le salon. Leur hôtesse allait bientôt les rejoindre.

— Celui que tu veux, dit-il.

Il l'observa de son regard sombre, si intensément que son cœur s'affola.

— Un clin d'œil, peut-être. Ou alors, tu pourrais lâcher tes cheveux. Je le remarquerai, certainement.

Au prix d'un effort, elle réprima le frisson que ses paroles avaient fait naître en elle.

— Ce ne serait pas une bonne idée, et je suis sûre que tu le sais déjà.

Derrière eux, elle entendit la baie coulissante s'ouvrir.

— Alors je devrai me contenter d'un long regard enfiévré, chuchota-t-il. Dès que j'aurai reçu ton signal, nous partirons.

Elle aimerait se dire qu'il ne faisait que la taquiner. Ou qu'il cherchait à l'agacer. Mais son regard suggérait le contraire.

Soudain, il se retourna pour saluer Chiara Campagna.

Elena fit de même et s'efforça d'adopter un comportement professionnel. Malgré tout, l'excitation que le petit flirt entre Gage et elle avait provoquée ne s'évanouit pas.

Elle ne diminua pas non plus quand Gage retourna dans la maison pour laisser Elena faire connaissance avec Chiara. Ni quand elle fut plongée dans une conversation avec l'une des icônes mode et beauté les plus célèbres de sa génération. Toutefois, même si ses pensées revenaient très souvent à Gage Striker, Elena considérait que les scénarios qu'il lui avait suggérés n'étaient que des fantasmes insensés, qui n'avaient aucune place dans la vie réelle.

Installé dans un fauteuil inclinable en cuir, dans le salon de Jonah, Gage observait Elena, qui était encore sur la terrasse en compagnie de Chiara. Cette dernière était en train de prendre une photo d'Elena et elle avec son téléphone.

Puisqu'il ne voyait que le profil d'Elena, il lui était difficile de déchiffrer son expression. Il savait qu'il l'avait désarçonnée en exprimant son désir pour elle ; toutefois, elle savait sûrement qu'elle l'attirait. Depuis qu'elle était arrivée au Mesa Falls, ils avaient réprimé cette attraction mutuelle, comme s'ils avaient besoin de temps pour se jauger après toutes ces années. Mais maintenant, il était certain de désirer Elena aussi fort qu'autrefois, en dépit de leur rupture houleuse.

Il ne pouvait plus prétendre le contraire.

— Elle ne va pas s'envoler, ironisa Jonah.

Installé dans le fauteuil voisin de celui de Gage, il devait parler fort pour couvrir le son du téléviseur.

— Tu n'arrêtes pas de regarder Elena depuis que nous sommes assis, ajouta son ami.

Pris la main dans le sac.

Tandis que Jonah baissait le son du téléviseur, Gage reporta son attention sur le match

— L'arrivée d'Elena au Mesa Falls est une complication inattendue, avoua-t-il. Je ne m'attendais pas à devoir gérer le ranch à la place de Weston, et je m'attendais encore moins à me retrouver nez à nez avec mon ex.

Il connaissait Jonah depuis qu'ils avaient treize ans. Ils s'étaient rencontrés de la même manière que les autres propriétaires du Mesa Falls : à l'internat Dowdon, où ils étaient camarades de chambre. Quatre d'entre eux partageaient une chambre au bout du couloir, et trois autres la chambre d'en face. Sept amis. Six avaient terminé le lycée, le septième n'avait pas eu cette chance. Et aujourd'hui, les six hommes possédaient et dirigeaient le ranch ensemble, une façon de rendre hommage à celui qu'ils avaient perdu.

Jonah émit un son incrédule. Portant un vieux T-shirt de leur université en l'honneur du match, il n'avait pas beaucoup changé depuis leurs jeunes années, excepté que ses cheveux blond foncé étaient coupés plus court, et que des phrases en finlandais étaient tatouées sur ses biceps.

— Si j'en crois la façon dont vous vous regardez tous les deux, elle ne restera pas une ex très longtemps.

— Les premières amours ne s'oublient pas.

Gage prit sa bière artisanale sur la petite table placée entre leurs fauteuils et en but une gorgée. Si seulement il pouvait étancher sa soif d'Elena aussi aisément…

Jonah s'avança sur son fauteuil et posa les pieds au sol.

— Ça ne t'inquiète pas de nouer une relation avec une femme qui cherche activement à remettre le nom d'Alonzo en une des journaux à scandales ?

— Qui a parlé de relation ? rétorqua Gage.

La question de Jonah le perturbait. Son ami semblait sous-entendre qu'il était en train de trahir la mémoire de l'homme qui les avait aidés à surmonter leur terrible traumatisme.

— Je n'ai pas d'autre choix que de la surveiller, argua-t-il. Il faut que je sois toujours près d'elle, pour éviter que la situation nous échappe. Mais je ne peux pas faire comme si mon attirance pour elle n'existait pas.

— Appelle ça comme tu veux. Mais une chose est sûre, Elena Rollins est une source d'ennuis pour le ranch, tu le sais aussi bien que moi, affirma Jonah.

— C'est précisément pour cette raison que nous avons organisé cette interview avec Chiara aujourd'hui, lui rappela Gage.

Il ne se sentait pas coupable d'avoir proposé ce voyage à Elena pour détourner son attention. L'interview de Chiara serait bien plus lucrative pour elle qu'un scoop sur Alonzo. Cette solution était profitable pour tout le monde.

— Je prends toutes les précautions possibles, mais je ne peux pas l'empêcher de découvrir la vérité sur Alonzo si elle est déterminée à mener son enquête, avertit-il.

— Si nous connaissions toute la vérité, nous pourrions nous préparer aux conséquences, fit valoir Jonah.

Soudain, des pleurs d'enfant se firent entendre. Contre toute attente, Jonah afficha un grand sourire.

— Le devoir m'appelle. Si tu veux bien m'excuser.

Gage le regarda traverser le salon et monter les marches de l'escalier deux par deux. Un instant plus tard, Astrid courut rejoindre son mari.

Leur investissement commun envers leur bébé rappela à Gage qu'autrefois il avait nourri de grands espoirs concernant son avenir avec Elena. Ils avaient imaginé leur maison idéale, discutant décoration et architecture pendant les repas ou entre deux rendez-vous d'affaires. Ils avaient même envisagé de fonder une famille.

Ils avaient parlé de presque tous les sujets, hormis du passé d'Elena. Et parce qu'elle ne lui avait rien confié sur sa famille, Gage avait été pris de court lorsque son propre père s'était chargé de tout lui raconter. Gage avait à peine eu le temps de digérer les informations qu'Elena avait déjà pris un avion pour sortir de sa vie. À présent, il savait qu'il ne devait rien attendre de sérieux avec elle.

Cela dit, ils pourraient partager une liaison charnelle. Simple et sans attaches.

La baie coulissante s'ouvrit à nouveau, et Chiara et Elena entrèrent dans le salon, interrompant le fil de ses pensées. Chiara montrait à Elena une photo sur son téléphone. Il entendit la fin de leur conversation, qui portait sur les différentes techniques pour teindre des kimonos en soie.

Elena lui lança un bref regard. Après leur échange tout à l'heure sur la terrasse, il était si excité que ce simple contact visuel fut aussi tentant qu'une caresse. Il espérait avoir envahi les pensées d'Elena comme elle avait envahi les siennes.

— Gage, vous voulez bien prendre une photo de nous près de la cheminée ? demanda Chiara en lui tendant son téléphone. J'en ai pris quelques-unes dehors, mais je tiens absolument à avoir des clichés du tailleur d'Elena.

— Volontiers.

Il était surpris que la jeune femme se rappelle son prénom. Lors de la soirée qu'il avait donnée chez lui, ils n'avaient pas été officiellement présentés. Mais il était heureux de constater que Chiara semblait ravie de sa rencontre avec Elena.

— C'est une très belle veste, commenta-t-il tout en réglant le zoom de l'appareil.

Bien entendu, il avait remarqué le splendide tailleur jupe d'Elena. Pourtant, il avait eu l'intention de se concentrer sur le travail et non sur elle durant leur séjour ici. Mais à l'évidence, il n'y arrivait pas. Et maintenant qu'il s'était autorisé à envisager une liaison avec elle, il ne pouvait plus la quitter des yeux.

Le blazer croisé était très cintré, mettant la taille fine d'Elena en valeur. Dans cette tenue très féminine, elle mettait tous ses sens en émoi, même à travers l'appareil-photo du téléphone. Il prit quelques clichés, puis rendit l'appareil à sa propriétaire.

Chiara le rangea dans la poche de son long cardigan blanc, qu'elle avait associé à un pantalon en suédine marron et à des escarpins argentés.

— Vous saviez qu'Elena l'avait créé elle-même ? demanda-t-elle. Je suis impressionnée. Le choix du tissu, l'ajout astucieux d'armatures dans les coutures.

Gage ignorait qu'Elena avait des talents de styliste. Il ne cessait de découvrir des nouvelles facettes de sa personnalité. C'était même à se demander s'il l'avait jamais vraiment connue.

Mais il comptait bien combler ses lacunes.

Avant qu'il puisse répondre à Chiara, leurs hôtes revinrent dans le salon.

— Les amis, nous aimerions vous présenter quelqu'un, annonça Jonah.

Astrid tenait dans ses bras leur bébé, enveloppé dans une couverture blanche. Seule une petite partie de son visage était visible.

L'expression de pur bonheur sur le visage de Jonah le frappa. Son ami regardait sa fille avec une fierté toute paternelle. Bien que Gage n'ait pas songé au mariage depuis six ans, il comprenait que l'on puisse avoir envie de s'unir à une personne en qui on avait entièrement confiance. Et combien de fois croisait-on une personne de ce genre dans sa vie ?

Chiara et Elena se précipitèrent vers Astrid, et parlèrent au bébé en roucoulant et en exprimant leur admiration.

Gage s'approcha et donna une tape dans le dos de Jonah.

— Félicitations, mon gars. Je suis très heureux pour toi.

— Merci.

Son ami se pencha vers lui et murmura :

— Je suis encore mort de peur à l'idée de mal faire. Mais si j'en crois les autres parents avec qui j'ai discuté, ce sentiment ne va pas me quitter avant au moins dix-huit ans.

Le père de Gage n'avait pas été si inquiet pour l'éducation de son fils. Il l'avait envoyé faire ses études aux États-Unis pour être sûr que ses écarts de conduite – des tentatives d'adolescent pour capter l'attention – ne ternissent pas la réputation de leur famille. Alonzo Salazar avait davantage été un père pour Gage que l'homme qui l'avait engendré.

— Le fait que tu aies peur de ne pas être un bon parent prouve que tu en es un, assura Gage tout en regardant Astrid confier le bébé à Elena.

Voir Elena porter la petite fille, avec cette expression de tendresse et de fascination mêlées, lui fit l'effet d'un coup de poing. C'était comme un rappel de la famille qu'Elena et lui auraient pu avoir et qu'ils n'avaient jamais eue.

Malgré cela, il ne put détourner les yeux. Comme hypnotisé, il l'observait encore quinze minutes plus tard quand Astrid et Jonah allèrent dans la cuisine pour s'occuper du dîner. Chiara les suivit, laissant Gage seul avec Elena et le bébé dans le salon.

— Tu aimerais la porter ? demanda Elena en approchant de lui. Tu as bien plus d'expérience que moi avec les enfants, avec tous tes cousins qui sont déjà parents.

Ses paroles le transportèrent dans le passé. Lorsqu'il l'avait emmenée en Nouvelle-Zélande, elle avait rencontré la plupart de ses proches lors d'une fête de famille. Sa mère avait insisté pour organiser une grande réception dans la demeure familiale et avait invité la moitié de la ville. La présenter à tout le monde avait été une grande étape pour lui.

Il prit le bébé des bras d'Elena, effleurant son sein de manière purement fortuite. Une vague de désir l'envahit aussitôt. Se penchant vers elle, il murmura :

— J'espère que tu comptes me donner le signal bientôt.

Elle recula d'un pas.

— Tu parles comme si je te donnais le feu vert pour bien davantage qu'une échappée, mais je ne t'ai donné aucune raison de penser que je suis assez folle pour reprendre notre liaison, Gage.

— Folle ou pas, tu ne peux pas nier qu'il y a un fort sentiment d'inachevé entre nous.

Il resserra la couverture autour des pieds de la petite fille. Elle sentait bon le shampoing pour bébé, et ses yeux bleus étaient bien ouverts.

Elena se mit à faire les cent pas le long de la baie vitrée.

— Peut-être, finit-elle par répondre. Mais j'ai promis à ton père que je te laisserais tranquille. Je ne peux tout de même pas trahir ma parole.

Et voilà. Une fois de plus, elle recourait à leur vieille querelle et s'en servait pour le tenir à distance.

— Ça ne t'a pas gênée de mentir à mes vigiles pour entrer dans ma maison, alors j'ai du mal à croire que tu t'inquiètes de ce que Nigel Striker pourrait penser de toi aujourd'hui.

Prenant conscience qu'il venait d'entrer dans son jeu, il décida de changer de tactique.

— Si le fait de revenir sur votre accord te dérange, je rembourserai mon père, pour te libérer de ce marché.

À ces mots, elle s'arrêta net et l'observa, interdite.

— Tu n'es pas sérieux, marmonna-t-elle.

Elle secoua la tête, comme si elle n'arrivait pas à croire ce qu'elle venait d'entendre.

— Au contraire, je suis on ne peut plus sérieux, Elena.

J'ai déjà perdu trop de temps à ignorer une attirance qui refuse de disparaître. J'en ai assez de me mentir, de penser que ce qu'il y a entre nous mènera à autre chose qu'à une passion incendiaire.

Il avança vers elle, le bruit de ses bottes résonnant sur le sol de marbre.

— Et je crois qu'au fond de ton cœur tu le sais aussi bien que moi.

— Laisse mon cœur en dehors de ça, protesta-t-elle, le regard noir.

Il approcha encore, jusqu'à ce que la seule barrière entre eux soit le bébé qu'il portait dans ses bras.

— Comme tu voudras, concéda-t-il. Mais je prendrai le reste de ta personne dès que tu seras prête à me l'offrir.

Elle le dévisageait encore quand Astrid les informa que le dîner était servi.

Hélas, Gage savait déjà que le repas n'apaiserait en rien sa véritable faim.

- 8 -

Elena grimpa dans la Land Rover et boucla sa ceinture de sécurité. Gage et elle s'apprêtaient à regagner la maison prêtée par Desmond Pierce. Ces heures passées chez Astrid et Jonah avaient davantage été du plaisir que du travail, bien qu'Elena ait réalisé son interview de Chiara Campagna. Astrid et Chiara n'étaient pas seulement des femmes intelligentes, créatives et expertes en mode, elles étaient aussi très amusantes. La journée s'était bien mieux déroulée qu'Elena ne l'avait espéré.

Les seuls moments étranges étaient ceux qu'elle avait passés avec Gage. Lorsqu'il lui avait fait part de son attirance pour elle, elle avait été surprise. Certes, elle avait ressenti une certaine tension sexuelle entre eux lors de la soirée au ranch, mais elle avait cru que Gage était fermement opposé à l'idée de reprendre leur liaison. À présent, elle savait qu'elle s'était trompée, et elle ignorait comment réagir.

Plus étonnant encore, Gage avait proposé de rembourser son père. Il pensait encore que Nigel Striker l'avait payée pour sortir de la vie de son fils. Elle regrettait maintenant de n'avoir jamais dit la vérité à Gage. À l'époque, elle avait pensé qu'il se moquerait de savoir qu'elle n'avait pas pris l'argent, puisqu'il avait été si prompt à la croire coupable. Mais cette semaine l'avait obligée à revoir son point de vue – un point de vue formé sous le coup de l'émotion et de la colère. En vérité, elle aussi avait tiré des conclusions hâtives sur Gage, et cette prise de conscience n'était guère agréable.

— Tu as pu obtenir de Chiara tout ce dont tu avais besoin ? demanda-t-il tandis qu'il s'engageait sur la route principale. Ou est-ce que, toutes les deux, vous comptez vous revoir ?

Elena observa Gage dans l'habitacle sombre. Les ombres qui défilaient accentuaient les angles de son visage. Elle eut envie de déposer un baiser sur sa barbe naissante.

Mais que lui arrivait-il ? Apparemment, son corps se rebellait contre elle, pour toutes les fois où elle avait dressé des barrières entre Gage et elle. Elle s'efforça de se souvenir de la question qu'il avait posée.

— J'ai suffisamment de matière pour faire une série d'articles sur sa personnalité et sur son travail, mais contre toute attente c'est elle qui m'a demandé si nous pouvions nous revoir cette semaine, finit-elle par répondre.

Après deux années passées à se consacrer uniquement à la promotion de l'émission culinaire de son ex-mari, Elena arrivait difficilement à faire revivre sa propre marque. Mais cette soirée lui avait rappelé à quel point elle aimait ses activités de blogueuse et d'influenceuse. Elle avait encore beaucoup de choses à offrir à ses abonnés.

— On dirait que vous vous entendez bien, toutes les deux, commenta-t-il, l'air satisfait. Je suis content pour toi.

Sa réaction manifestement sincère la déroutait. Ils avaient été si souvent en désaccord cette semaine… Leur antagonisme était pour elle un point d'ancrage, qui l'aidait à rester forte face à son magnétisme indéniable. Mais ce soir, Gage avait changé les règles du jeu, et elle ignorait comment la situation allait évoluer. Elle n'était pas prête pour une relation sentimentale. Ni pour une liaison torride et passionnée.

Même si cette liaison pouvait se révéler très agréable.

Pour se changer les idées, elle alluma son téléphone

et parcourut distraitement le réseau social sur lequel elle était le plus active.

Et elle faillit faire une attaque.

Bouche bée, elle fit défiler la page de son profil.

— Qu'y a-t-il ? demanda Gage. Tu veux que je m'arrête ?

— Non. Désolée. Tout va bien.

Elle regarda son nombre d'abonnés, rafraîchissant la page pour vérifier qu'il ne s'agissait pas d'une erreur.

— Mon nombre d'abonnés a plus que quadruplé ce soir…

— Qu'est-ce que tu as publié ?

— Absolument rien.

Elle cliqua sur les commentaires et trouva les publications de Chiara et d'Astrid.

— Mais Chiara et Astrid ont envoyé des photos de mon tailleur. Je n'en reviens pas.

Il y avait tant de commentaires qu'elle ne pourrait jamais répondre à tout le monde personnellement. En l'espace d'une soirée, son capital social avait grimpé en flèche. Elle avait désormais plus d'abonnés que lorsque son blog était au sommet de son succès, il y avait deux ans.

— Je suis heureux de l'apprendre.

Il s'engagea dans les collines qui surplombaient le lac.

— Étant donné ton succès, ton article sur Chiara vaudra-t-il plus cher ?

La soirée s'était rapidement rafraîchie une fois le soleil couché, et Elena se réjouissait que la voiture dispose de sièges chauffants. Elle posa le regard sur Gage, sa présence provoquant une onde de chaleur supplémentaire en elle.

— Tout à fait. Et je ne suis plus obligée de vendre rapidement mon interview de Chiara, puisque l'augmentation de mon audience me permettra d'avoir de nouvelles sources de revenus.

Cette rencontre avec Chiara et Astrid était un cadeau inestimable. Mais déjà, elle songeait à des moyens de maintenir et d'entretenir la croissance de son nombre d'abonnés.

De plus, penser aux affaires l'aidait à ne pas penser à la suite de la soirée avec Gage. Ils étaient maintenant dans l'allée de la maison. Elle devrait répondre à sa proposition. Lui dire clairement que céder à leur attirance mutuelle n'était pas une bonne idée, même si Gage occupait ses pensées bien trop souvent ces derniers jours.

La forêt de sapins qui encerclait la propriété les mettait à l'abri des regards, leur donnant l'illusion qu'ils étaient dans un endroit totalement isolé alors que le casino était proche. Gage lui avait appris que Desmond possédait neuf autres résidences comme celle-ci, en plus du complexe principal. Les suites de luxe du casino étaient clinquantes et modernes, tandis que les villas étaient destinées aux clients recherchant des lieux de villégiature discrets et retirés.

Gage actionna une télécommande pour ouvrir le vaste garage situé sur un côté de la maison. La lumière envahit l'espace et se répandit sur l'allée de pierre. Le garage était vide, à l'exception de deux kayaks et de deux vélos.

Elena s'apprêtait à ranger son téléphone dans son sac quand elle remarqua un nouveau message. Il provenait de Zoe, l'amie qui avait essayé de récupérer ses affaires personnelles chez Tomas ce matin. Elle cliqua sur le message pendant que Gage coupait le moteur et descendait du véhicule.

Il vint lui ouvrir la portière et lui offrit sa main. Ce geste courtois lui rappela qu'elle se montrait impolie, et elle renonça à consulter son téléphone.

— Mes excuses, dit-elle.

Nerveuse à la perspective de le toucher, elle hésita un instant, puis saisit sa main.

— J'ai reçu un message de mon amie de Los Angeles, celle qui a tenté de récupérer mes affaires dans mon ancienne maison. Je voulais la remercier pour ses efforts, même si sa mission n'a pas été fructueuse.

— Bien sûr, je comprends.

Maintenant qu'elle était debout, Gage lâcha sa main. Elle ressentit aussitôt un manque.

— La journée a été longue, dit-il, et tu as sans doute l'esprit occupé.

Elle devrait être soulagée que Gage n'ait pas reparlé de reprendre leur liaison. Mais après la gentillesse dont il avait fait preuve en organisant cette rencontre avec Chiara, elle était prise entre des sentiments contradictoires. Elle était heureuse que Gage lui laisse de l'espace, et en même temps elle pensait souvent à lui, à ses caresses, à ses baisers.

Difficile de fixer des limites dans ces conditions…

Ils entrèrent dans la maison, passant par un débarras avant d'arriver dans la cuisine. Tout à l'heure, ils n'étaient restés que le temps de déposer leurs bagages. À présent, Elena avait le temps d'observer la cuisine haut de gamme, aux placards en érable et aux équipements dernier cri. Des lampes industrielles se mariaient harmonieusement avec la décoration de style maison de campagne française, l'association de l'ancien et du moderne donnant du caractère à la pièce.

Le cuir rouge des tabourets de bar rehaussait les nuances naturelles des plans de travail en granite beige et du sol en travertin.

— Ton ami Desmond a beaucoup de goût, commenta-t-elle.

Elle retira ses chaussures et marcha pieds nus vers le plan de travail. Le granite était impeccable, et une odeur de produit nettoyant citronné flottait dans l'air. Le contraste avec les appartements miteux dans lesquels elle avait grandi était immense.

— C'est vrai, approuva Gage. Ses conseils ont été

très utiles quand nous avons décidé d'élargir les activités de notre ranch d'élevage et d'en faire un lieu de séjour haut de gamme.

Il retira sa veste et la lança sur un tabouret de bar, puis ouvrit quelques placards.

— Est-ce que tu veux une boisson chaude avant d'aller te coucher ? proposa-t-il. Il y a plusieurs variétés de thé.

Bien qu'elle soit tentée de se réfugier dans sa chambre pour échapper à son attirance pour Gage, elle savait bien que la fuite ne ferait pas disparaître cette attraction.

— Un thé, c'est très bien. Merci.

Elle grimpa sur un tabouret de bar et posa son téléphone à l'envers sur le comptoir. Elle attendrait d'être dans sa chambre pour lire le message de Zoe. Pour l'instant, elle allait accorder à Gage toute son attention. Elle lui devait bien ça.

D'une manière ou d'une autre, elle devrait répondre à la proposition qu'il lui avait faite aujourd'hui. Elle ne dormirait pas tant que son offre sensuelle resterait en suspens, hantant son esprit. Taquinant ses sens.

Elle le regarda sortir deux tasses et une boîte de thé d'un placard, fascinée par les tatouages visibles sur ses avant-bras. Ou peut-être était-ce Gage qui la fascinait.

Le simple fait de le voir marcher vers elle provoqua un frisson le long de sa colonne vertébrale.

— Alors, qu'est-ce que ton amie de Los Angeles a à te dire ? demanda-t-il, posant la boîte de thé près d'elle. N'hésite pas à lui répondre maintenant. De toute façon, l'eau ne bouillira pas avant quelques minutes, et je dois envoyer un message à Desmond pour le remercier de nous loger dans cette belle maison.

— Je n'ai pas encore lu son message, répondit-elle machinalement.

Elle retourna son téléphone pour parcourir le message de Zoe, en essayant d'oublier la présence de Gage.

D'oublier les longs regards incandescents qu'il lui avait envoyés ce soir.

Ce n'était pas chose facile, et il lui fallut quelques instants pour réussir à se concentrer. Mais lorsqu'elle finit par lire les mots de Zoe, elle ne leur trouva aucun sens.

J'ai tes affaires ! Toutes tes affaires, Elena ! Les photos, les souvenirs, les ustensiles de cuisine, les vêtements et les chaussures !

— Je ne comprends pas, murmura-t-elle, cliquant sur l'image jointe au SMS.

C'était une photo de Zoe, tout sourires, qui brandissait l'un des sacs de créateur vintage d'Elena. En arrière-plan, Elena distingua des portants pleins de vêtements.

— Comment a-t-elle réussi à reprendre mes affaires ? s'exclama-t-elle.

— Tout va bien ?

Il posa son propre téléphone sur le comptoir, puis alla retirer la bouilloire du feu.

— Je ne sais pas trop, dit-elle vaguement.

Elle lut la suite du message.

Les agents de sécurité que ton ami a envoyés ont fait des merveilles. Je n'ai pas eu à prononcer le moindre mot ! La fiancée de Tomas a fini par quitter la maison. Tomas a passé tout son temps à présenter ses excuses pendant que j'énumérais les affaires sur ta liste. Les agents ont aussi fait livrer ton scooter et ton vélo chez toi. Ton concierge les a rangés dans ta cave.

Ce message méritait d'être relu, mais Elena avait une petite idée de l'identité du mystérieux « ami » qui avait envoyé une équipe de sécurité pour épauler Zoe. Le seul ami qui l'avait vue au bord de l'effondrement ce matin, quand elle avait appris que Zoe avait échoué dans sa mission.

— Gage…

Ses doigts tremblaient quand elle posa son téléphone. Ses émotions étaient sens dessus dessous.

— Est-ce que tu as aidé à orchestrer la récupération de mes affaires dans mon ancienne maison ?

— Absolument, dit-il, apportant les tasses fumantes sur le bar. Je ne regrette pas du tout pas mon ingérence, et je le referais s'il le fallait.

Il soutint calmement son regard, puis choisit un sachet de thé et le plongea dans sa tasse.

Il avait sans doute téléphoné à Zoe sans qu'elle soit au courant. Il avait engagé des agents, les avait mis en contact avec Zoe, et avait tout coordonné pendant leur trajet en avion, supposa-t-elle. Avec les ressources à sa disposition, cela n'avait sans doute pas été difficile pour lui, mais il avait dû donner de son temps. Elle ne pourrait sans doute jamais lui rembourser le coût de cette mission.

Elle éprouva de la gratitude mais aussi de la tendresse pour Gage, qui avait tant fait pour elle aujourd'hui. Elle avait voulu maintenir des barrières entre eux, nier l'attirance brûlante qui le poussait vers lui chaque fois qu'ils étaient ensemble. Mais son acte si généreux venait d'abattre ses dernières défenses.

Elle n'était pas seulement reconnaissante. Elle était touchée.

— Merci, dit-elle.

Elle n'avait pas mesuré à quel point les mesquineries de Tomas avaient pesé sur son esprit jusqu'à cet instant. Elle se sentait plus légère et plus libre que depuis bien longtemps.

— Sincèrement, je ne te remercierai jamais assez d'avoir fait cela pour moi.

Gage fit glisser la boîte de thé vers elle, comme pour rediriger la conversation vers un sujet plus concret.

— Ce n'était vraiment pas grand-chose, et je suis heureux de t'avoir aidée.

« Pas grand-chose. » C'était sans doute l'euphémisme de l'année. Elle ne savait pas exactement ce qui avait poussé Gage à l'aider, mais elle était certaine qu'elle n'aurait pas retrouvé ses affaires sans son intervention.

Ses sentiments pour lui, qu'elle réprimait depuis des jours, revinrent en force, et se multiplièrent. Son attirance pour lui grandit, jusqu'à ce qu'il lui soit impossible de l'ignorer.

Alors, quand elle croisa le regard de Gage par-dessus les tasses fumantes, elle ne prit pas la peine de lui offrir un long regard brûlant. Au lieu de cela, elle se leva de son tabouret et contourna l'îlot pour le rejoindre. Elle en avait assez de nier son désir pour lui.

Plus tard, elle trouverait un moyen de gérer les conséquences de ce qu'elle s'apprêtait à faire. Mais pour l'heure, elle comptait s'abandonner à l'instant présent. Sans perdre plus de temps, elle se mit sur la pointe des pieds et l'embrassa.

Gage tenta de se rappeler que la gratitude n'était pas la même chose que le désir. Mais quand Elena noua les bras autour de son cou, pressant ses courbes contre lui et taquinant ses lèvres avec les siennes, il lui fut presque impossible de distinguer ces deux sentiments. L'espace d'un instant, il s'autorisa à respirer son doux parfum de lavande ; il avait envie de lécher chaque partie de son corps pour en trouver la source. Il savoura la caresse soyeuse de sa bouche, réprimant le besoin de mêler sa langue à la sienne.

Quand elle finit par reculer et l'observa, le regard assombri, il était à bout de souffle.

— Tu ne m'as pas rendu mon baiser. Tu me repousses ? demanda-t-elle, faisant la moue et penchant la tête pour l'observer. Après toutes ces tentatives de séduction pendant nos moments volés chez Jonah ?

Bon sang. Cette femme semblait capable d'allumer et d'éteindre sur commande le feu du désir qui brûlait en lui.

— Après la façon dont notre histoire s'est terminée la dernière fois, dit-il, il me semble que nous devons être parfaitement clairs sur ce que nous attendons l'un de l'autre, avant de laisser la passion annihiler toutes nos bonnes résolutions.

Il brûlait de la toucher. De lui retirer ses vêtements jusqu'au dernier, de passer les mains sur sa peau nue.

Il voulait la voir trembler de plaisir. La faire jouir rien qu'avec ses caresses et son souffle sur son point le plus sensible.

— Dans ce cas, je vais t'expliquer très, très clairement ce que je veux, dit-elle.

D'un geste lent, elle retira la pince qui retenait ses longs cheveux. Les mèches ondulées tombèrent en cascade le long de son dos.

— Je ne veux pas que cette nuit se termine de toute autre manière que dans un lit, et je compte sur toi, Gage, pour faire en sorte que cela se produise.

Stupéfié, il ne put que la dévisager pendant qu'elle posait la pince ornée de pierreries sur le comptoir. Il n'aurait pas cru qu'elle voudrait reprendre leur liaison dès ce soir. Mais il n'allait pas protester alors qu'un désir incandescent brillait dans ses jolis yeux.

Autrefois, il était tombé sous le charme de sa force et de sa passion. Les voir ressuscitées mettait en pièces ses dernières résistances.

— Tu peux compter sur moi, promit-il, se parlant davantage à lui-même qu'à elle.

Plongeant les mains dans sa longue et épaisse chevelure, il amena son visage vers lui pour lui donner le baiser dont il rêvait. Un long baiser, langoureux et profond.

Il lécha ses lèvres jusqu'à ce qu'elle les entrouvre, puis fit glisser sa langue sur la sienne. Les petits gémissements qu'elle laissa échapper l'encouragèrent à continuer, jusqu'à ce qu'elle chancelle et s'affaisse plus lourdement contre lui. Mais il n'interrompit pas cette étreinte tant attendue. Posant les lèvres sur sa gorge, il traça des cercles avec sa langue au creux de son cou.

Elle recula un peu pour l'observer, les pupilles dilatées, les yeux brillants de désir.

— Je crois que mes vêtements vont prendre feu si nous ne sommes pas nus bientôt, dit-elle.

— Il faut éviter cela.

Il déposa une série de baisers le long de sa clavicule tout en défaisant les boutons de sa veste, depuis le col jusqu'à sa taille cintrée. Puis il lui enleva son chemisier.

Lorsqu'il entrevit ses seins laiteux sous la dentelle bleu marine de son soutien-gorge, il en eut l'eau à la bouche. Il serra sa taille, appréciant le contact de ses courbes excitantes. Lentement, il fit glisser la bretelle de son soutien-gorge sur son épaule, le bonnet de dentelle révélant un téton engorgé et tentant. Il le captura entre ses lèvres, attirant Elena contre lui tandis qu'elle se cambrait et glissait les mains sous son T-shirt.

Elle se pressa contre son corps, effleurant de ses ongles ses muscles abdominaux pendant qu'il passait à son autre sein.

Elle tâcha de le déshabiller, mais sa respiration saccadée entravait ses efforts. Alors, il l'aida en passant son T-shirt par-dessus sa tête, le laissant tomber sur un tabouret de bar. Lui aussi était en feu à présent.

— Viens avec moi, ma belle.

Il se dirigea vers la chambre, et elle lui emboîta aussitôt le pas.

Elle retira son soutien-gorge tout en marchant, le laissant sur une console près de la porte de la suite.

— Maintenant que je me suis engagée dans cette liaison, je demande à avoir autant d'orgasmes que tu le jugeras possible.

Elle avança dans la chambre et lui lança un regard malicieux par-dessus son épaule. Ses beaux cheveux châtains lui arrivaient presque à la taille.

— Il faudra que tu me supplies pour que j'arrête, assura-t-il.

Il ferma la porte d'un mouvement du pied, pendant qu'Elena descendait la fermeture à glissière de sa jupe crayon.

Il s'empressa de retirer son pantalon, puis la rejoignit et posa les mains sur sa jupe, faisant glisser le tissu le long de ses hanches voluptueuses.

Encerclant sa taille d'un bras, il la fit pivoter de sorte qu'elle soit dos contre lui, et l'observa dans le miroir accroché au-dessus de la commode. Elle laissa retomber sa tête contre son épaule pendant qu'il suivait du bout des doigts le tracé de son slip de dentelle. Il embrassa ses cheveux, sans quitter leur reflet des yeux, et la sentit frissonner entre ses bras.

— Tu m'as manqué, lui chuchota-t-il à l'oreille, devinant à ses joues rosies qu'elle était déjà au bord de son premier orgasme.

Elle était délicieusement sensible, comme autrefois.

— Ça m'a manqué, ajouta-t-il, serrant son sexe à travers la dentelle.

Elle trembla fort, et ses tétons se durcirent.

— S'il te plaît, Gage, murmura-t-elle, ondulant des hanches.

Accédant à sa requête, il écarta le sous-vêtement, glissant la main entre ses replis intimes. Lentement, il se mit à tracer des cercles autour de son point sensible et moite.

Elle se figea, entrouvrit les lèvres. Elle agrippa sa

cuisse, ses ongles s'enfonçant dans sa chair, jusqu'à ce que des convulsions exquises la traversent. La voir jouir provoqua une nouvelle vague de désir en lui, en même temps qu'un besoin de la protéger.

Quand les spasmes diminuèrent, elle se retourna vers lui. Sans attendre, il la porta pour l'emmener jusqu'au grand lit et la posa au centre du matelas avant d'aller chercher des préservatifs dans la salle de bains.

Lorsqu'il revint, Elena était adossée à la tête de lit en cuir. Tandis qu'il posait les protections sur la table de chevet, elle l'attira vers elle et noua les mains autour de son cou.

Elle était si diablement sexy…

Avec quelques difficultés, il ôta son caleçon. Elle se redressa sur le lit pour embrasser son torse et le mordiller pendant qu'il déroulait un préservatif sur lui.

Lorsqu'il eut terminé, il s'étendit sur elle et se positionna entre ses cuisses, tout en soutenant son regard. Il caressa sa joue, passa le pouce sur sa lèvre inférieure. Puis, enfin, il s'inséra en elle. Centimètre par centimètre, il se perdit entre ses replis secrets.

Elle enroula les jambes autour de lui et croisa les chevilles. Ils ondulèrent ensemble, en parfaite synchronisation, comme deux personnes qui avaient mémorisé le corps de l'autre. Ils commencèrent lentement d'abord, puis accélèrent la cadence.

Après quelques instants, elle se mit à califourchon sur lui, ses longs cheveux caressant sur son torse. Puis elle se remit sur le dos et suivit avec ses mains le dessin de ses tatouages. Ses mouvements étaient à la fois excitants et familiers, lui rappelant des souvenirs qu'il n'était pas prêt à accueillir.

Au bout du compte, il captura ses mains et les plaqua sur l'oreiller de chaque côté de sa tête. Elle le laissa volontiers faire, roulant des hanches à chacun de ses mouvements. Lorsqu'il fut au bord de l'explosion, il se pencha et lécha son téton, jusqu'à ce qu'elle se raidisse entre ses bras. Alors, il s'enfonça profondément en elle, dans un dernier coup de reins puissant.

Ils jouirent au même moment, et une déferlante s'abattit sur lui. Il oublia tout, hormis ce qu'Elena provoquait en lui. Un plaisir fou.

Et un sentiment de plénitude.

Ce qui posait problème, songea-t-il lorsqu'il eut repris assez de forces pour se retirer. Il ne pouvait pas attendre d'Elena qu'elle lui apporte cette plénitude. Leur relation actuelle n'était pas de cette nature, et il ferait bien de ne pas mélanger le passé et le présent.

Malgré ses bonnes résolutions, il ne put s'empêcher de la serrer dans ses bras un long moment. Il se dit que c'était pour se préparer à la prochaine série d'orgasmes qu'il comptait lui donner.

Mais il savait bien qu'il se mentait à lui-même.

- 9 -

À son réveil, Elena savoura la douce caresse du soleil sur son visage. Son corps était à la fois douloureux et comblé, et les souvenirs de la soirée se mêlaient dans son esprit, depuis le premier baiser dans la cuisine jusqu'à la razzia nocturne dans le réfrigérateur et les ébats devant la cheminée.

Elle tendit le bras vers Gage, mais il n'était pas dans le lit. Sous ses doigts, elle sentit… des fleurs ?

Se frottant les yeux, elle découvrit une mer de pétales de rose sur l'oreiller de Gage ainsi que sur le sol de la suite. Elle remarqua aussi un message sur la couette. Deux mots écrits d'une main sûre et masculine.

Rejoins-moi.

Les pétales de rose traçaient un chemin vers la porte.

Une onde de chaleur se propagea en elle, bien que Gage et elle aient assouvi leur désir dans cette pièce à peine quelques heures plus tôt. Qu'y avait-il chez cet homme qui la captivait tant ? Écartant les draps, elle sortit du lit et se rendit dans la salle de bains. Lorsqu'elle revint dans la chambre, elle prit l'un des T-shirts de Gage, soigneusement rangés dans le premier tiroir de la commode, et le passa sur elle.

Elle espérait que l'ambiance ne serait pas embarrassante maintenant que le jour s'était levé, mais il était fort probable qu'elle le soit. Gage pensait toujours qu'elle avait accepté l'argent de Nigel Striker, six ans plus tôt. À l'époque, ni lui ni elle n'accordaient aisément leur confiance, et Gage n'allait pas davantage se fier à elle aujourd'hui, même s'ils venaient de partager une nuit torride.

Mais pour encore quelques instants, elle profiterait du moment présent. Et elle retirerait tout le bonheur qu'elle pourrait de ces jours avec lui.

Décrochant l'un des peignoirs dans la salle de bains, elle l'enfila par-dessus le T-shirt de Gage et suivit le chemin de pétales, qui se prolongeait dans le couloir. Elle noua ses cheveux avec un élastique et ramassa quelques pétales sur le parquet, les portant vers son visage pour respirer leur parfum. Sa mère lui avait appris à savourer tous les petits plaisirs de la vie. Elena n'avait pas beaucoup de souvenirs heureux de son enfance, mais elle s'accrochait à ceux qui n'étaient pas ternis par l'alcoolisme de ses parents. Ou par leurs disputes. Lorsque sa mère avait abandonné sa famille, les querelles et la violence avaient cessé, certes. Mais le vide qu'elle avait laissé était trop grand pour être comblé, quoi qu'Elena ait tenté d'y mettre. Le travail. L'ambition. Les relations.

Il était plus simple de profiter du présent, d'autant plus qu'elle ne pouvait pas changer le passé. Un passé qu'elle n'aurait pas dû cacher à Gage.

À partir de maintenant, elle allait assumer son histoire, qui avait fait d'elle la femme qu'elle était aujourd'hui. Une fois dans le salon, elle constata que le chemin de fleurs continuait jusqu'à la terrasse qui surplombait le lac. Elena sortit et découvrit un jacuzzi dont s'échappaient des nuages de vapeur.

Gage était installé dans le coin le plus éloigné, les bras étalés sur les bords du bassin. Elle remarqua ses muscles fermes et ses tatouages noirs, humides et brillants.

— Bonjour, beauté, dit-il d'un ton nonchalant.

Son accent néo-zélandais ne manquait jamais de la charmer.

— Je me suis dit que tu aimerais prendre un bain pour commencer la journée. La vue n'est pas trop mal.

Il désigna d'un signe de tête le lac que l'on distinguait à travers les sapins. Au loin, les montagnes étaient encore enneigées, mais des bourgeons pointaient déjà sur les branches des arbres. La vue était splendide, en effet, mais Elena préférait de loin admirer le corps nu de Gage.

— Il se trouve que j'ai quelques muscles endoloris, dit-elle. Un massage de jets pulsants me ferait du bien.

Elle retira son peignoir et le posa sur la banquette en bois qui entourait deux côtés du bassin. Elle s'apprêta à retirer son T-shirt, mais hésita.

— Quel est le niveau d'intimité ici ? demanda-t-elle, jetant un regard circulaire.

Les pupilles de Gage s'assombrirent avec une rapidité qui la flatta.

— Je crois que tu devrais garder le T-shirt, par sécurité.

— Comme tu veux.

Elle se glissa dans le bassin puis s'assit sur un siège.

— Tu as bien dormi ? demanda-t-elle.

— Parce que nous avons dormi ?

Il s'essuya les mains sur une serviette posée au bord du bassin puis saisit son téléphone.

— J'envoie juste un message au service de chambre, pour demander qu'on nous apporte le petit déjeuner pendant que nous sommes dans le jacuzzi.

Tandis qu'Elena observait la luxueuse propriété, elle prit conscience du contraste net entre son train de vie et celui de Gage. Elle savait que la fortune de Gage était encore plus impressionnante qu'autrefois. Il se déplaçait en jet privé. Il commandait des repas de chef d'un simple SMS. Pour lui, les voitures onéreuses et les destinations de vacances exotiques étaient la norme, tandis qu'Elena était pratiquement partie de rien. Les gens comme les parents de Gage verraient toujours son passé comme un handicap, un fardeau injuste pour leur fils. Et même si elle aimait sa vie comme elle était, elle serait toujours une étrangère dans le monde privilégié de Gage.

Rejetant la tête en arrière pour respirer l'air de la montagne, elle ferma les yeux et apprécia la sensation des jets contre ses épaules. Des bulles éclataient à la surface, envoyant sur son visage une brume légère. Des oiseaux piaillaient dans les arbres, et le bruit d'un moteur de bateau résonnait au loin. L'eau ondula quand Gage s'enfonça dans l'eau.

Les yeux toujours clos, elle le sentit s'asseoir à côté d'elle. Sa cuisse effleura la sienne, réveillant son désir.

— Comment veux-tu passer la journée ? lui chuchota-t-il à l'oreille.

Il l'embrassa dans le cou, et elle frissonna de plaisir.

— Garde en tête que j'ai envie de te choyer, ajouta-t-il.

La tentation de s'abandonner à ses caresses faillit la submerger. Mais ils ne pouvaient pas s'adonner au plaisir charnel indéfiniment. À un moment ou à un autre, il leur faudrait bien affronter leurs problèmes.

Pour commencer, il lui faudrait avouer à Gage qu'elle n'avait pas accepté l'argent de Nigel Striker. Cette pensée lui fit l'effet d'une douche froide, malgré la chaleur du bain à remous.

Elle rouvrit les yeux.

— Nous devrions discuter d'abord, déclara-t-elle. Hier soir, les choses sont allées très vite.

Gage recula un peu, l'air méfiant. Des gouttes d'eau s'accrochaient à sa barbe naissante.

— Je ne vois pas de quoi nous devrions discuter. La nuit dernière était un cadeau. Cette journée peut en être un aussi, si nous lui en donnons la possibilité.

Reporter une conversation pénible était très tentant. Mais Elena avait déjà fait ce choix par le passé, et elle le regrettait encore aujourd'hui.

Elle écarta une mèche de cheveux humides qui s'était échappée de son élastique.

— Il y a six ans, je me suis laissé piéger par l'idée de vivre au présent. Résultat, je ne t'ai jamais parlé de mon passé.

Parce qu'elle n'avait pas voulu ternir l'opinion que Gage avait d'elle, elle lui avait caché que son père était un homme en cavale.

— Et quand tu as fini par apprendre la vérité sur ma famille, ce n'était pas par moi. Je ne vais pas commettre cette erreur deux fois.

Gage s'adossa à la paroi du bassin, l'air soudain distant.

— Tu veux dire que tu me caches d'autres secrets ?

Elle se sentit coupable. Elle ne savait pas quelle était la meilleure manière d'aborder le sujet. Alors, sans préambule, elle avoua :

— Je n'ai pas pris le pot-de-vin que ton père m'a offert.

Il eut d'abord l'air surpris. Puis il se rembrunit.

— Mais de quoi parles-tu ?

— Ce jour-là, en Nouvelle-Zélande, avec ta famille, dit-elle lentement.

Elle se rappela la douleur provoquée par les mots cruels de Nigel Striker, puis par le jugement négatif que Gage avait porté sur elle.

— J'étais dévastée quand ton père m'a dit qu'il voulait me chasser de ta vie, moi qui avais pensé que…

Elle avait cru que Gage l'avait emmenée dans son pays d'origine pour la demander en mariage. La tournure des événements avait été si différente de ce qu'elle avait imaginé qu'elle n'avait pas réussi à garder la tête froide.

— J'avais cru que tout se passait très bien entre nous, reprit-elle.

— Tu n'étais pas la seule à être dévastée, Elena.

L'éclair de douleur qu'elle vit dans ses yeux était bien

réel. Dire qu'elle aurait pu apaiser sa peine si elle avait réagi différemment…

— Mon père a été sans pitié, il t'a présentée comme une femme fourbe et manipulatrice. Mais rien de tout cela n'aurait compté si tu n'avais pas saisi cette occasion de sortir de ma vie de manière lucrative.

Était-il possible qu'inconsciemment elle ait saboté leur relation, bien plus que le père de Gage ne l'avait fait ? Le vrombissement du jacuzzi sembla monter en volume. Ou peut-être était-ce le bruit de sa conscience coupable.

— Je n'ai pas accepté l'argent, Gage. J'ai déchiré le chèque devant ton père.

Elle se redressa. Malgré les jets massants, elle ne se sentait plus du tout détendue.

Gage secoua la tête, l'air incrédule.

— Tu m'as laissé penser que tu l'avais accepté.

— Tu as immédiatement supposé que je l'avais accepté.

— Alors tu m'as menti ?

Elle ferma les yeux un bref instant.

— J'étais blessée et furieuse. Et je me disais que tu finirais par apprendre la vérité…

— Six ans après ?

Impossible de ne pas percevoir la colère dans sa voix. La désillusion.

— Maintenant que ça ne compte plus ? s'exclama-t-il. Alors que tu as *épousé* quelqu'un d'autre ?

Le vrombissement noya presque les paroles de Gage. Elena comprit enfin que ce n'était pas le bruit du jacuzzi. Elle se retourna et vit un quad qui traversait la pelouse.

Marmonnant un juron, Gage se leva, empoignant une serviette et l'enroulant autour de lui tandis que le quad approchait. Elena reconnut Desmond Pierce. L'ami de Gage arrêta son véhicule et approcha de la terrasse.

— Que se passe-t-il ? demanda Gage, allant à sa rencontre.

Desmond lança un bref regard à Elena avant de reporter son attention sur Gage.

— Weston a des nouvelles à nous annoncer. Nous avons rendez-vous au casino à midi. J'ai essayé de te téléphoner toute la matinée.

Desmond se tourna à nouveau vers elle.

— Désolé de vous avoir interrompus. Je crois que nous n'avons pas été officiellement présentés. Je m'appelle Desmond Pierce.

— Elena Rollins, répondit-elle.

Elle était à la fois frustrée et soulagée que sa conversation avec Gage se soit terminée de manière abrupte. Elle savait que ses associés du ranch passaient avant elle, surtout après ce qu'elle venait de lui confesser.

— Je vais aller m'habiller pour que vous puissiez parler en privé tous les deux, dit-elle.

Elle s'apprêta à se lever, tendant le bras vers son peignoir, mais Gage dépliait déjà une serviette pour elle.

— Nous continuerons notre conversation plus tard, lui murmura-t-il à l'oreille.

Son souffle caressa son cou lorsqu'il drapa la serviette autour d'elle.

— Je ne suis pas sûre qu'il y ait quelque chose à ajouter.

Ils avaient tous les deux commis des erreurs qui les avaient menés à cette situation. Il était impossible de revenir en arrière.

— Je préférerais que tu me parles de ce que Weston va t'apprendre. Je parie que ça concerne Alonzo Salazar.

Gage ne prit pas la peine de nier. Il empoigna le peignoir et le posa sur ses épaules.

— Heureusement pour toi, dit-il, ses mains s'attardant sur ses bras, tu as une toute nouvelle histoire à raconter, qui te rapportera bien plus d'argent que tout ce que tu pourrais dénicher sur mon ancien mentor.

Il la relâcha puis posa sur elle un regard enflammé.

— Je te rejoins dès que j'ai fini, promit-il.

Elena retourna à l'intérieur et ferma la baie coulissante derrière elle. Elle passa rapidement devant la cuisine, où des employés préparaient la table pour le petit déjeuner, puis trouva refuge sous une douche chaude. Tandis que l'eau s'écoulait sur elle, elle essaya de déterminer ce qu'elle allait faire.

Elle avait envie d'accepter la branche d'olivier de Gage – le fait qu'il lui ait présenté Chiara Campagna – et d'oublier toute l'affaire Alonzo Salazar. Mais l'ancien professeur de Gage était peut-être le même genre d'homme que Nigel Striker. Et si Alonzo était un homme sans scrupules, prêt à tout pour atteindre ses objectifs ?

Si tel était le cas, ses actes ne devraient pas rester impunis. Mais, pour Gage, Elena téléphonerait à Chiara et conviendrait d'un rendez-vous avec elle. Si elle se concentrait sur sa carrière et son avenir, cela l'aiderait peut-être à oublier les sentiments que Gage faisait naître en elle.

Lorsque Chiara Campagna vit le nom d'Elena Rollins s'afficher sur l'écran de son téléphone, elle se dépêcha de décrocher.

— Bonjour, Elena, dit-elle joyeusement, souhaitant mettre la jeune femme à l'aise. J'espère que tu es libre aujourd'hui. Puisque nous sommes encore à Tahoe toutes les deux, ce serait dommage de ne pas en profiter pour nous voir.

Elle regrettait de manipuler une jeune femme aussi gentille qu'Elena, mais elle ne pouvait se permettre de laisser passer sa chance d'en apprendre davantage sur Alonzo Salazar. Elena avait rassemblé de nombreuses informations sur lui et sur ses liens avec les associés du ranch Mesa Falls. Les six hommes en savaient plus sur la mort de Zach qu'ils ne voulaient l'admettre, et Chiara ne saurait jamais la vérité si elle ne cassait pas quelques œufs.

— En fait, répondit Elena, je suis libre pour quelques heures. Gage doit retrouver Jonah et Desmond Pierce au casino cet après-midi, alors je voulais vous proposer à Astrid et à toi de faire une balade.

— Astrid avait l'air épuisée quand je lui ai parlé ce matin.

Chiara déformait un peu la vérité, mais elle tenait à être seule avec Elena. Ainsi, il lui serait plus facile de lui soutirer des informations. Bien que le mari d'Astrid soit l'un des propriétaires du ranch, Chiara avait le sentiment que Jonah n'avait pas été aussi proche de Zach que Gage Striker.

— Si nous nous retrouvions au casino pour prendre un verre ? suggéra-t-elle.

Cela leur permettrait d'être proches du lieu où les associés si secrets allaient se réunir.

— Tu n'es pas envahie par tes fans dans des endroits de ce genre ? objecta Elena.

— Je demanderai à ma secrétaire de téléphoner d'abord, pour qu'on nous réserve un espace privé.

— D'accord, approuva Elena avec enthousiasme. Je te suis vraiment très reconnaissante de l'aide que tu m'as déjà apportée, Chiara. Je ne sais pas comment je pourrai te remercier un jour.

Chiara avait publié des photos d'Elena sur les réseaux sociaux hier, et elle savait que le nombre d'abonnés de la jeune femme avait explosé depuis. Ce qui était une bonne chose : puisque Elena éprouvait de la gratitude envers elle, elle aurait sans doute du mal à lui refuser une faveur, le moment venu.

— C'est un plaisir de mettre en avant mes amies talentueuses, affirma-t-elle, sincère. Cela dit, je dois t'avertir. Un grand nombre d'abonnés apporte autant de chagrins que de joies.

Personne ne la croyait quand elle disait cela. Mais en ce qui la concernait, être au sommet du monde des médias sociaux était parfois terrifiant. Car, lorsque l'on était tout en haut, on ne pouvait que redescendre. Chiara se posait chaque jour cette question : allait-elle chuter rapidement, ou son déclin serait-il une destruction lente et régulière de tout ce qu'elle avait gagné ces deux dernières années ?

Si son règne numérique était déjà en train de se terminer, raison de plus pour trouver rapidement des réponses sur la mort de Zach. Elle comptait bien se servir de son pouvoir et de son influence éphémères pour découvrir la vérité.

— C'est l'histoire de ma vie, Chiara, avoua Elena. Juste au moment où l'on est au comble du bonheur, le malheur vous tombe dessus. Malgré tout, je te remercie pour ton coup de pouce.

— Ce n'est vraiment pas grand-chose.

Chiara calculait déjà le temps qu'il lui faudrait pour se préparer.

— Je peux te retrouver au casino à partir de midi, à l'heure qui t'arrange, dit-elle. Nous pourrons faire les boutiques et discuter autour d'un déjeuner.

— Je t'envoie un message dès que je serai arrivée, conclut Elena avant de raccrocher.

Filant s'habiller, Chiara dicta quelques questions dans son téléphone, dont une sur le rôle que le père de Gage Striker avait joué pour s'assurer que la mort de Zach n'était pas associée à l'école Dowdon.

Elle choisit un tailleur-pantalon couleur champagne qu'un créateur lui avait fait parvenir la semaine dernière et l'enfila tout en envoyant un message à sa coiffeuse pour lui demander de venir la préparer. Un autre avantage de cette vie de luxe dont elle ne se sentait pas digne.

C'était sans doute mauvais signe qu'elle ne puisse pas

simplement profiter de sa vie d'influenceuse de premier plan. Certes, elle empochait de gros chèques pour des contenus sponsorisés et des apparitions. Mais elle vivait avec un syndrome de l'imposteur constant, et une peur presque paralysante de se tromper. Elle se demandait toujours si la prochaine publication rémunérée qu'elle partagerait révélerait au monde qu'elle n'était qu'une vendue.

Sa psychothérapeute lui avait expliqué que la culpabilité du survivant était commune chez les gens qui avaient perdu un être cher. Surtout quand l'être cher était quelqu'un comme Zachary Eldridge, un garçon qui aurait dû devenir un artiste phénoménal. C'était lui qui lui avait donné ses meilleures idées pour ce qui deviendrait un jour son célèbre flux – présenté comme créatif et artistique, et pouvant plaire à un large public. Sans lui, elle avait l'impression d'être un escroc.

Parfois, elle espérait que sa chute arriverait bientôt. Quand elle ne serait plus sur le toit du monde, peut-être ne lutterait-elle plus chaque jour contre la sensation de ne pas être à sa place.

Dans l'une des salles de luxe du casino, Gage faisait les cent pas, en proie à la nervosité. Si Weston Rivera avait pris la peine d'organiser une réunion à six, ce qu'il leur annoncerait était sûrement important, songea-t-il. Il était le premier arrivé, et un employé était encore en train de vérifier les branchements avant la vidéoconférence avec Miles, Weston et Alec, les trois partenaires qui n'avaient pas pu venir en personne.

S'arrêtant près d'une table de billard, Gage fit rouler entre ses mains la boule de choc. Derrière la baie vitrée, le lac d'un bleu vif étincelait, tandis qu'à l'intérieur, dans la cheminée en pierre, des flammes réchauffaient la pièce.

Sur une desserte en bois, quelques bouteilles de vin et d'alcool étaient posées, dont un bourbon du Kentucky, le préféré de Gage.

Il se servit un verre, en s'efforçant de ne pas penser à ce qu'Elena lui avait révélé ce matin. Peine perdue.

Elle avait refusé l'argent de son père.

Gage avait su qu'elle disait la vérité dès qu'elle avait prononcé les mots. Il aurait dû se douter qu'elle n'avait pas pris ce pot-de-vin. Peut-être pas sur le moment, lorsqu'il avait présumé le pire à son sujet et qu'elle l'avait quitté, furieuse. En réalité, elle n'avait pas été folle de rage contre le père de Gage, mais contre lui, pour avoir cru qu'elle pouvait être achetée.

Avalant une dose de bourbon, il se retourna juste au moment où Jonah et Desmond entraient dans la pièce. Desmond remercia l'employé du casino qui prit congé.

— Qu'est-ce que nous fabriquons ici ? tonna Gage, plus rudement qu'il ne l'avait voulu.

Jonah secoua la tête.

— Mon gars, c'est moi qui suis père d'un nouveau-né. Si quelqu'un doit être perturbé par cette réunion surprise, c'est bien moi.

— C'est vrai. Désolé, Jonah.

Gage était au milieu de la conversation la plus importante de sa vie quand il avait été interrompu ce matin, mais il ne le mentionna pas. Pour l'instant, il se concentrerait sur la raison de cette réunion.

Desmond alluma son ordinateur portable, dont le contenu s'afficha sur un grand écran de télévision au-dessus de la cheminée. Le téléviseur se divisa en trois fenêtres, une pour chacun des trois autres associés. Miles apparut en premier, suivi par Alec et Weston.

— On dirait que nous sommes tous là, observa Weston pendant que Gage et Jonah prenaient place sur un canapé de cuir. J'ai la permission de Devon Salazar pour vous révéler ces informations, qu'April a découvertes dans le cadre de son enquête sur les droits d'auteur d'Alonzo. Elle a appris que la majorité des revenus de son roman *Hollywood Newlyweds* a été consacrée au soutien et à l'éducation d'un adolescent de treize ans du nom de Matthew Cruz.

Jonah recracha la gorgée de café qu'il venait d'avaler.

Gage fut bouche bée.

Alonzo avait subvenu aux besoins d'un enfant ?

— Y a-t-il une raison de penser que c'est le fils d'Alonzo ? demanda Desmond. Est-ce que Devon a demandé un test ADN ?

— Matthew Cruz ne ressemble pas aux Salazar, répondit Weston.

Il tapa sur son propre ordinateur, et une photo d'un grand préadolescent s'afficha sur le téléviseur. Avec ses cheveux blond foncé et ses yeux gris, il n'avait rien de commun avec Alonzo ou avec ses fils, Marcus et Devon, qui possédaient Salazar Media et avaient travaillé sur le marketing et la promotion du ranch Mesa Falls.

— Si ce gamin a treize ans, ça veut dire qu'il a été conçu pendant la pire année de notre vie, fit remarquer Alec, se penchant vers son ordinateur. L'enfant ressemble surtout à Jonah.

Jonah secoua la tête, l'air menaçant.

— Ne va pas sur ce terrain, avertit-il. Je suis encore sous le choc. Et puis, tu sais bien que, si le gamin était de n'importe lequel d'entre nous, Alonzo nous aurait botté les fesses si nous n'avions pas pris nos responsabilités.

— Pourquoi Alonzo aurait-il subvenu aux besoins d'un enfant qui n'était pas de sa famille ? interrogea Gage.

Il essayait de trouver du sens à une journée qui avait rapidement dégénéré, après avoir commencé par un chemin de pétales de rose…

— D'abord, nous nous assurons qu'Alonzo n'a pas de

lien biologique avec cet enfant, déclara Weston. Devon contactera la tutrice de Matthew pour voir si elle accepte un test de paternité.

Apparemment, Weston en savait beaucoup sur le dossier. Ce qui n'était guère étonnant, puisque sa relation avec April, l'enquêtrice financière, était sur de bons rails.

— Qui est la tutrice ? demanda Desmond, appuyant une épaule contre le mur en pierre.

Weston cliqua sur son ordinateur, et un nouveau visage apparut sur l'écran.

— Nicole Cruz, dit-il. Elle a travaillé brièvement au ranch sous le nom de Nicole Smith, mais elle a été licenciée soudainement par un supérieur qui a prétendu qu'elle n'était pas assez performante. Quand j'ai essayé de retrouver la trace de cet incident, j'ai découvert que le supérieur en question avait démissionné le lendemain et qu'il était parti sans laisser d'adresse.

— Ce qui veut dire que le supérieur a peut-être menti. Ou alors, quelqu'un au ranch a fait pression sur Nicole pour qu'elle démissionne, souligna Miles. Est-ce que cette femme est la mère de cet adolescent ?

— Selon elle, non, répondit Weston. Quand elle s'est présentée à April il y a quelques semaines, elle a prétendu que Matthew était le fils de sa sœur, et que cette dernière était morte subitement sans avoir eu le temps de donner le nom du père. Pour l'instant, nous n'avons pas de photos de la mère. Nicole et Matthew ont disparu après que Nicole a été renvoyée de son poste au Mesa Falls.

— Alors, nous engageons quelqu'un pour retrouver la trace du gamin et de sa tutrice, en utilisant leur dernière adresse connue, suggéra Gage.

Il était impatient de commencer à reconstituer ce puzzle avec ses associés, avant que quelqu'un d'autre ne le fasse. Quelqu'un comme Elena. S'il lui demandait de ne pas révéler ces informations sensibles, accepterait-elle de garder le secret ? Malgré la nuit qu'ils avaient partagée, il ne pouvait pas en avoir la certitude.

— Mais peut-être que les Salazar s'en sont déjà chargés ? ajouta-t-il.

— À tout le moins, répondit Miles, nous devons interroger les gens du ranch pour savoir qui la connaissait. Je suis prêt à prendre quelques jours de congé, Gage, si tu veux que je vienne te prêter main-forte au Mesa Falls.

Gage se demanda qui était le plus surpris par ce commentaire. Weston recula de son écran comme si quelqu'un l'avait poussé. Jonah recracha encore son café. Et Desmond émit un long sifflement.

Miles marmonna un juron et s'agita sur son siège. Derrière lui, on distinguait les montagnes de la Sierra Nevada.

— Chacun d'entre vous a pris des jours de congé, argua-t-il. Je les ai bien mérités. Et puis, je compte demander au contremaître du Mesa Falls quelques conseils en matière d'écologie. J'aimerais mettre en œuvre des pratiques similaires ici, au ranch Rivera.

Si ses amis et lui avaient fondé le Mesa Falls, c'était entre autres pour mettre en avant le développement durable dans l'élevage de bétail.

Gage fut le premier à se remettre de sa surprise. Après tout, Miles lui avait déjà dit qu'il était prêt à le remplacer cette semaine.

— J'apprécierais ton aide, Miles, merci, dit-il. Elena Rollins devrait quitter le Montana bientôt, et elle renonce à écrire un article sur Alonzo Salazar.

Alors même qu'il prononçait ces mots, il se rendit compte qu'il n'avait pas envie qu'elle s'en aille. Malgré ce qu'elle lui avait révélé dans le jacuzzi ce matin. Quelque chose d'incroyable s'était produit entre eux hier soir, et il n'allait pas lui tourner le dos juste parce qu'elle avait bousculé ses convictions. Ils avaient été trop prompts à rompre six ans plus tôt. Et s'ils se contentaient d'une relation sans complications, cette fois ? Ils pourraient simplement passer des nuits torrides dans les bras l'un de l'autre, sans se préoccuper de l'avenir.

— Gage ? lança Desmond. Tu es encore avec nous ?

Mince. Il ne s'était pas rendu compte que ses pensées lui avaient fait perdre le fil de la conversation.

— Désolé.

Il n'avait pas l'habitude d'être distrait. Surtout pas à cause d'une femme. Dans son travail, il pouvait mener dix tâches en même temps. Mais quand il s'agissait d'Elena, ses émotions étaient à vif.

— Je me demandais simplement si je pouvais regagner le ranch bientôt. J'ai encore des choses à régler ici.

Jonah lui adressa un regard compatissant.

— Nous sommes en train de préparer une fête, lui apprit-il. Miles a suggéré que nous organisions une autre soirée avec des célébrités, et que nous fassions une déclaration pour présenter notre propre version de l'histoire concernant Alonzo. Si nous expliquons nous-même où est allé l'argent, peut-être que l'intérêt du public diminuera.

— Tu veux dire que nous allons mentir ? s'étonna Gage.

Il ne pouvait imaginer que ses amis s'abaissent à cela.

— Bien sûr que non, intervint Miles. Alonzo a consacré une partie des droits d'auteur de son livre à bâtir des infrastructures dans des quartiers défavorisés un peu partout dans le monde. Nous avons des photos et des preuves concrètes de ses voyages, n'est-ce pas, Wes ?

— En effet, approuva Weston.

— Alors, nous organisons une fête, et nous montrons la vie secrète d'Alonzo en tant que philanthrope, résuma Gage.

Il n'était pas du tout d'humeur à faire la fête, mais tant pis.

Desmond se tourna vers lui.

— Tu penses qu'Elena serait d'accord pour nous aider ? demanda-t-il. Elle pourrait écrire la version que nous voulons diffuser à propos d'Alonzo.

Demander à Elena de raconter une histoire qui n'était pas l'entière vérité le mettait mal à l'aise. Il refusait de lui mentir, après la façon dont son père et lui l'avaient traitée six ans plus tôt.

— Je verrai ce que je peux faire, répondit-il, ne voulant rien promettre.

Qui plus est, s'il donnait à Elena l'occasion d'écrire un article de ce genre, elle n'aurait ensuite plus de raison de rester au ranch. Elle quitterait le Montana. Et elle le quitterait, lui.

Pour de bon, cette fois.

- 10 -

Dans la galerie du casino, Elena patientait pendant que Chiara terminait sa conversation avec la propriétaire d'une boutique de vêtements. Elle leva les yeux vers le premier étage de la galerie, où Gage était en réunion avec ses associés, dans l'une des salles de luxe de l'établissement.

Qu'y avait-il donc de si important pour qu'il ait dû écourter leur conversation ce matin ? Après l'arrivée de Desmond, Gage et lui s'étaient enfermés dans le petit salon et n'en étaient ressortis que pour se rendre au casino. Elena ne tenait pas rigueur à Gage pour ce manque de communication. Elle savait bien qu'il n'allait pas mettre en suspens ses affaires simplement parce qu'elle lui avait révélé un secret vieux de six ans. Toutefois, elle devait l'admettre, elle était impatiente de reprendre leur discussion, et de découvrir si son aveu allait changer un tant soit peu leur relation.

La voix de Chiara interrompit le cours de ses pensées.

— Elena, tu veux bien poser avec Mimi ? Comme ça, je pourrai vous taguer toutes les deux, et cela aidera Mimi à te retrouver, au cas où elle voudrait passer une commande de tes futures créations.

— Oui, bien sûr.

Chassant de son esprit ses préoccupations sentimentales, Elena se hâta de rejoindre les jeunes femmes. Apparemment, Chiara n'oubliait jamais son activité d'influenceuse. Elena était impressionnée… Pendant qu'elle rêvassait et pensait à Gage, Chiara avait fait la promotion de la future activité d'Elena. Chiara et Astrid lui avaient affirmé qu'elle avait un réel talent de styliste.

Elle posa avec la directrice autour d'un mannequin de plastique, et Chiara prit plusieurs clichés.

— Votre magasin est magnifique, conclut Chiara lorsqu'elle eut terminé la séance photo improvisée. Merci beaucoup pour cette visite.

Après avoir pris congé de la jeune femme, Chiara et Elena continuèrent leur exploration des boutiques, disposées en étoile autour d'une grande fontaine. L'eau s'échappait par la bouche d'un dragon des mers et se déversait dans un élégant bassin en marbre.

Elena jeta un autre coup d'œil vers le premier étage de la galerie, et constata que la porte de la salle demeurait close. Chiara avait suivi son regard.

— Si j'en crois Astrid, les associés du Mesa Falls se sont retrouvés pour parler d'un sujet hautement confidentiel, chuchota l'influenceuse, le regard pétillant comme si elles-mêmes partageaient un grand secret. D'habitude, les propriétaires du ranch refusent de parler d'Alonzo Salazar. Est-ce que tu as réussi à leur soutirer des confidences ?

Chiara étant une amie proche d'Astrid, Elena était un peu décontenancée par sa question. Elle prit un instant pour réfléchir à une réponse, tout en regardant distraitement un groupe de touristes en train de photographier le dragon de la fontaine.

— Pour être franche, ça ne me concerne plus. Je renonce à écrire un article sur cette histoire.

Jusqu'ici, elle avait préféré attendre de voir comment la situation avec Chiara évoluerait avant de prendre sa décision. Mais inconsciemment, elle avait déjà fait son choix. Et elle venait de l'exprimer.

— Quand j'ai commencé mes recherches, j'étais

persuadée que c'était l'appât du gain qui avait poussé Salazar à écrire ce roman. Or, maintenant, je n'en suis plus si certaine.

— Vraiment ? s'étonna Chiara.

Sa nouvelle amie se décala pour ne pas être dans le champ des appareils photo des touristes, puis se pencha vers elle, écarquillant ses jolis yeux verts.

— Raconte ! lui enjoignit-elle.

L'intérêt manifeste de Chiara la rendait méfiante, sans qu'elle puisse expliquer pourquoi. Mais durant son adolescence avec un père alcoolique en cavale, elle avait appris à écouter son instinct. Voilà pourquoi elle décida d'opter pour la prudence.

— Les propriétaires du Mesa Falls prennent tous la défense de Salazar. Et pour moi, cela compte.

À nouveau, elle leva les yeux vers l'étage. Cette fois, elle vit Jonah et Desmond Pierce sortir de la salle.

— Je crois qu'ils ont terminé leur réunion, avança-t-elle.

Un employé du casino en uniforme alla parler à Desmond Pierce, qui sembla lui donner des instructions.

— Tu sais que les six associés étaient élèves dans un internat où Alonzo enseignait, n'est-ce pas ? demanda Chiara. J'étais dans un internat de filles proche de leur école, mais aucun d'eux ne se souvient de moi, on dirait.

Elena marqua un temps d'arrêt.

— Tu les connaissais quand vous étiez adolescents ? Est-ce qu'Astrid est au courant ?

— Je lui en ai parlé un jour, mais je ne suis pas sûre qu'elle s'en rappelle. En revanche, ça n'est pas si surprenant que les propriétaires du ranch ne se souviennent pas de moi. À l'époque, j'étais juste Kara Marsh, une adolescente ordinaire. J'étais trop grande, gauche, et j'étais très loin d'avoir l'assurance que j'ai aujourd'hui.

Bien qu'elle soit impatiente d'aller retrouver Gage et de l'attirer dans un coin tranquille pour terminer leur discussion, Elena ne pouvait nier qu'elle était très curieuse d'en savoir plus sur le lien qui unissait Chiara aux associés du ranch. Un lien que Gage ne connaissait pas, apparemment.

— Tu as changé de nom, alors ?

Les abonnés de Chiara étaient-ils au courant ?

— Non, Chiara est simplement mon nom de scène. Quand j'ai commencé mon activité, c'était plus facile d'avoir deux identités, pour séparer mon monde professionnel de ma vie privée.

Chiara désigna l'escalier d'un signe de la main.

— Si nous montions les rejoindre ? Tu dois être impatiente d'être avec Gage.

Cela se voyait-il tant que ça ? Oui, elle avait pensé à lui toute la journée, mais d'un autre côté elle craignait d'être dépassée par ses émotions. Elle avait eu du mal à déchiffrer la réaction de Gage ce matin, lorsqu'elle lui avait révélé son secret. Et elle éprouvait un peu d'appréhension à l'idée de le retrouver. Pour gagner du temps, elle posa une autre question à Chiara.

— Ça ne te dérange pas qu'ils ne se souviennent pas de toi ?

Le son de l'eau qui coulait dans la fontaine résonnait dans l'air. Un joyeux groupe de jeunes femmes, portant des T-shirts barrés des mots « Demoiselle d'honneur », passa devant elles, des boissons fruitées à la main.

— Pas vraiment. Je n'ai pas l'intention d'être Chiara Campagna toute ma vie, affirma-t-elle, consultant sa montre au cadran doré. Mais si tu changes d'avis à propos d'Alonzo et de ses rapports avec les associés du ranch, je suis partante pour étudier la question avec toi.

Stupéfaite par la tournure que la conversation avait prise, Elena suivit sa nouvelle amie qui montait déjà l'escalier.

Pourquoi Chiara voudrait-elle l'aider à déterrer un passé que les propriétaires du Mesa Falls voulaient manifestement garder secret ? La proposition de l'influenceuse la poussait à remettre en question son choix. Avait-elle accepté un peu trop facilement la demande de Gage, à savoir : renoncer au scoop Alonzo Salazar ? Il fallait qu'elle parle à Gage, pour en avoir le cœur net.

Chiara et elle allèrent saluer Jonah, puis Elena se dirigea vers la salle de luxe où la réunion avait eu lieu.

Calé dans un immense canapé incurvé en cuir, Gage tapait un message sur son téléphone. Sa veste noire ajustée mettait en valeur ses larges épaules. Un grand écran de télévision était accroché au-dessus d'une cheminée élégante et moderne, dans laquelle un feu était allumé. De chaque côté du foyer en pierre, de hautes fenêtres offraient une vue splendide sur le lac Tahoe. Le ciel sans nuages se reflétait dans l'eau d'un bleu éclatant.

Elena se sentit très nerveuse, tout à coup. Son attirance pour Gage et une foule d'autres émotions, qu'elle n'avait pas envie d'étudier de trop près, la submergeaient.

— Gage ?

Il se tourna aussitôt vers elle.

— Elena.

Elle vit ses épaules se détendre légèrement. Il ne lui sourit pas ; toutefois, il semblait soulagé de la voir.

Ou peut-être était-ce simplement le fruit de son imagination ?

— J'espère que je ne te dérange pas, dit-elle.

Elle serra son sac fourre-tout contre elle. Les fausses pierres de récupération qu'elle avait cousues sur le cuir s'enfoncèrent contre ses côtes.

— J'étais avec Chiara, expliqua-t-elle. Je l'ai retrouvée ici pour échanger des idées sur ma potentielle nouvelle activité.

Elle n'en revenait toujours pas que l'une des personnalités les plus connues du monde veuille l'aider à se lancer dans la mode. Chiara lui avait suggéré de commencer par créer une collection capsule, qu'elle pourrait présenter en tant qu'invitée d'une grande marque.

Elena n'avait jamais imaginé qu'elle pourrait exercer une activité de ce genre, mais elle serait folle de ne pas saisir l'occasion qui lui était offerte. En revanche, la seconde proposition de Chiara la mettait mal à l'aise. Elle n'avait plus très envie d'écrire un article sur Alonzo Salazar maintenant que ses sentiments pour Gage ne faisaient plus de doute.

— Je suis content que tu sois là, dit-il.

Il se leva, rangea son téléphone dans la poche de sa veste et avança vers elle. Même si elle n'arrivait pas à déchiffrer son expression, son regard intense la troubla.

— J'aurais dû t'accorder toute mon attention ce matin. Je suis désolé que nous ayons été interrompus.

Tandis qu'il approchait, son corps se mit à vibrer, comme chaque fois qu'il était près d'elle, mais les effets étaient plus prononcés cette fois, après la nuit enfiévrée qu'ils avaient partagée hier.

— Tu es un homme très occupé. Je l'ai compris dès le début, étant donné le mal que j'ai eu à obtenir un rendez-vous avec toi.

— Je suis peut-être occupé, mais j'ai annulé mes rendez-vous pour passer du temps avec toi cette semaine.

Il la parcourut du regard.

— Si nous dînions au casino ce soir, pour reprendre notre conversation de ce matin dans le jacuzzi ? suggéra-t-il.

Une bouffée de désir l'envahit, et elle sentit son pouls s'emballer.

— Il me tarde, dit-elle.

Et elle était sincère. Il fallait qu'ils mettent le passé à plat, une bonne fois pour toutes.

Et ensuite, il leur faudrait discuter du mystérieux Alonzo Salazar. Car, qu'elle décide ou non de publier un article à son sujet, elle commençait à penser que cet homme était au centre d'une histoire complexe, que Gage continuait de lui cacher.

Gage n'arrivait pas à quitter Elena des yeux. Cette femme le fascinait.

Il la regarda plonger sa fourchette à dessert dans la meringue recouverte de fruits de son *boccone dolce*. Sa robe de soirée scintillait sous la lumière des chandelles. L'étoffe couleur champagne moulait ses courbes et dévoilait une épaule. Lorsqu'ils étaient entrés dans le restaurant, Elena avait attiré tous les regards.

L'établissement était décoré comme un palais florentin, avec ses moulures au plafond, ses peintures néoclassiques et ses lustres travaillés. Des fresques ornaient les murs, entre les fenêtres qui offraient une vue sur le lac. Gage et elle étaient installés sur une estrade entourée de piliers, autour de laquelle des rideaux blancs étaient drapés, leur procurant un peu d'intimité.

Durant tout le repas, il avait pris son mal en patience. Après la révélation qu'elle lui avait faite ce matin, son esprit était en ébullition, mais il n'avait pas voulu la bombarder de questions. Alors, il s'était contenté de l'interroger sur ses projets professionnels. Elle comptait se consacrer à sa carrière d'influenceuse, tout en se lançant sérieusement dans le stylisme. Il lui avait proposé d'investir dans sa future entreprise, mais elle avait décliné son offre et avait redirigé la conversation sur lui, le questionnant sur sa décision de quitter sa banque d'investissement pour se concentrer sur ses investissements personnels. Maintenant, c'était à son tour de recentrer la discussion sur elle.

— Nous n'avons jamais parlé de ta famille quand nous étions en couple, fit-il remarquer, plongeant sa fourchette dans son gâteau aux noisettes.

Avec le recul, il se disait qu'il aurait dû la questionner

davantage. Son manque de curiosité les avait desservis tous les deux.

— Quand j'ai appris que tu avais eu une jeunesse peu conventionnelle, je me suis demandé comment tu avais fait pour réussir professionnellement. Quand je t'ai rencontrée, tu avais déjà un grand sens des affaires.

Un serveur vint remplir leurs verres d'eau, et Elena mordit dans une framboise avant de répondre.

— Quand je t'ai raconté comment j'ai fondé mon blog, je ne t'ai dit que la vérité. Je rédigeais des chroniques sur mon envie de m'entourer de belles choses à moindre coût. Je montrais ce que je dénichais dans les marchés aux puces, comment je transformais des objets de récupération. Ces articles étaient très populaires, car beaucoup de gens aux revenus modestes ont envie de se créer un environnement agréable sans dépenser une fortune.

— Et les publicités sur ton blog payaient tes études ?

Elle lui avait expliqué qu'elle avait fondé son blog en partant de rien, mais à l'époque il avait cru qu'elle exagérait. Aujourd'hui, il savait qu'elle avait fui son foyer avant même d'être majeure, cumulant des emplois de serveuse pour payer son loyer. Et il mesurait à quel point elle avait dû travailler dur pour s'en sortir.

— Oui, je prenais des cours en ligne le soir, et je travaillais pendant la journée. J'alimentais mon blog pendant mes pauses.

Elle le regarda par-dessus le bord de son verre puis prit une gorgée d'eau.

— J'étais ambitieuse. Mais cette période était loin d'être aussi difficile que la vie avec mon père. Une fois que j'ai eu le contrôle sur ma propre existence, tout était moins angoissant.

— Comment ça ?

Pour lui, mener une vie d'adulte à dix-sept ans lui paraissait très effrayant.

Son propre père était un homme manipulateur et tyrannique. Nigel Striker n'avait jamais apprécié les amis de son fils, et il avait fait du mal à Elena. Mais au moins, Gage ne s'était jamais demandé comment il allait payer ses factures, tandis qu'Elena avait connu la pauvreté.

Elle piqua une fraise avec sa fourchette. Les deux violonistes qui jouaient depuis le début de la soirée passèrent d'un allegro complexe à une valse rythmée.

— Je n'avais plus à craindre qu'on m'expulse de chez moi pour cause de loyers impayés, dit-elle, tapotant ses lèvres avec sa serviette. Ou que la police embarque mon père et m'envoie en foyer d'accueil. Je me faisais confiance bien plus que je ne faisais confiance à mon père, et ça m'a grandement facilité la vie.

Gage termina son verre de zinfandel, que le sommelier lui avait conseillé avec son dessert, et réfléchit à ce qu'elle venait de dire. Il comprenait mieux pourquoi elle n'accordait pas aisément sa confiance, après la manière dont elle avait été élevée.

— En parlant de confiance, Elena, j'ai une question. Comment devrais-je m'y prendre pour que tu me fasses à nouveau confiance, étant donné que je t'ai prêté de mauvaises intentions il y a six ans ?

— Tu me crois, maintenant ? demanda-t-elle, haussant un sourcil. Parce que, dans le cas contraire, j'ai une photo du chèque déchiré quelque part. Je pensais que ton père te révélerait la vérité un jour, mais apparemment ça n'est jamais arrivé.

— Je n'ai pas besoin d'une preuve, Elena. Je n'aurais pas dû tirer de conclusions hâtives. Et le moment viendra où j'aurai une explication avec mon père. Mais pour l'instant, je dois gérer la crise de communication que le ranch traverse.

— Je comprends, dit-elle, repoussant son assiette à moitié entamée. Mais si tu veux savoir comment regagner ma confiance, il y a un moyen. Tu pourrais me donner des réponses honnêtes à propos d'Alonzo Salazar.

Le scandale autour d'Alonzo était la raison pour laquelle elle était venue dans le Montana. Et ce qu'elle venait de suggérer réveillait sa méfiance.

— Pourquoi ? Parce que tes abonnés méritent de connaître la vérité ? demanda-t-il, incapable de contenir l'amertume dans sa voix.

— Non, répliqua-t-elle sans ciller. Parce que *je* la mérite.

Il avait saisi le message. S'il voulait avancer dans leur relation, il devait lui révéler des choses sur lui-même. Ils avaient évité les sujets sensibles lorsqu'ils se fréquentaient autrefois. Résultat : leur lien s'était brisé au premier obstacle.

Et aujourd'hui ? Il n'était pas certain d'être prêt pour une relation sérieuse. Les conséquences de leur rupture avaient été difficiles à supporter, pour tous les deux, et, s'il reprenait son histoire avec Elena, sa famille couperait sans doute les ponts avec lui. Il espérait ne pas en arriver là, car il ne voulait pas faire de peine à sa mère et à ses sœurs.

Mais rien ne l'obligeait à décider de son avenir maintenant. Il devait seulement décider s'il voulait ou non faire l'amour avec Elena une nuit encore.

Vu sous cet angle, le choix était simple. Serrant les dents, il s'apprêta à révéler la vérité la plus pénible de sa vie, en un minimum de mots.

— Alonzo Salazar était un mentor pour moi et pour tous mes associés du Mesa Falls. Et il a été là pour nous lorsqu'un de nos amis s'est tué en sautant d'une falaise, car nous nous sentions tous responsables de ce drame.

Elena perçut toute la douleur de Gage dans cette explication laconique.

Sous le choc, elle mit du temps à trouver une réponse et, pendant ce silence figé, le serveur leur apporta la note, ce qui mit fin à leur conversation. Gage régla l'addition, puis il l'aida à se lever. Il voulait sans doute attendre qu'ils soient seuls pour continuer une discussion qui avait pris une direction tout à fait inattendue. Il posa sur ses épaules son trench de satin – Mimi, la propriétaire du magasin rencontrée tout à l'heure, le lui avait offert après qu'Elena avait publié une photo du vêtement sur son blog.

Sans un mot, Gage et elle sortirent du casino et se dirigèrent vers le voiturier, qui leur amena rapidement la Land Rover. Ils effectuèrent le court trajet jusqu'à la résidence privée que Desmond leur prêtait et, une fois que Gage eut garé le véhicule dans le garage, il vint lui ouvrir sa portière.

— Je suis désolée pour ton ami, dit-elle doucement.

Elle avait dit ces mêmes mots au restaurant, mais elle n'était pas sûre qu'il les avait entendus. Il lui avait semblé distant, mais c'était peut-être parce qu'ils étaient dans un endroit public. Elle prit sa main entre les siennes.

— Merci, Elena. Je n'en avais jamais parlé à personne.

Un muscle tressauta dans sa mâchoire.

— Mais tu voulais savoir pourquoi je reste loyal envers Alonzo, reprit-il, et maintenant tu as l'explication.

Elle connaissait mal Gage, se rendit-elle compte. Six ans plus tôt, ils avaient cédé à leur attirance mutuelle, sans chercher à gratter la surface pour se découvrir vraiment. Gage était-il enfin prêt à dévoiler un peu de lui-même ?

— Je suis étonnée qu'une telle tragédie soit restée secrète toutes ces années.

D'autant plus que l'intérêt des médias s'était ravivé, depuis qu'Alonzo avait été identifié comme l'auteur du roman à succès *Hollywood Newlyweds*.

— Elle n'aurait pas dû rester secrète, dit-il.

Serrant doucement sa main, il la conduisit à l'intérieur de la maison et referma la porte derrière eux.

— C'est l'un des plus grands regrets de ma vie, avoua-t-il. Mon père a utilisé ses relations et sa fortune pour faire en sorte que la mort de Zach Eldridge ne ternisse pas notre image ou celle de l'école Dowdon. Mes cinq associés et moi étions tous présents quand il est mort.

L'amertume dans sa voix était palpable.

— Que s'est-il passé ce jour-là ? demanda-t-elle.

Il l'aida à retirer son manteau, sans doute parce que cela lui permettait d'échapper à son regard pendant quelques instants. Elle pouvait le comprendre. Le simple fait d'entendre cette histoire lui faisait froid dans le dos alors qu'elle ne connaissait même pas le jeune homme décédé. Au moins, les mains de Gage sur ses épaules lui procuraient une chaleur bienvenue.

Une fois dans le salon, Gage alluma un feu dans la cheminée, puis l'invita à s'asseoir à côté de lui sur le canapé. Il s'assit au bord de son siège, les coudes sur les genoux, le regard fixé sur les flammes.

— Il y avait des écuries dans notre pensionnat. Tous les sept, nous étions allés faire une randonnée à cheval. Nous aurions dû rentrer le soir, mais nous avons tardé et nous avons fini par passer la nuit dehors. Les adolescents rebelles que nous étions se fichaient pas mal de s'attirer des ennuis. Zach avait été bizarre toute la semaine. Il rencontrait un problème dans sa vie, et il nous avait dit que nous devions « nous conduire en hommes » et être présents pour lui.

Elena se rapprocha de lui sur le canapé, posant la main sur son bras.

— Quel genre de problème était-ce ?

— Qui sait ? Nous ne lui avons pas posé la question sur le moment. Nous avons juste bu les bouteilles d'alcool volées que nous avions apportées, et nous avons oublié nos soucis respectifs. Nous nous sommes enfoncés dans la montagne, jusqu'à ce que nous soyons perdus. Mais ça ne nous inquiétait pas.

Elle tenta d'imaginer Gage en jeune garçon rebelle, lorsqu'il n'avait pas encore canalisé toute son énergie dans la finance. Après avoir visité la maison élégante et impeccable de la famille Striker en Nouvelle-Zélande, elle s'était dit que la personnalité extravertie de Gage y avait sans doute été étouffée. Gage lui avait confié un jour que son père l'avait envoyé faire ses études aux États-Unis précisément pour qu'il n'embarrasse pas sa famille.

— Est-ce que vous avez pu l'interroger ensuite ? Vous vous êtes sans doute arrêtés pour la nuit ?

Il secoua la tête.

— Je me suis endormi tout de suite parce que j'avais trop bu. Je croyais que mes camarades aussi mais, plus tard, j'ai appris qu'Alec, Miles et Zach avaient passé une bonne partie de la nuit à discuter. Peut-être que Zach leur en a dit davantage.

Il déplaça sur la table basse une sculpture représentant un cerf, et passa distraitement la main sur les bois.

— Mais l'accident ne s'est produit que le lendemain, ajouta-t-il.

— L'accident ?

Lorsque Gage lui avait dit que son ami s'était tué, elle avait cru qu'il s'agissait d'un suicide. Avait-elle mal compris ?

— Certains d'entre nous voulaient faire des plongeons en sautant d'une falaise, mais il avait plu la veille, alors les conditions météo n'étaient pas favorables.

Il secoua la tête, le regard lointain.

— Je ne pensais pas qu'ils étaient sérieux. Je croyais qu'ils fanfaronnaient, que nous allions remonter à cheval et rentrer à l'internat.

Elle eut le ventre noué, car elle savait déjà que ce n'était pas ainsi que cela s'était terminé. Elle appuya la tempe contre son épaule pendant un instant, pour le soutenir comme elle le pouvait.

— Ce qui s'est passé ensuite a été l'objet de vifs débats après le drame.

Il fit glisser la sculpture en bois sur la table.

— Nous avons tous vu des psychologues dans les semaines qui ont suivi, grâce à l'intervention d'Alonzo. Et ces thérapeutes nous ont aidés à comprendre que l'esprit peut modifier le souvenir d'événements traumatisants pour les rendre… supportables.

Elle releva la tête et l'observa.

— Et toi, que penses-tu qu'il soit arrivé ?

Elle glissa le bras autour du sien.

— Je pense que Zach ne voulait pas se tuer, et qu'il voulait juste plonger dans la rivière. Je n'ai jamais considéré sa mort comme un suicide parce que ça ne lui ressemblait pas. Il repoussait les limites parce qu'il disait que les grands frissons « nourrissaient son art ».

Il haussa les épaules et pianota sur la table basse.

— Il aimait vivre dangereusement. Mais après ce saut, il n'est jamais remonté à la surface.

Elle eut le cœur serré.

— Est-ce que l'un de vous est allé à sa recherche ?

Elle se blottit contre Gage et frotta sa joue contre son épaule. Pour le réconforter mais aussi pour se réconforter elle-même.

— Nous y sommes tous allés. Weston est le seul à avoir sauté, ce qui aurait pu le tuer, lui aussi. Les autres et moi, nous avons descendu les rochers et nous nous sommes glissés dans l'eau. Nous l'avons cherché jusqu'à ce que nous soyons à bout de souffle, tout en sachant qu'il était déjà trop tard.

— Je suis vraiment navrée.

Elle ne pouvait imaginer quel traumatisme ces gamins de seize ans avaient subi.

— Mon père a montré sa vraie nature après le drame. Il a menacé de renoncer à financer une nouvelle bibliothèque si les communiqués de presse de l'école n'étaient pas conformes à ses souhaits.

Il ferma les yeux un instant. Quand il les rouvrit, une lueur de détermination brillait dans son regard.

— Nos noms et celui de l'école n'ont jamais été associés à l'accident. Nigel Striker était un salaud égoïste de premier ordre, mais Alonzo Salazar a fait tout ce qui était humainement possible pour nous aider à affronter la mort de notre ami.

Elle commençait à mieux comprendre pourquoi les associés du Mesa Falls étaient d'une loyauté indéfectible envers l'auteur d'*Hollywood Newlyweds*.

— Pas étonnant que vous teniez tant à protéger sa mémoire, observa-t-elle, passant la main sur le dos de Gage.

Elle sentit ses nœuds de tension se défaire un peu sous ses doigts.

— Ce n'était peut-être pas un bon parent pour ses fils, mais il a été le meilleur soutien qu'on puisse imaginer pour un groupe d'adolescents qui essayaient de tenir le choc. Il a trouvé des petits boulots à ceux d'entre nous qui avaient besoin d'une activité physique, et des causes à défendre pour ceux qui avaient besoin d'un exutoire pour leur colère. Weston est devenu sauveteur, et sauver les gens est devenu sa passion.

Il se tourna vers elle et posa la main sur sa joue.

— Quant à moi, Alonzo savait que je m'intéressais aux investissements, parce que j'avais mené à bien un projet qui consistait à investir dans une entreprise imaginaire. Il m'a ouvert un portefeuille d'actions virtuel et y a déposé quelques centaines de dollars. Il m'a dit que je pouvais les perdre si je le souhaitais, mais que, si je gagnais de l'argent, il voulait dix pour cent de tous mes gains.

— Vraiment ? Je croyais qu'il était professeur de lettres ?

Elle appuya le menton contre la main de Gage, savourant sa caresse. Elle sentait que lui aussi avait besoin d'une connexion physique.

— En effet, mais notre école mettait l'accent sur les cours transversaux. Alonzo était ami avec le professeur de gestion, et il était au courant du projet.

Il maqua un temps puis reprit :

— C'était une chance pour moi, je suppose. Je nous ai fait gagner une jolie somme cette année-là, et investir est devenu mon obsession.

— Et tes amis..., commença-t-elle, mais il l'interrompit en posant un doigt sur ses lèvres.

— Je crois que j'ai atteint ma limite en matière de confidences ce soir.

À son air sérieux, elle comprit à quel point cette conversation lui avait coûté.

Gage avait toujours l'index sur ses lèvres, qu'il fixait intensément. Il murmura :

— J'ai besoin de penser à autre chose... ou, mieux encore, de ne pas penser du tout.

Elena sentit sa respiration se raccourcir tandis qu'une onde de chaleur se propageait en elle. Gage promena doucement son index sur sa bouche, dans un mouvement de va-et-vient sensuel. Elle ferma les yeux et se focalisa sur les sensations qui la parcouraient, tout en songeant déjà à ce qui adviendrait ensuite.

— Dans ce cas, laisse-moi partager quelque chose avec toi, susurra-t-elle avant de mordiller doucement le bout de son doigt.

Lorsqu'elle rouvrit les yeux, elle remarqua que le regard de Gage s'était assombri.

C'était la seule réponse dont elle avait besoin. Sans un mot, elle se leva et se mit à baisser la fermeture Éclair sur le côté de sa robe. L'étoffe en tulle ornée de sequins glissa le long de son corps et tomba à ses pieds.

Le désir brut qui passa dans le regard de Gage suffit à allumer un feu qui monta de ses jambes jusqu'à son ventre et à ses seins.

Ne portant plus qu'un coordonné de dentelle couleur chair et ses sandales en cuir argenté, elle se cala entre ses genoux.

— Je ne sais pas pour toi…

Elle passa les mains sur ses épaules puissantes. Elle avait bien l'intention de lui faire tout oublier hormis elle.

— … mais j'ai rêvé de ce moment toute la journée, conclut-elle.

- 11 -

Lorsqu'elle se glissa entre les bras de Gage, Elena eut le sentiment d'être à sa place.

Pour elle qui n'avait jamais vécu au même endroit plus de quelques mois jusqu'à ses dix-huit ans, ce sentiment était d'autant plus puissant. Mais elle tâcha de ne pas songer à son adolescence, pour éviter que l'émotion ne la submerge.

Elle reporta son attention sur les mains de Gage qui se posaient sur ses hanches. Elle s'abandonna à la chaleur de ses lèvres quand il déposa un baiser au creux de sa taille. Et elle savoura la caresse de son souffle sur la dentelle festonnée de son soutien-gorge. Elle se mit à déboutonner sa chemise blanche pendant qu'il effleurait ses côtes. Il dut l'aider avec ses boutons de manchettes, mais elle finit par réussir à retirer le vêtement, et admira avidement ses muscles hâlés.

Il la fit pivoter pour qu'elle lui tourne le dos, et ôta les épingles de ses cheveux, les mèches ondulées retombant en cascade avant qu'il ne les repousse sur un côté pour embrasser son cou.

L'espace d'un instant, elle fut captivée par leur reflet, visible dans un miroir accroché au mur face à eux. L'image de Gage contre elle, ses muscles ondoyant tandis qu'il la caressait, semblait tout droit sortie de ses fantasmes.

Du bout de l'index, elle suivit le dessin complexe des tatouages sur ses bras, tandis qu'un désir brûlant se propageait dans tout son corps. Il passa la langue juste sous son oreille, provoquant une nouvelle vague de picotements le long de sa colonne vertébrale.

— Prends-moi, ordonna-t-elle, plongeant la main dans ses cheveux et ramenant son visage vers elle. S'il te plaît.

Elle se retourna entre ses bras. Prenant son visage entre ses mains, elle l'attira contre elle et l'embrassa. Il goûta ses lèvres avec l'adresse et la finesse de quelqu'un qui connaissait son corps mieux qu'elle ne le connaissait elle-même. Bien vite, il enroula sa chevelure autour de sa main, faisant pivoter son visage dans un sens et dans l'autre pour approfondir le baiser. Elle tremblait déjà de plaisir, pourtant ils n'étaient pas encore nus.

D'un bras, il la souleva et la plaqua contre lui. Aussitôt, elle enroula les jambes autour de sa taille. Sans perdre un instant, il glissa les mains sous ses cuisses et la porta aisément jusqu'à la chambre. Chaque pas était un supplice exquis, car son sexe en érection se pressait contre son point le plus sensible.

Lorsqu'il l'eut déposée au centre de la couette moelleuse, elle dégrafa son soutien-gorge et le lança au sol, pendant que Gage débouclait sa ceinture et enlevait son pantalon. Une nouvelle vague d'excitation l'envahit, et le long regard torride que Gage posa sur elle menaça de la faire exploser de plaisir.

Passant un doigt sous l'élastique de son string de soie, il fit glisser le sous-vêtement le long de ses jambes. Tous deux étaient nus à présent. Il s'apprêta à enfiler un préservatif, mais elle écarta sa main pour le faire à sa place. Il frissonna pendant qu'elle déroulait la protection sur lui. Puis il s'étendit au-dessus d'elle.

Essoufflée, excitée, elle caressa avidement ses bras et son torse. Il se cala entre ses cuisses et, enfin, entra en elle. Les sensations qui la secouèrent étaient à la fois vives et douces. Serrant la couette entre ses mains, elle resta immobile, attendant que son corps s'adapte à Gage.

Quand il se mit à onduler, elle sut qu'elle ne tiendrait pas longtemps. Elle leva les yeux vers les siens et fut surprise de constater qu'il la fixait intensément. Le mélange d'émotions dans son regard la décontenança autant que les émotions qui se bousculaient en elle. Fermant les yeux, elle se focalisa sur les sensations physiques, plus faciles à appréhender.

Gage se pencha vers elle et lui murmura des mots tendres à l'oreille. Puis il prit un téton engorgé entre ses lèvres et le suçota. Elle poussa un soupir de plaisir et plaqua les hanches contre lui.

Il alla plus loin en elle. Plus vite. Et elle ne put résister plus longtemps.

Un plaisir extrême la traversa de part en part, lui faisant tout oublier. Elle s'accrocha à Gage, enfonçant les mains dans ses épaules, ondulant avec lui jusqu'à ce qu'il ne puisse plus résister lui non plus. Lorsqu'il jouit à son tour, elle le sentit se raidir entre ses bras. Elle l'étreignit, savourant chaque seconde de ces instants, si parfaits que les mots ne pouvaient les décrire.

Lorsque les sensations se dissipèrent, Gage s'allongea à côté d'elle et l'amena contre lui. Une fois qu'elle eut repris son souffle, elle déposa quelques baisers sur son épaule et sa poitrine.

Gage était-il aussi réticent qu'elle à briser le silence ? À faire éclater cette bulle dans laquelle ils semblaient si bien se comprendre ? C'était une illusion, elle le savait, une impression trompeuse suscitée par toutes les merveilleuses choses qu'ils pouvaient faire naître l'un chez l'autre.

Mais si ce n'était pas une illusion ?

N'étant pas sûre de vouloir connaître la réponse, elle

appuya le front contre son torse et écouta plutôt ses battements de cœur. Réguliers. Réconfortants.

Ce soir, elle allait profiter pleinement de ces moments. Le matin viendrait bien assez tôt pour s'infiltrer entre les liens qui les unissaient encore. Elle était redevable à Gage pour avoir changé sa vie. Ce n'étaient encore que les prémices, mais elle sentait que son monde était en train de bouger grâce à toutes ces nouvelles opportunités, qui ne seraient jamais survenues si Gage ne l'avait pas présentée à Chiara.

Demain, il serait bien assez tôt pour agir. Elle remercierait Gage, puis elle le laisserait libre de trouver une femme convenable, qui rendrait la famille Striker fière.

Seul petit problème : à l'idée de s'en aller, elle éprouvait déjà un immense sentiment de vide.

À bord de son jet privé, Gage s'enfonça dans son siège de cuir, se réjouissant une fois de plus qu'Elena ait accepté si volontiers de retourner au Mesa Falls avec lui.

Il avait craint qu'elle préfère rester au lac Tahoe pour le reste de la semaine, puisqu'elle s'était très bien entendue avec Chiara Campagna. Elena souhaitait sans nul doute explorer les opportunités professionnelles que cette nouvelle amitié offrait, et il ne pouvait guère le lui reprocher. Pourtant, elle avait choisi de rentrer dans le Montana avec lui dès aujourd'hui.

Elle était installée dans l'espace de travail à l'avant de l'appareil. Utilisant un logiciel de retouche photo, elle manipulait des images depuis une heure, testant des polices de caractères avec des graphiques et différents filtres. Il reconnaissait certains vêtements sur les clichés : des vêtements qu'elle avait trouvés dans les boutiques du casino, et d'autres qu'elle avait créés elle-même. Il y avait des gros plans d'ourlets, de coutures, d'épaulettes et de cols.

Dans une certaine mesure, occuper son temps en travaillant était la norme pour Elena Rollins. Mais Gage ne pouvait s'empêcher de s'interroger : travaillait-elle uniquement pour éviter de lui parler ? Pour éviter d'affronter ce qui était en train de se passer dans leur relation ?

Hier soir, après leurs ébats exceptionnels, il avait eu l'impression qu'elle prenait ses distances. Mais peut-être était-ce à cause des révélations qu'il lui avait faites sur son passé ?

Il déboucla sa ceinture et la rejoignit dans l'espace de travail pendant que l'avion amorçait sa descente.

— Sur quoi travailles-tu ? demanda-t-il.

Levant les yeux, elle écarta les cheveux qui lui barraient le visage. Le souvenir de ses boucles brunes glissant sur son torse nu menaça de lui faire oublier toutes ses bonnes intentions.

— Je crée une planche d'inspirations, qui pourra aussi servir de contenu créatif pour mon blog.

Elle s'adossa à son siège, tapotant son index orné de vernis rouge contre la souris. Gage s'installa sur le siège à côté d'elle.

— Maintenant que j'ai renoncé à vendre des articles aux tabloïds, je dois faire en sorte que cette nouvelle source de revenus ne se tarisse pas.

— Si tu as besoin d'une aide financière, Elena, je peux t'accorder un prêt à des conditions très avantageuses.

Elle secoua la tête.

— Je te remercie, mais je préfère te dire non.

Elle s'agita sur son siège, effleurant sa jambe au passage. Elle se décala rapidement, comme pour éviter tout autre contact.

— Il y a un trop gros risque de conflit d'intérêts, précisa-t-elle.

Il voulut protester, mais se ravisa. S'il se sentait un peu vexé, c'était surtout parce qu'il avait le sentiment qu'elle s'éloignait de lui.

Déjà.

Elle était de retour dans sa vie depuis quelques jours à peine. Ce n'était guère suffisant pour mettre leur passé à plat, encore moins pour penser à l'avenir. Il n'avait même pas eu assez de temps pour savourer le plaisir de partager à nouveau son lit avec elle.

— Tu changeras peut-être d'avis sur mon offre, si je te dis que j'ai un grand service à te demander.

Il aurait dû aborder la question hier soir, après lui avoir parlé de Zach. Mais quand Elena lui avait donné une occasion de mettre un terme à cette conversation douloureuse, et de se perdre dans son corps sensuel, il avait été incapable de la refuser.

— Gage Striker a besoin d'un service venant de *moi* ? s'exclama-t-elle avec un sourire plein d'autodérision. Je suis tout ouïe.

— Je ne vois pas en quoi c'est surprenant. Tu es une femme intelligente, une entrepreneuse sur le point d'ouvrir un nouveau chapitre excitant de sa vie.

Pendant un instant, seul le vrombissement du moteur emplit le silence.

— Merci, finit-elle par répondre.

Elle appuya le mot d'un petit signe de tête, et une mèche ondulée glissa sur son épaule. Son pull en cachemire rouge vif moulait ses courbes, le col en V attirant son attention vers un collier en argent dont le pendentif représentait l'initiale de son prénom accolée à une étoile en diamant.

— Comment puis-je t'aider ? demanda-t-elle.

— Hier, pendant la réunion que Desmond a organisée, il nous a dévoilé une information surprenante concernant les profits du livre d'Alonzo.

Puisqu'il avait cessé de douter d'elle, autant lui dire la vérité. Toute la vérité.

— Les fonds ont servi à subvenir aux besoins d'un garçon de treize ans.

L'air intrigué, elle se redressa sur son siège.

— Tu ne m'avais pas dit que l'accident remontait à quatorze ans ?

— Si.

Ses amis avaient sans doute passé une partie de la nuit à essayer de rassembler ce puzzle, mais Gage avait la conviction que cet enfant n'était pas celui d'Alonzo. Un test ADN le confirmerait sûrement bientôt.

— Et nous continuerons d'enquêter sur ce point. Mais puisque cet argent servait aussi à financer les projets humanitaires d'Alonzo, nous voulions mettre cela en avant. Nous espérons qu'en apportant une réponse concrète au public cela mettra un terme aux spéculations.

— Et ça ne vous dérange pas de ne révéler que la moitié de l'histoire ? demanda-t-elle.

Elle croisa les jambes, sa jupe crayon noire remontant sur son genou.

— Je pense qu'aucun de nous ne ressent l'obligation de justifier chaque dollar gagné par Alonzo.

Il détacha son regard de ses jolies jambes. Dommage qu'ils n'aient pas passé le vol dans la suite de luxe, à l'arrière de l'avion…

— Mais je me suis dit que j'allais te proposer d'écrire cet article en premier, puisque, au départ, tu étais venue dans le Montana pour dénicher un scoop sur Alonzo.

L'ironie de la situation ne lui avait guère échappé. Il avait emmené Elena au lac Tahoe dans l'espoir qu'elle se désintéresse du dossier Alonzo Salazar. À présent, il voulait qu'elle prolonge son séjour dans le Montana pour écrire un article sur son ancien professeur.

Il espérait aussi la convaincre de rester pour de bon.

Elle se mordilla la lèvre.

— Ce n'est pas comme si j'écrivais pour des journaux prestigieux, admit-elle d'un ton placide. J'accepte ta proposition, mais sache que je ferai don de ma rémunération à l'un des organismes caritatifs que soutenait Alonzo.

— Tu ferais ça ?

La générosité d'Elena était tout à son honneur. D'autant plus qu'elle avait besoin d'argent pour financer sa future activité de styliste.

Il n'avait pas oublié qu'elle était arrivée au ranch avec très peu d'affaires. Toutefois, le fait qu'il l'ait aidée à récupérer ses biens dans son ancienne maison lui faciliterait peut-être la vie.

— Je ne laisserai aucun de tes amis penser que j'essaie de gagner de l'argent avec… – elle baissa les yeux un bref instant – avec les épreuves que vous avez dû traverser tous les six.

Songer à Zach réveillait toujours une douleur sombre en lui. Cependant, le fait de se confier à Elena et la compassion qu'elle lui avait montrée apaisaient un peu sa peine.

— Très bien. Je te remercie, Elena. Tu pourrais envoyer ton article quelques heures avant que nous révélions ces informations publiquement, lors d'une fête similaire à celle à laquelle tu as assisté chez moi.

Il avait déjà envoyé un message au directeur des relations publiques du ranch. L'équipe de communicants distillerait des indices sur une annonce prochaine, afin que l'événement bénéficie d'une bonne couverture médiatique.

— Nous préparons une soirée pour samedi prochain, dit-il.

Dans un peu plus d'une semaine. S'il pouvait convaincre Elena de rester au ranch jusqu'à la fête, il trouverait peut-être un moyen d'abattre les barrières qu'elle dressait entre eux.

L'avion tangua légèrement quand le train d'atterrissage se déploya, provoquant une vibration sous leurs pieds. Par réflexe, Elena posa la main sur son avant-bras pour garder l'équilibre. Le contact physique la troubla autant que lui, il le vit dans ses yeux. Mais elle retira rapidement sa main.

— D'accord, conclut-elle.

Elle ferma son ordinateur et rassembla ses affaires.

— Durant cette semaine, j'emploierai mon temps à réfléchir à mon plan de développement avec Chiara, mais je resterai au ranch jusqu'à la fête. C'est une manière pour moi de te remercier de l'aide que tu m'as apportée ces derniers jours.

C'était gentil de sa part, mais ce n'était pas du tout ce qu'il attendait d'elle.

Durant ces prochains jours, il devrait trouver des moyens de lui montrer à quel point la vie avec lui pouvait être agréable. Pour l'instant, il se réjouissait qu'elle lui offre sa compagnie pendant une semaine supplémentaire.

— Merci, dit-il.

Il déposa un baiser sur sa main, respirant le parfum fruité de sa peau.

— Je l'avoue, je suis impatient de passer cette semaine avec toi, Elena. Et je compte bien profiter au maximum de chacune de ces journées.

Une semaine plus tard, Elena se trouvait dans un studio de mode de Garment District, à New York, avec Astrid et Chiara. Elle étudiait avec attention la dernière collection d'une célèbre styliste italienne, créée pour une maison de haute couture française renommée.

Des exemplaires de tous les vêtements présentés lors d'un défilé à Paris la semaine dernière étaient soigneusement rangés sur des portants, dans un grand espace ouvert aux immenses fenêtres. C'était une escapade entre filles parfaite, que Gage avait contribué à organiser. Il cherchait à lui rappeler qu'il y avait des avantages à poursuivre leur liaison. Et il se montrait si prévenant avec elle qu'elle ne pouvait rester indifférente.

Certes, il la choyait. Mais pas une fois, il ne lui avait dit qu'il l'aimait. Alors, mieux valait profiter de ce dernier cadeau avec ses amies, avant de retourner à sa vie plus terre à terre sur la côte Ouest. Seule.

— Je n'arrive pas à croire que tu aies réussi à nous faire entrer ici, Chiara, dit-elle avec un soupir d'envie.

Elle examina de plus près un pantalon en crêpe de Chine sexy, qui moulait les hanches et s'évasait dans un nuage de tulle.

— Et encore moins que nous ayons droit à une visite privée, ajouta-t-elle.

À côté d'elle, Astrid s'extasiait sur un pull en cachemire dont la taille était soulignée par des découpes.

Campée devant l'une des hautes fenêtres, Chiara observait la 38e Rue Ouest.

— Franchement, j'ai eu plus de mal à vous convaincre de me rejoindre toutes les deux qu'à persuader l'assistante de Noemi de nous accueillir, répliqua Chiara.

L'influenceuse reporta son attention sur Elena. Le maquillage parfait de ses yeux en amande rehaussait le vert sauge de ses iris.

— Astrid a une excuse en tant que jeune maman, mais je suis surprise d'avoir dû te forcer la main, Elena. D'autant plus que Noemi a très envie de voir tes croquis.

La perspective de rencontrer une vedette de la mode était certes excitante, mais aussi effrayante. Toutefois, la peur n'était pas la raison pour laquelle Elena avait hésité à faire ce voyage.

— J'avais très envie de venir, je t'assure. Mais mon

séjour au Mesa Falls touche à sa fin, et cela m'ennuyait de manquer une journée avec Gage, avoua-t-elle.

Les journées étaient très agréables. Et les nuits étaient assez torrides pour alimenter ses fantasmes sensuels pour le restant de ses jours. Mais elle avait déjà eu une liaison charnelle avec Gage autrefois, et elle savait que cela ne suffirait pas à les unir sur le long terme. Cette semaine, elle s'était efforcée de protéger son cœur tout en savourant le plaisir d'être avec lui. Mais désormais, elle voulait davantage de lui.

Et elle avait le sentiment de mériter davantage, après s'être dévalorisée pendant trop longtemps – avec Gage, mais aussi pendant son mariage désastreux avec Tomas.

Astrid prit une jupe en soie sur un portant et la plaqua contre sa taille, le bas asymétrique effleurant ses chevilles.

— Gage t'adore, dit l'ancien mannequin d'un ton anodin. Je ne sais pas s'il s'en rend compte. En tout cas, je ne l'ai jamais vu regarder une femme comme il te regarde.

Elena eut le souffle coupé, et sa vue se brouilla, comme si elle était soudain privée d'oxygène. Les paroles d'Astrid lui avaient fait l'effet d'un coup de poing en plein plexus solaire.

Mais elle devait garder la tête froide. Astrid ne faisait qu'une supposition, s'avisa-t-elle.

Une fois qu'elle se fut ressaisie, elle passa au portant voisin. Il fallait qu'elle trouve une tenue pour la fête au ranch, qui aurait lieu demain. Ce n'était pas un gala de charité ou une soirée chic, juste une fête privée, avec un D-J et quelques invités triés sur le volet, parmi lesquels des célébrités d'Hollywood, des athlètes de niveau mondial, un coureur de Formule 1 et quelques poids lourds de l'industrie musicale.

Tous ces gens semblaient des candidats plus sûrs pour une histoire sérieuse que l'homme qui lui avait déjà brisé le cœur dans le passé, même si Astrid pensait le contraire.

— Gage et moi, nous nous connaissons depuis des années, et notre relation est compliquée, expliqua-t-elle. Mais quoi qu'il ressente pour moi, je passe après sa famille.

Astrid lui lança un regard intrigué et reposa une combinaison en jean sur le portant.

— Jonah a mentionné un jour que Nigel Striker était un salaud moralisateur, dit-elle. Ça m'avait frappée, puisque Jonah s'entend avec presque tout le monde.

Elena afficha un sourire triste. Chiara la rejoignit et sélectionna sans hésiter une robe aux teintes vert et turquoise ressemblant à un sari. Une écharpe assortie était enroulée autour du cintre.

— C'est tout à fait toi, Elena, annonça l'influenceuse. C'est une tenue renversante, et c'est exactement ce qu'il te faut pour la soirée de demain.

Chiara avait raison, la robe était très belle.

— Elle est magnifique, murmura-t-elle, passant la main sur le tissu. La question est : cette robe va-t-elle ouvrir un nouveau chapitre de ma vie, ou en clore un ?

Dire au revoir à Gage ne serait pas facile, mais en tout cas Elena tiendrait sa promesse. Elle enverrait à la presse son article, qui racontait l'histoire que les propriétaires du ranch souhaitaient diffuser au sujet d'Alonzo. Après cela, plus rien ne la retiendrait dans le Montana. Gage lui faisait peut-être la cour, mais cela ne signifiait pas qu'il l'aimait suffisamment pour rompre avec sa famille afin de vivre avec elle. Nigel Striker avait déjà prouvé qu'il était prêt à tout pour la chasser de la vie de son fils.

— Ce sera peut-être les deux à la fois, répondit Chiara. Mais tout se passera bien. Il n'y a rien de mal à s'en aller si une situation ne te convient pas, afin que tu puisses être disponible pour de nouvelles opportunités.

Évidemment, Chiara avait raison. Mais, aussi fou que cela puisse paraître, Elena espérait encore que les choses seraient différentes, cette fois. Gage lui avait confié un très grand secret. Il lui avait fait davantage confiance qu'à quiconque. Cela comptait, non ?

Qu'Astrid ait raison ou non sur les sentiments de Gage à son égard, Elena savait, sans l'ombre d'un doute, ce qu'elle ressentait pour lui. Et la peur qu'elle éprouvait à l'idée de le quitter à l'issue de la fête prouvait qu'elle avait atteint un point de non-retour.

Oui, elle était tombée amoureuse de Gage. Pour la seconde fois.

- 12 -

La surprise que Gage avait concoctée pour Elena prenait forme. Lorsque son rendez-vous avec le décorateur d'intérieur fut terminé, Gage alla voir les ouvriers qui étaient en train de transformer sa salle vidéo en un atelier de création. Le chantier avançait rapidement, ce qui le réjouissait : il comptait montrer la nouvelle pièce à Elena ce soir, après la fête. Pour expliquer la présence des ouvriers, Gage lui avait dit qu'ils installaient une salle de dégustation dans une autre aile de la maison, évitant ainsi d'autres questions sur son projet secret.

Il avait choyé Elena toute la semaine, espérant la convaincre de poursuivre leur liaison au-delà de son séjour dans le Montana. Il l'avait même encouragée à visiter New York avec ses amies, profitant de son absence pour faire faire des devis à plusieurs décorateurs réputés.

Celui qu'il avait choisi connaissait bien le blog d'Elena, et considérait qu'elle devrait donner son avis sur la décoration avant qu'ils n'avancent dans le projet. Un argument tout à fait valable. L'avenir d'Elena en tant que styliste était de plus en plus probable, et elle voudrait sûrement choisir les revêtements et les couleurs de l'atelier qu'il espérait créer pour elle. Si elle avait son propre espace ici, au ranch, mais aussi dans la maison qu'il possédait dans la Silicon Valley, elle serait sans doute plus encline à lui rendre visite dans ses deux domiciles aussi souvent que possible. Et elle verrait alors qu'elle était la seule femme avec laquelle il souhaitait partager sa vie.

Elena avait mené une enfance chaotique, avec un père qui la traînait de ville en ville pour échapper à la police et qui luttait contre ses démons. Gage espérait qu'elle comprendrait le sens du cadeau qu'il souhaitait lui faire : un endroit qu'elle pourrait toujours considérer comme son chez-elle.

Jetant un dernier regard aux nouvelles fenêtres, conçues pour apporter davantage de lumière naturelle, Gage remercia le chef des travaux et alla inspecter l'extérieur de la maison, pour s'assurer que les ouvriers n'abîmaient pas la pelouse et les jardins.

Il devrait bientôt se changer pour l'événement de ce soir. Pendant cette fête, les propriétaires du Mesa Falls évoqueraient les projets humanitaires qu'Alonzo avait soutenus, en espérant que cela mettrait un terme à l'intérêt des médias pour leur mentor. Le service des relations publiques avait choisi la résidence de Miles Rivera, car la sécurité des invités célèbres était plus facile à assurer dans une propriété privée.

Satisfait de constater que les extérieurs étaient intacts, Gage regagna l'entrée de la maison et prit son téléphone pour informer Elena qu'il serait prêt dans une demi-heure.

Alors qu'il montait les marches du perron, il entendit une voix féminine et familière.

— Gage ?

Il s'arrêta net, abasourdi.

Là, devant sa porte, se tenaient ses parents. Sa mère souriait, et son père arborait un air impassible. Une valise de luxe trônait entre eux, et un chauffeur en uniforme sortait un second bagage assorti d'un SUV haut de gamme.

Les parents de Gage semblaient plus âgés que la dernière fois qu'il les avait vus. Pas seulement parce qu'ils avaient davantage de cheveux blancs. Des rides d'inquiétude creusaient maintenant leurs visages. Ces changements physiques lui rappelèrent qu'il ne les avait pas vus en chair et en os depuis des années. À cette pensée, une pointe de culpabilité le saisit.

— Maman ? s'exclama-t-il, encore sous le choc. Que se passe-t-il ?

Que faisaient-ils aux États-Unis, sur le seuil de sa maison ? Ce soir, par-dessus le marché ?

— Nous sommes ici pour la fête, Gage, annonça sa mère.

Son tailleur rose et son trench n'étaient même pas froissés. On aurait pu croire qu'elle avait simplement traversé la ville et non la moitié de la planète. Elle sembla hésiter un instant, comme si elle n'était pas sûre d'être la bienvenue. Puis elle s'avança vers lui et lui tendit les bras.

Gage s'en voulait d'avoir fait douter sa mère de son affection pour elle. Quoi qu'il se soit passé entre son père et lui, il ne la tenait pas pour responsable. Il la serra dans ses bras et déposa un baiser sur sa joue. Le parfum aux notes de citronnelle qu'il respira l'emplit d'une vague de nostalgie.

Relâchant sa mère, il reporta son attention sur son père.

— Je ne comprends pas pourquoi vous avez fait tout ce chemin pour assister à cet événement.

Il savait que la présence de ses parents pourrait faire fuir Elena, et il devait tout faire pour éviter cela.

— Ce n'est qu'une soirée de promotion pour le Mesa Falls, ajouta-t-il.

Ses parents avaient toujours désapprouvé son association avec ses anciens camarades d'internat. Des amis qui avaient été source de contrariété pour Nigel Striker plus d'une fois.

Son père hocha légèrement la tête. Le revers de sa veste de costume anthracite était orné d'un pin's représentant le drapeau de la Nouvelle-Zélande.

— Oui. Une soirée promotionnelle soigneusement préparée, qui promet une révélation sur Alonzo Salazar, répliqua-t-il d'une voix pleine de dédain. J'avais pourtant espéré que tu avais effacé tout lien avec cet homme depuis longtemps.

Gage tâcha de contenir son irritation. Une tension douloureuse se faisait déjà sentir contre ses tempes.

L'employée de maison de Gage ouvrit la porte et fit entrer sa mère, puis le chauffeur apporta les bagages dans l'entrée.

Gage eut l'impression d'être étouffé par un sentiment d'inévitabilité. Cette soirée serait un désastre s'il ne trouvait pas rapidement une solution. Il ne fallait surtout pas que la visite inattendue de ses parents perturbe Elena, après tous les efforts que Gage avait fournis pour faire de cette fête un événement spécial.

— Ce sont mes affaires, pas les tiennes, rappela-t-il à son père. Et la fête de ce soir est un événement privé, mais je serai heureux de vous voir demain matin, lorsque vous vous serez remis de votre long voyage.

La Nouvelle-Zélande ayant vingt heures de décalage avec le Montana, ses parents étaient sans doute épuisés.

— Nous avons passé la journée d'hier à Los Angeles, lui apprit sa mère, posant une main affectueuse sur son bras. Nous avons eu tout le temps de nous acclimater. Assister à cette soirée nous donnera l'occasion de rattraper le temps perdu.

Son père avait-il demandé à sa mère de le faire culpabiliser afin qu'il les laisse prendre part à la fête ? Les soupçons se mêlèrent à sa contrariété grandissante. Il n'avait pas le temps pour une mise au point avec son père. Son chauffeur était censé les déposer, Elena et lui, chez Miles dans – il consulta sa montre – quinze minutes.

Et si Elena était prête en avance ? Elle pourrait arriver

dans le vestibule d'un instant à l'autre. Il fallait qu'il éloigne ses parents.

— Quoi qu'il en soit, nous devrons attendre demain pour discuter, décréta-t-il. Mon employée de maison, Mme Merchant, va vous conduire à votre suite.

Gage se fichait de savoir comment son père interprétait cette hospitalité minimale. En revanche, cela l'ennuyait de laisser sa mère dans l'entrée, avec ses bagages. Mais il n'avait pas le choix.

D'un pas alerte, il se dirigea vers sa suite. Il aurait tout juste le temps de se changer.

Il était presque arrivé quand la voix froide de son père résonna dans le couloir, mettant à mal sa nervosité déjà élevée.

— Elena Rollins. Qu'est-ce que vous faites ici, bon sang ?

Le moment était si surréaliste qu'Elena espéra pendant un instant que ce n'était qu'un mauvais rêve.

Elle était venue dans le vestibule pour demander à l'employée de maison de prendre quelques photos d'elle pour son blog. Et elle s'était retrouvée nez à nez avec l'homme dur et autoritaire qui hantait encore ses rêves de temps à autre. Nigel Striker, l'homme qui avait essayé de l'acheter et qui, durant toutes ces années, avait omis de dire à son fils qu'elle avait refusé son argent, lui bloquait le passage. Il était d'une carrure presque aussi impressionnante que celle de son fils ; toutefois, ses épaules étaient un peu affaissées à présent, et ses cheveux poivre et sel s'étaient affinés.

Nigel fixa Elena d'un regard noir tandis que sa femme se précipitait vers eux.

— Nigel, s'il te plaît, murmura Rosalie Striker. Nous sommes les invités de Gage.

Elle observa brièvement Elena avant de reporter son attention sur son époux intraitable.

— Laissons-les se rendre à leur soirée. Tu pourras parler à Gage demain.

L'intervention de Mme Striker permit à Elena de sortir de la stupeur dans laquelle la vue de Nigel l'avait plongée. Elle refusait de se laisser intimider par cet homme, qui s'était montré inutilement cruel avec elle six ans plus tôt. Nigel Striker avait simplement exploité la faille qui avait toujours existé entre Gage et elle : le manque de compréhension et de confiance.

— Ce que *je* fais ici ? répéta-t-elle. Je fais une faveur à votre fils, qui m'a demandé d'assister à un événement avec lui, ce soir.

La colère et la rancœur bataillaient en elle. Et voir Gage arriver dans le vestibule par le couloir opposé ne l'apaisa pas, même s'il semblait inquiet pour elle.

Pivotant sur ses talons, elle retourna vers sa chambre. Elle entendit des éclats de voix derrière elle, mais ne prit pas la peine de se retourner.

Gage lui avait demandé d'écrire et de diffuser un article sur Alonzo, afin de répondre à la fascination des gens pour cet homme, et elle avait réalisé son souhait. D'autres médias reprendraient son texte, après l'annonce qui serait faite durant la soirée chez Miles Rivera. Gage tenait aussi à ce qu'elle assiste à cet événement avec lui, mais c'était maintenant hors de question, puisque les parents de Gage étaient sous son toit.

— Elena, attends ! lança Gage au moment où elle atteignait la porte de sa suite.

La porte de cette même pièce dans laquelle ils s'étaient retrouvés, il y avait à peine deux semaines.

Elle s'arrêta, main sur la poignée. Elle aurait aimé retrouver un peu de la pugnacité dont elle avait fait preuve ce soir-là. Elle était arrivée dans cette maison en étant prête à se battre contre Gage. À l'origine, son objectif était de dénicher un scoop sur Alonzo Salazar et, oui, d'exercer une petite vengeance sur Gage, pour la façon dont il l'avait traitée six ans plus tôt.

À présent qu'elle avait découvert d'autres facettes de lui, notamment sa gentillesse et sa sollicitude, elle n'avait plus le cœur à lutter.

Elle s'obligea à le regarder dans les yeux.

— Je m'en vais, dit-elle calmement. J'ai envoyé l'article que tu m'as demandé d'écrire au *Hollywood Metro*. Je ferai parvenir le chèque à ta directrice de la publicité, afin qu'elle puisse en faire don à l'un des organismes caritatifs préférés d'Alonzo. Mais ma mission s'arrête ici.

— Non.

Il ouvrit la porte, attendant manifestement qu'elle entre dans la pièce.

— S'il te plaît, Elena. Tu ne peux pas partir sans me laisser une chance de m'expliquer.

Lorsqu'il la parcourut du regard, elle fut mal à l'aise. Elle s'était pourtant sentie belle une demi-heure plus tôt, lorsqu'elle avait enfilé sa robe aux teintes de vert et de turquoise. Le tissu léger lui avait semblé refléter son espoir. À présent, il semblait souligner qu'elle avait été stupide d'espérer une vraie relation avec Gage alors que sa famille se dresserait toujours entre eux.

— Tu n'as rien à m'expliquer, Gage.

Elle préférait couper court à cette conversation, pour éviter de fondre en larmes devant lui. Elle pourrait se réfugier dans sa suite, mais elle se sentait si fragile à cet instant qu'elle craignait de se briser si elle faisait le moindre pas.

— Tes parents sont venus pour te voir, pas pour me voir. Et je ne veux pas mettre de l'huile sur le feu alors que ton père et toi avez déjà une relation compliquée.

— Je n'ai aucune envie de réparer ma relation avec

mon père après la façon dont il t'a traitée, dit-il, sa colère contenue perçant dans sa voix.

Il n'était qu'à quelques centimètres d'elle, et attendait manifestement qu'elle entre dans la suite qu'elle occupait depuis le début de son séjour dans le Montana.

Un séjour qui touchait à sa fin, quoi qu'en pense Gage. Retarder la rupture ne ferait que la rendre plus douloureuse.

— Et ta mère ? demanda-t-elle. Tes sœurs ? Tu crois que tu seras heureux si tu coupes tous les liens avec ta famille pour moi ? Ils sont ta chair et ton sang, Gage. Moi, je ne suis que la femme qui partage ton lit de manière temporaire.

— Je veux bien davantage avec toi, rétorqua-t-il.

Une émotion brillait dans ses yeux. Était-ce de la colère ? De la passion ? Difficile à dire. Ses propres émotions étaient si enchevêtrées qu'elle n'avait pas le recul nécessaire pour interpréter sa réaction.

Elle se sentit lasse, tout à coup.

— Pour combien de temps ? répliqua-t-elle.

Il fallait qu'elle fasse un dernier effort, qu'elle l'aide à prendre conscience qu'ils n'étaient pas faits l'un pour l'autre. Penser le contraire revenait à se bercer d'illusions.

— Pour l'instant, l'alchimie entre nous est grande. Mais le sera-t-elle toujours dans trois ans, quand tu te seras éloigné de ta famille pour être avec moi ? Ou regretteras-tu de ne pas avoir trouvé quelqu'un que ta famille pourrait accepter, au lieu d'une femme qu'ils sont déterminés à détester ?

— Je n'ai pas besoin de leur approbation, Elena. Ce que mon père veut ne compte absolument pas pour moi.

Il semblait si résolu… Elle aimerait croire que les choses pourraient être simples, mais elle ne pouvait s'empêcher de songer à son propre père. Il avait bien des défauts ; pourtant, elle regrettait qu'ils ne se voient plus. Elle aurait aimé pouvoir combler les failles, et se dire qu'elle avait encore une famille.

— Je comprends, Gage, dit-elle tristement. Et ce que tu veux ne compte absolument pas pour lui. En réalité, vous vous ressemblez beaucoup plus que tu ne le crois.

Ce dernier argument, enfin, atteignit sa cible. Le feu de la détermination dans ses yeux faiblit un peu.

— Tu penses vraiment ce que tu dis ? demanda-t-il, l'air blessé. Tu crois vraiment que je suis aussi inflexible que mon père, et que je finirai par me lasser de toi ?

La situation serait différente s'il l'aimait. Mais il n'avait jamais rien dit qui la pousse à le croire, et elle refusait de mettre son cœur en jeu une seconde fois. Quels que soient les sentiments qu'elle avait développés pour Gage, ils resteraient secrets.

Tout comme son chagrin.

Il tendit le bras vers elle, mais elle recula d'un pas, craignant que son attirance pour lui ne lui fasse perdre la raison.

— Pourquoi devrais-je croire le contraire ?

Elle entra enfin dans la suite. Elle était prête à retirer sa jolie robe, et à tourner la page.

— Maintenant, je vais faire mes valises, Gage. Je prendrai le premier avion pour rentrer chez moi.

Il répondit d'un bref hochement de tête, comme s'il était incapable de parler. Le silence s'étira entre eux.

— Il faut que je fasse une apparition à la fête, finit-il par dire. Si tu t'en vas avant mon retour, tu veux bien jeter un coup d'œil à la pièce rénovée avant ton départ ?

Quelle étrange requête… Pourquoi voudrait-il avoir son opinion sur la décoration de sa salle de dégustation ?

— Je préfère ne pas prendre le risque de recroiser ton père.

Elle n'avait aucune envie de se lancer dans une joute verbale avec Nigel Striker. D'autant plus que Gage pouvait avoir les conseils de dizaines de personnes bien plus qualifiées.

— Bonsoir, Gage, conclut-elle.

Et elle ferma la porte.

C'était la dernière fois qu'elle connaîtrait une telle souffrance, espérait-elle. La douleur était si forte qu'elle en était presque insupportable.

Elle avait encouragé Gage à maintenir des liens avec sa famille, mais, en faisant cela, elle s'était privée de la relation la plus merveilleuse qu'elle ait jamais connue. Bien qu'elle ait épousé un autre homme durant une triste période de sa vie, son cœur n'avait jamais cessé d'appartenir à Gage.

- 13 -

Où es-tu, bon sang ?

Pendant que Gage lisait le SMS, cinq autres messages arrivèrent, son téléphone débordant de notifications provenant de ses amis. La soirée avait déjà commencé, et Gage n'y était toujours pas. Il avait enfilé son smoking, mais n'avait pas encore appelé son chauffeur, espérant encore qu'il pourrait empêcher Elena de partir.

La colère qu'il ressentait envers son père embrumait encore son esprit. Comment Nigel Striker avait-il pu débarquer ici – ce soir, qui plus est – et gâcher ses chances avec Elena ? Pour la seconde fois ?

Assis sur une chaise longue au bord de la piscine, il observait sa maison. Les lumières étaient encore allumées dans la suite d'Elena. Et elles l'étaient également dans la chambre de ses parents, située à l'autre extrémité de la propriété. L'atelier en chantier, en revanche, demeurait plongé dans le noir. Quelle idée stupide d'avoir demandé à Elena d'y jeter un coup d'œil ! La pièce n'était encore qu'un chantier. Si Gage n'était pas présent pour lui expliquer son projet, elle penserait simplement qu'il faisait faire une salle de dégustation, comme il l'avait prétendu quelques jours plus tôt.

Il s'enfonça dans les coussins de son siège, avec l'impression d'être écrasé sous le poids de la défaite.

Elena était ici, chez lui. C'était une femme belle,

sensuelle, généreuse, avec laquelle il voulait partager sa vie. Hélas, il n'arrivait pas à trouver la moindre idée pour la convaincre de rester.

Lorsque son téléphone émit un nouveau bip, il réprima l'envie de le jeter dans la piscine. Mais lorsqu'il vit que le message provenait de Miles, l'hôte de la fête de ce soir et le plus raisonnable de leur groupe, il l'ouvrit et le lut.

> Tu connais bien Chiara Campagna ? Je l'ai trouvée dans mon bureau, et je jurerais qu'elle fouillait dans mes papiers. Elle cherchait quelque chose.

Miles était-il sérieux ? Gage se demanda si son ami avait trop bu. Cela n'avait aucun sens que l'une des femmes les plus célèbres du monde veuille découvrir les secrets de Miles Rivera. De tous les associés du Mesa Falls, Miles était de loin le plus sage de tous.

Pour Gage, il n'y avait aucune raison de s'inquiéter. Il répondit distraitement :

> Astrid et Jonah la connaissent depuis longtemps. C'est une fille super.

Dès qu'il eut rangé son téléphone dans sa poche, il aperçut sa mère, qui venait dans sa direction. Elle avait troqué son tailleur contre une longue jupe en laine et un twin-set. Il n'était pas sûr d'avoir envie de lui parler. Certes, c'était surtout à son père qu'il en voulait, mais sa mère n'avait pas fait grand-chose pour apaiser les tensions tout à l'heure.

— Maman, je ne suis pas vraiment d'humeur à bavarder. Je parlerai à papa demain, et je préfère t'avertir, je suis certain que ça se passera mal.

Elle s'assit sur la chaise longue à côté de la sienne. Les lampes d'extérieur qui se reflétaient dans le bassin éclairaient son visage. Elle semblait préoccupée.

Glissant le bras sous le sien, elle demanda :

— Tu veux dire, parce que Elena Rollins a refusé son argent il y a six ans ?

— Il t'en a parlé ?

Il ne devrait pas être surpris que sa mère ait été au courant des mensonges de son père. Pourtant, il se sentait blessé.

— Nous ne savions pas vraiment comment réagir, avoua-t-elle. Tu as cru qu'elle avait pris l'argent alors que ce n'était pas le cas.

Rosalie Striker retoucha ses boucles brunes. Sa coiffure était exactement la même que lorsqu'il était enfant.

— Nous avons supposé qu'elle voulait que tu la croies coupable, reprit-elle. Qu'elle s'était servie de ce malentendu pour te quitter.

— Elle est partie parce que j'ai été trop prompt à la juger coupable. J'ai cru aux mensonges de papa.

Il devait assumer une partie de ses responsabilités dans ce fiasco, comme l'avait fait Elena. Néanmoins, il estimait que dans cette histoire c'était son père qui était le plus à blâmer.

— Il a fait une chose stupide, Gage. J'espère que tu ne lui en voudras pas éternellement. À sa façon, il t'aime, tu sais.

Et c'était ainsi qu'il le montrait ? songea-t-il, à nouveau furieux. Elena lui avait dit tout à l'heure qu'il n'était pas si différent de son père. Était-il aussi inflexible que lui ?

— Elena a traversé la moitié de la planète pour vous connaître, elle était mon invitée, pourtant mon père l'a traitée comme une moins-que-rien et l'a chassée de la maison. Quoi d'étonnant à ce que je n'aie pas envie de dérouler le tapis rouge à papa quand il débarque chez moi, qui plus est sans prévenir ?

Il reporta son attention sur la maison. Une lumière était à présent allumée dans l'ancienne salle vidéo qu'il voulait transformer en atelier pour Elena.

À travers les vastes fenêtres, il la vit déambuler dans la pièce. Vêtue d'un jean et d'une simple chemise blanche, elle faisait rouler sa valise derrière elle.

Gage sentit son cœur s'arrêter, puis battre à coups redoublés.

— Il faut que je te laisse, maman, annonça-t-il en se levant.

Il ne savait pas encore ce qu'il dirait à Elena, mais en tout cas il devait essayer de trouver les mots justes.

La peur de la perdre le tenaillait.

— Tu l'aimes, Gage ? demanda sa mère, prenant sa main dans la sienne.

— Si je l'aime ?

L'amour n'était pas un concept étranger pour lui. Mais il n'y pensait pas. Ou, plus exactement, il avait essayé de ne pas associer l'amour à Elena.

Peut-être parce que l'amour ne lui avait pas réussi dans le passé. Sa relation avec ses parents – avec son père, surtout – avait toujours été difficile. Adolescent, il avait perdu l'un de ses amis les plus proches, et cette blessure ne s'était jamais vraiment refermée.

— Elle a réussi à être proche de toi, plus que n'importe quelle autre femme, Gage. Par deux fois, souligna sa mère avec douceur. Elena Rollins semble trop importante pour toi pour que tu la laisses partir.

— Je ferai de mon mieux pour la retenir, assura-t-il.

Il fallait qu'il parle à Elena, maintenant. Avant qu'elle ne prenne un avion et qu'elle ne revienne jamais.

— Il te faudra peut-être lui dire que tu l'aimes, avança sa mère.

Elle appuya la joue contre sa main.

— Cesse de t'interdire le bonheur parce que Zach Eldridge n'a pas eu la chance d'avoir une vie longue et heureuse.

Lorsqu'elle relâcha sa main, il lui fallut plusieurs

secondes pour se rendre compte qu'il était maintenant libre de rejoindre Elena. Les mots de sa mère tournaient dans sa tête, mais il n'arrivait pas à leur trouver du sens. Il n'avait jamais consciemment sacrifié son bonheur pour un ami mort depuis près de la moitié de sa vie.

Ou alors… Se pouvait-il que sa mère ait raison ?

Saisi par l'inquiétude, il se précipita vers la maison, tout en gardant un œil sur Elena, qui explorait l'atelier qu'il avait fait faire pour elle. Il avait peur qu'elle le quitte, oui. Cela, il pouvait l'admettre.

Mais s'il avait si peur, était-ce parce qu'il l'aimait ?

Il réfléchit à cette idée. Et il constata qu'elle correspondait à ce qu'il ressentait. Il comprenait mieux à présent pourquoi ces deux dernières semaines avaient été si perturbantes.

Il aimait Elena Rollins. Il avait été aveugle et inflexible, mais il pouvait changer. La seule chose constante – la seule chose qui ne changerait jamais – était son amour pour elle.

Dans l'une des ailes de l'immense maison de Gage, Elena observait la pièce sur laquelle Gage avait sollicité son avis. Elle aurait eu du mal à imaginer ce que ce chantier allait devenir, si les ouvriers n'avaient pas laissé une grande planche d'inspirations dans un coin de la pièce. Chaque élément du projet y figurait, et le tableau avait pour titre : « L'Atelier d'Elena ».

Ces quelques mots avaient suffi à la faire chanceler. À présent, elle observait tour à tour le tableau et la pièce, et commençait à comprendre comment les idées d'aménagement allaient prendre vie. Lâchant la poignée de sa valise, elle marcha sur le parquet de bois sombre pour se rapprocher et lire les notes sous le titre « Coin fenêtre », sous lequel une série de photos étaient accrochées. Elle observa les images : un bow-window entouré d'étagères, une banquette recouverte de fausse fourrure, des stores rétractables sur les trois fenêtres pour procurer de l'intimité. Pour l'instant, dans la réalité, seules les fenêtres étaient installées.

Dans un autre coin de la pièce, une estrade était en cours de construction, et le tableau d'ambiance suggérait d'y installer un miroir à trois pans. Ce serait un coin idéal pour créer des vêtements sur des mannequins en plastique ou pour faire des essayages sur de vrais mannequins.

Elle était stupéfiée de voir que le projet propulsait ses rêves dans le domaine du possible.

Derrière elle, elle entendit la porte s'ouvrir. Elle n'eut pas besoin de se retourner pour savoir qui était là : c'était l'homme qui avait créé ce havre pour elle, qui l'avait écoutée lui parler de ses rêves, et qui les avait transformés en réalité.

Elle ne s'était doutée de rien, car Gage lui avait affirmé que les ouvriers étaient en train de construire une salle de dégustation.

— Je n'arrive pas à croire que tu aies fait cela, Gage.

Elle effleura d'une main tremblante une moulure encadrant une fenêtre.

— Cette pièce est si différente du reste de la maison, observa-t-elle.

La propriété de Gage était d'un style moderne et résolument masculin, avec ses pierres naturelles et ses touches de bois. Ici, l'esthétique était plus classique et traditionnelle, pour donner au lieu un supplément d'âme.

Elle observa Gage. Il n'avait pas de veste de smoking et son nœud papillon n'était toujours pas fait, comme s'il avait commencé à se préparer pour la fête et qu'il s'était ravisé. Il avança vers elle, ses chaussures de luxe résonnant sur le parquet.

— Je voulais que ça ressemble à une maison de couture

new-yorkaise. Ou à un atelier d'artiste parisien. Quelque chose qui te ferait voyager et nourrirait ton inspiration et ta créativité.

Il glissa les mains dans ses poches, l'air songeur.

— Le décorateur d'intérieur que j'ai engagé est un grand fan de ton blog. Il m'a dit que nous devions te consulter sur la décoration avant que je décide quoi que ce soit d'autre, parce que le style de l'atelier devait te ressembler.

— Tu me connais bien, en réalité. Ce que tu as prévu colle parfaitement à ce que j'aurais choisi.

Elle désigna d'un geste la planche d'ambiance, où tout était exposé, chaque idée étant déclinée en plusieurs options.

— Ce sont tes idées, Elena. Il y a six ans, quand nous avons parcouru la côte Pacifique en voiture, je t'ai demandé de me décrire ton lieu de travail idéal. Tout est là, dit-il, désignant le tableau d'un geste de la main.

Elena était abasourdie. Se tournant pour lui faire face, elle s'efforça de se rappeler cette époque. Ils avaient beaucoup discuté de leurs rêves. De l'avenir qu'ils désiraient tous les deux. Leur passé était la seule chose dont ils avaient peu parlé.

— Tu as mémorisé tout ce que je t'avais dit ? s'étonna-t-elle.

— J'ai tout mis par écrit, ce soir-là à l'hôtel, et j'ai rangé mes notes dans un dossier, que je comptais utiliser un jour.

Il esquissa un sourire.

— Crois-moi, à l'époque, je ne pensais pas devoir attendre six ans avant de les consulter à nouveau.

Et pourtant, il les avait gardées.

Son cœur s'emplit d'amour pour lui.

Au fond, quelle importance qu'il ne lui ait pas dit les

mots qu'elle voulait entendre, puisqu'elle avait la preuve de ses sentiments pour elle devant elle ? Tout autour d'elle ?

— Je n'en reviens pas que tu aies fait tout cela en si peu de temps !

Elle cligna des yeux, et osa enfin regarder Gage avec un regard neuf.

Avec de l'espoir.

Ces jours passés avec lui n'étaient-ils pas les meilleurs de sa vie ?

— Tout le plaisir était pour moi, Elena.

Il avança et prit sa main dans la sienne.

— Je voulais faire tout ce qui était en mon pouvoir pour te convaincre de rester avec moi. De faire partie de ma vie. Mais j'étais si occupé à trouver des moyens de te garder que je suis peut-être passé à côté d'une évidence.

Il regarda leurs mains jointes, et elle vit sa mâchoire tressauter.

Il cherchait ses mots, manifestement. Elle espérait qu'il les trouverait.

Elle caressa doucement sa joue. L'odeur de son après-rasage réveilla des souvenirs sensuels, lui rappelant leur formidable alchimie physique.

— J'avais envie de rester, Gage. Mais je crois que je voulais une relation plus durable. Savoir que ta famille ne veut pas de moi dans ta vie est un sacré moyen de dissuasion. Or je rêve d'une histoire… permanente.

— Moi aussi, s'empressa-t-il de renchérir, posant la main sur la sienne. C'est pour cette raison que je veux t'offrir un espace de création. Pas seulement ici, mais également dans ma maison de la Silicon Valley. J'ai déjà engagé des entrepreneurs pour te créer un atelier en Californie.

Le contact physique la troublait autant que ses paroles. Le lien qui les unissait était charnel, mais pas seulement…

Mais avant de s'emballer, elle devait savoir si Gage était sûr de son choix.

— Vraiment ? Et ta famille ? demanda-t-elle. Je ne peux pas changer mon passé.

— Et je ne voudrais pas que tu le changes. Ma mère l'a déjà compris, et je l'expliquerai à mon père demain matin. Je lui dirai que, bien que je veuille continuer à les voir, tu passes en premier. Et s'il veut être le bienvenu chez moi, il devra trouver un moyen de t'accepter, et d'apprécier la femme unique que tu es.

Elle doutait que ce soit aussi simple, mais elle pourrait composer avec la situation, si Gage le pouvait.

— Tu as l'air bien sûr de toi.

— Je le suis. Elena, je t'aime.

Il caressa sa joue du bout des doigts.

Elle était certaine d'avoir mal entendu. Sa caresse l'avait distraite, sans doute.

— Je te demande pardon ? demanda-t-elle.

Il se pencha vers elle et appuya le front contre le sien.

— Je t'aime. Je ne savais pas à quel point je m'interdisais d'éprouver ce sentiment jusqu'à…

Il secoua la tête.

— Je suis désolé de ne pas l'avoir compris avant. De ne pas l'avoir su il y a six ans. Car à cette époque non plus, je n'aurais pas dû te laisser partir.

Elle n'arrivait pas à saisir toutes les nuances de ce qu'il était en train de dire, mais les mots « je t'aime » étaient clairs et simples. Ils s'infiltrèrent en elle, apaisant son cœur et nourrissant son espoir.

— Je t'aime aussi, Gage.

Elle se mit sur la pointe des pieds et l'embrassa au coin des lèvres.

— Peu importe que tu ne l'aies pas su avant. Tant que tu es sûr de tes sentiments maintenant.

— Ma chérie, je suis on ne peut plus sûr. J'ai laissé

mon passé me jouer un sale tour autrefois. Et aujourd'hui, il a bien failli me priver d'un avenir avec toi.

— Comment ça ?

— L'image de l'amour dans ma famille...

Il secoua la tête.

— Eh bien, tu as vu à quoi ça ressemble, reprit-il. Mais tout s'est arrangé à l'adolescence, quand je me suis fait des amis. C'étaient des amitiés solides, avec du sens, et qui étaient mieux que n'importe quelle famille à mes yeux.

Une ombre passa dans son regard.

— Et puis, Zach est mort, dit-elle.

Elle était heureuse qu'il lui ait raconté son passé, qu'il lui ait enfin donné cet aperçu de lui.

— Oui. Après l'avoir perdu, j'ai eu du mal à accepter les bonnes choses qui m'arrivaient, avoua-t-il.

Il caressa doucement ses épaules.

— Je devrais honorer sa mémoire en vivant ma vie à fond. Comme il l'a toujours fait.

— Je sais que nous sommes faits l'un pour l'autre, Gage.

Elle avait essayé d'aimer quelqu'un d'autre, et cela avait été un désastre.

— Je le pense aussi, approuva-t-il. Et je sais que nous serions stupides de gâcher notre relation une nouvelle fois.

— Je ne veux pas être stupide, répondit-elle en riant.

Un sentiment de bonheur et d'espoir envahit sa poitrine.

— Je me sens si privilégiée d'avoir une seconde chance !

— Alors, tu veux bien envisager un avenir avec moi, Elena ?

Il l'attira contre lui.

— Tu veux bien défaire ta valise et rester ici ? Me laisser te construire un espace rien que pour toi, ici et en Californie ?

Il lui releva le menton et plongea le regard dans le sien.

— Je veux t'offrir un chez-toi à ton image, qui reflète toutes tes envies, partout où nous vivrons.

Ces mots montraient à quel point Gage la comprenait. L'émotion lui serra la gorge.

— C'est vraiment un beau cadeau pour une femme qui n'a jamais vécu plus de quelques mois au même endroit jusqu'à ses dix-huit ans, dit-elle.

— Avec moi, tu auras toujours un foyer.

Il déposa un baiser sur ses lèvres. Un baiser doux. Tendre.

Et plein de promesses.

DANI WADE

Sous le charme du play-boy

Traduction française de
ÉDOUARD DIAZ

PASSIONS

HARLEQUIN

Titre original :
RECLAIMING HIS LEGACY

- 1 -

— Qu'est-il arrivé à la nounou, père ?

Blake Boudreaux crut d'abord que son père n'allait pas lui répondre. Au lieu de cela, Armand Boudreaux adopta l'attitude indéchiffrable et hautaine qui correspondait si bien à son costume de grand tailleur, à sa coiffure impeccable et à ses chaussures brillantes comme des miroirs, et qui annonçait au reste du monde qu'il n'avait aucun besoin de s'excuser devant quiconque. Puis il répondit d'une voix parfaitement posée :

— Ma traîtresse d'épouse a vidé son compte à la banque. Une belle somme, au demeurant. Il a bien fallu que je récupère mon investissement d'une manière ou d'une autre.

— En congédiant la nounou d'une enfant malade ? Avez-vous perdu la raison ?

— Tu n'as jamais eu de nounou, et tu t'en es très bien sorti, observa le vieil homme.

Blake aurait eu beaucoup à dire sur ce sujet, mais ce n'était ni le moment ni le lieu pour en discuter... Et d'ailleurs, son père ne l'aurait pas écouté. Sans compter que, depuis son retour dans la grande maison de l'ancienne plantation Boudreaux, il éprouvait un malaise presque insoutenable. Ce lieu lui glaçait encore le sang, même après toutes ces années d'absence.

— Moi, je ne souffrais pas d'épilepsie, rappela-t-il.

C'est une maladie grave. Abigail a besoin d'être suivie. Elle a besoin de soins.

— Ces problèmes sont tous dans sa tête, c'est évident. Autrement, sa mère n'aurait pas filé en Europe en me la laissant sur les bras.

— Donc, les médecins ont tous menti, c'est cela ?

— Ils dramatisent tout, grogna son père. Ils feraient mieux de s'en tenir à ce qu'ils font le mieux : lui prescrire des médicaments, et le problème serait réglé. Elle irait très bien. Et, plus important encore, elle en serait persuadée.

Blake savait beaucoup de choses au sujet de son père. C'était un homme froid et autocratique, qui avait passé sa vie à blesser les gens autour de lui. Quelquefois, de façon subtile. Et d'autres, pas du tout. Mais c'était la première fois qu'il voyait Armand mettre en danger la vie d'une personne. Et, pour Blake, ce n'était pas un sujet de plaisanterie.

Abigail, la demi-sœur de Blake, était âgée de sept ans, et les symptômes qu'elle avait manifestés avaient été suffisamment sérieux pour que son « écervelée de mère » l'emmène consulter un spécialiste. Naturellement, à l'instant où le diagnostic était tombé, elle avait fait ses bagages et elle était partie vers des horizons moins stressants.

— Les médecins ne sont pas idiots, insista-t-il. Cette maladie peut être dangereuse.

— Ce n'est pas aussi grave qu'ils le prétendent, répliqua son père avec un petit sourire satisfait. Cependant, tu sembles sincèrement préoccupé par le problème. Dans la mesure où c'est la première fois que tu me fais l'honneur de ta présence depuis le jour où tu m'as expliqué ce que je pouvais faire de mon argent et de mes droits parentaux, il y a dix-sept ans de cela, je suppose que je devrais prendre tes propos au sérieux.

Cette pique n'était pas tout à fait injustifiée. C'était

réellement la première fois que Blake remettait les pieds dans la maison de son père depuis le jour de ses dix-huit ans. Et, s'il n'était jamais revenu dans cette infâme maison, elle ne lui aurait pas du tout manqué. Il aurait pu simplement continuer à vivre dans les cadres les plus luxueux d'Europe plutôt que de revenir dans le désert glacé de cette demeure, que même la chaleur étouffante de l'été de la Louisiane, à l'extérieur, ne parvenait pas à réchauffer.

Il n'aurait jamais rencontré Marisa, la nouvelle et toute jeune épouse de son père, ou sa demi-sœur, alors âgée de cinq ans, si ladite épouse n'avait pas été en villégiature en Allemagne à la même époque où il fréquentait une jeune femme issue d'une famille princière d'un petit pays voisin.

C'était ainsi qu'il avait appris que Marisa adorait voyager vers des destinations exotiques, et être vue en compagnie de personnages importants. Abigail, sa demi-sœur, était abandonnée aux soins d'une nounou pendant que sa mère papillonnait à la recherche d'une nouvelle grande aventure. Pour ce voyage, elle n'avait emmené Abigail avec elle que parce que Armand avait refusé de lui permettre de laisser l'enfant à la maison. Le narcissisme de Marisa n'avait rien à envier à celui de son père, même si elle n'était pas aussi vindicative que lui.

Blake n'avait jamais imaginé que les enfants occuperaient une place quelconque dans sa vie. Sa réputation de play-boy était bien établie et acceptée par tous, à l'exception de quelques femmes qui avaient essayé – sans aucun succès – de le changer. Les enfants existaient, et ils étaient adorables… tant qu'ils étaient ceux de quelqu'un d'autre.

Mais il avait suffi d'un seul après-midi en compagnie de la petite fille aux doux cheveux bouclés et aux grands yeux bruns expressifs, si curieux du monde qui l'entourait, pour que le play-boy succombe à son charme. Heureusement, Marisa avait encouragé ses efforts pour garder le contact avec sa demi-sœur, tout du moins jusqu'à quelques mois auparavant. Blake n'aurait jamais eu connaissance du problème actuel sans l'intervention de l'ancienne nounou de sa demi-sœur, qui l'avait appelé quelques jours plus tôt pour l'informer de cette malheureuse situation. Il avait aussitôt loué un jet privé pour se rendre à La Nouvelle-Orléans. Par bonheur, il disposait d'un héritage auquel son père ne pouvait pas toucher. Ce legs de sa mère lui permettait de vivre très confortablement, sans devoir se soucier du manque d'argent… ni de l'opinion de son père. Et, s'il complétait ces revenus grâce à la production et à la distribution d'œuvres d'art, cela ne regardait que lui.

— C'est vrai, répondit Blake enfin. Le bien-être d'Abigail est important pour moi. Il faut bien que quelqu'un s'en préoccupe.

— C'est une personne faible, grogna son père. La vie se chargera de l'endurcir.

Sous le regard incisif du vieil homme, Blake se tortilla inconfortablement, mais il résista. Le temps où son père contrôlait ses actions était loin derrière eux. Le vieil homme eût considéré le moindre signe de faiblesse de sa part comme une victoire, et il n'entendait pas lui faire ce plaisir.

— Mais, puisque tu es ici, conclut son père, je pourrais peut-être te confier ce travail.

— Pardon ? fit Blake, ébahi.

— Tu pourrais t'occuper d'elle, précisa Armand. Mais, naturellement, tu n'es pas vraiment qualifié pour t'occuper d'une enfant.

Moi, au moins, je suis prêt à essayer, songea Blake.

Mais il serra les dents et attendit. Si son père était prêt à lui faire cette concession, il y aurait un prix à payer. Autant attendre qu'il abatte ses cartes.

— Je ne sais pas, ajouta le vieil homme, jouant distraitement avec ses boutons de manchettes en diamant tout en faisant semblant d'y réfléchir. Je n'ai pas encore décidé si je te permettrai de la voir du tout.

Un petit gémissement suivit cette déclaration, provenant de derrière un fauteuil au fond de la grande pièce. Son père tourna aussitôt son regard vers cette zone de semi-obscurité, pour hurler d'une grosse voix qui fit sursauter Blake :

— Je t'avais dit de rester dans ta chambre !

Une petite fille sortit timidement de sa cachette, et, bien que deux années se soient écoulées depuis la dernière fois qu'il l'avait vue, Blake songea qu'elle était restée exactement la même, bien qu'elle ait un peu grandi. Les mêmes boucles brunes – très mal coiffées aujourd'hui. Le même regard vulnérable. Elle hésita avant d'obéir, ses grands yeux bruns mouchetés de vert semblant mémoriser chaque détail de la personne de Blake, comme si elle craignait de ne jamais le revoir. Il la comprenait. Son père était assez malfaisant pour lui interdire de la revoir s'il soupçonnait à quel point Blake tenait à elle.

Il dissimula donc soigneusement ses émotions. Il offrit à la petite fille un sourire amical, et lui fit signe de remonter l'escalier… pour lui éviter d'entendre d'autres paroles désobligeantes de la part de son père. Blake avait entendu ces remarques cruelles durant toute son enfance. Il ne voulait pas qu'Abigail y soit soumise, elle aussi.

Lorsque Marisa vivait encore à la maison, il avait espéré qu'elle la protégerait de la cruauté d'Armand Boudreaux. Aujourd'hui, elle n'avait plus personne pour la protéger. Sherry, la gouvernante, était une brave femme, et elle pourrait peut-être garder un œil sur elle, mais elle avait beaucoup de travail. Serait-ce suffisant ?

Blake n'avait même pas eu droit à cela. Il se souvenait encore de ces interminables journées durant lesquelles il ne voyait personne, à l'exception de la cuisinière qui lui servait ses repas. Il était en bonne santé, mais il souffrait beaucoup de solitude. Et, lorsque son père s'intéressait à lui, c'était seulement pour lui faire des reproches.

Blake ne pouvait pas permettre qu'Abigail connaisse le même sort. Deux ans plus tôt, il ne pensait jamais à son horrible enfance, mais la situation d'Abigail avait fait remonter une foule de mauvais souvenirs à la surface.

— Vous disiez que je pouvais me montrer utile en m'occupant d'Abigail ? s'enquit-il prudemment.

— Oui, bien sûr, répondit Armand avec un sourire calculateur. Tu es tellement attaché à cette enfant, n'est-ce pas ? Tu es peut-être prêt à payer pour ce privilège.

— N'avez-vous pas déjà suffisamment d'argent ? grogna Blake.

Puis, soudain, il s'interrompit. L'argent n'avait jamais été un problème pour son père lorsqu'il était enfant, et Blake avait supposé que sa situation financière n'avait pas changé. Mais, tout à coup, il se posait des questions.

— Il n'est pas question d'argent, fils, précisa son père. Il s'agit de *liberté*.

C'était ce à quoi Blake tenait le plus, et ce, depuis toujours. Cet échange risquait de mal finir.

— Je ne suis pas sûr de vous comprendre, répondit-il.

Son père se mit à marcher de long en large sur le dallage de marbre, le son de ses talons résonnant sous les voûtes du haut plafond, et Blake sentit son cœur se serrer. Son père faisait toujours cela lorsqu'il complotait un mauvais coup.

Puis Armand s'arrêta, pour déclarer d'un air songeur :

— Je crois que je connais une solution qui nous avantagera tous les deux.

— Je les connais déjà, vos solutions, rétorqua Blake. Elles ne profitent jamais qu'à vous.

— Cela dépend de la façon d'analyser le problème,

observa son père avec un sourire froid. Ma solution profiterait sans aucun doute à Abigail. N'est-ce pas ce que tu désires ?

Blake resta silencieux, son regard rivé sur l'homme devant lui. Armand était parfaitement assorti à la beauté stérile de la plantation Boudreaux. C'était un décor fait pour lui.

— Oui, je crois bien que cela fonctionnerait, dit-il, hochant lentement la tête, ses cheveux argentés capturant la lumière qui entrait par la grande fenêtre derrière lui. Et tu vas me donner exactement ce que je veux.

Paniqué à l'idée de redevenir ce garçon de dix-huit ans sans défense devant son père, Blake se détourna de lui. Mais, alors qu'il s'apprêtait à se diriger tout droit vers la porte et à disparaître, il eut une vision fugitive de cheveux bruns mal coiffés et de leggings roses au sommet de l'escalier.

Que faire ?

Il pourrait dénoncer Armand pour mauvais traitements à une enfant, mais son père avait beaucoup d'amis haut placés, et Blake doutait que sa plainte ait un effet quelconque. Abigail ne serait même pas éloignée de cette maison.

Une autre solution serait d'emmener l'enfant, mais il serait probablement accusé d'enlèvement, et Abigail serait ramenée ici de force.

Ce qui était sûr, c'était qu'il ne pouvait pas abandonner Abigail, même s'il devait bouleverser sa vie de fond en comble pour l'aider. Qui eût cru qu'un play-boy comme lui pouvait soudain se découvrir une conscience ?

— Que désirez-vous que je fasse ? s'enquit-il, faisant à nouveau face à son père.

Esquissant un sourire qui suggérait qu'il avait obtenu ce qu'il désirait, Armand poussa la porte de son cabinet de travail, au fond de la pièce, et en ressortit presque aussitôt, un dossier à la main. Blake n'osait plus lever les yeux vers le haut de l'escalier, d'où Abigail observait toujours la scène, mais il devinait sa présence là-haut, hors de vue de son père.

— Une femme du nom de Madison Landry vit dans cette ville. Elle a quelque chose qui m'appartient. Quelque chose que tu vas récupérer.

— Pourquoi ne demandez-vous pas à un avocat de s'en charger ?

— Cette méthode s'est déjà avérée… décevante. Il est temps d'essayer une approche différente.

C'était la première fois qu'il entendait son père avouer un échec, et Blake sentit son intérêt s'éveiller. À l'évidence, les voies juridiques avaient échoué, ce qui signifiait que son père envisageait maintenant une action plus ou moins illégale.

— Si je comprends bien, vous souhaitez que j'essaie de convaincre cette personne de vous rendre… quelque chose. Qui est-elle ? Une ancienne maîtresse ?

— Sûrement pas, répondit son père, retirant une photo du dossier avec un sourire pincé. As-tu entendu parler du diamant Belarus ?

— Non, reconnut Blake, qui s'intéressait peu aux bijoux.

— C'est un diamant bleu de deux carats, une pierre rarissime offerte par un prince russe à notre famille avant qu'elle n'émigre en Louisiane. Lorsque j'étais jeune et naïf, je l'avais fait monter sur une bague de fiançailles pour l'offrir à une femme qui ne méritait pas un cadeau aussi spécial.

De plus en plus étonné, Blake examina la photo d'un magnifique brillant bleu de forme ovale, avant de faire à nouveau face à son père.

— Aviez-vous déjà été fiancé à une autre femme avant de rencontrer ma mère ?

— Oui. Elle s'appelait Jacqueline Landry, et elle

était issue d'une vieille famille de la haute société de Louisiane. Mais nos fiançailles ont duré moins d'un an.

— Alors, elle vous a laissé tomber ?

Armand tressaillit comme s'il venait de l'insulter. Mais, à l'évidence, Blake avait touché juste, et son père se contenta de pousser un soupir.

— Elle a bêtement choisi de partir, mais elle a emporté cette bague avec elle. Ce diamant appartient à notre famille. Il est à moi, et j'ai le droit d'en disposer comme bon me semble.

Mais pas la bague ? songea Blake. Il ne s'agissait pas ici d'un bijou de famille qu'Armand aurait pu léguer à ses descendants. C'était autre chose qui le tracassait. Mais quoi ? Une question d'argent ? D'orgueil blessé ? Sûrement pas, après toutes ces années.

— Dans ce cas, tu n'aurais pas dû en faire cadeau à une femme, raisonna-t-il.

— Au cours des années, je lui ai écrit à de nombreuses reprises pour en réclamer la restitution. Toutes mes lettres m'ont été renvoyées sans avoir été ouvertes.

— Si j'en crois mon expérience limitée des fiançailles rompues, elle en avait parfaitement le droit, argua Blake.

Son père se raidit visiblement, et Blake comprit qu'il venait de toucher un nerf sensible.

— Tu peux garder tes sarcasmes, gronda Armand. Je veux cette bague, et je l'aurai. Et c'est toi qui vas me la rapporter.

Blake avait souvent assisté aux crises de rage de son père, au cours des années, et il fit un effort pour refouler les émotions négatives qui déferlaient sur lui.

— Et par quel moyen ? rétorqua-t-il. Tu ne sais même pas si la fille de Jacqueline l'a encore en sa possession.

— Il n'existe aucun document suggérant que cette pierre ait été vendue. Cela signifie que cette famille l'a encore en sa possession. Tu vas retrouver cette femme et la lui reprendre. Avec ou sans son consentement.

— Vous attendez réellement de moi que je convainque cette femme de vous remettre un précieux diamant qui appartenait à sa mère ?

— Tu trouveras bien un moyen. Je suis sûr qu'un homme comme toi, qui a séduit et abandonné un nombre incalculable de femmes, saura accomplir cette mission sans aucune difficulté. Cela devrait être une excellente occasion de mettre à bon usage l'une des rares expertises que tu as acquises dans ta vie.

Blake dut admettre que cette pique faisait un peu mal. Même si elle provenait de son père, qui ne lui aurait montré aucune considération quelle que soit la carrière qu'il aurait choisie. Bien sûr, Blake avait acquis d'autres compétences au cours des années, mais il les dissimulait soigneusement derrière la façade d'une vie sans souci.

— Ces femmes savaient toutes depuis le début dans quoi elles s'engageaient, observa-t-il.

— Celle-ci n'en saura rien, gronda son père en le fusillant du regard. Et je t'interdis formellement de lui dire la vérité. Ta mission terminée, si tu tiens absolument à lui avouer que tu l'as escroquée pour sauver ta sœur, libre à toi.

Armand lui tendit le dossier avec l'air assuré d'un homme certain d'obtenir ce qu'il désirait, avant de conclure :

— Lis ce dossier. Tiens-moi au courant.

— Je ne peux pas faire une chose pareille, répondit Blake.

— Et il y a une condition supplémentaire, ajouta Armand comme s'il ne l'avait pas entendu. Je t'interdis de voir Abigail jusqu'à ce que tu aies accompli ta mission. Mais, après cela, elle sera tout à toi. Je signerai tous les documents nécessaires pour n'être plus responsable d'elle, et tu pourras lui donner l'éducation à laquelle tu prétends qu'elle a droit.

Blake sentit un flot de bile monter dans sa gorge. Il ne savait pas vraiment ce qu'il avait espéré en revenant à la plantation Boudreaux, mais cette conversation avait dépassé toutes les limites. Pourquoi un homme qui avait passé toute sa vie à éviter les responsabilités se mêlerait-il soudain d'élever une petite fille atteinte d'épilepsie ?

Comme s'il avait lu dans ses pensées, son père esquissa un sourire satisfait.

— Es-tu certain qu'un play-boy comme toi soit capable de relever un tel défi ? ironisa-t-il.

— Alors, on a sommeil ?

Madison Landry rouvrit les yeux en sursautant, très embarrassée d'avoir été surprise par sa patronne en train de sommeiller à son bureau.

— Je suis désolée, bredouilla-t-elle. Je ne dors pas très bien, ces temps derniers.

— Ce n'était pas un reproche, la rassura Trinity Hyatt avec un sourire lumineux. D'autant plus que vous êtes venue travailler un jour de congé. Avez-vous envie de m'en parler ?

— Il y a toujours beaucoup à faire, ici, répondit Madison, éludant la question.

L'association caritative qui offrait un refuge sûr et des formations professionnelles aux femmes victimes de violences et à leurs enfants fonctionnait dans un état constant de chaos contrôlé. Lessives urgentes, formulaires de demande d'emploi, organisation d'événements d'appel aux dons, le bureau de Madison, au rez-de-chaussée des locaux de l'association, disparaissait sous les piles de dossiers.

Mais, pour rien au monde, elle n'admettrait que, si

elle était venue un jour proposer son aide à la Maison du jardin, dont les locaux jouxtaient la vaste propriété de sa famille, c'était parce qu'elle avait besoin d'oublier ses propres soucis, pas parce que l'association accomplissait un travail nécessaire.

Et ses nuits sans sommeil étaient un sujet qu'elle refusait d'aborder avec qui que ce soit. Les souvenirs des derniers jours de douleur de son père. Les rêves dans lesquels elle le voyait se démener pour continuer à respirer, luttant contre la pneumonie qui devait finalement l'emporter. Ses affreux cauchemars.

Toutefois, la douce expression qu'elle lisait dans les yeux de Trinity suggérait qu'elle était déjà au courant. Et sa patronne n'était pas femme à éviter les sujets douloureux.

— Je souffre de vous voir souffrir d'insomnie, déclara-t-elle. J'ai eu le même problème après le décès de ma mère. Je ne parvenais plus à mettre mon cerveau en veille.

— Oui, c'est un problème, convint Madison, songeant à ses nuits passées à fixer le plafond dans l'obscurité. Il n'est pas facile de se réhabituer à dormir quand on a passé de si nombreuses nuits à essayer de rester éveillée.

— Pendant combien d'années avez-vous soigné votre papa ? s'enquit Trinity, parcourant du regard la pièce qui lui était si familière.

Ce bureau avait été le sien. Elle s'était installée au premier étage pour s'occuper de la gestion de Hyatt Heights, la société qu'avait fondée son mari, aujourd'hui décédé, mais cette tâche ne lui laissait plus le temps de s'occuper elle-même de la Maison du jardin.

Le hasard avait voulu que Madison soit au bon endroit au bon moment. Elle connaissait Trinity depuis son adolescence et, à l'époque, elle venait déjà donner un coup de main au refuge chaque fois qu'elle le pouvait. Malheureusement, la maladie de son père l'en avait parfois empêchée. Mais, lorsque Trinity avait dû passer la main, elle avait confié la direction de l'association à Madison, malgré son jeune âge. Elle savait que son expérience de la vie allait bien au-delà de celle d'une jeune femme ordinaire.

— Pendant dix ans, précisa Madison. Mais ses problèmes de mobilité et de sommeil n'ont commencé qu'il y a cinq ans.

— Madison ? dit Trinity d'une voix très douce. Vous comprenez qu'il est parfaitement normal de ne *pas* aller bien, n'est-ce pas ?

Madison sentit sa gorge se serrer. La sclérose en plaques dont souffrait son père était une terrible maladie. Elle qui avait été témoin de ses ravages ne la souhaiterait jamais à personne, même à son pire ennemi. Et l'idée du calvaire que son père avait enduré lui causait toujours une profonde tristesse. Son père avait perdu son entreprise lorsque Madison était encore très jeune, puis on lui avait diagnostiqué cette affreuse maladie. Et pour finir, il avait perdu son épouse, l'amour de sa vie. Madison et lui avaient pourtant passé des moments agréables ensemble, trouvant un peu de joie et de réconfort en s'appuyant l'un sur l'autre.

— Oui, je le sais, assura-t-elle, s'efforçant de refouler le flot d'émotions qui déferlait sur elle. Tout va bien. Hier, j'ai passé la soirée à faire un peu de ménage dans la maison, puis j'ai lu quelques pages des journaux intimes de ma mère.

Que d'autre aurait-elle pu faire, à 3 heures du matin ?

— N'est-ce pas aller trop vite, Madison ? observa Trinity d'un ton prudent. Votre père est décédé il y a à peine six mois.

— La vie doit continuer, répondit Madison en soupirant. La maison doit bientôt être mise en vente. Comme je suis seule à m'occuper de tout…

Le reste de sa phrase mourut sur ses lèvres et, haussant les épaules, elle s'affaira à classer quelques papiers pour refouler la tristesse que lui causait l'idée de devoir vendre le seul foyer qu'elle ait jamais connu. Tous ses souvenirs, les bons et les mauvais, y étaient liés d'une manière ou d'une autre, mais la maison tombait en ruines malgré tous ses efforts. Devoir s'en séparer serait une épreuve dévastatrice.

Mais combien de temps lui faudrait-il pour faire l'inventaire des affaires de ses parents, et tout trier ? Cette demeure était immense, et elle découvrait constamment de nouveaux recoins inexplorés. À peine deux mois plus tôt, elle avait trouvé toute la collection des journaux intimes de sa mère. En les lisant, Madison avait retrouvé sa maman comme si elle était encore là avec elle, et elle y avait puisé un profond réconfort.

D'ailleurs, où trouverait-elle l'argent nécessaire pour les réparations les plus urgentes ? Sans même mentionner que la maison avait besoin d'un minimum d'améliorations esthétiques, avant d'être mise sur le marché. Son salaire actuel était assez confortable, mais des années d'abandon, après la mort accidentelle de sa mère et la maladie de son père, avaient laissé leur marque sur ce qui avait été la plus élégante demeure du Garden District de La Nouvelle-Orléans.

Tout au fond d'elle-même, Madison souhaitait simplement tourner la page, et que la maison soit vendue à une personne capable de lui rendre son lustre d'antan. Ce serait douloureux, mais, au moins, ce serait un souci de moins.

Toute sa vie, Madison s'était appliquée à se concentrer sur un seul problème à la fois. Elle vivait seule, et généralement elle se débrouillait sans l'aide de personne. Son travail à la Maison du jardin lui avait permis de faire partie d'une équipe. Mais, durant la plus grande partie de sa vie, cela avait toujours été elle… ou personne.

— Je suis sincèrement désolée, Madison.

— Ne vous inquiétez pas, répondit Madison avec un sourire vacillant. Venir travailler ici a été la meilleure expérience de ma vie. Et je vous en remercie, Trinity.

— Ma chère, je ne pourrais pas me passer de vous. Surtout en ce moment. Je sais que les femmes de ce refuge sont entre de bonnes mains. Mais… Assez de toutes ces émotions. J'ai une merveilleuse surprise pour vous.

— Ah ? fit Madison, soulagée de pouvoir changer de sujet. Qu'est-ce que c'est ?

— Votre robe est arrivée !

Pour la plupart des femmes, c'eût été une nouvelle excitante. Mais Madison n'y vit qu'une nouvelle raison de se sentir anxieuse. La semaine suivante, elles devaient participer à un gala de bienfaisance au bénéfice du refuge, où toute la haute société de la ville serait présente. Pour Madison, ce serait une première. Elle n'avait jamais eu de bonne raison de quitter le chevet de son père malade pour se rendre à de telles soirées, ni les moyens financiers nécessaires. Mais, en sa nouvelle qualité de directrice de la Maison du jardin, ce bain de foule avec le gratin social de La Nouvelle-Orléans faisait partie de ses fonctions. Et, même si les comptes du refuge étaient à l'équilibre, il ne serait pas mauvais que leurs concitoyens qui en avaient les moyens contribuent généreusement à son bon fonctionnement.

Ainsi, Madison était sur le point d'être présentée aux personnalités les plus en vue de la ville. Une génération plus tôt, elle aurait eu sa place légitime dans ce cercle. Ses deux parents étaient issus de riches familles qui avaient contribué à bâtir cette ville extraordinaire.

Toutefois, Madison ne connaissait ce glorieux passé que par les quelques récits que sa mère lui en avait faits lorsqu'elle était enfant. Les circonstances de son mariage avec son père, ainsi que les raisons de leur isolement social alors qu'ils étaient propriétaires de l'une des plus belles demeures du Garden District de La Nouvelle-Orléans, étaient toujours restées un secret familial bien gardé. Madison n'avait jamais pu apprendre les raisons du scandale.

C'était pour cette raison que, chaque soir, elle lisait les journaux intimes de sa mère qu'elle avait trouvés dans une pièce fermée à clé, au dernier étage de la maison. Elle espérait y découvrir comment ils s'étaient rencontrés, et pourquoi ils s'étaient mariés. Après tout, ces histoires l'aideraient peut-être à chasser les tristes souvenirs qui la hantaient chaque nuit et l'empêchaient de trouver le sommeil.

Trinity la prit par la main et la conduisit jusqu'à la grande suite du premier étage de la Maison du jardin, qu'elle avait occupée jusqu'à son mariage avec Michael Hyatt, à peine deux mois plus tôt. La mort tragique de son mari avait mis fin à cette période de bonheur, et la bataille juridique que lui livrait la famille de Michael au sujet de son héritage venait encore assombrir la situation. Comme Madison vivait encore pour le moment dans la propriété voisine, elle avait choisi de ne pas s'y installer elle-même, afin que Trinity ait encore le sentiment d'avoir un espace à elle en cas de besoin.

Une ravissante robe de soirée couleur lavande était étalée sur le couvre-lit bleu pâle. Le souffle coupé, Madison laissa glisser ses doigts sur le tissu soyeux.

— C'est une couleur inhabituelle pour une rousse, observa Trinity. Je pense que l'effet sera fabuleux.

Madison l'espérait aussi.

C'était dans cette tenue qu'elle serait présentée à la haute société de la ville. À cette idée, elle sentait sa gorge se serrer, mais cette nervosité l'aiderait peut-être à oublier temporairement son chagrin. La première impression qu'on avait d'une personne était importante. Le nom de sa famille avait été prestigieux autrefois, à La Nouvelle-

Orléans, mais le temps l'avait quasiment effacé. Le Sud s'enorgueillissait encore de son histoire, et de l'histoire de ses grandes familles, mais l'argent comptait bien davantage aujourd'hui.

C'était ainsi, et Madison savait qu'elle ne pouvait rien y changer. La maladie de son père avait ruiné la famille, et les soins qu'elle lui prodiguait l'avaient empêchée d'accepter un travail à plein temps, l'obligeant à vivre de petits boulots.

Elle devait se rappeler que son poste actuel était important. En faisant bonne impression, elle contribuerait à renforcer leur association – aujourd'hui et dans l'avenir. Hélas, cette idée ne réussit pas à lui rendre sa sérénité.

Ne ferait-elle pas mieux de renoncer tout de suite ? Céder à sa peur, et suggérer à Trinity de trouver une personne plus capable qu'elle d'assumer cette facette de leur travail ?

— Allons, essayons-la ! s'exclama Trinity, visiblement très excitée, dissipant son début de panique.

Lorsqu'elle retourna dans la suite après s'être changée, Madison ne se reconnut pas dans le miroir. Le corsage près du corps n'avait qu'une seule bretelle, du même tissu fleuri qui recouvrait son épaule gauche. De multiples couches de mousseline de soie permettaient à la jupe d'ondoyer autour de ses jambes jusqu'à la hauteur du genou.

— Il ne vous manque que des hauts talons sexy, et vous serez prête pour la bataille, remarqua Trinity.

— Espérons seulement que je ne me casserai pas une jambe en les portant, répondit Madison, pouffant de rire.

— Vous vous en tirerez très bien. C'est une question d'entraînement.

Madison effleura la soie de la robe avec des doigts tremblants. Elle avait la sensation d'être devenue une autre personne. Son cerveau ne parvenait pas à assimiler cette nouvelle réalité.

— Nous pourrions vous coiffer de cette façon, suggéra Trinity, rassemblant la masse de ses tresses auburn au sommet de sa tête, et il vous faut de jolis pendants d'oreilles.

— J'ai un peu l'impression d'être Cendrillon, remarqua Madison avec un petit rire nerveux.

— Vous rencontrerez peut-être le Prince charmant au bal, répondit Trinity en souriant. Ce n'est qu'une bonne vieille soirée de La Nouvelle-Orléans, mais on y dansera. Vous le savez, n'est-ce pas ? Ce sera très distrayant.

Pour une femme pratique comme Madison, ce concept même semblait étranger. Mais l'image de sa transformation que lui renvoyait le miroir l'encourageait à en faire l'expérience. Après tout, elle n'avait jamais reculé devant un obstacle, quel qu'il soit. Jamais.

— Il est vrai que j'aurais bien besoin de me distraire un peu.

— Pourvu que ce soit sans danger.

Et que cela ne la pousse pas à trop réfléchir, ajouta mentalement Madison. En fait, l'arrivée d'un prince charmant à ce moment de sa vie serait peut-être une complication inutile. Elle avait toujours eu de lourdes responsabilités, des obligations, et c'était toujours le cas aujourd'hui… Elle avait besoin de prendre un peu de distance avec tout cela.

Et, qui sait ? elle pourrait peut-être rencontrer un *prince pour l'instant présent*. Un prince pour s'amuser.

Une fille avait bien le droit de rêver, non ?

- 2 -

Que diable faisait-il ici ?

Blake aurait dû se sentir parfaitement à son aise à la soirée organisée chez le couple le plus en vue de La Nouvelle-Orléans. C'était le genre d'événement où les gens riches se rassemblaient pour échanger les derniers potins et parler de politique, et, plus généralement, impressionner leurs semblables avec leur fortune et leur intelligence… plus ou moins réelles. Il avait participé à des soirées similaires dans toute l'Europe. Les seuls changements concernaient la langue des échanges et les plats qui y étaient servis. Les gens que l'on y rencontrait étaient pratiquement les mêmes.

Même s'il pouvait en général espérer une bonne fortune en ces occasions, il ne s'était jamais rendu à ces soirées dans le but précis d'y rencontrer une compagne d'un soir.

Certes, le sexe sans attaches faisait partie de son style de vie, mais les femmes avec qui il passait du temps partageaient cette philosophie. Il s'en assurait dès le début. Le fait de n'avoir pu trouver de meilleur stratagème pour s'introduire chez les Landry qu'une aventure d'une nuit avait éveillé chez lui un sentiment de honte jusque-là inconnu.

Mais, pour sauver Abigail, il était prêt à tout.

Car, enfin, même dénoncer Armand pour mauvais traitements à une enfant ne le mènerait nulle part. Son père avait une bonne partie des responsables de la ville dans sa poche. De plus, pouvait-il risquer qu'Abigail soit placée en urgence dans un foyer de l'aide sociale avant qu'il ait eu le temps de trouver une solution ?

À la maison, au moins, elle pouvait compter sur la gouvernante qui veillait affectueusement sur elle. Sherry ne pouvait pas rester toujours à ses côtés, mais elle s'éloignait le moins possible, et elle protégeait Abigail de son mieux. C'était, en tout cas, ce qu'il avait cru comprendre lors de leurs conversations au téléphone. Comme la petite fille risquait de se retrouver dans un lieu pire encore que la maison de son père, Blake savait que la seule façon d'éloigner ce danger était de récupérer le diamant bleu le plus rapidement possible.

Alors, même si l'idée lui répugnait, il n'avait d'autre choix que de séduire Madison Landry pour satisfaire aux exigences de son père… À moins d'opter pour un simple cambriolage.

Il ne lui avait pas fallu longtemps pour repérer la femme qu'il cherchait au milieu de la foule, même si elle paraissait beaucoup plus jeune qu'il ne l'avait supposé.

Même sur les photos qu'il avait trouvées dans le dossier, elle ne paraissait pas ses vingt-six ans. C'était peut-être à cause de la pâleur d'ivoire de sa peau, ou de ces quelques taches de rousseur éparpillées sur son nez qu'elle ne s'était pas donné la peine de dissimuler à l'occasion de cette soirée. Mais il s'était vaguement attendu à ce que les dures épreuves qu'elle avait traversées dans la vie, et qui étaient résumées dans le dossier, aient laissé des traces sur son visage.

Depuis son arrivée, elle avait à peine échangé quelques mots avec les autres invités, et ne s'était jamais aventurée très loin de la table près de laquelle elle était assise. Il s'était attendu à trouver une femme désireuse de montrer sa présence sur le marché du mariage, plutôt que cette jeune femme réservée qu'il voyait devant lui. Après tout, elle était jeune, célibataire, et elle avait connu trop de moments difficiles pour envisager la vie comme une succession de fêtes. Elle ne dansait pas, même si elle balançait inconsciemment son corps en mesure, comme si la musique la berçait. Aucun signe d'une cour d'admirateurs autour d'elle. Et absolument aucun flirt.

Elle semblait appartenir à une espèce féminine qu'il n'avait jamais eu l'occasion d'observer.

Blake avait suffisamment d'assurance pour l'aborder même si elle avait été entourée de ses amis, mais il n'eut pas à s'en donner la peine. Elle venait de revenir des toilettes des dames et était assise seule à sa table, à observer les danseurs sur la piste d'un regard mélancolique. Une jeune femme qui avait envie de s'amuser… et Blake était exactement le partenaire qu'il lui fallait pour cela.

Jetant un coup d'œil à la serviette en papier qu'il tenait dans la main, il esquissa un sourire. À présent, il avait une intéressante entrée en matière pour l'aborder.

Il s'approcha de la table et s'arrêta près de la chaise de Madison. La jeune femme leva les yeux vers lui, et, comme tant d'autres femmes avant elle, elle marqua un temps d'arrêt avant de l'étudier plus attentivement, ouvrant de grands yeux. Elle s'efforça aussitôt de masquer sa réaction. Il ne s'était jamais senti gêné par l'idée d'être habillé pour impressionner ses interlocuteurs, mais, à cet instant, il eut le curieux sentiment d'être endimanché comme un vendeur de voitures d'occasion.

— Bonsoir, dit-il simplement.

— Bonsoir, répondit-elle avec un sourire un peu hésitant.

Puis elle jeta un rapide regard autour d'elle comme si elle pensait qu'il s'était peut-être trompé de personne. Mais ce n'était pas le cas. Blake savait exactement qui il lui fallait rencontrer, ce soir.

Lentement, il fit glisser la serviette en papier sur la table vers elle, et il attendit un instant qu'elle l'ait examinée.

Phase 1 de sa mission terminée.

Il l'avait dessinée de profil sur le papier blanc. C'était un portrait très ressemblant, même s'il y manquait l'auburn vibrant de sa chevelure, et les reflets multicolores des guirlandes lumineuses qui décoraient la vaste salle.

— Une femme aussi ravissante ne devrait pas être assise seule à l'écart de la fête, remarqua-t-il.

Il la vit avaler sa salive deux fois, avant de répondre :

— Est-ce une remarque concernant mon apparence physique, ou vos prouesses d'artiste ? s'enquit-elle.

— Un peu des deux ? suggéra-t-il, étonné par sa réponse.

La plupart des femmes se seraient confondues en remerciements pour cette attention, ou elles se seraient senties flattées par sa remarque. Sa technique du portrait n'avait jamais été remise en question.

Malgré cela, elle effleura les bords du dessin du bout d'un doigt, puis leva les yeux vers lui pour lui adresser un sourire apparemment sincère.

— Combien de temps vous a-t-il fallu pour me dessiner ?

— Environ cinq minutes, précisa-t-il, haussant les épaules.

— Au moins, observa-t-elle avec un regard de défi, si vous êtes un harceleur, vous n'y consacrez pas trop de temps.

Cette réplique le désarçonna, au point qu'il éclata de rire. Cette femme n'était vraiment pas comme il l'avait imaginée. Sa voix non plus. Une voix plutôt grave, capiteuse, qui évoquait en lui des images de mystère, de sexe torride. Tout l'opposé de sa lumineuse jeunesse.

Elle baissa la tête un instant, avant de relever les yeux pour l'observer par-dessous ses longs cils épais.

— Je n'étais probablement pas censée dire une chose pareille à voix haute, observa-t-elle.

— Probablement pas, confirma-t-il.

Mais, en ce qui le concernait, elle pouvait lui parler jusqu'au bout de la nuit si elle le désirait.

— Je savais que je ne me sentirais pas à l'aise, ici.

Au premier abord, ses paroles auraient pu être interprétées comme une tentative de flirt, mais sa façon de se mordiller nerveusement la lèvre racontait une autre histoire.

— Est-ce la première fois ? s'enquit-il.

Elle acquiesça en silence, allumant un kaléidoscope de couleurs dans sa somptueuse chevelure auburn. Blake fut tout à coup saisi d'un besoin insensé de la voir cascader librement sur ses épaules plutôt que prisonnière de ce chignon. Son adorable visage avait la forme d'un cœur.

— Moi aussi, murmura-t-il, la bouche sèche.

À sa grande surprise, elle se pencha pour se rapprocher de lui.

— Alors, vous n'êtes pas d'ici ?

— Je suis né ici, répondit-il, baissant la voix parce que la musique venait soudain de s'arrêter. Mais je n'y étais pas revenu depuis très longtemps. Que diriez-vous d'associer nos deux solitudes pour former le groupe des nouveaux venus ?

Il la vit mordiller à nouveau sa pulpeuse lèvre inférieure, puis elle répondit :

— Mes amis vont bientôt revenir.

— Excellent, répondit-il, ignorant le subtil rejet. Dans ce cas, ils pourront m'observer en train de *ne pas* vous harceler sur la piste de danse.

La musique venait de reprendre de plus belle, dominée par une trompette exubérante. Blake se rapprocha pour se faire mieux entendre, et il suggéra, tout près de son oreille :

— Voulez-vous danser ?

Madison cessa de respirer, et il la sentit frissonner bien qu'il fasse plutôt chaud dans la salle. Il aurait dû se réjouir de cette réaction, qui prouvait qu'il ne lui était pas indifférent. Mais, au lieu de cela, il ressentit un étrange mélange de sombre détermination et de désir brûlant. Sentait-elle aussi ce pétillement qui envahissait lentement son sang ?

Madison tourna son regard expressif vers la piste de danse. L'orchestre avait enchaîné des airs de jazz durant toute la soirée, mais elle n'avait pas dansé une seule fois.

— Euh… Je ne crois pas, répondit-elle en se reculant un peu.

— Qu'y a-t-il ? Le principal intérêt de ces soirées, c'est que l'on y danse, ne croyez-vous pas ?

— Je pense que les gens viennent à ces événements pour beaucoup de raisons différentes, observa-t-elle, effleurant à nouveau les bords de son portrait du bout d'un doigt. Pour voir des gens, pour boire, pour manger, pour être vu…

Elle marqua une pause, et, en dépit de la pénombre, Blake aurait pu jurer qu'il l'avait vue rougir.

Une femme qui rougissait encore, à l'époque actuelle ? Il ne se souvenait plus de la dernière fois où il avait eu affaire à un tel spécimen. Avant qu'il n'ait eu le temps de vérifier son observation, elle se détourna de lui. Peut-être pour chercher ses amis du regard ? Peut-être pour dissimuler la preuve de son trouble ?

Il n'en était pas très sûr., mais une partie de lui-même – celle qui l'avait observée toute la soirée – désirait le savoir. Et l'intérêt sincère qu'il éprouvait pour elle rendait sa mission encore plus inconfortable.

— À propos, je suis Blake Boudreaux, se présenta-t-il.

À son grand soulagement, il constata que ce nom ne lui disait rien.

— Madison, dit-elle en se détendant visiblement un peu. Aviez-vous quitté La Nouvelle-Orléans pour votre travail ?

— C'était plutôt un choix de vie, avoua-t-il, bien déterminé à obtenir une danse avec elle.

— Sérieusement ?

— Oui, confirma-t-il, lui offrant son sourire le plus charmeur. Mon départ d'ici m'a permis d'avoir une vraie vie.

Madison le considéra d'un air songeur, et il ressentit une furieuse envie de déposer un baiser sur son menton délicat. Au lieu de cela, il se recula de quelques centimètres.

— Je suis seulement rentré pour régler une affaire familiale.

Elle hocha la tête avec une gravité assez rare chez une personne de son âge, avant de remarquer :

— Je sais que ces affaires sont quelquefois délicates.

— Elles le sont toujours, mais c'est justement pour cela que nous buvons et que nous nous amusons.

À sa grande surprise, elle éclata de rire. Elle ne pouffa pas derrière sa main comme une adolescente. C'était un rire de gorge qui produisit un délicieux picotement dans son dos. Elle n'avait pas essayé de cacher son amusement à sa petite plaisanterie, ni de lui débiter une réponse polie.

— Alors, cette danse ? insista-t-il.

Soudain, son visage prit une expression étrange – un mélange de surprise et de panique, presque de terreur. Cette fois-ci, elle battit visiblement en retraite.

— Je… Je ne crois pas que ce soit une bonne idée, bredouilla-t-elle. Je veux dire… Je suis désolée.

— Cela ne fait rien, la rassura-t-il, prenant ses mains entre les siennes dans un élan irraisonné. Tout va bien, Madison.

Elle commença par sourire, puis elle se figea, et elle libéra précipitamment ses mains de son étreinte.

— Bonne soirée, dit-elle.

Et, sur ces mots, elle tourna les talons et disparut presque en courant parmi la foule.

Stupéfait, Blake la suivit des yeux. Il avait cru qu'ils passaient un bon moment ensemble. Elle était plus timide qu'il ne s'y était attendu, mais leur conversation n'avait pas semblé lui déplaire. Que s'était-il passé ? Cette rencontre ne s'était pas déroulée comme il l'avait prévu, mais, bien sûr, Madison n'était pas non plus la femme qu'il croyait rencontrer.

Pour être honnête, il devait avouer qu'il ne s'était plus trouvé dans une telle situation depuis ses dix-huit ans, et il ne savait pas comment la gérer. Quelque chose l'avait effrayée. Devait-il renoncer pour ce soir, et s'efforcer de trouver un autre moyen de s'introduire dans la place ?

Songeant à Abigail, et à tout ce qui pouvait lui arriver durant le temps qu'il allait lui falloir pour trouver un moyen d'entrer dans la vie de Madison, Blake sentit son cœur s'affoler. Mais il serra les poings. Il ne l'abandonnerait pas.

Le portrait de Madison était resté sur la table, et tout à côté il remarqua un petit réticule couleur lavande.

Il se figea. C'était certainement le sac de la jeune femme. Tout à coup, il reprit espoir. Si une aventure d'une nuit n'était pas envisageable, peut-être pourrait-il arranger un rendez-vous ? Ce serait l'occasion de l'impressionner, et peut-être de trouver une nouvelle manière de s'introduire dans sa maison pour se livrer à quelques recherches.

Sans prendre le temps de réfléchir, ou d'élaborer un plan, il se précipita à travers la foule. Il avait traversé la moitié de la salle lorsqu'il aperçut Madison et ses amis près de la porte, parlant avec les hôtes de la soirée comme s'ils s'apprêtaient à partir. Poussé par un flot d'adrénaline, il hâta le pas. C'était sa dernière chance de trouver le diamant et de sauver sa sœur. Sa dernière chance de mieux comprendre cette femme spéciale aux yeux d'émeraude. D'explorer les étranges sentiments qu'elle faisait naître en lui.

Blake lança son nom alors qu'elle et ses amis allaient pousser la porte pour disparaître dans la nuit capiteuse de la Louisiane.

— Madison ?

Elle tourna la tête par-dessus son épaule, et ses yeux s'arrondirent de surprise en le reconnaissant. Elle se retourna vers ses amis, mais Blake n'allait pas se laisser arrêter par si peu. Il entra dans leur cercle sans attendre qu'on l'y ait invité.

— Madison, je crois que ceci est à vous, dit-il en lui tendant son minuscule sac couleur lavande.

— Oh ! oui ! dit-elle en fronçant les sourcils. Je suis désolée…

— J'ai pensé que vous en auriez peut-être besoin.

— Merci beaucoup.

Blake tourna son regard vers le couple qui se tenait près d'eux, mais la femme se contenta de lui adresser un sourire de circonstance.

— Nous vous attendrons dans la voiture, Madison.

Et, là-dessus, ils se retournèrent pour partir.

Madison prit le réticule qu'il lui tendait, et hésita une seconde avant de relever les yeux vers lui.

— Je vous suis très reconnaissante, murmura-t-elle.

— Écoutez, Madison, dit-il, profitant que le bruit de l'orchestre fût moins fort, je crains de m'être montré un peu trop entreprenant, tout à l'heure.

— Pas du tout assura-t-elle. C'est moi qui n'ai pas l'habitude de… Ne croyez surtout pas vous être mal comporté.

Il devina qu'elle était sur le point de s'enfuir à nouveau. Il le lisait dans son attitude. Et il ne pouvait pas le permettre.

— J'ai une idée, dit-il. Et si vous faisiez quelque chose pour vous faire pardonner ?

Elle le dévisagea, étonnée, et il lui adressa un sourire.

— Ou, plutôt, comment puis-je avoir droit à une seconde chance… de mieux vous connaître, dans un cadre où je n'aurai pas besoin de hurler pour me faire entendre ?

Il la vit se détendre, et elle lui sourit. Un sourire à peine esquissé, mais qui lui fit l'effet d'une immense victoire, et qui l'encouragea à faire un autre essai :

— Où dois-je passer vous prendre ?

Comment ai-je pu commettre l'erreur d'accepter ?

Madison contempla les différentes tenues qu'elle avait apportées pour les soumettre au jugement de Trinity. Elle n'avait jamais fait cela de toute sa vie. Elle n'avait jamais passé beaucoup de temps à se préoccuper de ce qu'elle allait porter, ou à se demander quel maquillage lui irait le mieux. L'opinion que pouvaient avoir les gens de son apparence physique lui était indifférente. Parce que sa vie était ailleurs.

Son principal souci était d'aider les autres, et de faire tout ce qui devait être fait pour aider son père. Pas de penser à ses vêtements et à ses chaussures. Son papa n'avait jamais accordé la moindre importance à ces détails. Et Trinity non plus. Il était bien plus facile de s'acquitter de son travail en jean ou en pantalon de yoga. Même les journaux de sa mère ne contenaient aucune information concernant ses fréquentations masculines ou ses fiançailles. Madison avait été assez étonnée de constater qu'ils ne disaient pas grand-chose de son enfance, ni de son mariage. Quelques commentaires sur son enfance heureuse, mais rien au sujet de sa rencontre avec son père ou ses fiançailles.

À ce moment précis, il était plus facile de se concentrer sur les vêtements qu'elle porterait, plutôt que de se demander si elle pouvait rester assise face à un homme aussi beau parleur, aussi charismatique que Blake Boudreaux, et se sentir à l'aise et heureuse, et même… s'amuser ?

Les femmes de la Maison du jardin étaient toujours reconnaissantes d'avoir trouvé de l'aide et une oreille amicale. C'était cela qui faisait le bonheur de Madison.

Mais était-ce si sûr ? Depuis le décès de son père, six mois plus tôt, elle devait reconnaître qu'elle se sentait un peu fébrile. Ce n'était pas parce qu'elle avait cessé d'aimer aider son prochain, mais elle éprouvait un besoin lancinant… de quelque chose *de plus*. C'était un peu ce qu'elle recherchait les soirs où elle chantait dans un club local – un passe-temps qu'elle pouvait s'accorder depuis que son père n'était plus de ce monde. La pure joie de se livrer à des activités qui ne nécessitaient pas de satisfaire les besoins de quelqu'un d'autre. Qui n'exigeaient aucun travail, qui ne l'obligeaient pas à chercher un moyen de réparer ce qui était brisé. Car c'était ce qu'elle avait fait toute sa vie.

C'était peut-être parce que, avec la mort de son père, elle se retrouvait seule au monde. Ou parce que la plupart des jeunes femmes de son âge étaient sur le point de fonder une famille, ou l'avaient déjà fait. Ou alors, c'était simplement un effet de son imagination débordante. Mais, pour une fois, elle avait besoin de s'amuser, de se sentir libérée de toute responsabilité.

Était-ce possible avec Blake ? Cet homme la rendait nerveuse, mais en sa présence elle sentait son sang pétiller d'une façon toute nouvelle pour elle. Un tourbillon de sensations presque effrayantes. Surtout lorsqu'il se tenait tout près d'elle, et que sa fragrance épicée, si totalement masculine, venait caresser ses narines.

Elle n'avait jamais imaginé qu'il puisse exister une telle alchimie entre deux personnes. Ce mélange de chaleur, de magie avec un soupçon d'interdit. Incroyable.

Et, naturellement, cela ne faisait que la rendre encore plus maladroite. Plus anxieuse. Pour elle, la réussite ne se mesurait pas à l'argent, aux belles voitures ou aux vêtements de luxe, mais aux accomplissements fondés sur la détermination, le travail et l'action. Pas cette paralysante incertitude.

— Qu'est-ce qui m'a pris, Trinity ? gémit-elle. Pourquoi ai-je accepté ce rendez-vous ?

— Tout ira bien, assura son amie. A-t-il dit ce qu'il avait prévu pour vous deux ?

— Non, convint Madison d'un air songeur. Il tenait beaucoup à ce que ce soit une surprise. Tout ce que j'ai, c'est une adresse, apparemment non loin de la rive du fleuve.

— Et je devine que cela vous rend folle.

— Ce mystère aurait dû être excitant, mais j'avoue que…

Madison soupira. Elle s'efforçait d'être une femme moderne, mais c'était une expérience toute nouvelle pour elle. Que savait-elle vraiment de Blake, à part cette alchimie entre eux ? Son travail à la Maison du jardin lui avait appris à se montrer prudente.

Les tenues disposées devant elle comprenaient quelques articles de sa maigre garde-robe, et quelques autres choisis dans une boutique spécialisée dans les vêtements de seconde main haut de gamme, et qui avaient sérieusement écorné son budget.

— Si vous avez besoin de moi, n'hésitez pas à m'appeler, dit Trinity avec un sourire compréhensif. Quelle que soit l'heure.

— Je n'y manquerai pas, assura Madison.

— Et, de toute façon, envoyez-moi un texto en arrivant, pour que je sois sûre que tout va bien, d'accord ?

— Oui, maman, plaisanta Madison.

Mais elle fut à deux doigts d'appeler Trinity lorsque,

en arrivant à l'adresse indiquée, elle se retrouva à l'entrée d'une marina. Elle s'engagea sur les vieilles planches du quai, et c'est alors qu'elle aperçut Blake qui l'attendait un peu plus loin, planté près d'un yacht d'une élégance raffinée.

Sa nervosité fit un retour en force, et elle dut faire appel à toutes ses réserves de détermination pour continuer à avancer vers lui. Blake était vêtu d'un polo de grande marque et d'un élégant pantalon, parfaitement assortis à ce qui était de loin le plus fabuleux bateau qu'elle ait jamais vu de toute sa vie.

Que suis-je venue faire ici ? songea-t-elle pour la énième fois.

— Bonsoir, dit Blake d'une voix suave. Je suis heureux que vous ayez accepté mon invitation

— J'ai failli ne pas venir, avoua-t-elle, détachant avec effort son regard de cette merveille flottante.

Elle s'en voulut aussitôt d'avoir dit cela. Mais Blake sourit.

— Je comprends, assura-t-il en lui tenant la main pour l'aider à monter à bord. Après tout, je suis quasiment un étranger pour vous.

— Savez-vous vraiment piloter ce magnifique bateau ?

— Vous seriez surprise de voir comme elle est maniable. Elle est le rêve de tout capitaine.

Quelque chose dans le ton de sa remarque déclencha un délicieux frisson dans tout son corps. Pour dissiper son trouble, elle sortit son téléphone et prit une photo du nom du bateau peint sur la proue, qu'elle envoya aussitôt à Trinity, ce qui fit beaucoup rire Blake.

— Une femme n'est jamais trop prudente, se défendit-elle. De cette façon, si vous êtes un tueur en série, et que je disparais, mes amis sauront où commencer à chercher.

— C'est très intelligent de votre part, observa-t-il.

Curieusement, il ne paraissait pas du tout offensé

qu'elle ait envisagé qu'il puisse être un individu dangereux. Madison espérait y voir un signe qu'il accepterait les bizarreries de caractère qui faisaient partie de sa personnalité. D'ailleurs, quelle importance ? S'il ne l'aimait pas telle qu'elle était, elle pouvait facilement reprendre ses distances avec lui.

Il s'agissait seulement de passer un moment agréable, pas d'un début de relation ou de bonheur éternel.

Pourquoi alors avait-elle la sensation que sa main dans la sienne lui parlait d'autre chose ? Une chose bien plus importante ?

Pour le succès de leur soirée, Blake n'avait pas lésiné sur les moyens. Le bateau lui-même était flambant neuf, avec tous les équipements possibles et un cockpit aux sièges en cuir. L'équivalent marin d'une berline de grand luxe.

Il détacha les amarres, puis vint la rejoindre à l'avant. Désormais, ils étaient seuls. Il n'y aurait pas de capitaine pour gérer la navigation et surveiller chacun de leurs gestes du coin de l'œil durant toute la soirée, mais devrait-elle s'en réjouir ?

Blake s'éloigna du quai et pilota prudemment le yacht dans le chenal, et bientôt ils atteignirent l'océan. Le bateau glissait sans secousse sur la surface brillante comme un miroir. À cette époque de l'année, les soirées avaient une agréable fraîcheur, mais Madison savait que d'ici quelques semaines la chaleur serait insupportable de jour comme de nuit. C'était la vie dans le Sud.

Dès qu'ils eurent gagné le large, Blake fit donner toute leur puissance aux moteurs, et c'est alors qu'elle commença à ressentir un vague malaise. Étaient-ce ses nerfs éprouvés ? Après tout, elle avait vécu de nombreux moments d'anxiété, ces quelques derniers jours.

À la réflexion, c'était autre chose, une sensation qu'elle ne parvenait pas à identifier.

Ce malaise ne fit que s'aggraver au cours des minutes

qui suivirent. Madison faisait de son mieux pour se concentrer sur la caresse du vent frais sur sa peau, priant pour que cette incommodité ne dure pas. Elle croyait avoir envisagé tout ce qui pourrait venir gâcher leur soirée, mais elle n'avait pas pensé une seconde au mal de mer.

Blake coupa les moteurs, et le yacht s'immobilisa au milieu de l'immensité de verre sombre de l'océan. Le bateau se balançait un peu dans la houle légère, et son malaise se transforma soudain en nausée.

— Tout va bien ? s'enquit Blake en souriant.

Elle acquiesça, s'efforçant de lui rendre son sourire, espérant de tout cœur ne pas se couvrir de ridicule.

— Dans ce cas, je vais servir le dîner, l'informa Blake.

Madison resta où elle était, tandis qu'il passait à l'arrière du yacht. Elle le vit presser un bouton. Une partie du pont se rétracta alors, et une table monta lentement des entrailles du bateau. À l'évidence, ils n'allaient pas dîner dans des assiettes en carton posées sur leurs genoux.

Madison fit mine d'observer l'horizon, mais sa nausée refusait de disparaître. Qu'allait-elle faire ?

Lui demander de rentrer au port ? L'idée de naviguer à nouveau, dans son état, était terrifiante. Ce qui était certain, c'était qu'elle ne pourrait pas avaler une seule bouchée, en ce moment. Alors, elle se contenta de continuer à respirer, en priant pour que son malaise finisse par se dissiper.

À son grand soulagement, sa nausée se calma bientôt un peu. Elle attendit une minute supplémentaire, puis deux, mais elle savait que Blake allait finir par se demander ce qu'elle avait. Enfin, elle se leva et gagna la poupe du bateau. Ses jambes flageolaient, et elle avait l'impression que le pont se balançait désagréablement sous ses pieds alors que le bateau était à l'ancre sur une mer d'huile.

— Je suis prêt à passer à table, déclara Blake en s'affairant aux derniers préparatifs. Pas vous ?

Il leva les yeux de sa tâche pour tourner son regard dans sa direction, et il fronça les sourcils.

— Êtes-vous sûre que tout va bien ?

Madison essaya de sourire. Elle faisait réellement de son mieux. Puis elle jeta un coup d'œil à la table, et elle vit un conteneur ouvert plein de ce qui paraissait être une salade de poulet ou de crabe en mayonnaise.

Deux secondes plus tard, elle était accrochée au bastingage, en train d'expulser le contenu de son estomac dans l'océan scintillant.

- 3 -

— Ça va mieux, maintenant ? s'enquit Blake.

L'extrême pâleur du visage de Madison l'inquiétait. Ses taches de rousseur étaient visibles malgré le faible éclairage du quai. Ils étaient rentrés sans incident, mais ces trente dernières minutes avaient été éprouvantes, car il savait que la vitesse avec laquelle ils avaient rejoint la marina l'avait rendue encore plus malade. Il ne lui était jamais venu à l'esprit qu'elle pourrait avoir le mal de mer.

Car elle se sentait réellement malade. Elle tremblait de tout son corps, et devant le spectacle de sa détresse Blake sentait son cœur se serrer. Car c'était lui, le responsable.

— Non, répondit Madison d'une voix faible, assise sur le bord du quai. Mais ce n'est pas grave. J'ai seulement besoin de rester immobile un petit moment.

— Je suis désolé, murmura-t-il. Pourquoi ne m'avez-vous pas averti que vous aviez le mal de mer ?

— Je n'en savais rien, répondit-elle, entrouvrant les yeux. Je n'avais jamais mis les pieds sur le pont d'un bateau.

Voilà qui expliquait tout.

— Je vais tout éteindre à bord, l'informa-t-il d'une voix douce. Cela va aller, si je m'absente quelques minutes ?

Elle acquiesça sans un mot et, la laissant seule sur le quai, Blake remonta sur le pont pour mettre le yacht en sécurité et remballer le dîner qu'ils n'avaient pas touché.

Il ne savait plus s'il devait rire ou enrager de cette

situation. En organisant cette aventure, son unique but avait été de l'impressionner. Il savait qu'elle n'avait pas de fortune, et qu'elle n'avait probablement jamais vu un yacht comme le sien. Si l'on ajoutait à cela le spectacle de la pleine lune se reflétant sur le miroir liquide de l'océan par une belle nuit, il n'aurait dû avoir aucun mal à la séduire. Mais c'était raté.

Il cherchait le chemin le plus court pour arriver à ses fins : s'introduire dans sa maison. Mais, à bien y réfléchir, cette situation lui offrait peut-être l'opportunité idéale d'y réussir. Il ferait d'une pierre deux coups. En la raccompagnant chez elle, il s'assurerait qu'elle était totalement remise de son malaise, et cela lui laisserait un peu de temps pour fouiller la maison. Hélas, plus il passait de temps en compagnie de Madison, plus l'idée de la séduire pour accomplir son plan machiavélique lui paraissait indigne. Madison n'était pas une femme légère, et il n'avait pas le droit de la traiter ainsi.

À sa grande frustration, son père ne l'avait pas autorisé à voir Abigail depuis plusieurs jours, et il s'inquiétait pour elle. Il devait à tout prix montrer au vieil homme qu'il faisait des progrès dans sa mission pour qu'il lui autorise une visite. Mais comment ne pas se sentir coupable en voyant Madison assise sur le quai, la tête dans les mains, l'image même de la souffrance ?

Lorsqu'il eut terminé à bord, il redescendit sur le quai et tendit ses mains à la jeune femme pour l'aider à se relever.

— Venez, murmura-t-il. Je vais vous ramener chez vous.

— Vous n'y êtes pas obligé. Si vous m'appeliez un taxi…

Blake ne voulut pas en entendre davantage. Il n'était peut-être pas parfait, mais il n'était pas assez goujat pour laisser une femme malade rentrer toute seule chez elle. Sans oublier qu'il avait une mission à accomplir.

— Il n'en est pas question, coupa-t-il. Je vais vous raccompagner. Je tiens à être sûr que vous allez bien.

Visiblement à contrecœur, Madison accepta ses mains tendues et lui permit de la remettre debout. Il retint ses mains un instant, s'assurant qu'elle était solide sur ses jambes avant de la relâcher, et il sentit qu'elle tremblait. Était-ce de la nervosité ? Était-ce lui ? Ou était-ce autre chose ?

Blake était intrigué par la vaste palette d'émotions qu'elle avait exprimées ce soir. La plupart des femmes essayaient de paraître à leur avantage, et ne lui montraient qu'une façade. Mais pas celle-ci. Madison était totalement sincère.

Et un peu trop silencieuse, alors qu'ils roulaient à nouveau vers la ville. Blake se sentait un peu décontenancé. Il devait se rappeler où il était, et ce qu'il était en train de faire. La femme assise sur le siège près de lui fixait obstinément sa vitre, probablement embarrassée par toute cette situation, tandis qu'il se concentrait uniquement sur ses propres émotions et les complications auxquelles il devait faire face.

— Quelle est votre adresse, Madison ? s'enquit-il.

Il savait exactement où elle habitait, mais il dévoilerait trop son jeu en l'y conduisant directement. Il valait mieux continuer à prétendre qu'il ne savait d'elle que ce qu'elle lui avait raconté. Ensuite, il passerait à son plan B.

— Raccompagnez-moi simplement à la Maison du jardin.

Sa voix de gorge capiteuse fit flamber la panique qu'il ressentait déjà, et il se récria :

— Êtes-vous certaine que ce soit une bonne idée ? Ne seriez-vous pas mieux dans votre lit ?

— Non, répondit-elle d'un ton bref.

Blake crispa ses mains sur le volant. Cette femme avait le caractère mieux trempé qu'il ne l'avait anticipé.

Il tourna son regard vers elle, mais Madison fixait toujours sa vitre.

— Écoutez-moi, insista-t-il après un instant de silence, je n'ai pas envie de vous laisser toute seule et malade.

Et c'était vrai, même si ses émotions et ses motivations étaient en conflit ouvert. Je suis responsable de cette situation. Laissez-moi vous raccompagner chez vous. Je resterai à vos côtés jusqu'à ce que vous vous sentiez mieux.

Seigneur, faites que cela fonctionne…

Il l'entendit renifler un peu, mais, lorsqu'il tourna son regard vers elle, il ne vit aucune trace de larmes dans ses beaux yeux. Au cours des années il avait été le témoin de torrents de larmes insincères, mais la souffrance réelle qu'il lisait dans son attitude à cette seconde précise le plaçait dans une situation qui était toute nouvelle pour lui, et qu'il n'était pas sûr de savoir gérer.

— Conduisez-moi simplement à la Maison du jardin, dit-elle. Mon amie Trinity y sera, ce soir. Elle veillera sur moi.

Blake fit de son mieux pour dissimuler sa déception. Il aurait voulu rester un moment auprès de Madison. L'aider à se sentir mieux, même s'il n'avait pas la moindre idée de ce qu'il devait faire pour cela. Il le désirait sincèrement, d'une manière qui n'avait aucun rapport avec sa mission. Aucun.

Souviens-toi d'Abigail… Rappelle—toi pourquoi tu es ici…

Blake fronça les sourcils.

Que pouvait-il encore faire pour sauver la situation ? Il lança un bref regard en direction de la jeune femme, qu'il distinguait à peine dans la pénombre. Il n'avait aucune expérience de la vraie maladie. Que devait-il faire ?

Il réfléchit fiévreusement un instant, serrant le volant plus fort entre ses mains. À en juger par sa respiration régulière, elle s'était endormie. C'était sûrement mieux pour elle.

Sitôt que les lumières de La Nouvelle-Orléans apparurent devant lui, Blake élabora un plan B. Madison dormait toujours lorsqu'il arriva au café qu'il cherchait. Il s'y arrêta et y entra, laissant la jeune femme dans la voiture verrouillée, Lorsqu'il revint, quelques minutes plus tard, la lumière du plafonnier la réveilla.

— Où sommes-nous ? s'enquit-elle.

— Pas très loin de la maison, la rassura-t-il. Je me suis arrêté pour prendre quelque chose qui vous remplira l'estomac.

— Je ne pense pas que le café soit une bonne idée, observa-t-elle, fixant le gobelet dans sa main.

— Ce n'est pas du café, corrigea-t-il. C'est du thé au gingembre et au citron. C'est excellent pour la nausée.

— Merci, dit-elle, tendant une main hésitante vers le gobelet comme si elle peinait à le croire. Je l'ignorais.

— Ne vous laissez pas éblouir par ma science, dit-il en souriant. Mes connaissances en médecine s'arrêtent là.

Elle rit doucement, et Blake reprit courage. Cette soirée ne serait peut-être pas un échec complet.

Quelques minutes plus tard, il arrêtait la voiture dans l'allée circulaire de la Maison du jardin, qui, il le savait, jouxtait la propriété de sa propre famille. La maison était éclairée, suggérant que quelqu'un s'y trouvait.

— Laissez-moi seulement…, commença-t-il.

— Inutile, coupa-t-elle, ouvrant sa portière pour descendre avant qu'il n'ait eu le temps de terminer. Merci, Blake.

Là-dessus, elle claqua la portière et s'éloigna d'un pas rapide vers l'entrée du bâtiment. Figé sur place, Blake la vit ouvrir la porte et disparaître à l'intérieur. Mais il avait eu le temps d'entrevoir les larmes brillantes qui ruisselaient sur ses joues. Il allait devoir renoncer à son plan B. Il songea qu'elle devait avoir quelqu'un pour veiller sur elle. Puis il pensa à Abigail. Serait-elle en sécurité, ce soir ?

Lui serait-il même permis d'élaborer un plan C ?

— Oh ! oh ! Je vois que nous avons des ennuis !

Madison jeta un coup d'œil par-dessus son épaule, et elle vit Trinity et Tamika, une de leurs pensionnaires, qui entraient dans la cuisine de la Maison du jardin. Elle aurait dû sourire au commentaire facétieux de Trinity, mais, au lieu de ça, elle se retourna vers le robot culinaire fixé sur le plan de travail en granit pour cacher son embarras. Était-elle donc aussi transparente ? Un autre mauvais point pour elle.

— Pas de jugements hâtifs, répliqua Madison, continuant d'ajouter de la farine à la mixture. De plus, tout le monde va en profiter.

— Racontez cela à mon tour de taille, gémit Tamika.

— Mais c'est pour la bonne cause, décréta Trinity.

La patronne du refuge comprenait parfaitement Madison. Après toutes ces années à travailler ensemble, elle savait généralement quand Madison avait besoin de faire une pause. Et lorsqu'elle était réapparue ici, la veille, après son rendez-vous désastreux, elle avait compris que c'était le cas.

Par chance, Trinity s'était proposée pour l'aider avec quelques questions budgétaires, le soir précédent, ce qui avait évité à Madison d'accepter la proposition de Blake. Mais elle soupçonnait que sa patronne l'avait fait surtout pour ne pas devoir passer la soirée dans la maison de son mari décédé, à l'autre bout de la ville, en compagnie du consultant engagé pour faire d'elle un successeur acceptable de l'empire commercial de Michael Hyatt.

L'un des petits plaisirs de Madison consistait à préparer

des pâtisseries dans la cuisine de la somptueuse maison. Elle aurait pu le faire chez elle, mais sa maison, sa cuisine, étaient trop imprégnées de tristes souvenirs. Ici, dans la cuisine de la Maison du jardin, avec ses murs originaux de briques apparentes, elle pouvait se concentrer sur la préparation de pâtisseries destinées à des personnes qui les appréciaient.

— Des cookies aux pépites de chocolat ! s'exclama Trinity, se penchant par-dessus son épaule pour jeter un coup d'œil au plateau en train de refroidir sur le comptoir. Mes préférés !

— Heureuse d'avoir pu être utile, marmonna Madison.

— J'aurais dû deviner que je vous trouverais ici en train de préparer des gâteaux, après votre expérience d'hier soir, remarqua Tamika. Je suppose qu'un reste de nausée vous a empêchée de commencer plus tôt.

— Qui vous a parlé de ça ? s'enquit Madison, pivotant vers elle dans un nuage de farine, les poings sur les hanches.

— Sûrement un petit oiseau, répondit Tamika, coulant un regard coupable en direction de Trinity.

Madison réprima un soupir. Avant midi, l'histoire humiliante de son rendez-vous désastreux ferait l'objet de tous les ragots dans la maison. Les nouvelles allaient vite.

— Je suis désolée, s'excusa Trinity, remarquant son regard accusateur fixé sur elle. J'étais inquiète pour vous.

— Nous l'étions toutes, intervint Tamika. C'est pour cela que nous sommes ici maintenant, au lieu d'attendre tranquillement que les cookies soient prêts. De plus, nous avons pensé que vous auriez peut-être besoin de parler à quelqu'un après ces articles postés en ligne.

— Quels articles ? s'étonna Madison.

— Votre cavalier était le sujet principal du blog « Secrets et scandales de La Nouvelle-Orléans », aujourd'hui.

— De grâce ! gémit Trinity. Assez de potins !

— Ne vous en prenez pas au messager ! se défendit Tamika.

— À des moments comme celui-ci, j'aurais besoin d'un tonneau de vin pour oublier, observa Trinity d'un ton amer.

Malheureusement pour elle, l'alcool était interdit dans l'enceinte du refuge, mais Madison compatissait avec elle. L'auteur anonyme du blog en question s'activait à faire de sa vie un enfer. Le site publiait toutes sortes de mensonges au sujet de la relation de Trinity avec son mari décédé, allant jusqu'à suggérer qu'elle avait joué un rôle dans sa mort, et essayant même de remettre en question la réalité des abus dont elle avait été victime dans son enfance. Ce blog, très populaire, compliquait encore sa situation déjà fragile.

Madison aurait voulu pouvoir aider son amie, et elle s'était efforcée de rassembler toutes les informations disponibles concernant le consultant que la société avait engagé pour préparer Trinity à défendre ses droits à la succession de son mari. Elle savait que Trinity craignait de perdre le procès que des membres de la famille de Michael Hyatt avaient intenté contre elle pour prendre le contrôle de ses sociétés. Trinity n'en parlait pas beaucoup, mais Madison soupçonnait que la situation avec ce consultant, qui séjournait à la résidence Hyatt, avait pris un tour personnel qui inquiétait beaucoup son amie.

Lorsque Tamika lui tendit son téléphone, Madison ne put s'empêcher de faire défiler l'article sur l'écran. Le titre, en lettres grasses, était grossièrement accrocheur : *Le play-boy est-il rentré à la maison pour de bon ?* Et il était suivi d'allusions salaces : *Aperçu tout dernièrement en pleine romance avec une princesse grecque… L'événement de la saison à Rio de Janeiro…* Le billet était accompagné de quelques photos sur lesquelles Blake avait l'air d'un prince viking, en compagnie d'une top-modèle blonde en bikini.

Luttant soudain contre une vague nausée, Madison rendit son téléphone à Tamika. La dernière photo l'avait laissée particulièrement dévastée. À l'évidence, Blake avait passé toute sa vie entouré de femmes ravissantes beaucoup plus dans son style qu'elle… et capables de naviguer sur un yacht sans rendre leur dîner. Elle aurait parié que certaines d'entre elles avaient même leur propre yacht.

Que diable faisait-il en compagnie d'une malheureuse directrice de foyer pour femmes victimes de violences ?

— Ce monsieur a réellement mené la grande vie en Europe, roucoula Tamika. On l'a vu en train de skier dans les Alpes avec des femmes ravissantes, sur toutes les plages et à toutes les fêtes de la jet set. Et il ne semble jamais avoir travaillé, ce qui laisse supposer qu'il est très riche.

— Le type idéal si l'on a envie de s'amuser, marmonna Trinity, croquant une bouchée de cookie.

Madison la fusilla du regard une seconde, puis elle se contenta de hausser les épaules, remarquant d'un ton amer :

— J'ignore ce qu'il attendait d'un rendez-vous avec une femme comme moi, mais je suis sûre que ce n'était pas de me voir vomir, accrochée au bastingage de son bateau. Je doute d'entendre parler à nouveau de Blake Boudreaux.

Madison contempla d'un regard morose sa seconde fournée de cookies. Elle s'en voulait d'attacher autant d'importance à cet échec, d'être incapable de l'oublier. Elle s'en voulait de n'être pas le genre de femme capable de simplement s'amuser, et de s'en moquer lorsque cela se passait mal.

Puis elle entendit des rires étouffés, d'abord sur sa

gauche, puis sur sa droite. Lorsqu'elle releva les yeux, elle s'aperçut que ses amies s'efforçaient désespérément de ne pas donner libre cours à leur hilarité.

— Désolée, s'excusa Trinity précipitamment, mais la vision que suggéraient vos paroles…

Incapable de se contenir plus longtemps, Tamika éclata de rire. Madison songea à la scène qu'elle avait décrite, et elle sourit malgré elle… puis elle éclata de rire à son tour. L'image qu'elle devait offrir, penchée au-dessus du bastingage, son derrière en l'air tandis qu'un homme extrêmement sexy et riche à millions l'observait en train de vomir dans l'océan… Si elle ne riait pas, il y avait de quoi sangloter.

Une seconde plus tard, elles riaient de bon cœur toutes les trois. Madison leur était reconnaissante de la comprendre, et d'apprécier son sens de l'humour un peu décalé. Cet instant s'acheva trop vite et, essuyant leurs larmes, elles croquèrent encore quelques cookies.

— Merci, mes amies, dit Madison en reprenant son souffle. Ce rire m'a fait du bien.

Mais, tout en savourant le goût du chocolat sur sa langue, elle reprit son sérieux. Que voulait un tel homme d'elle ? Il ne manquait visiblement pas de sophistication et, à en croire cet article, il avait fréquenté un grand nombre de femmes. Des top-modèles. Rien à voir avec une rousse au visage constellé de taches de rousseur comme elle.

Pourquoi avait-il choisi la femme la moins désirable, à cette soirée, pour lui proposer de sortir avec lui ?

— Il m'arrive de me demander si je ne suis pas tombée dans un piège, le soir où nous nous sommes rencontrés, remarqua-t-elle d'un air songeur. Et hier soir aussi.

Sauf qu'elle n'était plus personne dans cette ville. Personne ne s'intéressait suffisamment à elle pour avoir envie de lire le récit de *ses* aventures.

— Bien sûr que non ! se récria Trinity d'un ton moqueur. Vous êtes une femme brillante et très séduisante.

— Avec une tendance marquée à faire grossir les gens autour de vous, ajouta Tamika avec un sourire impertinent.

— Mais qui prépare les meilleurs cookies aux pépites de chocolat du monde, observa Trinity.

— J'aime faire plaisir aux gens. Quel mal y a-t-il à cela ?

En tout cas, songea Madison, cet échange de plaisanteries lui faisait du bien. Elle avait passé trop de temps à souffrir de la solitude et d'un manque de reconnaissance. Son père l'avait aimée, bien sûr, mais elle avait passé tant de temps à le soigner que dire merci était devenu pour lui presque une habitude. Elle savait combien il était précieux d'avoir des personnes qui nous aiment, dans la vie, et elle veillait à le leur faire savoir, ne serait-ce qu'avec un plateau de cookies.

C'était ici, dans cette cuisine, qu'elle s'était sentie le plus appréciée de toute sa vie. C'était cela qui comptait. Pas un homme qu'elle venait tout juste de rencontrer et devant lequel elle s'était ridiculisée.

Son téléphone s'alluma au même instant sur le plan de travail. Le nom de Blake s'affichait sur l'écran.

Elle aurait pu jurer qu'elle l'avait effacé de son répertoire pendant sa nuit d'insomnie, mais, visiblement, elle avait dû seulement le rêver. Elle fixa l'écran un instant, essayant de décider ce qu'elle devait faire.

— Il semble encore intéressé, observa Tamika, jetant un coup d'œil par-dessus son épaule. Vous devriez répondre.

Ainsi encouragée par ses amies, Madison prit son téléphone et établit la communication.

— Allô ? fit-elle d'une voix rauque.

— Salut, Madison.

Elle en resta un instant sans voix. Comment était-il

possible que le seul son de cette voix grave puisse provoquer en elle un tel regret de ce qu'elle avait manqué avec lui ? Si seulement elle avait pu être une autre personne – une femme capable de prendre les choses comme elles viennent au lieu de foncer tête baissée dans les obstacles…

— Euh… Salut, répondit-elle.

— Comment vous sentez-vous ?

— Bien, assura-t-elle, sentant à quel point cette réponse devait sembler insipide. Je veux dire, ce n'était pas grave. Seulement un peu le mal de mer. À l'évidence, les bateaux et moi ne faisons pas bon ménage.

Son embarras redoubla lorsqu'elle vit que Trinity et Tamika ne faisaient même pas l'effort de faire semblant de ne pas écouter. Au lieu de cela, elles grignotaient des cookies encore chauds, leurs regards fixés sur elle tandis qu'elle cherchait désespérément quoi dire ensuite.

— Loin de moi l'idée de vous le reprocher, assura Blake.

Il marqua une très longue pause, avant d'ajouter :

— Dites, je me demandais si vous auriez envie de sortir à nouveau avec moi, demain soir. Cette fois-ci, nous resterions sur la terre ferme, je vous le promets.

Madison réfléchit intensément. Ses amies ne pouvaient pas l'avoir entendu, mais Trinity arborait une expression un peu sceptique, et Tamika lui faisait le signe de la victoire. Cette dernière avait atterri à la Maison du jardin suite à une relation marquée par la violence, mais elle avait gardé intacte sa foi en l'amour éternel, et elle le croyait encore à sa portée.

— Madison ? Vous êtes encore là ?

Sans que rien ne l'ait laissé présager, une vague de nausée déferla sur elle, exactement comme à bord du yacht. Devait-elle en conclure qu'elle n'était pas prête, tout simplement ?

— Non, s'entendit-elle répondre. Je ne crois pas, Blake. Au revoir.

Elle fixa le téléphone dans sa main en se demandant ce qui venait de se produire. À peine quelques jours plus tôt, elle était déterminée à laisser entrer un peu de plaisir dans sa vie, mais cette brève conversation avait été l'un des instants les plus stressants qu'elle ait jamais vécus.

Durant toutes ces années, elle s'était efforcée de se ménager des parenthèses dans sa vie de soignante. Elle savait qu'elle avait besoin de refaire le plein d'énergie, de se reposer. Mais cela s'était toujours avéré trop compliqué pour en valoir la peine. Et, lorsqu'elle avait enfin trouvé l'activité qui lui apportait de la joie et qui pouvait facilement être intégrée dans leurs vies, la santé de son père avait brusquement décliné. Il s'était éteint moins d'un mois plus tard.

Lorsque Madison releva les yeux, elle vit que ses amies la dévisageaient avec, dans leurs regards, un mélange de désarroi et de compréhension.

— Qu'est-ce qui ne va pas, chez moi ? marmonna-t-elle en secouant tristement la tête.

- 4 -

Ainsi donc, Madison l'avait obligé à passer au plan C.

Lorsqu'elle avait repoussé sa proposition d'une deuxième sortie, il en était resté stupéfait. Était-elle décidée à le fuir ? Elle était radicalement différente de toutes les femmes qu'il avait connues, mais c'était justement cela qui le fascinait chez elle.

Elle avait vécu une enfance assez atypique, et l'altruisme était le principal moteur de sa vie. Une femme unique exigeait une approche unique. Il devinait instinctivement qu'il ne lui offrait pas ce dont elle avait besoin.

La résolution de ce problème lui prenait un peu de temps, parce que être rejeté était une expérience toute nouvelle pour lui, tant dans ses affaires que dans ses relations avec les femmes.

Mais pouvait-il réellement les appeler des *relations* ? *Rencontres* eût été un terme plus juste.

Sans être nécessairement des aventures d'une seule nuit, ses relations avec les femmes devenaient rarement très profondes. C'était ce qu'il désirait, et cela lui évitait d'avoir à gérer d'éventuelles émotions négatives ou la douleur. Les quelques crises de nerfs ou invectives qu'il avait dû subir étaient restées superficielles, car il ne permettait à aucune femme de s'attacher à lui.

Si son père lui avait appris quelque chose, ne serait-ce que par inadvertance, c'était que plus on aimait une personne, et plus on s'exposait à ce qu'elle vous fasse souffrir.

Blake trouva une place de parking, puis il descendit de sa voiture et continua à pied. Pour un observateur extérieur, il avait l'air d'un simple promeneur. Il connaissait parfaitement sa destination, mais il n'avait aucune hâte d'y arriver. Il désirait laisser à Madison tout le temps de s'installer confortablement avant d'apparaître. Les abords du Garden District étaient aussi charmants de nuit qu'ils l'étaient de jour. Les ombres des somptueuses résidences évoquaient mystères et intrigues, le cadre d'une histoire qui échappait au regard superficiel. Il était encore tôt, mais la chaleur s'était dissipée, rendant sa marche relativement confortable.

Il restait surpris d'avoir découvert cette pépite d'information concernant la vie de Madison dans les notes du détective privé que son père avait engagé. Un détail qui lui avait échappé à la première lecture.

À un moment indéterminé au cours de la dernière année de la maladie de son père, Madison avait réussi à décrocher un petit engagement de chanteuse dans un club local. L'établissement était situé dans son quartier, à deux pas de chez elle, ce qui lui permettait de s'y échapper la nuit... probablement lorsque son père dormait. Elle s'y produisait deux heures chaque soir, créant une atmosphère pour la clientèle et tissant des rêves pour elle-même. Cette découverte justifiait largement le temps qu'il avait passé à relire la triste histoire de sa vie.

Son propre père continuait à lui refuser de voir Abigail, ou même de lui montrer une preuve qu'elle était en bonne santé, déclarant qu'il n'avait encore produit aucun progrès méritant une telle récompense.

Plus tard, il avait appelé Sherry, la gouvernante, qui, après avoir assuré à voix haute qu'elle ne pouvait pas le renseigner, lui avait chuchoté qu'Abigail allait bien. Mais la pendule tournait, et il savait qu'il devait faire quelque chose bientôt, avant qu'Abigail ne soit définitivement perdue pour lui. Il ne pouvait qu'espérer que Sherry continuerait à veiller sur elle. Si cette affaire traînait, il pressentait que sa demi-sœur tomberait malade, ou qu'elle finirait dans un foyer.

Blake aperçut devant lui l'établissement qu'il cherchait. Ce petit club discret n'était connu que de la population locale. Sa porte étroite et ses fenêtres poussiéreuses n'étaient pas assez raffinées pour attirer les touristes.

Lorsqu'il s'en approcha, une vague odeur d'alcool et de fumée de tabac parvint jusqu'à ses narines, bien que les clients n'aient, en principe, plus le droit de fumer à l'intérieur. Il s'arrêta un instant, adossé à l'un des poteaux en bois qui soutenaient l'auvent de l'entrée. Une lumière ambrée brillait doucement derrière les vitres dépolies.

Sa voix le frappa par sa douceur lancinante. Il l'aurait reconnue n'importe où… mais la musique conférait au timbre capiteux de Madison une nouvelle dimension. Il ferma les yeux, et laissa déferler sa voix sur lui comme une onde bienfaisante, si douce qu'il l'aurait suivie jusqu'au bout du monde. Tout à coup, il comprenait ces histoires qu'on racontait au sujet des sirènes. Il se sentait succomber au sortilège. Les paroles étaient secondaires. C'était simplement un son qui remplissait des parties vides de son âme dont il ignorait même l'existence.

Dans un instant de panique, il sentit son cœur s'affoler. Il eut la sensation qu'un événement extraordinaire était en train de se produire, et qu'il ne serait jamais plus le même. En homme logique, il trouva cette idée loufoque. Mais son cœur n'en continua pas moins à battre la chamade.

— Elle est incroyable, non ?

Blake sursauta en s'apercevant qu'il n'était pas seul. Dans la pénombre sous l'auvent, il n'avait pas remarqué le portier grisonnant assis sur un tabouret de l'autre côté de l'entrée. L'homme portait un bermuda, une chemise boutonnée jusqu'au cou sous un gilet de cuir, et sa longue barbe annonçait au monde entier son identité de motard convaincu. Son sourire révélait une ou deux dents cassées.

— Notre Maddie, c'est quelqu'un, pas vrai ? insista-t-il.

Blake acquiesça, encore trop bouleversé pour renoncer à l'appui du poteau en bois.

— C'est certain, convint-il simplement.

— Les habitués l'adorent, avec raison. J'ai entendu beaucoup de voix talentueuses, à La Nouvelle-Orléans, mais, la sienne, c'est l'une des meilleures. Sans aucune formation, mais aussi douce que du vieux rhum. Elle pourrait vous envoyer au diable, et vous obéiriez avec plaisir.

Blake éclata de rire, puis, se redressant, il paya son entrée.

— Bonne soirée, lança le portier.

Il se fraya un chemin dans l'étroit couloir. Le bar se trouvait sur sa gauche, son bois poli comme un miroir par des années d'usage. Il s'y dirigea tout droit. À cet endroit, la salle s'élargissait. Une foule nombreuse était assise aux tables qui entouraient la petite estrade, pour écouter chanter Madison.

Il ne se donna pas la peine de chercher une table. Au lieu de ça, il longea le mur du fond et resta debout dans la pénombre pour observer cette femme ultra-sexy sous la lumière des projecteurs. Elle portait une robe bleu pâle toute simple qui révélait des courbes qu'il n'avait jamais oubliées depuis le premier soir où il avait fait sa connaissance. Ses mouvements étaient presque imperceptibles, mais elle donnait l'impression de se balancer au rythme de la musique. Ses somptueuses boucles auburn étaient attachées sur sa nuque, révélant la colonne lisse de son cou.

Une nouvelle fois, les paroles de sa chanson flottèrent

jusqu'à lui, lui donnant envie de fermer les yeux pour les laisser l'imprégner jusqu'au tréfonds de son âme. Mais il lui était impossible de quitter du regard la femme sur la scène. Sa voix le submergeait, l'incitait à rester là, faisant tomber ses barrières, une à une.

— Puis-je vous servir un verre, mon chou ?

Blake se rendit compte alors qu'il avait réellement fermé les yeux. Il se tourna vers la serveuse, à peine visible dans cette pénombre, et il commanda un whisky. Puis il se tourna à nouveau vers la scène, mais le sortilège était rompu. Il trouva une table et s'assit. La serveuse lui apporta son whisky, et il le sirota occasionnellement, laissant le feu de l'alcool envahir sa gorge.

Beaucoup trop vite, le tour de chant de Madison s'acheva. Il vit la serveuse lui chuchoter quelques mots à l'oreille et hocher la tête dans sa direction. Il ignorait comment elle avait appris qu'il était là pour elle, mais, malgré la distance, il la vit distinctement rougir.

Elle devrait être habituée à ce que des hommes soient charmés par sa voix. Rougissait-elle pour *lui* en particulier ?

Elle vint le rejoindre et s'assit en face de lui à sa table.

— Voulez-vous boire un verre ? proposa-t-il.

Elle secoua la tête, et il fut pris d'une étrange impatience. Il avait besoin de l'entendre parler, de comparer sa voix à celle qu'il avait entendue sur la scène.

Mais, lorsqu'elle le fit, cette voix avait un ton accusateur :

— Que faites-vous ici ? Vous n'êtes pas censé être au courant. Personne n'est censé le savoir…

— Moi, en tout cas, je me réjouis d'être venu, répondit-il, s'adossant à sa chaise.

— Pas moi.

— Pourquoi ? s'enquit Blake, fronçant les sourcils.

Elle prit une profonde inspiration et, jetant un regard rapide autour d'eux, elle répondit, baissant la voix :

— Je n'ai jamais parlé à personne de ce travail. C'est une affaire privée.

Blake suivit la direction de son regard, et il comprit le sens de sa protestation. La petite scène était éclairée par un projecteur, mais le reste de la salle disparaissait dans la pénombre. Ici, Madison avait son propre espace. Elle pouvait faire ce qu'elle aimait le plus dans un quasi-anonymat, et se libérer de ses problèmes durant quelques heures.

— Je sais que cela peut paraître insensé…

— Non, Madison. C'est très bien. Je vous demande pardon d'avoir envahi votre espace privé.

— Pourquoi êtes-vous venu ? murmura-t-elle, si bas qu'il l'entendait à peine au-dessus du brouhaha des voix.

— Je n'ai jamais beaucoup exploré La Nouvelle-Orléans, et j'ai décidé de faire une petite promenade dans ce quartier, dit-il, se rendant compte à quel point cette explication était bancale. Je vous ai entendue chanter, et je suis simplement entré. Vous avez une voix fabuleuse, Madison. Vous écouter chanter a été un privilège.

— Non ! Dites-moi la vraie raison de votre présence. Pourquoi vous intéresseriez-vous à quelqu'un comme moi ?

— Madison…

Il s'interrompit. Que pouvait-il répondre ? Et, avec chaque seconde qui passait, la réponse s'avérait plus compliquée.

— Vous devriez m'oublier. Je ne suis pas comme elles.

— Comme qui ?

— Comme les femmes des photos que j'ai vues en ligne, précisa-t-elle, secouant la tête. Je ne suis pas comme elles. Je suis sans le sou, maladroite, et j'ai des obligations. Je ne suis pas une personne qui vit sans souci du lendemain. Je le voudrais bien, Blake, mais… Je ne sais pas le faire.

Chacune de ses paroles résonnait dans son esprit,

confirmant qu'il avait eu raison de venir ici. Elle n'était comme aucune autre femme qu'il ait connue – et cette différence l'enchantait. Le fait qu'elle ne voie en lui que ce que voyaient les autres le mettait en colère. Contre lui-même, pour avoir vécu d'une façon aussi superficielle. Contre elle, pour s'être laissé abuser par son image publique.

Une véritable panique s'empara de lui, qui finit par exploser comme un bouchon de champagne.

— Bon sang, Madison, croyez-vous que je l'ignore ? gronda-t-il. Rien chez ces femmes ne me donnait envie de les revoir, et cependant, malgré moi, je reviens sans cesse vers vous. Avez-vous seulement idée de ce que cela signifie ?

Que lui avait-il pris ? songea-t-il, atterré. Ils se dévisagèrent un instant en silence. Blake ne respirait plus, et il aurait tout donné pour pouvoir reprendre ces mots qui lui avaient échappé. C'était une vérité qu'il n'avait jamais osé regarder en face… Et il n'en revenait pas de l'avoir lancée au visage de Madison.

Mais il était trop tard pour revenir en arrière… Alors, il attendit sa réponse, son cœur battant à tout rompre. Il avait essayé de se convaincre qu'il agissait d'abord de sauver Abigail en cédant aux exigences de son père. Mais, tout au fond de lui-même, il savait que c'était devenu autre chose. Une affaire beaucoup plus personnelle.

Était-ce pour cela qu'il avait le sentiment que ce qu'il vivait était plus réel que tout ce qu'il avait vécu par le passé ?

— Pour quelque chose qui était censé être un passe-temps amusant, cette histoire devient de plus en plus compliquée, remarqua-t-elle enfin.

Ces paroles, comme un écho de ses propres pensées, le firent sursauter. Faisant de son mieux pour dissimuler sa réaction, il répondit :

— Que voulez-vous dire ?

— Je ne comprends pas ce qu'un homme comme vous fait ici avec moi. Vous appartenez à un monde de champagne et de caviar, tandis que moi… pas.

— Nous devrions peut-être explorer nos différences, raisonna-t-il. Sans aucune obligation, bien entendu.

Il était tout près de son but, désormais. C'était la clé qu'il avait tant attendue. Alors, pourquoi n'était-il pas fou de joie ? Au lieu de ça, un sentiment d'anticipation faisait pétiller son sang dans ses veines.

— Alors ? insista-t-il. Qu'en pensez-vous ?

— Je ne comprends toujours pas.

Il n'avait pas envie qu'elle comprenne. La vérité serait dévastatrice – peut-être pour eux deux.

— Mais c'est d'accord, répondit-elle.

Il leva son verre pour porter un toast, et à son grand soulagement elle hocha la tête en signe d'acceptation. La brûlure du whisky l'aida une nouvelle fois à se recentrer.

Il reposa son verre sur la table, effleurant distraitement le bord du bout d'un doigt. Il se devait de ramener cette conversation sur un terrain plus sûr.

— Je suppose donc qu'un vol en montgolfière serait hors de question, n'est-ce pas ?

— Il vaut mieux ne pas prendre ce risque, convint-elle en riant de bon cœur.

Elle l'observa attentivement un instant, avant d'ajouter :

— Si je comprends bien, vous n'avez pas vu grand-chose de La Nouvelle-Orléans, n'est-ce pas ? Pas même durant votre enfance ?

— Non.

Son regard le pressait de lui en dire davantage, mais, pour une fois, il demeura silencieux. Son enfance était une période qu'il n'avait pas du tout envie de revivre, même en souvenir.

— Dans ce cas, répondit-elle, aimeriez-vous que je vous fasse découvrir ma version à moi de cette ville ?

— Êtes-vous sûre de vouloir marcher dans cette chaleur ? s'enquit Blake lorsqu'il la rejoignit à la limite extérieure du Garden District. Je peux tout à fait prendre la voiture.

— Ne faites pas l'enfant, le taquina Madison. L'été n'a même pas commencé, chez nous.

En outre, la chaleur de juin commençait déjà à se dissiper en ce début de soirée. La seule façon de vraiment sentir le pouls de la ville était de la parcourir à pied.

— On ne peut pas comprendre l'esprit de La Nouvelle-Orléans de l'intérieur d'un véhicule, ajouta-t-elle en se mettant en marche. Sauf si c'est un tramway.

— Ces pièges à touristes ? ironisa Blake.

— Les tramways sont des témoins de l'histoire, corrigea Madison. Et les touristes ne sont pas les seuls à les utiliser.

— Plutôt mourir, répliqua Blake en riant.

Madison s'arrêta pour le dévisager d'un air désapprobateur. Ignorait-il tout de l'histoire de La Nouvelle-Orléans, ou avait-il pris l'habitude de ne porter qu'un regard distrait sur les lieux où il se trouvait ?

— Pour cette remarque, je devrais vous obliger à prendre un tramway. Beaucoup de gens ne se déplacent qu'avec eux.

— Avec mes chaussures d'un grand bottier, je ne suis pas sûr que je serais dans le ton, observa-t-il.

Un sourire charmeur s'étalait sur son visage trop parfait, et Madison songea une nouvelle fois qu'elle devait veiller à garder ses distances avec lui. C'était une urgence absolue.

Mais comment était-elle censée faire cela ?

— C'est vrai qu'elles sont très chic, convint-elle d'un

ton léger, mais tout ira bien, vous verrez. Je commence à me demander si vous avez vraiment fait attention à tous ces pays que vous dites avoir visités.

— Peut-être pas assez, admit-il en haussant les épaules.

Elle n'avait pas envie de lui demander ce qu'il avait réellement fait au cours de ces voyages. Toutes ces photos où elle l'avait vu en compagnie de top-modèles suggéraient déjà plus qu'elle n'avait besoin de savoir. Alors, elle se remit en marche. Et, à mesure qu'ils avançaient, les grandes demeures élégantes cédèrent la place à des constructions plus petites, serrées les unes contre les autres, qui abritaient des commerces.

Alors qu'ils attendaient à un carrefour, un autobus s'arrêta au feu rouge. La porte à l'avant s'ouvrit, et le chauffeur, un homme d'âge mûr, lança depuis son siège :

— Salut, Madison !

— Salut, Frankie ! répondit-elle. Comment s'est passé le match de football de votre petite-fille ?

— Elle a marqué le but de la victoire, assura Frankie, souriant de toutes ses dents.

La porte se referma avec un soupir, et le bus se remit en route. Madison et Blake n'avaient fait que quelques pas lorsqu'un monsieur d'un certain âge, promenant en laisse un golden retriever, apparut au coin de la rue. Madison s'arrêta pour le saluer et caressa la tête du chien.

Comme Blake lui lançait un regard curieux, elle expliqua :

— M. Paddington a perdu son épouse tout récemment, et je lui avais conseillé d'adopter un chien pour s'occuper l'esprit. Il le promène dans le quartier tous les soirs à cette heure-ci.

Deux pâtés de maisons plus loin, une vieille dame en tablier à fleurs s'arrêta un instant de balayer son porche pour leur adresser un salut amical.

— Bonsoir, Madison ! cria-t-elle d'une voix chevrotante.

Madison lui rendit son salut, mais, cette fois-ci, elle ne s'arrêta pas. Elle commençait à se demander si elle avait choisi le meilleur trajet pour cette promenade. Elle n'avait pas compté sur toutes ces interruptions.

Ils traversèrent une autre rue, et elle aperçut un vieux gentleman qu'elle connaissait bien, assis sur un tabouret au coin de la rue. Aussi loin que Madison remonte dans ses souvenirs, elle avait toujours entendu le son voluptueux de son saxophone se mêler au bruit de la circulation à ce carrefour. Elle déposa quelques pièces dans l'étui de l'instrument ouvert à ses pieds.

— Bonsoir, Bartholomew.

— Merci, Miss Madison, répondit-il.

Ils continuèrent leur promenade en silence durant quelques minutes, puis Blake tourna son regard vers elle.

— Y a-t-il quelqu'un que vous ne connaissez pas, dans ce quartier ? remarqua-t-il.

— Je parcours ces rues depuis ma plus tendre enfance. Je suppose que je connais la plupart des gens d'ici. Nous avons perdu beaucoup de monde après l'ouragan Katrina, mais, heureusement, les gens reviennent peu à peu.

L'atmosphère de ce quartier lui procurait un sentiment de réconfort qui ne devait rien à l'agréable fraîcheur de la soirée. Elle salua la boulangère et le propriétaire de la petite pizzeria sur le trottoir d'en face, puis elle se tourna vers Blake.

— Tous ces commerces sont ici depuis des années, expliqua-t-elle. Lorsqu'elle soignait mon père malade, ma mère m'emmenait souvent dans cette boulangerie, qui offrait un cookie géant à chaque enfant qui en franchissait la porte. Après sa mort, cela a été mon tour de soigner papa…

Madison s'interrompit. Lui révélait-elle trop d'elle-même ?

— De quoi souffrait-il ? s'enquit Blake.

— Sclérose en plaques, précisa-t-elle. Au début, il avait attribué ses symptômes à une sévère dépression, suite à la faillite de son entreprise. Mais, de jour en jour, ils ont empiré. Ma mère est décédée lorsque j'avais seize ans. Ce quartier avait été tout son univers, et aussi le mien, pendant très longtemps.

Elle s'abstint de mentionner qu'ils n'avaient pas les moyens de s'installer ailleurs. Madison s'arrêta brusquement, comprenant à quel point elle s'était dévoilée.

Son intention avait été de faire visiter à Blake La Nouvelle-Orléans qu'elle connaissait... Pas de lui raconter sa triste enfance. La rumeur de la circulation et la musique provenant de quelques boutiques couvrirent le silence qui suivit, tandis qu'elle cherchait un moyen de ramener cette conversation vers des sujets moins pathétiques.

— Puisque nous parlons de maisons, quand allez-vous m'inviter dans la vôtre ? s'enquit Blake.

Apparemment, il se souciait moins qu'elle de compartimenter ses émotions. Ou, plus vraisemblablement, il ne soupçonnait pas que sa maison était devenue un sujet hyper sensible pour elle.

Le recevoir chez elle était la dernière chose au monde qu'elle désirait. Même si c'était idiot de sa part de penser en ces termes, Blake était très riche. Madison, elle, n'avait jamais eu d'argent, et elle ne gagnait de quoi vivre décemment que depuis qu'elle avait décroché ce job à la Maison du jardin.

La maison qui avait fait autrefois la fierté de son quartier était aujourd'hui entourée de hautes haies que personne ne taillait plus, pour la dissimuler aux yeux des passants. Son triste état, après des années de manque d'entretien dû à l'appauvrissement de sa famille, lui faisait honte. Elle avait fait de son mieux pour assurer les réparations urgentes, mais les carreaux cassés, la peinture défraîchie, les planchers gondolés et la toiture qui prenait l'eau devenaient réellement problématiques.

Son cœur saignait à l'idée de devoir bientôt vendre la maison familiale, mais elle savait que c'était mieux ainsi. Pour qu'elle reste habitable, elle y engouffrait la plus grande partie de son salaire actuel, et elle n'aurait jamais les moyens de lui rendre son ancien prestige.

Beaucoup de gens achetaient des maisons dans le Garden District dans le but de les rénover, et elle espérait que sa maison aurait cette chance. Bientôt. Pas tout de suite.

— Êtes-vous installé loin d'ici ? s'enquit-elle.

— Je loue un appartement dans le quartier des affaires, répondit-il. Mais ma famille vit sur l'une des anciennes plantations.

— Ce devait être un lieu magique pour grandir, observa Madison en souriant.

— C'était un enfer sans aucune issue pour s'échapper, répondit-il avec un sourire sans joie. Mais, bien sûr, on a souvent tendance à exagérer un peu ses souvenirs d'enfance.

Madison n'en était pas très sûre. Les souvenirs des années difficiles de son enfance s'étaient adoucis avec le temps, mais ils ne s'étaient jamais effacés. Mais, ce soir, ils étaient ici pour s'amuser, pas pour se replonger dans leurs souvenirs. Par bonheur, l'établissement qu'elle avait choisi pour leur dîner n'était plus qu'à quelques pas, et cela leur permettrait d'orienter la conversation dans une autre direction.

— Maddie ? s'exclama une femme de couleur en sortant de derrière son comptoir pour accourir à leur rencontre.

Bébé était assez âgée pour être sa grand-mère, mais, avec sa peau parfaitement lisse d'un riche brun, elle était sans âge.

— Je suis heureuse de te revoir, mon petit, dit-elle en souriant. Et qui est ton ami ?

— Bébé, je vous présente Blake. Je lui ai affirmé que vous prépariez les meilleurs sandwichs *po' boy* de la ville.

Blake jeta un regard circulaire à la salle plongée dans la pénombre, mais le sourire de Bébé, qui était contagieux, sembla balayer ses doutes.

— Fillette, dit-elle, ôtant son tablier pour serrer Madison dans ses bras, tu n'as que la peau sur les os. Ce qu'il te faut, c'est un *po' boy* avec tous les extra.

Elle se tourna vers Blake, avant d'ajouter :

— J'adore cette petite comme ma propre fille. Elle pourrait me faire rire même le pire jour de ma vie.

Ensuite, Bébé retourna derrière son comptoir. Dès qu'elle eut attaché son tablier, elle redevint toute professionnelle.

— Que puis-je vous préparer ?

Madison se sentait si émue qu'il lui fut impossible d'articuler la moindre parole, et Blake prit le relais, s'approchant du comptoir.

— Et si nous commencions par le régal favori de Maddie… En deux exemplaires ? suggéra-t-il.

Bébé sourit d'un air approbateur, et se mit au travail. Bientôt, leur commande fut prête, et elle la posa sur le comptoir. Puis elle se pencha pour déposer un gros baiser sur la joue de Madison.

— Bonne soirée, ma petite Maddie, lança-t-elle alors qu'ils ressortaient dans la rue, chargés de leur lourd sac en papier.

— Par ici, dit Madison.

Deux magasins plus loin, une étroite allée s'ouvrait sur leur gauche. Madison s'y engagea, et il la suivit. Ce passage, à peine assez large pour les épaules de Blake, se terminait par une grille en fer forgé dotée d'un portillon, que Madison ouvrit. Ils se trouvaient à présent dans le lieu qu'elle aimait le plus au monde.

— Où sommes-nous ? s'enquit Blake en la suivant dans un jardin luxuriant envahi de végétation.

Un grand cerisier entouré de fougères de plusieurs espèces et de hostas dominait son centre, et les parties à l'ombre étaient tapissées de mousse. Dans un coin, une table et des chaises en fer forgé noir occupaient le reste de l'espace.

— Ce jardin est mon lieu préféré dans toute la ville. expliqua-t-elle. Le terrain appartient à l'Église catholique de St. Andrew. Ma mère m'y amenait quand j'étais petite, et nous nous régalions de cookies, assises à cette table, en profitant de la fraîcheur et du silence de ce petit coin de paradis.

Blake tendit l'oreille, mais, effectivement, les immeubles et l'abondance de végétation bloquaient les sons de la rue, pourtant toute proche. Même si Madison vivait en ville, elle adorait la nature, et elle ne se sentait jamais mieux que lorsqu'elle était entourée de verdure. Ici, elle se sentait en paix, elle savourait le calme que la vie ordinaire semblait lui refuser. Pour elle, c'était suffisant.

— Les prêtres nous permettaient de passer du temps dans ce petit jardin, car nous faisions attention à ne rien abîmer. À la mort de ma mère, c'est cette même église qui a célébré son service funèbre.

— C'est vraiment ravissant, dit-il simplement.

— Vous devriez voir notre jardin d'hiver à la Maison du jardin. C'est absolument fabuleux.

Réprimant un soupir, elle entreprit de déballer leur dîner pour détourner son esprit de ses tristes souvenirs. Pourquoi ne savait-elle pas simplement s'amuser ?

— Comment avez-vous décroché votre poste ? s'enquit Blake alors qu'ils s'installaient à la table. Vous êtes très jeune pour le poste de directrice d'une association aussi importante.

Jeune par les années, peut-être… Elle n'avait pas

envie d'évoquer les expériences qui avaient fait d'elle une postulante parfaitement qualifiée pour ce poste.

— Trinity, l'ancienne directrice, me connaît depuis très longtemps. Elle sait mes capacités. Mais elle est toujours très impliquée dans l'association.

Elle marqua une pause pour mordre une bouchée de son sandwich, se délectant du croustillant du pain et du goût délicieux des crevettes panées, avant d'ajouter :

— Et vous ? Que faites-vous ?

— D'après mon père, rien, répondit-il aussitôt.

Blake se leva brusquement et entreprit de faire les cent pas dans le petit jardin. Madison se figea, ne sachant plus quoi dire. Désormais, ils étaient bien au-delà des échanges badins du début de la soirée.

Il demeura silencieux si longtemps qu'elle n'osait plus respirer. Puis elle se rendit compte qu'elle ne connaissait pas suffisamment Blake pour contredire cette remarque amère. Elle sentait la panique la gagner lorsqu'il se retourna vers elle, s'adossant au tronc du cerisier.

— Votre père dit-il vrai ? s'enquit-elle bravement.

— En partie, oui, convint-il, esquissant un pâle sourire. Mais pas autant qu'il le croit.

— Vos dessins ? suggéra-t-elle.

— Comment avez-vous… Bien sûr, vous l'avez remarqué. Vous voyez beaucoup de choses, n'est-ce pas ?

— Est-ce une bonne chose ?

— Probablement pas, répondit-il, abandonnant le cerisier pour s'approcher d'elle. Sûrement pas.

Avant que Madison n'ait eu le temps de comprendre ce qui lui arrivait, Blake la prit dans ses bras, et sa bouche descendit vers la sienne, leurs lèvres s'effleurant à peine. Mais il ne se précipita pas. Il attendit qu'elle s'ouvre à lui, qu'elle lui accorde la permission de continuer. Puis il explora, goûta ses lèvres avec une merveilleuse douceur. Madison sentit un éclair de désir la traverser tout entière.

Le goût épicé de sa bouche avait allumé en elle une fringale qu'aucune nourriture ne pourrait satisfaire.

Un très long moment s'écoula avant qu'il ne s'écarte d'elle, la laissant totalement éblouie, un peu chancelante.

Lorsqu'elle rouvrit les yeux, son visage aux traits énergiques était transformé par un sourire qui l'adoucissait.

— Je m'inquiète un peu que vous lisiez trop de choses en moi, murmura-t-il. Mais je suis prêt à courir le risque.

- 5 -

Blake inclina la tête pour s'emparer à nouveau de sa bouche, la laissant éblouie et totalement hors d'haleine. Elle se sentait comme ivre, et elle n'offrit pas la moindre résistance lorsqu'il l'assit sur ses genoux. Elle trouva même curieusement naturel de chevaucher ses cuisses. Ventre contre ventre. Visage contre visage.

À mesure que sa bouche gourmande se déplaçait de ses lèvres vers sa joue, puis descendait le long de son cou, il lui devenait de plus en plus difficile de respirer. Ses caresses sensuelles affolaient son pouls, et elle ressentait un soudain besoin de se serrer tout contre lui malgré la moiteur de la soirée… Comment était-ce possible ?

Elle savait confusément qu'elle devait se souvenir de quelque chose… Mais de quoi ? Aucune pensée logique ne pouvait faire irruption dans le déferlement de sensations que produisait en elle l'homme qu'elle chevauchait avec abandon. Cramponnée à ses larges épaules, elle malaxait ses muscles puissants sans trop savoir si c'était pour garder son équilibre, ou pour laisser son empreinte sur lui. Un incendie s'était allumé en elle, et les intenses sensations qui se succédaient au centre de son corps exigeaient un soulagement immédiat.

Presque inconsciemment, ses hanches esquissèrent un mouvement de va-et-vient contre lui, et elle l'entendit gémir tout contre sa peau.

— Madison…

Il l'embrassa à nouveau passionnément, puis il s'écarta d'elle, ses mains immobilisant ses deux bras.

— Nous devons nous arrêter. Tout de suite.

— Pourquoi ? murmura-t-elle, s'efforçant d'oublier qu'elle connaissait déjà la réponse.

— Il le faut, insista-t-il d'une voix un peu haletante, reposant son front à la base de son cou. Je n'avais pas idée que vous auriez un tel effet sur moi. Je pourrais facilement devenir esclave de ces sensations.

Madison prit une profonde inspiration. Personne ne lui avait jamais tenu un tel discours, et elle s'efforça de retrouver son équilibre. Comment la situation avait-elle pu déraper à un tel point ?

— Puis-je vous aider ? dit une voix dans la pénombre.

Madison sursauta, comprenant qu'ils n'étaient plus seuls. Elle recula instinctivement et, comme elle était à califourchon sur les genoux de Blake, elle tomba assise sur les pavés entourant la table. Mais elle ignora la douleur pour se concentrer sur la source de la voix.

— Père Stephen… Je suis désolée.

Le plus jeune des prêtres de la paroisse – quarante-cinq ans à peine – réprima visiblement un sourire.

— Oui, c'est évident.

Blake lui tendit la main pour l'aider à se relever, et il s'efforça de venir à son secours :

— Sincèrement, mon père, je voudrais m'excuser de…

Il s'interrompit, rougissant visiblement. Madison aurait éclaté de rire si ses propres joues n'avaient pas été en feu à cet instant.

— Oui, très bien, dit le prêtre. Peut-être devriez-vous terminer votre dîner, tous les deux ? N'est-ce pas, Madison ?

— Oui, mon père, bredouilla-t-elle, rougissant davantage.

— J'y compte bien. Je vous verrai à l'église, samedi soir.

Là-dessus, le prêtre poursuivit son chemin en direction de la porte située à l'arrière de l'église. Madison demeura immobile, s'efforçant de remettre de l'ordre dans ses émotions, et elle n'osa regarder Blake en face que lorsqu'elle l'entendit rire.

— C'était un épisode un peu embarrassant, remarqua-t-il.

— Vous, au moins, il ne vous connaît pas depuis que vous êtes bébé. Imaginez ce que je ressens.

— Oh ! je n'ai pas à l'imaginer, répliqua-t-il en tirant sa chaise pour qu'elle se rasseye à la table.

Cette remarque suggestive aurait dû l'irriter. Au lieu de ça, elle éclata de rire à son tour, son visage dans les mains. Se conduire ainsi dans un lieu public !

C'était la première fois de sa vie qu'elle avait réussi à oublier…

Blake reprit son sandwich et continua tranquillement son dîner. Les hommes étaient véritablement différents des femmes. Ou alors, c'était à cause de son manque d'expérience, concernant ces sujets.

Elle continua à le dévisager jusqu'à ce qu'il rencontre à nouveau son regard. Son sourire légèrement embarrassé la rassura un peu.

— Je ne vais tout de même pas laisser un petit instant d'embarras me priver du reste de ce délicieux *po' boy*, observa-t-il. Vous aviez raison, c'est de loin le meilleur sandwich de La Nouvelle-Orléans.

— J'espère que vous pensez vraiment ce que vous dites, répondit-elle, faisant de son mieux pour se détendre. Parce que je déjeune très souvent chez Bébé.

— Je partage votre enthousiasme, asura-t-il.

Ils mangèrent en silence durant quelques minutes. Madison préférait ne pas trop penser à ce qui s'était passé entre eux. Plus tard ce soir-là, seule dans sa chambre, elle y réfléchirait peut-être. Mais, si elle y pensait à cet instant précis, il lui deviendrait impossible de poursuivre une conversation cohérente. Au lieu de ça, elle revint au sujet qu'ils avaient évoqué plus tôt.

— Je trouve dommage que votre père ne fasse aucun cas de vos talents d'artiste, remarqua-t-elle.

Même si la vie de Madison avait été difficile, son père, au moins, l'avait toujours soutenue. Il souffrait de la voir s'épuiser pour leur maintenir la tête hors de l'eau, mais il lui avait toujours exprimé sa gratitude pour son dur labeur et pour son dévouement.

— Mon père n'est pas un homme facile à vivre, répondit-il avec un sourire peu convaincant. Je devrais pouvoir dire que le problème ne me concerne plus, mais… la famille n'est jamais ce que l'on voudrait.

Dans un éclair, elle revit le portrait d'elle qu'il avait dessiné le soir où elle avait fait sa connaissance, et elle remarqua :

— Alors, vous peignez des portraits pour gagner votre vie ?

— Je ne dirais pas que c'est mon gagne-pain, répondit-il, haussant les épaules. L'héritage que m'a laissé ma mère m'a beaucoup aidé. Si j'étais un homme prudent, il aurait pu suffire à me faire vivre confortablement jusqu'à la fin de mes jours sans devoir jamais travailler. Mais la prudence n'est pas mon fort…

— Vous êtes un artiste plein de talent, assura-t-elle.

— Quelques personnes le pensent, et sont prêtes à acheter mes œuvres, répondit-il, détournant son regard pour contempler le feuillage qui les entourait.

— Je suis désolée, Blake.

— Pourquoi ? s'enquit-il en la dévisageant d'un air étonné.

— J'ai… J'ai fait de mon mieux pour que nos relations restent dans un registre léger, amical, mais ce qui s'est passé ce soir est exactement le contraire murmura-t-elle.

Je me sens mal à l'aise, et j'ai l'impression de vous mentir. Cela ne me ressemble pas du tout…

Elle hésita, avant d'ajouter avec un triste sourire d'excuse :

— À présent, je m'en rends compte. Et je suis désolée. Je sais que ce n'est pas ce que vous désirez.

— En êtes-vous si certaine ?

Cette question sembla les laisser aussi surpris l'un que l'autre. Puis il esquissa un sourire.

— Pour être parfaitement franc avec vous, je suis prêt à rester dans les parages jusqu'à ce que nous ayons découvert ce que c'est. Pas ce que cela *devrait être*.

— Vraiment ?

— Vraiment, confirma-t-il avec un clin d'œil complice.

Cela aurait dû être une bonne nouvelle… Pourquoi alors cette idée la rendait-elle terriblement nerveuse ?

— Laissez-moi voir Abigail, gronda Blake. Tout de suite.

— Tout doux, répliqua son père avec un sourire glacé. Lors de ta dernière visite, tu ne semblais avoir fait aucun progrès. M'as-tu apporté une preuve quelconque, aujourd'hui ?

— Quelle sorte de preuve ? s'enquit Blake, dévisageant le vieil homme d'un regard incrédule.

— As-tu couché avec elle ?

— Je n'ai pas besoin de séduire Madison pour trouver le diamant, s'insurgea Blake, indigné par cette grossièreté.

— Mais tu dois passer du temps avec elle, et te faire inviter dans sa maison, rappela son père. Et, apparemment, tu n'as pas fait cela non plus.

L'attitude de son père disait éloquemment qu'il ne céderait pas. Alors, Blake sortit son téléphone pour lui montrer un selfie de Madison et de lui dans le jardin de l'église. Son père l'étudia un instant, puis hocha la tête.

— D'après moi, ce n'est pas la méthode la plus efficace, mais passons. C'est du bon travail.

Ce compliment était pire qu'une insulte, et Blake serra les dents. Depuis toujours, son père n'était satisfait que lorsqu'il l'avait forcé à capituler, et à faire les choses à *sa* manière.

Son père regarda la photo plus attentivement, et Blake le vit soudain froncer les sourcils.

— Est-ce le petit jardin derrière St. Andrew ? s'enquit-il.

— Comment le savez-vous ? s'étonna Blake.

— Sa mère et moi nous y sommes rencontrés en une ou deux occasions.

Blake fit de son mieux pour dissimuler sa stupéfaction. Il imaginait mal son père rencontrant une femme ailleurs que dans un luxueux salon, où il pouvait dissimuler son narcissisme derrière d'élégants vêtements, des conversations mondaines et des promesses de soirées inoubliables.

Cette idée le fit se figer. N'était-ce pas précisément ce qu'il avait essayé de faire lui-même avec Madison ? De l'impressionner ? De rester dans un registre superficiel ?

Il fallait reconnaître que cette approche n'avait pas du tout fonctionné avec cette femme particulière. Il avait suffi d'un simple contact physique entre eux pour bousculer toutes ses certitudes. La réaction de Madison n'avait pas été blasée ou hésitante, mais sincère et passionnée.

Et Blake en était resté absolument émerveillé.

Il lui était impossible d'imaginer son père avec une femme ressemblant de près ou de loin à Madison.

— Pourquoi faites-vous tout ceci ? gronda-t-il, se tournant à nouveau vers son père. Sa mère est morte. Vous venger ne changera rien.

— Elle aurait dû être à moi ! hurla son père, marchant de long en large dans la pièce, écumant de rage.

— Et, comme vous n'avez pas réussi à la posséder,

vous devez reprendre ce qui ne vous a jamais appartenu ? Après toutes ces années ? Je n'y crois pas une seconde.

Son père s'arrêta brusquement pour se tourner vers lui.

— À des moments désespérés, il faut avoir recours à des mesures désespérées.

— Vous n'êtes pas désespéré, répliqua Blake. Froid, calculateur, oui. Mais désespéré ? Jamais.

— Dans le contexte économique actuel, tout le monde est désespéré, grogna son père.

— Alors, c'est une question d'argent ?

Blake aurait dû s'en douter. Mais son père avait toujours été financièrement à l'aise. Que s'était-il donc passé ?

— N'est-ce pas toujours cela qui compte, dans la vie ?

— Non, répondit Blake, fronçant les sourcils. Les gens sont censés compter davantage que l'argent.

— Disons que j'ai fait quelques investissements malheureux, reconnut son père avec un haussement d'épaules dégagé. Avec ce diamant, je serai tiré d'affaire.

— Mais ce bijou ne vous appartient pas.

— Je prends ce dont j'ai besoin. Je l'ai fait par le passé, et je continuerai à le faire aussi souvent que nécessaire.

— Je connais ce ton, observa Blake, effleuré d'un soupçon. Vous n'avez pas pu jouer un rôle quelconque dans la maladie de son père. Et j'espère de tout cœur que vous n'avez rien à voir avec la mort de sa mère. Alors, qu'attendez-vous de moi ?

— C'est vrai, répondit son père d'un ton nonchalant. Mon pouvoir, malheureusement, n'allait pas aussi loin. En revanche, j'ai fait en sorte qu'ils n'aient pas assez d'argent pour vivre. J'ai réussi à ruiner le mari de Jacqueline.

Blake demeura silencieux un instant. Ainsi donc, l'inexorable faillite de sa société, qui avait fini par briser le père de Madison, avait été ourdie par son propre père ?

— Si je comprends bien, votre seul plan pour vous sortir de vos difficultés est de dépouiller une jeune femme innocente ?

— Ce qu'elle n'a jamais su posséder ne lui manquera pas.

Blake aurait dû être surpris, mais il savait depuis des années que son père ne se souciait que de lui-même. S'il avait des problèmes financiers, il n'hésiterait pas à s'en prendre à n'importe qui pour se sortir d'embarras. Si ce n'était pas Madison, ce serait peut-être Abigail.

— Je suppose que tu mérites une petite récompense pour tes progrès, déclara son père en se détournant de lui, coupant court à cette conversation. Mais ne reste pas trop longtemps. Abigail est peut-être dans sa chambre. Cette petite peste est aussi fuyante que toi au même âge. Toujours là où elle ne devrait pas être.

Dès qu'il commença à monter l'escalier, Blake entendit le bruit de petits pieds courant sur le plancher à l'étage, et l'inquiétude qu'il avait ressentie toute la semaine lui fit ralentir le pas. Que savait-il des besoins d'une enfant ? Que lui dire ?

Dans les rares occasions où il avait vu Abigail, sa maman et sa nounou avaient été présentes. La petite fille était très mignonne et communicative, mais Blake n'avait aucune expérience des enfants.

Au bout du couloir, une porte était ouverte, et il jeta un coup d'œil à l'intérieur. Les murs rose pâle, la décoration tout en fanfreluches et le monogramme de la petite fille affiché en grandes lettres d'argent au-dessus de la tête de lit montraient que sa mère avait au moins pris le temps de décorer sa chambre avant de prendre le large.

Abigail était assise sur les couvertures moelleuses de son lit. Ses grands yeux bruns, si similaires aux yeux de sa mère, lui donnaient un air vulnérable qui mettait Blake un peu mal à l'aise. Que devait-il lui dire, alors qu'il ne l'avait pas revue depuis deux ans ?

— Comment vas-tu, Abigail ? s'enquit-il simplement.

Elle se contenta de hausser les épaules, mais Blake avait réagi de la même manière dans son enfance, et il n'entendait pas se laisser décourager par cette réponse.

— Réponds-moi, Abigail, s'il te plaît. Je voudrais vraiment le savoir. Miss Sherry m'a rapporté que tu avais été malade.

— À cause de ces pilules, je suis toujours fatiguée, mais je crois que je vais mieux.

Le médicament qui lui avait été prescrit fonctionnait peut-être, songea Blake. Son teint suggérait une bonne santé. Mais pouvait-on juger des progrès de son épilepsie en se basant sur son aspect extérieur ? Il allait devoir se renseigner.

— Je suis désolée, murmura-t-elle.

Sortant de ses sombres réflexions, Blake se rapprocha, et tira une chaise pour s'asseoir près du lit.

— Pourquoi es-tu désolée ? s'enquit-il.

— Si je n'étais pas malade, rien de tout cela ne serait arrivé, répondit-elle d'une toute petite voix.

Blake sentit son cœur se serrer. Aucun enfant ne devrait se sentir responsable des actions des adultes qui l'entouraient. Lui-même ne devrait pas se sentir responsable de la colère de son père, de l'incompétence de sa mère, du défilé de belles-mères qui avaient traversé sa vie. Il réfléchit un instant, cherchant ses mots, avant de répondre d'une voix douce :

— Abigail, tu n'as pas à t'excuser, à être désolée. Rien de tout ça n'est ta faute.

— Mais ma maman m'a abandonnée.

— Ça, c'est *sa* faute, assura-t-il.

Il s'abstint de préciser que sa maman n'était peut-être

pas assez forte pour la protéger contre son père, afin de ne pas l'inquiéter encore davantage.

— Et, si tu es malade, ajouta-t-il, ce n'est la faute de personne. Ce sont des choses qui arrivent, c'est tout.

— Pourquoi ?

— Je ne sais pas.

Il sentait à quel point sa réponse était inadéquate. Il s'y prenait probablement très mal, mais il ne savait pas quoi lui dire d'autre.

— À présent, je dois m'en aller, mais, si tu as besoin de quoi que ce soit, il te suffit de demander à Miss Sherry de m'appeler, d'accord ?

La gouvernante l'avait régulièrement tenu au courant de la situation, même si leurs contacts étaient toujours très brefs, pour échapper à la vigilance de son patron.

Abigail hocha la tête d'un air solennel qui lui serra le cœur.

— Écoute, murmura-t-il. Je ne sais pas s'il m'autorisera à revenir te voir. Mais souviens-toi, *je reviendrai*, sois-en sûre.

Ses grands yeux bruns s'emplirent de larmes, mais elle les refoula d'un geste qui lui parut étrangement familier. Blake avait gardé le souvenir de tels instants durant sa propre enfance.

— C'est promis ? s'enquit-elle.

— Je te le promets, confirma-t-il.

Il reviendrait, même s'il lui fallait pour cela marcher pieds nus sur des charbons ardents.

En réalité, même ça serait préférable à l'obligation d'obéir aux exigences de son père.

- 6 -

Madison prit une profonde inspiration, faisant de son mieux pour calmer ses nerfs tendus.

Elle avait toujours un peu le trac avant une performance, mais, cette fois-ci, c'était différent. C'était la première fois qu'elle chanterait en sachant qu'elle se produisait devant Blake. La première fois qu'elle n'était pas tentée de fermer les yeux et de se perdre dans un monde différent.

D'ordinaire, lorsqu'elle était sur scène, elle ne voyait pas la foule, n'entendait pas les applaudissements. Elle ignorait les sifflets. Elle s'immergeait dans un univers intérieur où la mélodie et les ténèbres s'entremêlaient. Un lieu où elle se sentait heureuse et en sécurité.

Ce soir, elle était consciente de la lumière éblouissante des projecteurs. Mais elle en avait besoin, elle la désirait. Elle désirait voir jusqu'où cette histoire entre Blake et elle allait les conduire. Et la seule façon de le savoir était de s'y plonger tout entière, sans s'arrêter pour réfléchir à chaque pas.

Et il lui en avait offert la parfaite opportunité en faisant une apparition au club ce soir-là.

Aux premiers accords des musiciens, elle se lança dans la première chanson. Ce soir, au lieu de se perdre dans les ténèbres, elle chanta uniquement pour Blake. Chaque rythme, chaque note, était pour lui, comme s'ils avaient été seuls dans la salle.

Ses pieds solidement plantés sur le plancher de la

scène, la fraîcheur du micro entre ses paumes, elle chantait. Elle ne pouvait pas le voir, mais elle sentait sa présence. Elle sentait son regard parcourir chaque centimètre carré de la robe de soie verte qu'elle portait. Son sang pétillait dans ses veines, comme si l'acte de chanter s'apparentait aux prémices de l'amour. C'était incroyablement excitant. Autant que l'idée d'être enfin prête à sortir de sa zone de confort, et à aller chercher ce qu'elle venait de comprendre qu'elle désirait.

Une relation réelle et sincère. Bien sûr, elle avait envie de s'amuser, mais elle était incapable de se contenter de la surface des choses. Et, s'il désirait aussi davantage, ils verraient bien jusqu'où cette relation les mènerait.

Si elle se terminait un jour, ce serait encore plus douloureux. Mais la vie de Madison n'avait été qu'une suite de renoncements, et elle savait qu'elle survivrait.

Cette fois-ci, à la fin de sa performance, elle alla rejoindre Blake à sa table en apportant son propre verre, et elle prit place en face de lui comme s'ils étaient des inconnus.

— Qu'est-ce qui vous amène ici ? s'enquit-elle avec ce qu'elle espérait être un sourire sexy.

— J'ai entendu dire qu'une chanteuse fabuleuse se produisait ici ce soir, et je tenais absolument à la connaître, répondit-il, esquissant un demi-sourire qui affola les battements de son cœur.

— J'espère qu'elle ne vous a pas déçu.

— Jamais, assura-t-il, sa voix descendant d'une octave.

Malgré la pénombre ambiante, elle remarqua que son regard descendait vers le décolleté en V de sa robe, qui révélait la naissance de ses seins. Madison avait secrètement désiré qu'il la voie, et elle avait choisi cette robe spécifiquement pour lui. Espérant qu'il viendrait ce soir. Espérant qu'il désirerait davantage.

Selon toute vraisemblance, son vœu allait se réaliser.

— Vous êtes très belle ce soir, Madison.

— Vous n'êtes pas mal non plus, Blake.

— Jusqu'à quelle heure serez-vous...

— J'aurais dû me douter que je vous trouverais ici, mon chou, dit une voix masculine rocailleuse, interrompant leur échange.

Blake leva les yeux, mais Madison serra les dents et garda son regard fixé sur lui. Elle avait reconnu cette voix. Une voix qu'elle redoutait d'entendre depuis le décès de son père. Cet homme était, au mieux, une nuisance. Ses visites à la maison contrariaient son père, et, en grandissant, elle avait compris que cet individu cherchait à profiter de leurs problèmes financiers pour racheter leur maison à bas prix. Elle savait que cet odieux crétin égocentrique aurait été la dernière personne au monde à qui son père aurait accepté de vendre leur maison.

Madison se détourna enfin du merveilleux regard d'azur de Blake pour faire face à ce trouble-fête au visage trop bronzé, aux petits yeux calculateurs.

— Bonsoir, John, marmonna-t-elle. Comment allez-vous ?

L'homme d'âge mûr, à la lourde charpente, tira une chaise de la table voisine et, s'y installant à califourchon face à eux sans y être invité, il tendit la main à Blake.

— Salut, dit-il. Je suis John Mark. Je ne crois pas que nous ayons été présentés.

— Je suis sûr que non, répondit Blake, les considérant l'un après l'autre d'un regard songeur.

Madison avait reçu une bonne éducation. Elle savait qu'il fallait rester tolérant même avec les gens que l'on n'appréciait pas particulièrement. Mais, ce soir, elle n'en trouvait pas la force. Elle avait épuisé ses réserves de politesse. L'image de cet homme était associée à certains de ses pires souvenirs du temps où son père était encore en vie, et sa présence à leur table était comme un nuage noir au-dessus de leurs têtes. L'une de ses principales raisons de chanter ici était qu'elle s'y sentait en sécurité. Que signifiait cette invasion ?

— Je ne crois pas vous avoir déjà vu dans ce club, John, dit-elle d'un ton froid.

— Mais moi, je savais que je vous trouverais ici, déclara-t-il. Je crois qu'il est grand temps que nous parlions affaires.

— Je ne crois pas que ce soit le moment, ou le lieu…

— Moi, je suis sûr que si, coupa-t-il avec un sourire de loup. De plus, vous êtes une femme difficile à trouver. Constamment occupée par-ci, par-là. Et chez vous personne ne répond au téléphone. Si vous attendez plus longtemps, cette maison va s'écrouler sur vous.

Blake toussota pour s'éclaircir la voix.

— Je ne pense pas vraiment…, commença-t-il.

— Oh ! elle sait ce que je veux, coupa l'homme, balayant cette interruption d'un revers de main négligent. J'ai supplié son père de me vendre cette maison pendant des années. À présent, l'heure est venue.

L'audace de ces paroles eut enfin raison de la patience de Madison, et elle sentit la colère bouillonner en elle.

— En réalité, je ne pense pas que nous ayons quoi que ce soit à discuter ensemble, rétorqua-t-elle.

— Je suis prêt à vous débarrasser de cette maison en douceur, poursuivit John comme s'il ne l'avait pas entendue. Vous signez simplement la paperasse, et fini les problèmes.

Madison savait qu'elle allait devoir vendre la maison, mais pas à cet homme. *Jamais* à cet homme.

— La maison n'est pas prête…

— Inutile d'y faire des travaux, l'interrompit-il. Je suis sûr qu'elle doit être dans un sale état. Je serai peut-être même obligé de la démolir, mais le terrain est très bien placé. Dommage que votre papa n'ait pas été capable de l'entretenir. Mais, avec sa mauvaise santé, bien sûr…

Aux prises avec un mélange de chagrin et de colère, Madison fusilla du regard l'individu. Sa manière désinvolte de parler de son père décédé l'avait scandalisée. La dernière chose au monde qu'elle désirait, c'était que Blake découvre de cette façon l'état désastreux des affaires de sa famille.

— Lorsque je serai prête, je…

— Vous ne serez jamais prête. Signez les papiers, c'est tout.

— Non ! gronda-t-elle. Et ne me parlez pas sur ce ton.

Madison se leva. Elle était furieuse, et il n'était pas question de permettre à cet individu de lui dicter ce qu'elle devait faire.

— Ne venez plus chez moi, dit-elle d'un ton coupant. Ne m'appelez plus au téléphone. Je n'ai pas l'intention de vous vendre ma maison, ni aujourd'hui ni jamais.

John Mark les dévisagea posément, l'un après l'autre. Puis il esquissa un sourire finaud.

— Allons, ma petite dame, répondit-il, visiblement amusé, inutile de vous mettre dans tous vos états.

— *Jamais*, m'entendez-vous ?

Quelque chose dans l'expression de son interlocutrice, ou dans le ton de sa voix, avait dû l'avertir qu'elle parlait sérieusement, car l'homme cessa de sourire pour la dévisager d'un air furieux.

— Quand on est dans votre position, on ne fait pas la fine bouche, grinça-t-il. Ne soyez pas stupide.

— Cela suffit ! gronda Blake d'un ton menaçant.

— Pourquoi ? Elle ne trouvera pas de meilleure offre. De plus, elle n'a pas le choix. Je l'ai deviné au premier regard que j'ai jeté dans la maison. Je m'étais toujours demandé comment elle avait fait pour l'empêcher de s'écrouler.

Il toisa Blake de la tête aux pieds, attardant son regard sur sa luxueuse montre, avant d'ajouter :

— Maintenant, je crois que je le sais.

Blake bondit instantanément sur ses pieds, et il se planta devant John Mark, le repoussant loin de la table. Il y eut un peu d'agitation aux tables voisines, et le portier se matérialisa tout à coup près d'eux. Il y eut un échange verbal entre les hommes, que Madison n'entendit pas distinctement, puis le portier se tourna vers elle.

— Ce type vous embête, Miss Maddie ?

Tout d'abord, elle ne put qu'acquiescer, car elle n'était pas sûre de pouvoir empêcher sa voix de trembler. Mais, alors que John Mark commençait à protester, elle se leva à son tour et s'approcha du groupe.

— Mon père avait toujours su bien juger les gens, et il ne s'était pas trompé à votre sujet, dit-elle d'une voix soigneusement contrôlée. Il disait que vous n'étiez qu'une larve, et je suis totalement d'accord avec lui.

Là-dessus, elle se tourna vers le portier et lui adressa un bref hochement de tête. John Mark fut reconduit sans ménagement vers la sortie.

Madison demeura figée sur place durant un long moment, encore sous le coup de ce qui venait de se produire. Puis Blake la raccompagna jusqu'à leur table.

— Ça va ? murmura-t-il.

Madison s'affala sur son siège, vidée de toute énergie, faisant de son mieux pour refouler les larmes qui montaient à ses paupières.

— Je n'ai vraiment pas de chance, observa-t-elle d'un ton las. Chaque fois que je passe un bon moment en votre compagnie, quelque chose vient invariablement tout gâcher.

— Ce n'est pas votre faute, insista Blake. Vous n'auriez pas pu empêcher cet individu de venir ici ce soir.

— Peut-être, mais pourquoi fallait-il qu'il apparaisse justement ce soir ? Au moment où…

— Tout va bien, Madison.

— Pas du tout ! rétorqua-t-elle d'un ton furieux. Je ne voulais pas que vous soyez au courant de mes problèmes.

Soudain attentif, Blake se figea pour l'écouter.

— Les bons jours, poursuivit-elle, j'arrive à accepter le fait que je vais devoir vendre la demeure de ma famille. J'ai fait de mon mieux. Mon père a fait de son mieux. Et je sais que je n'ai pas d'autre choix, mais cela n'atténue en rien le chagrin de la perdre.

Elle baissa les yeux vers son verre, et demeura ainsi un instant, perdue dans ses pensées. Sa réaction normale, face à un problème, était de se mettre au travail et de trouver une solution. Mais pour celui-ci, il n'existait aucune solution.

Elle pouvait partir, et laisser Blake tout seul à la table. Elle pouvait rester où elle était, et le laisser la convaincre que tout allait pour le mieux. Il n'avait pas besoin de le faire – elle connaissait sa propre valeur. L'état de sa maison l'embarrassait, certes, mais compte tenu de l'état de leurs finances, depuis son enfance, elle savait qu'elle avait fait de son mieux. Et si Blake ne pouvait pas le comprendre, le mieux serait de le laisser planté là.

Ou bien elle pouvait faire ce que son corps et son âme lui dictaient depuis l'instant où elle avait fait sa connaissance. Elle pouvait aller vers lui, et il arriverait ce qu'il arriverait. Accepter ses décisions et se construire les souvenirs dont elle avait douloureusement besoin.

Elle releva les yeux vers lui, et constata que ses yeux bleus la contemplaient tranquillement. Sans la moindre trace d'embarras, de colère ou d'irritation. Il la regardait, tout simplement. Attendait-il un autre signe d'elle ?

À cet instant, la serveuse posa doucement sa main sur son épaule, réclamant son attention.

— Dites, Maddie, allez-vous remonter sur scène, ce soir ?

Dans des circonstances normales, Madison n'aurait jamais interrompu son tour de chant au milieu de la soirée. Mais, ce soir, il lui était tout simplement impossible de continuer.

— Non, répondit-elle. J'ai vraiment besoin de rentrer.

La serveuse lui sourit, puis elle s'éloigna. Il était merveilleux de travailler avec une équipe aussi attentionnée.

Le cœur battant à tout rompre, elle se tourna vers Blake.

— Aimeriez-vous que nous partions ensemble ?

Blake coupa le moteur et leva les yeux vers la maison. Dans le vibrant silence qui les entourait, il croyait presque entendre un écho des secrets du passé. Était-ce à cause de l'histoire de cette maison ? Il n'en était pas sûr, et ne tenait pas à trop y réfléchir.

Il avait obtenu ce qu'il désirait depuis le début. Entrer dans cette maison afin de pouvoir la fouiller. N'avait-il pas même envisagé une aventure d'une nuit pour y parvenir ?

Mais ce vers quoi il se dirigeait, ce soir, ce n'était pas une aventure d'une nuit. En traversant le seuil de cette maison, il ressentait des émotions tout à fait inattendues. Parce que Maddie était réelle. Plus réelle qu'aucune autre femme qu'il ait connue avant elle. Et il avait le pressentiment qu'après cette nuit il aurait dépassé le point de non-retour.

— Tout va bien ? s'enquit-elle.

Il entendait le léger tremblement dans sa voix. Elle était nerveuse. Blake savait qu'elle s'ouvrait à lui comme elle ne l'aurait jamais fait avec quelqu'un d'autre. Sa vulnérabilité, ce choix qu'elle faisait l'émouvaient, l'emplissaient d'humilité.

Il essaya de se souvenir d'Abigail, de se rappeler son but, mais il ne pensait qu'à Maddie.

— Oui, mentit-il, en se tournant vers elle dans l'obscurité. Je vais très bien.

Il descendit de voiture, et en fit le tour pour aller ouvrir la portière de sa passagère. Les haies, de part et d'autre de l'allée, avaient tellement poussé qu'il lui restait à peine assez de place pour passer. Cette végétation exubérante était-elle voulue ? Ou était-ce un de ces détails qui n'avaient pas fait partie des tâches urgentes auxquelles Madison devait faire face chaque jour ?

Il lui laissa juste assez de place pour descendre, puis il referma la portière derrière elle, et se serra contre elle, la retenant prisonnière entre le véhicule et son corps dur.

— Madison, chuchota-t-il pour ne pas briser le silence ambiant. Je voudrais que vous vous souveniez d'une chose.

Il sentit qu'elle frissonnait, mais cela n'avait aucun rapport avec la température, car la chaleur de la nuit les entourait de toute part, presque étouffante.

— Oui ? répondit-elle d'une voix de gorge capiteuse.

— Souvenez-vous que je désire sincèrement être ici.

En prononçant ces simples paroles, il eut le sentiment de s'engager bien au-delà de ce qu'il aurait cru possible. Puis il se retourna vivement vers la maison, prenant sa main fine dans la sienne.

Madison le conduisit jusqu'à l'arrière de la bâtisse et introduisit la clé dans la serrure. La végétation autour de la maison poussait également hors de tout contrôle. Certaines plantes – des lilas des Indes et des hydrangeas envahissants – étaient en fleur, et leur parfum enivrant flottait dans l'air immobile de la nuit.

La porte s'ouvrit sans grincer sur un petit vestibule parfaitement rangé, ouvert sur une vaste cuisine. À l'évidence, elle passait beaucoup de temps dans cette pièce, car elle brillait de mille feux comme si elle venait tout juste d'être récurée. Le plan de travail poli comme un miroir était probablement contemporain de la construction de la maison, et conférait à cette pièce une chaleur que Blake n'avait jamais rencontrée dans aucune des maisons où il avait vécu.

Ce fut seulement en traversant les autres pièces qu'il commença à remarquer les méfaits du temps. La peinture qui s'écaillait sur les murs. Le carrelage fissuré. L'éclairage insuffisant parce que les ampoules des lustres étaient presque toutes grillées. Certaines pièces étaient même condamnées.

Madison gardait les yeux baissés, comme si elle pouvait faire disparaître la décrépitude des lieux en évitant de la regarder de trop près. Traversant le grand hall de l'entrée principale sans s'arrêter, elle tourna brusquement pour monter l'escalier. Du côté opposé, par une porte restée ouverte, il entrevit une bonne dizaine de meubles anciens à divers stades de restauration.

— Qu'est-ce que c'est que tout cela ? s'enquit-il, s'adossant nonchalamment au montant de la porte.

— Ce n'est qu'un hobby, éluda-t-elle, s'arrêtant dans l'escalier, sans même tourner son regard dans cette direction.

— Un hobby plutôt coûteux, observa-t-il. Et qui nécessite pas mal d'huile de coude.

Lorsqu'il se tourna vers Madison, il vit qu'elle avait croisé les bras sur sa poitrine d'un air renfrogné. Apparemment, il avait mis le doigt sur un autre point sensible, mais il désirait réellement savoir, car le sujet était visiblement important pour elle. Et cet intérêt qu'il ressentait pour tout ce qui la touchait était une expérience toute nouvelle pour lui. Il n'avait jamais ressenti cela avec aucune des femmes qu'il avait connues avant elle.

— Allons, Maddie, l'encouragea-t-il, dites-moi la vérité.

Elle le dévisagea un instant, hésitant visiblement, avant de répondre :

— John Mark n'a pas menti lorsqu'il disait que les temps sont durs pour moi. Mon père était un homme d'affaires très prospère avant d'épouser maman. Mais… il y a eu un problème. Papa n'a jamais voulu me dire de quoi il s'agissait, mais ils ont perdu pratiquement tout ce qu'ils avaient. Elle a fait de son mieux et, pour un temps, elle a réussi à nous garder à flot. Mais, après sa mort, mon père n'en a plus été capable. Il était malade, il se retrouvait veuf et il souffrait. Il était incapable de remonter la pente. J'avais quinze ans lorsque j'ai compris que nous étions réellement ruinés.

Blake sentit son cœur se serrer en entendant la tristesse dans sa voix, mais déjà elle poursuivait :

— Nous vivions chichement de son assurance invalidité, mais papa a toujours refusé de me laisser vendre la maison, le dernier lieu où il avait vécu avec sa chère épouse. Alors, j'ai fait de mon mieux. Je complétais nos maigres revenus en accomplissant quelques tâches pour Trinity, et en me chargeant de tous les petits travaux que je pouvais trouver. J'ai ainsi découvert que j'avais un petit talent pour la restauration de meubles. Quelquefois, lorsqu'il se sentait mieux, mon père m'aidait, et je vendais nos réalisations à des antiquaires de la ville. Aujourd'hui, j'ai acquis une certaine réputation dans ce domaine, et ils m'appellent lorsqu'ils ont besoin de faire remettre un meuble à neuf.

— C'est merveilleux, Maddie ! s'exclama-t-il.

Blake avait toujours tenu pour acquis les avantages dont il avait bénéficié dans sa vie, et il lui était impossible d'imaginer ce qu'il aurait ressenti dans son adolescence en apprenant que ses parents étaient au bord de la ruine, et qu'ils comptaient sur lui pour les éloigner du précipice.

— Je suis désolée, dit-elle d'une voix à peine audible.

— Pourquoi ? s'enquit-il, le cœur serré face à sa détresse.

— Je désirais que cette soirée soit spéciale, et tout n'a été qu'une suite de complications, murmura-t-elle.

À cet instant, Blake oublia tout le reste – son propre égoïsme et sa superficialité, Abigail, et même le désir qu'il éprouvait pour cette femme devant lui.

Au lieu de ça, il se concentra sur Madison, et la vit réellement pour la première fois.

— Non, Maddie, corrigea-t-il d'une voix douce. Cette soirée m'a vraiment ouvert les yeux.

Elle baissa aussitôt la tête, mais il lui saisit gentiment le menton et l'obligea à le regarder en face.

— J'ai vu beaucoup de choses, et j'ai beaucoup appris, ce soir. Et j'ai eu la révélation de la femme extraordinaire que vous êtes réellement. Une femme d'une force et d'une détermination rares. Des qualités dont vous pouvez être fière. Et si un sale type comme ce John Mark n'aime pas ce qu'il voit, vous lui en donnez pour son grade.

— Il ne l'avait pas volé ! remarqua-t-elle en riant.

Glissant ses doigts dans sa chevelure, il l'attira à lui pour l'embrasser. Ce fut un baiser interminable, et, lorsqu'il s'écarta un peu pour respirer, il chuchota tendrement :

— Ne soyez pas désolée, Maddie. Vous dépassez de loin mes plus grandes espérances.

Cette fois-ci, il souda son corps contre le sien, l'adossant au montant de la porte, la laissant sentir de façon concrète l'intensité de son désir. Ses lèvres étaient chaudes et fermes sous les siennes, et elles s'entrouvraient pour lui, en une invitation silencieuse. Il l'embrassa passionnément, bien décidé à explorer chaque nuance du goût de sa bouche, mordillant ses lèvres, ondulant des hanches contre elle, esquissant déjà les gestes de leur corps à corps à venir.

Lorsqu'elle se cramponna fiévreusement à ses épaules, nouant ses longues jambes autour de sa taille, Blake ressentit un choc électrique dans tout le corps, et il réprima un gémissement. Il était en feu, et il désirait déjà davantage.

— Maddie, dit-il d'une voix rauque. S'il vous plaît…

— Là-haut, murmura-t-elle entre deux baisers. La chambre.

La montée de l'escalier leur prit un certain temps, car il ne pouvait cesser de l'embrasser. La bouche de Maddie était addictive comme une drogue, et sa passion contagieuse

Elle se pressait contre lui, générant des ondes de désir dans son corps, vague après vague, éprouvant douloureusement ses capacités à garder son sang-froid. Il aurait voulu procéder à petits pas, faire preuve de tendresse, mais il savait qu'il ne serait bientôt plus capable de se contrôler du tout. Mais tout d'abord, il devait la combler.

Maddie méritait plus qu'il ne pourrait jamais lui offrir.

Au sommet de l'escalier, elle indiqua une porte entrouverte dans le couloir. Blake ne fit qu'entrevoir des murs bleu pâle avant de l'allonger sur le lit. Son ravissant visage disparaissait dans l'ombre, mais la lumière du couloir illuminait son corps. Sa robe verte le titillait, lui faisait désirer davantage le corps souple qu'elle dissimulait.

Il la débarrassa de ses sandales compensées avec des gestes tendres, déposant une pluie de baisers sur ses chevilles fines, l'une après l'autre, émerveillé par leur délicatesse. Son corps lui criait d'aller plus vite, mais à force de volonté il l'ignora pour se concentrer sur la femme devant lui.

Maddie.

Lorsqu'il souleva l'une de ses longues jambes fines et musclées, la robe glissa jusqu'à sa taille, lui offrant un aperçu de tissu noir et brillant entre ses jambes. Il se pencha pour effleurer son mollet avec ses dents, conscient qu'il goûterait très bientôt d'autres parties d'elle. Il devina qu'elle retenait son souffle, et il sentit ses muscles se contracter sous ses caresses. Il répéta ces gestes juste au-dessous de son genou, puis il remonta lentement le long de l'intérieur de sa cuisse. Chaque nouvelle caresse la faisait trembler plus fort, et son souffle court était une véritable musique pour ses oreilles, presque aussi grisante que son chant.

Puis il enfouit son visage dans la chaleur de son entrecuisse, et il l'entendit étouffer un cri lorsqu'il inhala profondément son essence féminine. Son cerveau lui envoyait des directives urgentes qu'il s'efforçait bravement d'ignorer, mais ses mains impatientes se saisirent des bords du tissu soyeux qui la dissimulait à ses yeux, le faisant glisser sur ses hanches sans s'éloigner de sa quête une seule seconde, même pour lui arracher sa petite culotte.

La chair dévoilée devant ses yeux était couronnée de frisettes brunes au parfum de musc et de fleurs. Il en écarta délicatement les lèvres luisantes d'une rosée de désir. Lorsqu'il y posa sa bouche gourmande, elle remonta brusquement ses genoux comme pour lui interdire l'accès à cette intimité, mais ses mains crispées sur sa nuque lui envoyaient un message très différent. À présent, elle respirait par saccades, et sa chair palpitait contre sa langue. Blake se sentit glisser dans un univers où seule Maddie existait, où seuls comptaient ses réactions et son impérieux besoin de lui faire gravir les plus hautes cimes du plaisir.

Ses hanches se levaient vers lui, et il accompagnait chacun de ses mouvements avec sa bouche brûlante, se laissant guider par son instinct, son propre désir augmentant avec chacun de ses cris de volupté.

L'intensité de ses gémissements atteignit soudain un paroxysme, et il redoubla d'ardeur jusqu'à ce qu'un long cri résonne entre les murs de la chambre. C'était, sans l'ombre d'un doute, le son le plus mélodieux que Blake ait jamais entendu.

De toute sa vie.

- 7 -

Maddie demeura immobile durant un long moment, flottant dans une sorte d'inconscience où ne subsistait que le martèlement de son cœur dans ses oreilles, la divine pulsation qui avait remplacé toutes les autres fonctions de son corps à cet instant. Ses mains crispées sur la douceur de la couverture, elle sentit qu'elle avait besoin de s'accrocher à quelque chose de solide pour revenir à la réalité.

Son expérience très limitée ne l'avait nullement préparée aux ravages qu'un homme très habile et très entreprenant pouvait occasionner dans son corps. Mais, même si elle se sentait comblée à cet instant, juste sous la surface, elle sentait revenir ce sentiment d'urgence. Le besoin de tenter la même expérience *avec* Blake. De lui retourner les faveurs qu'il lui avait si généreusement prodiguées.

Il s'écarta un peu d'elle, mais sentit tout son corps protester. Il ne pouvait pas la quitter. Pas maintenant. Peut-être jamais.

Lorsqu'elle rouvrit les yeux, elle le vit agenouillé entre ses jambes, mais il ne fit aucun effort pour se redresser. Il se contentait de l'observer dans la pénombre. Elle se remit lentement en position assise sur le lit, son regard rivé au sien dans la faible lumière de la chambre. Puis elle changea de position, s'agenouillant comme lui. Avec des doigts tremblants, elle saisit l'ourlet de sa robe, qu'elle fit prestement passer par-dessus sa tête. Seule une brassière de légère dentelle couvrait à présent ses seins. Le gémissement de Blake lui sembla être le son le plus satisfaisant qu'elle ait jamais entendu. Tendant les mains, elle déboutonna sa chemise en prenant tout son temps, laissant ses doigts effleurer sa peau. Lorsqu'elle tira les pans du vêtement hors de son pantalon, pour laisser courir ses doigts sur son torse et sur son ventre plat, il cessa de respirer.

— S'il vous plaît, Madison ! gémit-il, sa respiration haletante.

Il déboucla fiévreusement sa ceinture et tira la fermeture à glissière de son pantalon. Puis il l'allongea gentiment contre les oreillers. À sa grande surprise, il continua à ne rien précipiter, se contentant de faire passer sa brassière par-dessus sa tête. Il enfouit avec délices son visage entre ses seins superbes, les caressant, en agaçant les pointes roses jusqu'à ce qu'elle sente un véritable incendie rugir au centre de son être. Alors seulement, il prit l'une des pointes durcies dans sa bouche, la suçotant, l'agaçant jusqu'à ce qu'elle se tortille de désir, levant ses hanches vers lui, le suppliant d'aller plus loin. Elle laissa échapper un petit cri, enfonçant ses ongles dans son dos à travers le mince coton de sa chemise, et avec un gémissement rauque Blake s'en débarrassa et la lança sur le tapis près du lit. Puis il se rapprocha à nouveau d'elle.

Chair contre chair. Chaleur contre chaleur.

Avec une hâte qui signalait qu'il arrivait aux limites de son self-control, Blake utilisa ses jambes pour écarter davantage celles de Maddie. Elle devina qu'il enfilait une protection, puis elle le sentit entrer précautionneusement en elle. Il respirait fort, et elle sentait son large torse effleurer sa poitrine à chaque respiration. Il s'attarda un long moment à l'entrée de sa féminité palpitante, entrant et sortant sans hâte, jusqu'à ce qu'elle soit sur le point de hurler d'impatience. Elle savait qu'il désirait lui donner le plus de plaisir possible, mais, s'il n'entrait pas bientôt tout entier en elle, elle allait exploser.

Glissant ses mains sous la ceinture de son pantalon – que, miraculeusement, il portait encore —, elle enfonça fermement ses ongles dans ses muscles durs et, simultanément, elle leva ses hanches vers les siennes pour le faire entrer tout entier en elle. La sensation de cette massive invasion lui coupa littéralement le souffle. Elle sentait son corps onduler autour de lui, comme si un événement inouï était sur le point de se produire, qu'elle n'aurait jamais le pouvoir de contrôler.

Blake se pencha vers elle jusqu'à ce que leurs peaux se touchent, puis il lui chuchota à l'oreille d'une voix rauque :

— Préparez-vous, Maddie.

Puis ses hanches se mirent en mouvement.

Madison s'était cru à bout de souffle, avant cela. Mais, à présent, chaque mouvement privait totalement ses poumons d'oxygène. Un véritable feu d'artifice explosait dans son corps. Blake gémissait chaque fois que leurs hanches se rencontraient. Dans ce doux et sauvage corps à corps, une foule de sensations s'imprimaient dans l'esprit de Madison : le satiné de sa peau sous ses doigts, le son de sa voix dans son oreille, cette exquise invasion qui la remplissait tout entière. Puis il tressaillit violemment contre elle, et elle eut l'impression que son univers tout entier explosait.

Dans le silence qui suivit, à peine brisé par le son de leurs respirations, Madison comprit qu'elle ne serait plus jamais la même. C'était peut-être un cliché, mais elle savait que c'était la simple réalité.

Au bout d'un très long moment, Blake se laissa basculer sur le côté, la gardant serrée contre lui. Dans de pareils instants, elle se sentait totalement sans défense avec lui. Aucun moyen de se protéger contre la sensation que son cœur allait éclater. Alors qu'elle glissait dans le sommeil, elle sentit le contact de ses lèvres tièdes contre sa tempe, et les paroles de Blake flottèrent dans l'air autour d'elle :

— Je vais veiller à ce que tout s'arrange, Madison.

Blake ouvrit lentement les yeux. En temps normal, il se réveillait en sursaut, et il ne lui fallait que quelques secondes pour quitter son lit. Aujourd'hui, la faible lueur de l'aube éclairait à peine les fenêtres lorsqu'il cligna des paupières. Il lui fallut un moment pour s'apercevoir qu'il tenait encore Maddie serrée dans ses bras.

Pour lui, c'était une première.

D'ordinaire, sitôt le sexe terminé, il reprenait ses distances. Même si ce n'était pas toujours très bien apprécié. Mais durant toute cette nuit passée, il n'avait quasiment jamais renoncé au contact de la peau incroyablement douce de Maddie, à sa fragrance délicate. Il avait rabattu une couverture sur eux deux, puis il l'avait gardée serrée contre sa poitrine toute la nuit avec un sentiment de complétude qu'il préférait ne pas trop analyser.

Il ne pouvait pas prétendre que cela ne signifiait rien, mais cela ne changeait pas la réalité. Il avait un sérieux problème.

Elle dormait toujours profondément, et il repoussa délicatement la masse de ses cheveux auburn pour mieux voir son visage. Ses longs cils reposaient sur ses joues parsemées de quelques taches de rousseur. Ses lèvres paraissaient plus rouges, encore toutes gonflées par leurs baisers de la nuit.

Il se demanda quels autres indices il avait semés derrière lui. Ce qui était certain, c'était qu'il allait veiller à ce que son père ne sache rien de cette histoire.

Le souvenir du vieil homme avait fait monter un goût de bile dans sa bouche. Une bonne tasse de café lui ferait du bien. Ou peut-être même plusieurs. Le simple fait de préparer du café dans une cuisine inconnue suffirait-il à effacer l'image de son père exigeant une preuve de ses progrès ?

Il aurait peut-être besoin de quelque chose de plus fort.

En redescendant l'escalier, Blake remarqua d'autres détails désolants. Le miroir fêlé dans le couloir. Les portes des pièces condamnées. Presque malgré lui, il en ouvrit une. Tous les meubles avaient été rassemblés au milieu de la pièce, protégés par des housses. Le papier à fleurs du mur donnant sur l'extérieur était taché d'humidité. Il referma la porte sans bruit et se remit en mouvement.

Il jeta un coup d'œil dans le grand salon qui faisait face à la pièce que Maddie utilisait pour rénover ses meubles, et il se figea. Un vieux sofa, un tapis et une table basse avaient été repoussés contre l'un des murs de la vaste pièce. Le côté opposé était occupé par un lit d'hôpital. La gorge serrée, Blake parcourut la pièce du regard. Le linge de lit et tous les effets personnels avaient disparu, mais le souvenir d'une fin de vie planait encore dans la pièce, sous la forme d'un pied à perfusion, et ce qui ressemblait à un appareil de surveillance cardiaque posé sur une table de chevet.

Madison avait pris soin de faire le ménage dans la pièce, mais elle n'avait rien fait pour faire disparaître ces tristes reliques. Bien sûr, elle était seule, sans personne pour l'aider, et cette idée l'attrista profondément.

Comment avait-elle pu vivre ainsi, jour après jour, année après année, en sachant qu'elle allait perdre son père ?

Une expérience dévastatrice.

Réprimant un soupir, il poursuivit son chemin jusqu'à la cuisine. Et là, à la lumière du jour, il constata l'ampleur des dégâts. La peinture des murs s'écaillait, l'évier était taché de rouille, et le carrelage du plan de travail était dans un triste état. Pourtant, sans être un expert, Blake devinait que, même si elle avait été laissée à l'abandon durant des années, la maison avait été un jour une très belle demeure.

Ce carrelage provenait d'Italie. Les lustres étaient signés Toso, le robinet de l'évier était un modèle très luxueux. Aucune personne sensée ne se séparerait de ces éléments à moins d'y être obligée. Et cela signifiait que la famille de Madison n'avait jamais vendu le diamant Belarus.

Blake s'approcha de la machine à café premier prix, balayant la pièce d'un regard songeur. Pourquoi ? Pourquoi sa mère aurait-elle gardé ce diamant alors que la famille était si visiblement dans la gêne ? La vente leur aurait garanti un revenu confortable, même si la maladie de son père avait traîné pendant trente ans. Pourquoi faire cela ?

Et qu'était-il censé faire d'une telle information ?

Après la nuit qu'ils venaient de partager, c'était la dernière chose au monde qu'il avait envie d'avoir à décider. C'était peut-être immature de sa part, mais il aurait tout donné pour pouvoir siroter son café en se remémorant chaque détail de cette nuit fabuleuse. Surtout s'il n'allait pas être autorisé à répéter l'expérience ce matin. Mais c'était impossible.

Il devait songer à Abigail. À ce qu'elle endurait. Se souvenir qu'elle avait besoin de lui. Mais comment le pouvait-il ? Comment ne pas être obsédé par le dilemme auquel il devait faire face ?

Il n'avait jamais envisagé que les choses puissent aller aussi loin, entre Maddie et lui. Son intention avait été d'obtenir ce dont il avait besoin avec un minimum de dommages collatéraux. C'était la façon la moins risquée de sauver Abigail. Mais, malgré cela, il refusait d'utiliser le corps de Madison comme une arme contre elle.

Il retourna à pas lents dans le salon, contemplant d'un regard vide la vaste surface de plancher nu entre les meubles. Lorsque toute l'histoire éclaterait au grand jour, ne croirait-elle pas que c'était exactement ce qu'il avait fait ? Car cet instant viendrait, il n'en doutait pas une seconde. Il était inutile d'espérer que son père se tairait, surtout s'il n'obtenait pas ce qu'il désirait.

— Que faites-vous là ?

Blake se retourna vivement, et il vit Madison plantée au pied de l'escalier. Elle portait un peignoir léger, assez mince pour le laisser deviner qu'elle ne portait rien dessous. Devait-il en conclure qu'elle était encore vulnérable, disponible pour lui ? C'était une précieuse offrande, que Blake regretterait toute sa vie d'avoir laissé passer.

— J'allais préparer du café, et je me suis laissé distraire.

Il savait que c'était une piètre réponse, mais c'était le mieux qu'il avait trouvé. Il ne voulait surtout pas la gêner en lui parlant du lit d'hôpital dans la pièce derrière lui.

Elle paraissait si petite, si fragile, avec ses bras serrés contre ses flancs comme si elle avait froid… Mais sa posture suggérait aussi qu'elle n'avait pas du tout envie qu'il la touche. Elle se tenait très droite, et il nota qu'elle faisait de son mieux pour ne pas poser son regard sur le lit vide.

Comment pouvait-elle supporter de le voir encore dans la maison ? Mais, à bien y réfléchir, elle n'avait probablement aucun moyen de s'en débarrasser. Ni la force de le déplacer toute seule… et pas non plus de véhicule.

Et il comprit qu'il avait envie de l'aider. À sa grande surprise, il s'apercevait qu'il s'était totalement investi dans cette relation.

— Vous apprêtiez-vous à partir ? s'enquit-elle.

— Heu… Pas vraiment, répondit-il.

Sa question l'avait étonné. Certes, il s'était rhabillé, mais c'était seulement pour ne pas déambuler dans sa maison nu comme au jour de sa naissance. Aucune autre raison.

— Je suis sûre que vous devez être impatient de rentrer pour prendre une douche bien chaude et vous changer, lança-t-elle, pivotant sur ses talons pour repartir dans le couloir.

Blake lui emboîta le pas, et il entra à sa suite dans la cuisine. Que signifiait sa remarque ? Était-elle impatiente de le voir partir ? Lorsqu'elle se retourna vers lui, croisant les bras sur sa poitrine, il fit de son mieux pour fixer son visage, et pas ses seins superbes que ce geste avait fait saillir.

— Un problème ? s'enquit-il.

— Non, répondit-elle avec plus de force que nécessaire.

— N'allez-vous pas m'offrir un café ?

— Mon père disait souvent que mon café était horrible. Vous feriez peut-être mieux de vous arrêter quelque part pour le boire, sur la route du retour.

Blake était d'un tout autre avis. Il fit un pas vers elle, puis un second. Un carreau décollé bougea sous son pied, et, baissant les yeux, Madison réprima visiblement une grimace.

Quel était son problème ? songea-t-il. Était-ce la maison ? Ou bien était-ce *sa présence à lui,* dans la maison ?

Blake fit un autre pas vers elle. Cette fois-ci, elle recula.

— Qu'y a-t-il ? s'enquit-il, croisant les bras à son tour.

Il s'efforçait de paraître serein, mais son cœur s'était mis à battre plus vite, et il luttait contre un début de panique.

Il aurait dû partir, il le savait. Il aurait dû la laisser seule et ne jamais revenir dans cette maison. Ne jamais plus penser à elle, ni à ce stupide diamant. Mais il en était incapable.

Alors, chassant le magnifique joyau de sa conscience, il se concentra sur la beauté devant lui. Il aurait pu contrôler ce sentiment, mais, ce faisant, il se priverait des caresses de Maddie, du plaisir de sa présence. Le sale égoïste qu'il était ne pouvait pas la laisser tranquille.

— Qu'y a-t-il, Maddie ? murmura-t-il.

Elle était tout près, à présent, et il ne put s'empêcher

de tendre la main pour effleurer sa joue d'une caresse. Un sentiment d'excitation vint aussitôt remplacer sa panique.

Pas de doute, il était le pire des égoïstes.

Elle détourna la tête, et ce qu'elle vit la fit visiblement tiquer. Suivant son regard, il remarqua que la porte de l'office pendait un peu sur ses gonds. Dans le silence de la pièce, le moteur de réfrigérateur faisait un bruit étrange, comme s'il s'apprêtait à rendre l'âme. Blake ferma les yeux une seconde, avant de murmurer :

— Tout ira bien, Madison.

— Non, répondit-elle d'un ton découragé, le fixant par-dessous ses longs cils. Vous êtes la première personne à être entrée dans cette maison depuis la mort de mon père.

— Vous savez, si vous ne permettez à personne d'entrer, personne ne pourra vous aider.

— Mon père disait toujours que nous devions nous aider nous-mêmes. Que nous ne pouvions pas nous attendre à ce que quelqu'un d'autre vienne résoudre nos problèmes.

— Mais vous ne pouvez pas tout faire toute seule, Madison.

— Vous seriez étonné de voir ce qu'une personne peut faire, lorsqu'elle est désespérée.

— Vous n'avez plus besoin de vous sentir désespérée, Madison, murmura-t-il, recueillant ses joues entre ses mains.

Il vit ses yeux s'élargir de surprise, et il cessa de respirer. Même s'il vivait jusqu'à cent ans, il espérait ne jamais revoir cette expression douloureuse sur son visage.

Mais, à cet instant précis, il ne connaissait qu'une seule méthode pour l'effacer. Il se rapprocha pour poser ses lèvres sur les siennes. Comment sa bouche pouvait-elle avoir ce même goût délicieux, tard le soir et tôt le matin ? Elle était plus douce que le miel. Et il avait très envie d'un dessert.

Il goûta au nectar de ses lèvres, leurs souffles mêlés. Les mains de Madison vinrent se poser sur son dos, et elle l'attira à elle. L'idée qu'elle le désire autant qu'il la désirait lui rendit tout son optimisme, et il laissa ses propres mains explorer ses courbes délicieuses, sentant la chaleur de son corps à travers le mince tissu. Un gémissement s'échappa de ses lèvres. Il la désirait. Il avait besoin d'elle. Et pas là-haut dans le lit.

Ici. Tout de suite.

À peine conscient de ce qu'il faisait, il la souleva dans ses bras, et la reposa assise sur le plan de travail de la cuisine. Le lieu où ils se trouvaient n'avait plus aucune importance. Tout ce qui comptait, c'était elle, et son besoin de lui faire l'amour une nouvelle fois.

À son grand bonheur, il sentit qu'elle écartait les genoux pour lui faire de la place, et il fouilla fiévreusement dans ses poches à la recherche d'une protection. Son peignoir s'était entrouvert, lui révélant la profonde vallée entre ses seins alors qu'il tirait la fermeture à glissière de son pantalon.

Blake prit une profonde inspiration, et il suivit le bord du peignoir soyeux du bout d'un doigt, se délectant du contact de sa chair ferme, brûlant de se sentir à nouveau en elle. Sous le tissu léger, il devinait les pointes durcies de ses seins, et il tira l'un des pans du peignoir, libérant un sein rond et ferme, à l'aréole rose. Ébloui, il se pencha pour en agacer la pointe dure à petits coups de langue gourmands. Madison cambra les reins, et sa respiration s'accéléra. Il poursuivit ses tendres assauts, encore et encore, jubilant de sentir sa réaction, de savoir qu'elle devait être humide et brûlante pour lui.

Baissant son pantalon, il se couvrit pour les protéger. Ses doigts lui confirmèrent ce qu'il avait espéré. Elle était prête. Le cœur battant à tout rompre, il se glissa lentement dans son étroitesse.

— Oh ! Maddie ! gémit-il. C'est si bon !

Puis il sentit qu'elle nouait les jambes autour de sa taille, l'attirant plus près, et il s'enfonça tout entier en elle, les faisant frissonner tous les deux. Il entama un lent va-et-vient en elle, chaque muscle de son corps tendu, luttant désespérément pour ne pas perdre le contrôle.

— Blake, je vous en supplie ! gémit-elle.

La retenue n'était plus une option, et cette simple requête balaya ses dernières hésitations.

Il puisa tout au fond de ses réserves d'énergie, brûlant de partager avec elle quelque chose de spécial, quelque chose qu'il n'avait jamais ressenti avec personne d'autre. Il avait besoin que sa réponse le fasse basculer dans l'abîme.

Il recueillit ses seins superbes dans ses mains, les caressant, les malaxant doucement, en agaçant les pointes, se délectant de sentir les divines contractions que ces caresses provoquaient dans sa féminité brûlante. Elle haletait sous chacun de ses assauts, mais ses bras le retenaient fermement contre elle.

Blake luttait pour retarder l'explosion. Glissant une main sous son derrière rebondi, il la serra plus fort contre lui, et il enfouit son visage dans son cou pour le dévorer de baisers.

Il l'entendit crier, et son corps se contracta violemment autour de lui, faisant flamber son désir au-delà de ce qu'il aurait cru possible. Alors, il entra une dernière fois en elle d'un puissant coup de reins, et ils explosèrent ensemble dans un orgasme cataclysmique.

Il aurait tout donné pour la serrer ainsi dans ses bras durant toute l'éternité, et cette idée était à la fois merveilleuse et terrifiante.

Trop vite, Madison commença à revenir à la réalité. Lorsqu'elle tenta de s'écarter de lui, il l'arrêta, serrant ses hanches entre ses mains. Il avait encore besoin d'une minute…

— Blake, murmura-t-elle. Votre téléphone.

Blake tressaillit, reconnaissant la sonnerie de son appareil, posé sur le plan de travail pas très loin de lui.

Le numéro affiché sur l'écran était celui de Sherry, la gouvernante de son père. Son euphorie s'évapora d'un seul coup, cédant la place à une vague d'angoisse.

— Blake, nous avons une urgence, dit Sherry d'une voix tremblante qu'il reconnut à peine. J'ai dû emmener Abigail au service des urgences de l'hôpital.

- 8 -

Sous le regard médusé de Madison, Blake remit précipitamment de l'ordre dans ses vêtements. Elle flottait encore dans une merveilleuse sensation de plénitude, mais un seul coup d'œil à l'expression de Blake suffit à la dégriser.

— Que se passe-t-il ? s'enquit-elle.

— Je dois partir, murmura-t-il, s'efforçant maladroitement de reboutonner sa chemise.

— Pourquoi ? répondit-elle d'un air incrédule.

Qui pouvait l'avoir appelé ? Elle avait toujours eu l'impression que Blake vivait dans un monde étrange où personne d'autre n'était admis, où il n'avait de comptes à rendre à personne. Mais quelques mots au téléphone avaient suffi pour qu'il se rhabille avec une telle précipitation, dans sa hâte de partir, qu'il avait boutonné sa chemise de travers.

— Blake ?

Il ne répondit pas, comme si son esprit était déjà ailleurs. Une minute plus tôt, il lui accordait son entière attention, et ce brusque changement d'attitude la laissait abasourdie. Elle n'attendait pas de lui qu'il ignore une urgence pour rester avec elle, mais quelle pouvait être la cause d'une telle précipitation ? Au moins, il ne regardait pas de son côté lorsqu'elle redescendit maladroitement du plan de travail. Elle ne verrait probablement jamais plus cette cuisine du même œil qu'auparavant.

— Blake ? insista-t-elle, parlant plus fort cette fois-ci. Qu'y a-t-il ?

— Je dois partir immédiatement, répondit-il d'un ton neutre.

— Pourquoi ?

— Ma sœur vient d'être hospitalisée.

— Votre sœur ? Très bien, je vous accompagne.

— Non !

— Pardon ? fit-elle, sursautant à la véhémence de son ton.

— Non, répéta-t-il. Je dois partir. Maintenant.

— Blake, vous ne devriez pas y aller seul, protesta-t-elle. Accordez-moi trois minutes pour me…

— Non, n'insistez pas. Pas maintenant.

La vague de souffrance qui déferla sur elle à cet instant égalait en intensité celle du désir qui l'avait portée un peu plus tôt. Madison n'était pas sotte au point de ne pas remarquer que quelqu'un ne voulait pas d'elle. Et cependant, elle refusait de capituler. Blake ne paraissait pas en état de conduire en toute sécurité. Sans compter qu'elle avait une certaine expérience des hôpitaux.

Ce qui n'était probablement pas le cas de Blake.

Il s'apprêtait à ramasser son téléphone lorsqu'elle posa sa main sur la sienne.

— Blake ?

— Quoi ? fit-il d'un ton impatient.

— Savez-vous seulement de quel hôpital il s'agit ? Et savez-vous vous y rendre par le plus court chemin possible ?

— Non, reconnut-il, les dents serrées.

— Dans ce cas, pourquoi ne vous procurez-vous pas ces informations pendant que j'enfile quelques vêtements ?

Elle le vit réfléchir intensément, puis il hocha la tête. Madison le laissa seul avec son téléphone, et elle monta en courant dans sa chambre. Elle prit tout juste le temps de se laver le visage, enfila des vêtements propres et attacha ses cheveux. À sa grande surprise, Blake était encore là lorsqu'elle redescendit l'escalier au pas de course, ses tennis à la main.

— Elle est au Children's Hospital, annonça-t-il. Le médecin est déjà à son chevet.

— Allons-y, répondit-elle en se chaussant rapidement.

— Écoutez, marmonna-t-il alors qu'ils approchaient de sa voiture, je préférerais y aller seul. Indiquez-moi seulement la route la plus rapide.

— Vous êtes bouleversé, rappela-t-elle. Voulez-vous risquer un accident ?

— Je suis parfaitement capable de conduire, à présent.

Madison fit le tour du véhicule, avant de répliquer, une main sur la poignée de la portière :

— Mais vous êtes stressé, n'est-ce pas ? Vous êtes triste et inquiet. Vous avez besoin d'une amie. Et même si vous ne considérez pas que c'est ce que je suis pour vous, je me sens tenue de jouer ce rôle, ne serait-ce que, parce qu'il y a seulement dix minutes de cela, nous faisions l'amour sur le plan de travail de ma cuisine.

Puis, sans attendre sa réponse, elle s'installa sur le siège du passager. Mais Blake était resté debout près de la voiture, et, tout en bouclant sa ceinture, elle se traitait de tous les noms d'oiseaux. Se pouvait-il que ce qu'ils avaient vécu ensemble n'ait été qu'une simple aventure sexuelle, agréable mais sans lendemain ? Elle ne savait plus vraiment où ils en étaient, tant les signaux qu'elle recevait étaient contradictoires.

Blake ne le savait peut-être pas non plus.

Madison prit une profonde inspiration. Elle n'aurait peut-être pas dû lui parler aussi durement. Trente secondes plus tard, Blake se glissait derrière le volant.

— Je suis désolé, Madison, s'excusa-t-il. Je…

— Cela ne fait rien, coupa-t-elle. Allons-y, d'accord ?

Ce n'était peut-être pas la bonne manière de gérer cette situation, mais elle ne pourrait pas continuer à l'aider s'il répétait une nouvelle fois qu'il ne voulait pas d'elle.

Elle aurait voulu avoir la grandeur d'âme de l'aider quelles que soient les circonstances, mais elle n'y arrivait pas. Elle ferait sa part, et elle réfléchirait aux conséquences plus tard. Lorsqu'elle aurait eu le temps d'analyser les émotions qu'elle avait ressenties en découvrant, après avoir fait l'amour avec lui, qu'il avait toute une famille dont elle ignorait l'existence.

Et, d'ailleurs, quel homme de son âge avait une sœur suffisamment jeune pour être admise au Children's Hospital, un établissement pédiatrique ? Cette enfant était-elle réellement sa sœur ? Ou alors…

Madison refoula précipitamment cette pensée. Elle était là. Elle devait se concentrer sur sa mission. De vaines spéculations ne lui apporteraient que douleur inutile.

Madison le guida à travers les rues les moins fréquentées à cette heure de la matinée. Par bonheur, ce jour-là, les bus scolaires ne circulaient pas. Elle l'observa discrètement du coin de l'œil, guettant le moindre signe qu'il était trop stressé pour conduire, mais ces quelques instants qu'il avait passés debout près de la voiture avant de monter à bord semblaient l'avoir calmé.

Elle aurait aimé pouvoir calmer aussi facilement tous les soupçons qu'elle retournait dans son esprit.

Les mains serrées sur le volant, Blake refoula ses émotions dans un recoin de sa conscience. Il pilotait sa voiture avec une précision d'expert acquise sur des circuits, manœuvrant à travers la circulation sans jamais ralentir. De temps à autre, grâce à la commande vocale de son téléphone, il se connectait au numéro de la gouvernante de son père, mais, chaque fois, il n'obtenait que le répondeur. À son grand étonnement, Madison ne se plaignit pas une seule fois, et elle ne se cramponnait pas à la poignée de la portière comme si sa dernière heure était venue. Solide et sereine, elle lui indiquait la bonne direction à suivre de temps à autre.

Lorsque son énième appel n'eut pas plus de succès que les précédents, il égrena une série du jurons qui auraient fait rougir un vieux loup de mer. Madison demeura silencieuse.

— Mais où est-elle, bon sang ? gronda-t-il.

Madison lui indiqua l'entrée du parking en terrasse de l'hôpital et, lorsqu'il s'arrêta devant le poste du voiturier, elle lui prit les clés de la voiture et lui indiqua le couloir conduisant au service des urgences tandis qu'elle attendait elle-même l'arrivée de l'employé.

En se hâtant vers le poste des infirmières, Blake lui en fut profondément reconnaissant.

— J'ai besoin de voir ma sœur, Abigail Boudreaux, déclara-t-il à l'infirmière derrière le comptoir.

Sa voix tremblait un peu, et une partie de lui-même en restait tout étonnée. Ce n'était pas le Blake qu'il connaissait. Mais le moment était mal choisi pour de telles cogitations. L'infirmière hocha la tête, et lui demanda calmement – un comportement à l'exact opposé du sien – de produire une pièce d'identité.

Madison apparut alors que l'infirmière tapotait rapidement sur le clavier de son ordinateur.

— Blake ? murmura-t-elle, ne pouvez-vous pas appeler l'un de ses parents ?

— Bonne chance à vous, si vous songez à les joindre, répondit Blake à voix basse.

Heureusement, l'infirmière revint vers eux avant qu'il n'ait eu à lui expliquer cette réponse.

— Monsieur, je crains de ne pas pouvoir vous aider.

Blake se figea.

— Que voulez-vous dire ? Je sais que ma sœur a été admise dans ce service.

Madison tira discrètement la manche de sa chemise, mais il l'ignora. Il était uniquement concentré sur l'infirmière, la personne qui pouvait le conduire le plus rapidement jusqu'à sa sœur.

— Je veux voir ma sœur, Abigail Boudreaux.

— Monsieur, je crains de ne pas pouvoir vous aider.

Le temps d'une seconde, Blake fut tenté de bondir par-dessus le comptoir. Que lui prenait-il ? Tout ce qu'il savait, c'était qu'il devait s'assurer que sa sœur allait bien.

Mais, alors qu'il allait se mettre à hurler, Madison intervint d'un ton assez ferme pour capter son attention :

— Blake ? Puis-je vous parler un instant ?

Il fusilla l'infirmière une dernière fois du regard avant de la suivre un peu à l'écart.

— Je n'ai pas le temps de discuter, grogna-t-il. J'ai besoin de voir ma sœur.

— Oui, je comprends, assura-t-elle. Le problème, c'est que votre nom ne figure pas sur la liste des personnes autorisées. Ils n'ont donc pas le droit de vous permettre de la voir, et ils ne peuvent vous donner aucune information.

— Quoi ?

— Ce serait une atteinte à la vie privée. Un délit fédéral. Pourquoi n'essayez-vous pas à nouveau d'appeler la gouvernante ? Ou peut-être votre père ? Ou bien la maman d'Abigail ?

Ignorant sa question, il essaya une nouvelle fois de joindre Sherry. Il n'obtint que le répondeur

Blake ne savait plus quoi faire. Son cœur battait trop fort pour qu'il parvienne à se concentrer. En désespoir de cause, il se résolut à appeler une nouvelle fois son père.

— Allô ?

Le ton parfaitement serein de la voix de son père ne fit que l'irriter davantage, et il gronda d'un ton furieux :

— Où est Abigail ? Es-tu ici, à l'hôpital ?

— Quel hôpital ? Je ne sais pas du tout de quoi tu parles.

— La gouvernante m'a appelé pour m'informer qu'Abigail avait été admise au service des urgences, mais on refuse de me permettre de la voir.

— Pourquoi devrions-nous t'inclure dans la liste des membres de la famille ? Tu n'avais pas donné signe de vie depuis presque vingt ans. Je suppose que le message sur mon téléphone venait de toi. Je n'ai pas eu le temps de le lire.

— Sherry m'a appelé il y a presque deux heures. Comment se fait-il que tu ne sois pas venu voir ta fille ?

— Je suis à New York. De plus, c'est sûrement une autre comédie pour attirer l'attention.

— L'épilepsie d'Abigail n'est pas une comédie.

À ce stade, Blake était conscient qu'il hurlait, mais il ne parvenait plus à se contenir. Madison se rapprocha pour poser doucement sa main tiède au creux de son dos. Dans le chaos où se débattaient son esprit et son corps, ce contact, doux et ferme à la fois, lui fit l'effet d'une onde bienfaisante, et ramena la paix en lui.

Blake coupa simplement la communication, fixant un instant le téléphone dans sa main. Comment allait-il pouvoir retrouver sa petite sœur ?

— Blake ?

Cette douce voix le ramena à la réalité, et il redressa la tête en soupirant.

— Je dois la retrouver, Madison ! gémit-il.

— Oui, je sais. Laissez-moi vous aider. Pour quel motif votre sœur a-t-elle été conduite aux urgences ?

— Elle est épileptique. Tout ce que la gouvernante a su me dire, c'est qu'elle l'avait trouvée inconsciente, ce matin. Je suppose que c'était une sorte de crise.

Maddie hocha la tête, effleurant son bras d'un geste apaisant. Puis elle le prit fermement par la main.

— Venez avec moi.

Sur ces mots, elle sortit à grands pas du service des urgences, l'entraînant avec elle sous le regard perplexe de l'infirmière derrière son comptoir.

— Attendez une minute ! Où allons-nous ?

Lorsqu'ils eurent franchi les portes automatiques, Madison s'arrêta soudain, et elle leva les yeux vers lui.

— Je connais une autre salle d'attente pour le service de pédiatrie où l'on pourra peut-être nous renseigner. Mais, d'abord, retournons à l'accueil. Nous y trouverons peut-être la gouvernante de votre père. Ce serait le moyen le plus rapide, même si je n'y crois pas trop. Vous mettre en colère contre l'infirmière ne vous mènera nulle part. Croyez-moi, j'en ai fait l'expérience.

— Comment savez-vous tout cela ?

— L'équipe de la Maison du jardin est parfois appelée à accompagner nos résidentes blessées par leurs conjoints à l'hôpital. Et leurs enfants aussi. Croyez-moi, je suis venue ici très souvent.

Ils se remirent en marche. Malgré sa petite taille, elle marchait aussi vite que lui, et elle ajouta sans ralentir :

— De plus, certaines de nos résidentes travaillent ici.

— Pourriez-vous demander à l'une d'elles de nous aider ?

— Malheureusement non. Je ne peux pas leur demander de risquer de perdre un travail qui les a souvent aidées à se sortir d'un mauvais pas.

Madison le conduisit jusqu'à l'entrée principale de l'hôpital, et elle l'entraîna vers l'un des ascenseurs.

— Votre sœur a-t-elle toujours eu ces crises d'épilepsie ? s'enquit-elle en poussant le bouton du troisième étage.

— Je ne sais pas, reconnut-il, se sentant à nouveau

coupable. Je ne suis au courant de sa maladie que depuis peu.

Il demeura silencieux un instant. L'idée de ne pas savoir dans quoi il s'engageait, de ne pas du tout contrôler la situation, le mettait mal à l'aise. Et s'il retrouvait ce satané diamant, il deviendrait seul responsable d'une enfant souffrant d'une maladie qui pouvait l'envoyer à tout moment à l'hôpital. Que faisait-il ici, vraiment ?

Ils sortirent de l'ascenseur, et Madison l'entraîna à grands pas dans un long couloir jusqu'au poste des infirmières.

— Tamika ! s'exclama-t-elle en souriant. Je n'étais pas certaine que vous soyez de service, aujourd'hui.

Blake s'arrêta derrière elle, et il nota que la jeune femme de couleur à qui elle s'adressait lui lançait un long regard circonspect.

Il se contenta de lui rendre tranquillement son regard.

— Que faites-vous ici, Madison ? s'enquit-elle.

— Nous cherchons… la sœur de Blake. Je m'apprêtais à le conduire à la salle d'attente.

En entendant ces paroles, Blake pivota sur les talons, puis vit la porte derrière eux. Il traversa le couloir et l'ouvrit.

— Monsieur Boudreaux !

À son immense soulagement, il reconnut Sherry, qui quittait le fauteuil où elle était assise pour venir vers lui.

— Où est Abigail ? s'enquit-il. Comment va-t-elle ?

— Oh ! monsieur Boudreaux, personne n'est encore venu me donner le moindre renseignement ! gémit Sherry, les larmes aux yeux. J'imagine ma pauvre chérie toute seule, et cela me brise le cœur !

Ainsi donc, il touchait au but, mais il n'avait toujours pas la moindre information. Une seconde plus tard, il consolait la gouvernante en pleurs en la serrant dans ses bras et en lui tapotant le dos, mais il était plus terrifié que jamais par l'incertitude entourant le sort de sa petite sœur.

- 9 -

— Alors, c’est vraiment lui ? s’enquit Tamika, tendant le cou pour mieux voir Blake à l’intérieur de la salle d’attente.

— Arrêtez ! chuchota Madison.

Elle ne savait pas trop où Blake et elle en étaient, à ce stade, mais elle se sentait embarrassée par le regard gourmand que son amie fixait sur lui.

— Nous essayons seulement de savoir où se trouve cette petite fille, ajouta-t-elle. La gouvernante l’a amenée ici aujourd’hui. Tout ce que je sais, c’est que cela a un rapport avec son épilepsie.

⊠ Pourquoi serait-elle conduite à l’hôpital par une gouvernante ? s’étonna Tamika, les poings sur les hanches. Où sont ses parents ?

Tamika vouait une véritable passion à son travail, qui consistait à soigner les enfants de ce service – et à s’assurer qu’aucun d’eux n’était victime de mauvais traitements.

— Je l’ignore, répondit-elle. Blake a essayé d’appeler quelqu’un, tout à l’heure. Son père, je suppose. J’ai cru comprendre qu’il se trouvait dans une autre ville.

— Comment peut-il ignorer où se trouve sa fille ? observa Tamika. Êtes-vous sûre que cette petite fille soit sa sœur ?

— Je ne sais que ce qu’on m’a dit, répondit Madison, préférant ne pas s’engager sur ce terrain. C’est-à-dire très peu de choses. Blake n’a pas réussi à la joindre

Tamika la dévisagea un instant, renforçant ses craintes.

— Les téléphones portables passent mal, à cet étage, convint enfin son amie. Elle n'avait probablement pas de réseau, dans cette salle d'attente.

— C'est bien possible, répondit Madison, tournant son regard vers la salle d'attente, où Blake serrait dans ses bras une femme en uniforme amidonné. Mais on dirait qu'il l'a enfin trouvée.

Madison et Tamika échangèrent un regard. À présent, Madison se sentait embarrassée. Elle avait tenu la promesse qu'elle avait faite à Blake. Devrait-elle aller le rejoindre, maintenant ? Apparemment, la gouvernante sanglotait sur son épaule. Devrait-elle lui offrir son aide ?

— Je ne sais vraiment pas quoi faire, avoua-t-elle.

Concernant Blake non plus, songea-t-elle tristement. Elle ne voulait pour rien au monde que quoi que ce soit d'autre vienne encore mettre à mal sa propre estime de soi. Avait-elle commis une erreur, en s'engageant dans cette histoire ?

— Devrais-je aller le rejoindre et lui demander si je peux faire quelque chose pour l'aider ?

— Moi, je l'aiderais avec plaisir toute la journée, la taquina Tamika avec un sourire coquin. Il est très agréable à regarder. Encore plus beau en personne que sur les photos en ligne.

— Tamika !

— Eh bien quoi ? répliqua son amie avec un haussement d'épaules dégagé. C'est vrai, non ?

— N'avez-vous aucune tâche urgente qui réclame votre attention ?

— Pas pour le moment. C'est assez tranquille, aujourd'hui.

— Nous allons devoir vous trouver un petit ami, marmonna Madison. Vous m'inquiétez.

— À vrai dire, si Blake a des amis à me présenter…

— Je suis sérieuse, Tamika, dit Madison, fronçant les sourcils. Je ne savais même pas qu'il avait une sœur. Il ne m'a pas dit grand-chose, au sujet de sa famille.

— De quoi parlez-vous, ensemble ?

Madison crut d'abord que Tamika la taquinait encore, puis elle comprit que son amie était sérieuse.

— Nous avons parlé de ma famille, de la maison, de mon travail…

— Mais il ne vous a fourni aucune information personnelle ?

Madison secoua la tête en silence.

— Vous feriez mieux de rester prudente, observa son amie.

Madison en était consciente. Mais elle commençait à craindre qu'il ne soit trop tard pour cela. L'entente fabuleuse de leurs corps n'avait fait que confirmer ce que son cœur savait déjà. Mais… *lui*, que ressentait-il ?

Il lui avait déclaré qu'il désirait être avec elle, mais il s'était bien gardé de lui faire la moindre confidence. Tout ce qu'elle savait de lui, c'était qu'il s'intéressait à l'art, et qu'il avait eu une enfance détestable. À part cela, il ne lui avait pas dit grand-chose. Il ne s'intéressait qu'au présent… et à elle. À la réflexion, cela semblait un peu étrange.

— Je reconnais cette expression, observa Tamika. Je lis des montagnes de cookies dans notre avenir proche. Cela tombe bien, j'adore le chocolat sous toutes ses formes, et les examens pour mon diplôme sont pour bientôt.

— Je suis heureuse que mon malheur puisse contribuer à votre succès, répondit Madison en essayant de sourire.

Elle se sentait au bord de la déprime. Elle aurait dû se douter que ce qui s'était passé la nuit précédente était trop beau pour être vrai.

— J'espère bien que non, protesta Tamika, fronçant

les sourcils. Je sais que je vous taquine beaucoup, mais personne au monde ne mérite moins que vous de souffrir.

— Merci, Tamika, murmura Madison, reconnaissante.

— Tout le plaisir est pour moi.

Au même instant, un patient pressa le bouton d'appel de l'une des chambres, et Tamika se leva pour y répondre. Madison la suivit des yeux pendant qu'elle s'éloignait. Elle avait eu beaucoup de chance dans sa propre vie. Certes, elle avait perdu ses deux parents, mais, durant leur vie, ils avaient été merveilleux avec elle. Et ses amis l'avaient toujours soutenue.

Elle poussa un long soupir. Elle pouvait seulement se montrer utile en faisant ce qu'elle faisait le mieux – aider les autres. Et cela incluait Blake. C'était à cela qu'elle s'emploierait désormais. Tout le reste pouvait attendre. Mais, lorsqu'elle tourna à nouveau son regard vers la salle d'attente, elle constata qu'elle était déserte.

Elle jeta un coup d'œil dans le couloir, mais il était vide, lui aussi.

Où Blake pouvait-il bien être allé ? Pourquoi ne l'avait-il pas avertie avant de disparaître ? Tamika étant partie répondre à l'appel de son patient, elle ne voyait plus que des visages inconnus dans le poste des infirmières.

Bien sûr, Blake ne tenait pas du tout à ce qu'elle l'accompagne. Peut-être parce qu'il craignait qu'elle en apprenne trop long à son sujet en cette occasion ? Ses soupçons qu'il lui dissimulait des pans entiers de sa vie ne firent que se renforcer. Il lui cachait peut-être délibérément qui il était en réalité.

Pour quelle raison ferait-il cela ?

Abandonner quelqu'un à l'hôpital lui semblait inouï. Mais, bien entendu, elle avait joué son rôle, n'est-ce pas ? Elle jeta un coup d'œil à son téléphone. Comme elle le craignait, pas de réseau.

Donc, l'appeler était hors de question. Elle pouvait rester

là à l'attendre, mais souhaitait-il vraiment la revoir ? L'idée de rester assise là des heures durant, tandis que Tamika travaillait en sachant qu'elle avait été abandonnée sur place comme un excédent de bagages, était plus qu'elle ne pouvait supporter. Elle serait plus utile chez elle, où elle connaissait sa place, et où elle avait des choses à faire.

Elle redescendit donc à l'accueil et demanda qu'on lui appelle un taxi.

Tandis qu'elle attendait, un débat faisait rage dans son esprit. Devait-elle l'avertir ? Ne rien lui dire ? Devait-elle lui laisser l'initiative de la suite à donner à leurs rapports ? Cependant, au bout du compte, elle ne pouvait pas simplement disparaître sans un mot d'explication. Elle était une personne responsable. Alors, elle tapota rapidement un texto pour l'informer qu'elle était rentrée à la maison.

Lorsque le taxi la déposa dans l'allée devant la vieille bâtisse, l'écran de son téléphone était toujours vide. Un vide semblable à celui qu'elle ressentait dans tout son être.

Madison ponçait un meuble avec détermination. D'ordinaire, elle se serait servie d'un outil électrique, mais elle avait choisi de peaufiner les détails au papier de verre, car l'effort physique lui évitait de trop réfléchir. Vingt-quatre heures s'étaient écoulées depuis qu'elle était partie de l'hôpital, et Blake n'avait toujours pas donné de nouvelles.

Elle s'était rendue à son travail et elle était restée très occupée avec ses dossiers, le téléphone et les commandes. Personne ne traînaillait au bureau, et elle ne se donna donc pas la peine de préparer des cookies, de crainte d'être tentée de les dévorer tous elle-même. Vers le milieu de l'après-midi, elle était rentrée chez elle, et elle avait essayé de s'occuper en ponçant une commode ancienne qu'elle avait chinée à un vide-greniers. Malheureusement, cette activité ne la fatiguait pas suffisamment pour l'empêcher de réfléchir.

Mais elle se sentait trop tendue pour lire les journaux de sa mère, et il n'y avait aucun programme intéressant à la télévision. Alors, elle préférait occuper ses mains avec un travail productif, plutôt que de perdre son temps à se désoler de l'absence d'un homme qui n'avait que faire d'elle.

Elle devait tout de même convenir qu'il était égoïste de sa part de penser ainsi. Blake s'inquiétait sincèrement pour sa sœur, et Madison souhaitait de tout cœur que la petite fille retrouverait vite la santé. Elle espérait que le silence de Blake ne signifiait pas qu'une chose terrible était arrivée à cette petite fille. Mais combien de temps lui aurait-il fallu pour lui envoyer un simple texto ?

Lorsqu'une personne compte, on lui donne de ses nouvelles. Ce silence en disait long sur ce qu'il pensait d'elle et de leur relation.

Alors, elle ponçait et ponçait encore, suivant le sens du grain du bois, le débarrassant de ses couches de peinture successives. Elle savait que son travail rendrait à ce meuble son exquise beauté d'origine, et cette idée l'aurait réconfortée… si seulement elle avait pu mettre son cerveau en veille durant quelques minutes.

Au même instant, son téléphone tinta, annonçant qu'elle avait reçu un texto. Madison fixa l'appareil un instant, se demandant si elle avait vraiment envie de savoir de qui il s'agissait, ou ce qu'il pouvait avoir à lui dire.

Elle posa enfin sa feuille de papier de verre et essuya la poussière sur ses bras. Puis elle alla ramasser son téléphone pour lire le message sur l'écran :

Je suis à la grille.

Au moins, Blake lui montrait un peu de considération.

La serrure de la grille était si vieille qu'il lui aurait probablement suffi de la pousser pour qu'elle s'ouvre sans peine. Au lieu de cela, il avait pris la peine de l'avertir de son arrivée.

Que voulait-il d'elle ? Leur relation avait ressemblé à des montagnes russes depuis le début. Devait-elle l'inviter à entrer ? Il ne lui était pas indifférent, elle en était consciente. Autrement, elle n'aurait pas passé ces dernières vingt-quatre heures à se désoler qu'il n'ait pas essayé de la contacter. Mais cette visite aujourd'hui, n'était-ce pas trop peu, et trop tard ?

Sa curiosité naturelle gagna la partie, et elle sortit pour lui ouvrir la grille. Son père et elle n'avaient jamais eu les moyens de faire installer l'ouverture automatique, et elle l'ouvrit elle-même pour laisser entrer sa voiture. Puis elle alla l'attendre devant la porte de la cuisine. Il faisait une chaleur épouvantable, dehors, mais il n'était pas question de le laisser entrer dans cette maison sans une raison valable.

— Bonjour, Maddie. Comment allez-vous ?

Durant un instant, elle se contenta de le dévisager. Croyait-il vraiment qu'il pouvait la laisser dans cette espèce de purgatoire pendant vingt-quatre heures, et se présenter ici comme si de rien n'était ?

— Dorénavant, je vous interdis de m'appeler « Maddie ».

Elle ne s'était pas attendue à ce que ces mots sortent de sa bouche, et, visiblement, lui non plus. Devant son expression de surprise, elle eut honte un instant. Ce qu'elle venait de dire n'était pas gentil, mais, au moins, c'était vrai. « Maddie » était un petit nom qui suggérait l'intimité qui allait de pair avec une relation. Et, pour qu'une relation existe, il était d'abord nécessaire d'inclure une personne dans sa vie.

— Je suis désolé, s'excusa-t-il, apparemment sincère. Je n'avais pas l'intention de vous froisser.

— Et pourquoi alors m'avez-vous totalement exclue ces dernières vingt-quatre heures ? Pourquoi n'avez-vous pas au moins pris la peine de m'envoyer un texto pour me dire que vous alliez bien ? Que votre sœur allait bien ?

Elle vit son visage se fermer, tout son corps se raidir comme s'il allait tourner les talons et repartir. *Voilà*, songea-t-elle, *c'est la fin*.

Puis elle le vit prendre une profonde inspiration.

— D'accord, Maddie… pardon, *Madison*. Vous avez raison. Je vais prendre le risque de me montrer honnête avec vous, mais il ne m'était jamais venu à l'esprit que vous souhaitiez que je vous tienne au courant de la situation en temps réel.

— Pourquoi cela ?

— Je sais que j'ai l'air idiot en disant cela, répondit-il, essuyant la transpiration sur son front, mais, franchement, je n'ai jamais été dans une vraie relation jusqu'à présent. Je n'ai jamais connu une femme que ce genre de situation intéresse. Et, d'ailleurs, je n'aurais pas su comment en parler.

Il recula d'un pas, avant d'ajouter :

— Et, avec ma famille non plus, je n'ai aucun rapport depuis de nombreuses années. C'est la première fois de ma vie que je dois gérer une crise comme celle-ci, et je n'ai pas pensé une seconde que vous désireriez y être impliquée.

Au moins, il s'était montré honnête. Tandis que les secondes continuaient à s'égrener, Maddie resta là, figée sur place, à essayer de comprendre ce que devait être une telle vie. Comment pouvait-on traverser l'existence sans que personne ne se soucie de ce qui vous arrive ? Comment pouvait-on n'avoir aucun contact avec sa famille ? Blake semblait pourtant avoir beaucoup d'affection pour sa petite sœur. Comment tout cela était-il arrivé ?

— Blake, même s'il n'existait aucune relation entre nous,

je tiendrais tout de même à vous aider. Je m'inquiéterais encore de ce qui arrive à votre sœur, et j'essaierais de vous soutenir. Je pensais avoir été très claire, là-dessus.

— Cela montre que vous êtes une personne bien meilleure que moi, observa-t-il.

— Je ne suis pas un ange. Je suis seulement humaine. Et je ne sais plus quoi faire. Que voulez-vous de moi ? Que je vous laisse tranquille ?

Elle espérait se tromper, bien sûr. Heureusement, il secoua vigoureusement la tête.

— Alors quoi ? Que je cesse de vous poser des questions ?

— Je pense que vous trouveriez cela vraiment trop difficile, répondit-il, réprimant visiblement un sourire.

— Pour être franche, remarqua-t-elle, je trouve un peu injuste que vous ayez le droit de tout savoir de ma vie sans rien me dire de la vôtre.

L'expression de son visage lui suggéra qu'elle avait touché un point sensible. Puis il hocha la tête.

— Je vais faire de mon mieux, Madison.

— Préférez-vous repartir tout de suite ? remarqua-t-elle, notant qu'il ne paraissait pas très enthousiaste.

Comme si un ressort venait soudain de se détendre en lui, Blake s'avança brusquement pour la serrer étroitement dans ses bras, enfouissant son visage dans son cou.

— Non, murmura-t-il tout contre sa peau. Mille fois non !

Madison sentit fondre sa résistance. Blake était différent de toutes les personnes qu'elle avait connues dans sa vie, et elle devait faire avec. Pas forcément tout accepter, mais réfléchir à ce que cela signifiait pour eux deux.

Elle le fit entrer dans la fraîcheur relative de la maison, très agréable après la fournaise du soleil de la Louisiane, et, refermant la porte derrière lui, il tomba à genoux devant elle, son visage tout contre son ventre. Madison noua ses bras autour de ses épaules, et son cœur se serra à l'idée que personne avant elle ne l'avait jamais vu dans cette position.

— J'ai cru que j'étais sur le point de la perdre, murmura-t-il sans lever la tête.

Il demeura silencieux un instant, et elle comprit qu'il lui faisait un aveu qu'il n'aurait fait à personne d'autre.

— Va-t-elle se remettre ?

— Oui, répondit-il d'une voix à peine audible. Je n'aurais jamais cru m'attacher autant à un enfant. Mais elle est si petite, si fragile… La voir ainsi sur ce lit d'hôpital…

— Depuis quand est-elle malade ? s'enquit-elle, profondément émue de le sentir trembler tout contre elle.

— D'après ce que j'ai cru comprendre, son épilepsie a été diagnostiquée il y a seulement quelques mois. Sa mère n'avait jamais mentionné ce problème auparavant.

Ainsi donc, cette enfant avait un père et une mère, mais c'était la gouvernante qui l'avait emmenée à l'hôpital ?

— Où sont ses parents ? s'enquit-elle.

— Mon père est à New York. Ma mère et lui sont divorcés depuis longtemps. La mère d'Abigail voyage quelque part en Europe. Je n'arrive toujours pas à croire qu'elle soit partie en abandonnant une petite fille de sept ans de cette façon.

Madison le serra un peu plus fort contre elle, aussi incrédule que lui. Comment une mère pouvait-elle faire une chose pareille ? Elle comprenait un peu mieux l'horreur de Blake, désormais.

— Est-ce là le problème familial qui vous a incité à rentrer à La Nouvelle-Orléans ?

Il hocha la tête, mais sans lui offrir d'autres précisions. Madison devinait qu'il n'avait jamais été plus loin dans ses explications sur ce sujet précis avec qui que ce soit. Ce fait aurait dû l'inquiéter, mais elle ne pouvait s'empêcher d'être reconnaissante de l'avoir choisie pour partager un peu ce fardeau avec lui.

Un long moment s'écoula, puis Blake se releva et déposa un doux baiser sur ses lèvres.

— Madison ? murmura-t-il.

Elle savait ce qu'il lui demandait sans qu'il ait eu besoin de prononcer les mots. Et elle savait ce qu'elle désirait sans qu'aucune promesse ne soit nécessaire.

Alors, elle prit une nouvelle fois sa main dans la sienne, et elle le conduisit dans sa chambre à l'étage. Là, elle fit passer son T-shirt poussiéreux par-dessus sa tête, et elle dégrafa son soutien-gorge pour le laisser choir à ses pieds. Puis elle se débarrassa de son pantalon de travail kaki et de sa petite culotte toute simple. Durant toutes ces opérations, Blake ne la quitta pas des yeux une seconde, dévorant du regard chaque centimètre carré de sa peau ainsi dévoilé, l'explorant du bout de ses doigts comme s'il essayait de consigner dans sa mémoire chaque courbe de son corps, chaque vallée, s'attardant avec délices sur les pointes de ses seins, l'arrondi de ses hanches, la vallée d'ombre au sommet de ses cuisses.

Il se débarrassa de ses propres vêtements avec plus de hâte que de cérémonie, puis il enfila une protection et son grand corps vint recouvrir le sien. Lorsqu'il entra en elle, Madison ferma les yeux, faisant de son mieux pour cacher les larmes d'émotion qui montaient à ses paupières.

Ce soir, elle avait fait un choix. Bon ou mauvais, il était désormais trop tard pour revenir en arrière. Avec chacun de ses coups de reins, il la faisait davantage sienne. Elle le serra fort dans ses bras, acceptant silencieusement que, même si c'était une folie. Blake était l'homme de sa vie.

Et cependant, alors qu'ils reposaient sur le drap, membres entremêlés, elle ne put s'empêcher de demander :

— Blake, y a-t-il autre chose que je devrais savoir de vous ?

Il se contenta de secouer la tête en silence.

Pourquoi ne se sentit-elle pas plus rassurée ?

- 10 -

Blake souleva Abigail dans ses bras pour l'extraire de la voiture, tout étonné qu'elle n'ait pas protesté. Puis, Sherry marchant à ses côtés, il porta la petite fille à l'intérieur de la maison. Elle était si légère dans ses bras, si fragile ! Le médecin lui avait assuré qu'elle était hors de danger, mais cela ne suffisait pas à le rassurer.

À la seconde où il traversa le seuil, il sut instinctivement que son père était rentré. Comme une essence maléfique qui flottait dans la maison lorsqu'il s'y trouvait, qu'il sentait aujourd'hui encore malgré le passage des années.

Ignorant un mouvement à la limite de sa vision, il traversa le grand hall d'entrée sans ralentir et se dirigea tout droit vers l'escalier. Abigail avait le droit d'être à la maison, de dormir dans son propre lit, heureuse et en sécurité. Il pouvait au moins lui garantir cela.

Il coucha la petite fille dans son lit et la couvrit avec la couette. L'expression de confiance qu'il lisait dans ses yeux bruns le toucha jusqu'au tréfonds de son âme.

— Tout ira bien, Abigail, murmura-t-il, faisant de son mieux pour dissimuler son inquiétude.

— Merci, Blake.

— Dors bien, mon cœur.

Blake borda sa petite sœur dans son lit et, la confiant aux bons soins de la gouvernante, il redescendit l'escalier, le cœur serré. Cette fois-ci, ce n'était pas la perspective de revoir son père qui l'inquiétait le plus. Le pire, c'était de savoir qu'il était incapable de protéger les deux personnes qu'il aimait le plus au monde contre les manigances d'Armand. Mais que pouvait-il faire ?

— Je me réjouis de voir que tu as retrouvé le chemin de la maison, remarqua son père d'un ton sarcastique.

Durant une fraction de seconde, Blake fut tenté de se diriger tout droit vers la porte comme s'il ne l'avait pas entendu, comme si son père n'était pas là. Mais le souvenir de cette petite fille dans ses bras le fit s'arrêter.

— Pour le moment, il semblerait que je n'aie pas d'autre choix, observa-t-il.

— Alors ? Combien m'aura coûté cette visite à l'hôpital ?

C'était une question d'une rare vulgarité, même pour son père, et Blake n'essaya pas de dissimuler son mépris :

— N'ayez aucune inquiétude. J'ai déjà tout réglé à votre place.

— Je m'étonne qu'ils aient accepté ton argent, étant donné qu'ils refusaient de te laisser l'approcher.

— Il faut croire que l'argent compte davantage pour eux.

Armand hocha la tête, comme s'il se réjouissait que son fils ait adopté sa philosophie, et Blake ajouta d'un ton amer :

— Au moins, toute cette affaire ne vous aura pas causé trop de désagréments.

— C'est tout à fait juste, répondit Armand d'un air satisfait qui lui donna envie de l'étrangler.

Mais son père avait déjà trouvé une nouvelle cible :

— Alors, tu as fini par avoir raison de sa résistance, hein ?

Blake se figea, s'efforçant de garder un visage parfaitement impassible. Entendre son père parler de Madison avec un tel manque de respect le mettait en rage. Ce qu'elle et lui avaient vécu ensemble était aux antipodes de cette image grossière. C'était un doux partage, une découverte mutuelle, un merveilleux éblouissement.

Puis, tout à coup, il comprit les implications de la remarque de son père, et il pivota face à lui pour l'affronter.

— Que voulez-vous dire ? Qu'avez-vous entendu raconter ?

Blake savait que son père n'avait aucun ami dans l'entourage de Madison, de sa famille ou de l'association qui l'employait. Sans compter qu'il venait tout juste de rentrer de New York. Qui pouvait lui avoir rapporté de tels ragots ?

— Qu'avez-vous fait, père ?

— Ce qu'aurait fait n'importe quel père lorsque son fils l'exclut de sa vie, répondit Armand. J'ai engagé un détective.

— Quoi ? s'insurgea Blake. À ma dernière visite, vous demandiez que je vous apporte la preuve que je progressais.

— Tes preuves ne sont pas très convaincantes, expliqua Armand. Et je sais que plus tu te rapprocheras de cette fille – ou d'Abigail – et moins tu seras disposé à coopérer. Alors, j'ai fait appel à une source de renseignements plus objective.

— Puisque vous semblez prêt à tout, pourquoi n'organisez-vous pas un cambriolage pour voler le diamant ?

Blake regretta ces propos sitôt qu'ils eurent franchi ses lèvres. L'idée que Madison puisse être agressée chez elle par des cambrioleurs lui glaçait le sang.

— Le vol est contraire à la loi, rappela son père d'un ton léger. Si j'obtenais le diamant d'une façon illégale, il me serait bien plus difficile de le vendre.

— Et donc, vous préférez que ce soit *moi* qui le vole ?

— En réalité, je m'attends à ce qu'elle te le remette volontairement elle-même. Et d'ailleurs, si tu t'emparais d'un objet qu'elle n'a jamais su qu'elle possédait, serait-ce du vol ?

— Je n'arrive pas à croire que vous m'ayez fait espionner,

répliqua Blake, ignorant ce raisonnement délirant pour se concentrer sur le problème le plus pressant.

Car Madison avait été sous surveillance, elle aussi, et cette idée lui était insupportable. En entrant dans sa vie, il l'avait exposée à une brutale invasion de son intimité, et c'était injuste pour elle.

— Désormais, gronda-t-il, les dents serrées, vous garderez vos distances avec Maddie, vous m'entendez ?

Pour toute réponse, son père esquissa un nouveau sourire sarcastique. À cet instant, le Blake d'autrefois remonta à la surface. Il eut à nouveau cet urgent besoin de fuir, de s'échapper, qu'il avait ressenti à dix-huit ans. S'il resta fermement planté devant son père, ce fut à cause d'une petite fille et d'une femme qu'il n'avait pas le droit d'abandonner.

Lorsqu'il avait quitté cette maison sans l'intention de jamais y revenir, il ne s'agissait que de sa propre survie. Il n'était responsable de personne d'autre. Toutes les personnes qui comptaient dans sa vie avaient disparu, comme c'était aujourd'hui le cas pour Abigail. Mais il refusait de l'abandonner comme les autres l'avaient fait.

Mais comment pouvait-il l'aider ?

— Soyez tranquille, vieux salaud, vous obtiendrez ce que vous désirez.

Mais, en ressortant à grands pas de cette maison, Blake savait qu'il s'agissait seulement de gagner un peu de temps. Il devait trouver un moyen de sortir de cette situation, et très vite. Et la solution ne consisterait en aucun cas à voler un diamant. Même si Madison ignorait l'avoir en sa possession.

J'avais plusieurs choix possibles. Lorsque mon cœur a choisi mon mari, je savais ce à quoi je renonçais. Mais je n'imaginais pas la souffrance qui allait découler de cette décision.

Je savais que l'homme que j'avais quitté se montrerait vindicatif, et je savais qu'il me punirait. Mais je n'avais jamais pensé un seul instant qu'il se vengerait sur ma famille.

Madison relut ces quelques lignes une nouvelle fois. Dans ses journaux, sa mère avait souvent mentionné avoir eu à faire des choix, mais il s'agissait généralement de décisions de routine. C'était la première fois qu'elle mentionnait cet *homme vindicatif*. Que voulait-elle dire par là ?

Un coup d'œil à la pendule lui apprit que Blake allait arriver d'une minute à l'autre. Il avait proposé de l'emmener à une soirée de gala pour le musée Astra, à laquelle Trinity n'avait pas pu assister. Madison tenait à faire bonne figure et à représenter dignement leur association. Elle espérait que la présence de Blake à ses côtés aplanirait les difficultés, et qu'elle lui éviterait de se sentir trop embarrassée.

Elle devait retrouver ses escarpins avant qu'il n'arrive. Reposant le journal de sa mère sur la table de nuit, elle se dirigea vers son dressing. À peine eut-elle fait quelques pas qu'elle entendit le journal relié tomber sur le sol derrière elle. Elle fit demi-tour pour le ramasser, et c'est alors que quelque chose glissa d'entre les pages.

On aurait dit plusieurs feuillets pliés ensemble. Sur le feuillet extérieur, Madison reconnut l'écriture de sa mère, et elle fronça les sourcils. Il lui était déjà arrivé de trouver des signets entre les pages de ses journaux, mais rien qui ressemble à cela. Le problème, c'était qu'elle n'avait pas le temps de les lire à cet instant précis. Alors, elle reposa les feuillets sur la couverture du journal sans les déplier, et elle retourna vers son dressing à la recherche de ses chaussures pour la soirée.

Lorsqu'elle sortit de la maison, quelques minutes plus tard, Blake l'accueillit avec un sifflet d'admiration, et elle se dirigea vers sa voiture en souriant. Il la surprit à nouveau lorsqu'elle se glissa sur le siège en se penchant pour déposer un bref baiser sur ses lèvres. Cela ressemblait de plus en plus à un rendez-vous romantique. Jusqu'à présent, Blake et elle semblaient n'avoir partagé que des moments atypiques. Mais elle avait enfin l'impression que cette soirée serait un moment de sereine normalité, et elle s'en réjouissait.

Ils venaient à peine de démarrer que Blake remarqua :

— Je me demandais si vous aimeriez faire la connaissance de ma petite sœur.

Le temps d'un instant, Madison eut l'impression qu'une bombe venait d'exploser dans la voiture, et elle se tourna vers lui d'un air ébahi. *Avait-il réellement dit cela ?*

Sa façon de serrer le volant en évitant de la regarder lui confirma qu'il était conscient du caractère inhabituel de sa question. Il savait donc ce qu'il faisait, et cette idée l'emplit d'un merveilleux sentiment d'excitation.

Et aussi de nervosité, car que savait-elle de la bonne façon de se comporter avec une petite fille de sept ans ? Certes, elle passait beaucoup de temps avec des enfants à la Maison du jardin. Mais elle avait le pressentiment que, comme Blake, cette petite fille ne serait pas un personnage ordinaire.

— Que suggérez-vous ? s'enquit-elle.

— À vrai dire, je comptais sur vos conseils, répondit Blake en riant. J'ai passé peu de temps en sa compagnie, et c'était dans un pays étranger. Nous n'avons pas vraiment eu le temps de l'emmener participer à des activités destinées aux enfants. Si elle avait l'air fascinée par ma présence, c'était seulement parce que tout le reste l'ennuyait.

— Je n'en crois pas un mot, répondit Madison, riant à son tour. Moi, je vous trouve toujours fascinant.

Il tendit une main pour étreindre doucement la sienne,

et ce geste lui procura un bonheur infini. Méritait-elle d'être aussi heureuse ?

— Quelles sont les activités favorites de votre sœur ? s'enquit-elle.

— Je n'en ai aucune idée. Je crois qu'elle aime les animaux. En tout cas, elle n'a rien d'un garçon manqué. Elle adore les robes et la couleur rose.

— Nous pourrions l'emmener au City Park ? Si nous y allons le matin, il ne fera pas trop chaud. Ils ont des animaux, des terrains de jeux, et beaucoup d'espaces à l'ombre.

Madison se demanda si cette enfant ne trouverait pas tout cela un peu banal, mais, si elle commençait à s'inquiéter de tout, la journée allait être longue. Elle devait se calmer, et traiter Abigail comme n'importe quel autre enfant qu'elle accompagnait lors d'une sortie.

— Bonne idée. Et ensuite, déjeuner ensemble en ville ?

— D'accord, répondit Madison, le cœur battant.

Cela allait être une merveilleuse journée.

En arrivant à la soirée de gala du musée, elle commença réellement à se détendre, et à apprécier ces quelques heures qu'ils allaient passer ensemble. Elle bavarda avec quelques personnes qu'elle connaissait déjà, et le talent de Blake pour les conversations mondaines l'aida à se sentir à l'aise dans ce cadre. Elle savait qu'elle ne devrait pas compter sur un faire-valoir à son bras pour circuler dans ces cercles, mais quel mal y avait-il à ce qu'il l'aide à y faire ses premiers pas ?

Il lui manqua aussitôt lorsqu'il s'excusa pour aller passer un coup de fil afin de vérifier qu'Abigail allait bien. Le dernier incident avait fait si peur à Sherry qu'elle lui faisait à présent des rapports réguliers sur son état de santé, quoi que son patron puisse en penser. Blake ne lui avait rien dit au sujet de son père, mais Madison devinait qu'il maltraitait la petite fille psychologiquement, et qu'il adorait manipuler les gens. Elle avait trop l'expérience de ce genre de situations pour n'avoir pas déjà quelques soupçons à ce sujet.

Elle fit lentement le tour de la rotonde du musée, étudiant les tableaux qui y étaient exposés. C'était un espace magnifique, et elle aimait y passer un moment chaque fois qu'elle venait au musée. Elle contemplait l'une des grandes toiles lorsqu'une voix vint interrompre ses réflexions :

— Je ne m'étais jamais rendu compte à quel point vous ressemblez à votre mère.

Madison se retourna, et elle sursauta en se retrouvant face à un homme entre deux âges, de taille moyenne, l'air très élégant dans un costume noir agrémenté d'une cravate du même bleu intense que ses yeux. Si elle avait sursauté, c'était parce que ces yeux étaient presque exactement les mêmes que ceux de Blake. À une exception près. Blake avait un regard brûlant. Celui de cet homme était froid comme la glace.

— Remarquable !

L'homme l'étudia des pieds à la tête sans se gêner, avant de lui tendre la main.

— Je m'appelle Armand.

— Madison, se présenta-t-elle, s'efforçant de dissimuler son trouble. Madison Landry.

— Oui, je le sais. Votre mère était une très belle femme. Une femme d'une classe à part.

Madison fronça les sourcils. L'homme lui souriait, mais elle ne pouvait s'empêcher de se sentir mal à l'aise devant lui.

— Comment l'avez-vous connue ? s'enquit-elle.

Tout ce que Madison savait de la vie de sa mère, en dehors de ses interactions avec elle, c'était ce qu'elle avait lu dans ses journaux. Qui n'évoquaient jamais les années avant son mariage, à part quelques lignes au sujet de ses relations avec ses parents très âgés. Malgré sa nervosité, Madison sentit sa curiosité s'éveiller. Après tout, aucune des personnes qu'elle avait rencontrées à de tels événements n'avait affirmé connaître sa mère, malgré leur ressemblance évidente.

— Votre mère était bien connue dans les cercles que je fréquente, ajouta-t-il. Avant… de s'en exclure elle-même.

Une nouvelle fois, le regard intense de cet homme lui donna une impression de déjà-vu. Où était passé Blake ? Tout à coup, elle aurait tout donné pour qu'il soit à ses côtés.

— Sa beauté aurait illuminé n'importe quel cadre social, sa grâce aurait fait la fierté de n'importe quelle maison.

Pourquoi cet homme parlait-il de sa mère comme d'un objet décoratif ? songea-t-elle.

— Ma mère était une femme extrêmement affable et bienveillante, répondit-elle.

— À ce sujet, j'avoue mon ignorance, dit-il d'un air froid.

— C'est probablement parce que vous ne l'avez jamais rencontrée en personne, observa-t-elle, secrètement agacée.

— Ce qu'on sait d'une personne n'est souvent qu'une affaire de circonstances, dit-il, son regard bleu glacé fixé sur elle.

C'était sans doute vrai, mais c'était une réponse assez étrange. Tout à coup, Madison avait envie de s'éloigner de cet homme le plus vite possible.

Elle s'était si souvent demandé ce qu'avait été la vie de sa mère avant son mariage qu'elle était tentée d'en entendre davantage. Mais quelque chose dans l'attitude de cet homme, la froideur de ses paroles, l'empêcha de lui poser la moindre question.

Du coin de l'œil, elle aperçut Blake qui venait d'entrer

dans la rotonde, et une vague de soulagement déferla sur elle.

Blake eut l'air stupéfait lorsqu'il les vit ensemble. Il s'approcha, et elle constata qu'elle ne s'était pas trompée. Ses yeux étaient du même bleu que ceux de cet homme devant elle, qui l'examinait comme si elle était un insecte sous sa loupe, plutôt qu'une personne méritant d'être connue.

— Père !

Le ton coupant de la voix de Blake la fit tressaillir.

Armand se retourna lentement pour faire face à son fils. Et, à la surprise de Madison, l'expression du visage de Blake passa instantanément de la colère à une totale indifférence. Comme si, en présence de son père, il se refermait totalement.

— Fils, lança ce dernier, comment as-tu pu laisser une femme aussi ravissante toute seule et vulnérable ?

Elle sentit distinctement que, derrière ces paroles apparemment innocentes, se dissimulait ce qui pouvait s'apparenter à une menace. Pourquoi ?

Blake s'approcha d'elle, plus près qu'il ne l'avait été de tout l'après-midi, et il plaça posément sa main au creux de son dos. Ce contact contribua à ramener un semblant de calme dans ses émotions durement éprouvées.

Compte tenu de ce qu'elle savait de la famille de Blake, elle ne doutait pas une seconde qu'Armand soit coupable de maltraitance envers les siens. Elle n'était pas sûre que sa violence s'exerce de manière physique, mais, en sa présence, elle éprouvait instinctivement une sensation de danger. Elle se redressa, bien campée sur ses jambes, comme si elle s'attendait à ce qu'il l'attaque à tout moment.

— J'étais au téléphone avec Sherry, et nous parlions de la santé d'Abigail. Vous vous souvenez d'elle, n'est-ce pas ?

— Oh ! oui. Elle a été… incroyablement utile.

Madison avait l'impression d'assister à une conversation où la moitié des dialogues manquaient. Comme si le père et le fils communiquaient par télépathie. Ces propos apparemment anodins lui glaçaient le sang. Que se passait-il, ici ? On aurait dit qu'ils se défiaient silencieusement dans une incompréhensible lutte de domination.

En dépit du calme trompeur des deux protagonistes de cette scène, tous ses sens étaient en alerte. Elle comprit alors sans l'ombre d'un doute qu'Armand Boudreaux ne devait en aucun cas être laissé seul avec cette enfant.

Elle ne savait pas trop d'où lui venait cette certitude, mais elle faisait confiance à son instinct.

— Je dois reconnaître qu'elle est belle, déclara Armand.

Madison comprit tout à coup qu'il parlait d'elle, mais comme si elle n'avait pas été là à cet instant.

— Je comprends qu'elle te fascine, ajouta le vieil homme. Mais tâche de ne pas oublier ton devoir. Les liens du sang sont plus importants que tout le reste.

Sur ces mots, Armand tourna brusquement les talons, et il s'éloigna en direction de la sortie. Madison réprima un frisson. Si elle était sûre d'une chose, c'était qu'elle espérait ne jamais plus rencontrer cet homme de toute sa vie.

— Sacrée famille, n'est-ce pas ? remarqua Blake.

— Un peu étrange, convint Madison.

C'était l'opinion la plus positive qu'elle pouvait lui offrir. Il n'aurait pas été convenable d'insulter son père.

— Mon père est certainement unique dans son genre.

Mais Madison ne parvenait pas à se débarrasser du sentiment que Blake avait essayé de la protéger. Elle l'avait senti lorsqu'il avait posé sa main dans son dos. Il aurait pu s'agir d'un simple geste de courtoisie, mais la fermeté de ce contact semblait suggérer autre chose.

Comme s'il cherchait à la garder près de lui pour s'assurer qu'il ne lui arriverait rien.

Ce qui reflétait exactement sa propre intuition, en présence d'Armand Boudreaux. Elle sentit une brusque montée d'adrénaline, comme si elle était confrontée à l'un de ces tyrans domestiques contre lesquels les résidentes de la Maison du jardin demandaient protection.

— Abigail n'est pas en sécurité avec lui, murmura-t-elle, comme si elle réfléchissait à haute voix.

Blake se figea soudain, et il se tourna vers elle.

— Qu'avez-vous dit ?

Levant son regard vers le sien, Madison se demanda s'il pourrait accepter la réalité. Il arrivait souvent que les victimes de violence domestique en soient incapables. Mais, si elle faisait ce travail tous les jours, ce n'était pas dans le but de se faire des amis.

— Blake, je sais que cet homme est votre père, mais je sens quelque chose de malsain chez lui.

— Vous ne m'apprenez rien.

— Alors, vous le savez déjà, dit-elle d'un air soulagé. Abigail n'est pas en sécurité, là-bas. Surtout sans sa maman.

Elle sentit la main de Blake se crisper dans son dos. Pas pour faire mal, mais comme une réaction involontaire.

— J'y travaille, répondit-il seulement.

Elle leva ses yeux vers les siens et, à l'idée qu'un playboy trentenaire sans aucune expérience des enfants essaie de faire de son mieux pour aider sa demi-sœur, une petite fille de sept ans, elle se sentit infiniment fière de lui. Il n'était pas obligé d'intervenir. Il n'était pas responsable de cette enfant. Elle avait des parents. Il aurait pu s'en laver les mains.

— Je suis fière de vous, déclara-t-elle.

Il tressaillit visiblement, et son regard se voila de tristesse.

— J'essaie seulement de faire ce que je peux, répondit-il.

À cet instant, leur conversation fut interrompue par l'arrivée d'un serveur chargé d'un plateau de boissons, qui leur demanda ce qu'ils désiraient boire.

Madison garda son regard rivé sur celui de Blake, et un sourire s'épanouit sur ses lèvres. *Mon protecteur.*

Comment pourrait-elle être entre de meilleures mains ?

- 11 -

Blake se rallongea précautionneusement dans le lit de Madison et, lorsqu'elle bougea dans son sommeil, il la serra tout contre son torse. Derrière les rideaux des fenêtres, les premières lueurs de l'aube éclairaient le ciel, mais il était réveillé depuis des heures.

Il avait fait de son mieux pour procéder à une fouille en règle de la maison. Madison lui avait demandé de rester pour la nuit, après leur soirée au musée, et chaque seconde de cette fouille lui avait semblé être une trahison.

Il avait l'impression que la conversation qu'ils avaient eue après le départ de son père n'avait été qu'un énorme mensonge. Il s'inquiétait pour Abigail et il essayait désespérément de trouver un moyen de l'aider, mais il ne pouvait pas informer Madison des projets de son père. Car, tout à l'heure, celui-ci lui avait lancé un avertissement clair :

Ne t'approche pas trop de Madison. Car, d'une façon ou d'une autre, je lui ferai payer ce que sa mère m'a fait.

Son père essayait peut-être de lui prouver ainsi qu'il n'avait aucun contrôle sur lui. Madison ne serait jamais en sécurité. Alors, il avait fait ce qu'il répugnait le plus à faire. Il avait fouillé sa maison durant la nuit.

Naturellement, il n'avait rien trouvé. Aucune cache secrète, pas de coffre-fort. Rien qui puisse suggérer qu'un diamant d'une valeur inestimable soit caché quelque part dans la maison. Il avait fouillé chaque pièce, chaque recoin de la bâtisse, tremblant à chaque seconde d'être surpris par Madison et de devoir s'expliquer.

Un jour, bientôt, elle saurait pourquoi il était venu chez elle, et cette idée le rendait malade. Ou, plutôt, elle croirait en connaître la vraie raison, même si ses intentions, entre-temps, avaient changé du tout au tout. Car, au cours de ces deux dernières heures, il avait compris que pour rien au monde il ne ferait de mal à Madison. Il l'aimait. Et c'était cette révélation qui l'avait ramené directement dans ses bras. Il ne voyait aucune autre solution. Tout comme il ne voyait aucune autre solution dans le cas d'Abigail.

Blake avait désespérément cherché un moyen de sortir de cette impasse. Il était allé jusqu'à appeler la mère d'Abigail au milieu de la nuit. En vain, car elle ne décrochait pas son téléphone. La semaine précédente, il avait déjà essayé de l'appeler, sans plus de résultat. Sans doute s'attendait-elle à ce qu'il la couvre de reproches pour avoir abandonné son enfant. Il demeurait qu'il avait besoin d'une solution, et vite.

Une solution où le diamant Belarus ne jouerait aucun rôle. Mais le temps manquait. Et il ne voyait aucune issue.

Alors, il faisait l'autruche. Il cachait sa tête dans le sable – ou plutôt dans la chevelure parfumée de Madison. Son corps réagissait lorsqu'il respirait sa fragrance, mais il se contentait de la serrer tendrement dans ses bras. À cet instant précis, il se sentait incapable de retarder l'inévitable, mais il se jura de faire en sorte qu'elle ne sorte pas perdante de cette histoire.

Le soleil était déjà haut dans le ciel lorsque Madison commença à sortir de son sommeil. Blake savait déjà exactement ce qu'il désirait faire de cette journée. Il lui laissa le temps de se réveiller tout à fait, et il sentit tout son corps réagir lorsqu'elle leva ses yeux ensommeillés vers lui.

— Bonjour, murmura-t-elle.

— Oui, répondit-il d'une voix douce, ce sera une très belle journée. Veux-tu que je te prépare du café ?

Elle acquiesça en silence, et il se glissa hors du lit. Alors qu'il se dirigeait vers la porte, il jeta un coup d'œil par-dessus son épaule à la femme la femme paisiblement allongée sous le drap léger, et il faillit faire demi-tour pour explorer ses courbes délicieuses, poser ses lèvres sur les pointes durcies de ses seins. Il y renonça, sachant qu'il ne quitterait plus ce lit de la journée. Alors, il se dirigea vers l'escalier en riant tout bas.

Il attendit qu'elle ait terminé sa première tasse, avant d'aborder le sujet.

— Alors ? Quels sont vos plans pour la journée ?

— Je ne travaille pas à l'association, aujourd'hui. J'avais pensé m'occuper un peu avec mes restaurations de meubles.

— Je songeais à une autre façon d'occuper notre temps.

Elle le fixa un instant par-dessus le bord de sa seconde tasse de café, et sirota une gorgée avant de répondre :

— Ah ? Et que proposez-vous à la place ?

— Que comptez-vous faire, exactement, de ce lit d'hôpital ?

Il savait qu'elle ne s'attendait pas à cette question, mais il resta tout étonné lorsqu'elle reposa brusquement sa tasse, renversant un peu de café sur le marbre du plan de travail.

— Pourquoi cette question ? s'enquit-elle d'une voix curieusement tendue.

— Je me posais la question, c'est tout, répondit-il prudemment. L'avez-vous gardé parce que vous comptez en avoir besoin pour une raison quelconque ? Ou parce que vous n'avez personne pour vous aider à le déménager ?

Elle tourna son regard vers la fenêtre de la cuisine et, à sa façon de serrer les lèvres, il crut un instant qu'elle n'allait pas lui répondre. Puis elle déclara :

— Je n'en ai certainement plus besoin. Je sais ce que je souhaite en faire, mais j'ai simplement…

Le reste de sa phrase mourut sur ses lèvres, et Blake se sentit désolé pour elle. Il savait qu'il lui en coûtait d'admettre qu'une tâche était au-dessus de ses forces, mais ils connaissaient tous deux la vérité.

Elle était évidente dans son sourire triste lorsque Madison tourna à nouveau les yeux vers lui.

— Je l'ai simplement nettoyé du mieux possible, et je m'en occuperai… en temps voulu, répondit-elle avec un haussement d'épaules fataliste.

— Et si nous nous en occupions aujourd'hui ? suggéra-t-il. Mais, d'abord, que souhaitez-vous en faire ?

— Je ne comprends pas, répondit-elle, évitant son regard. Pourquoi voulez-vous vous occuper de cela aujourd'hui ? Ou même le faire du tout ? Nous pourrions faire une foule d'autres choses. Emmener votre sœur au parc. Préparer des gâteaux. Tout un tas de choses qui ne seraient pas…

— Difficiles ?

Elle ne répondit pas, visiblement nerveuse, et il crut nécessaire d'insister :

— Je sais que c'est difficile, Madison. Et je voudrais vous rendre service, mais je ne suis pas très doué pour les travaux manuels, et je serais bien en peine de vous aider à réparer la toiture.

Il la vit esquisser un sourire et, encouragé, il poursuivit :

— Mais pour ce lit, je peux vous aider. J'aimerais seulement alléger un petit peu le fardeau de vos obligations.

À son grand étonnement, elle enfouit son visage dans ses mains, et il vit ses épaules secouées par un sanglot.

Une vague de panique déferla sur lui. *Non !* songea-t-il, atterré. *Pas les larmes !*

Il n'avait jamais su comment se comporter devant les larmes d'une femme. Il resta là quelques secondes, figé sur place, horriblement embarrassé, tandis que les sanglots devenaient plus forts. Jugeait-elle sa proposition totalement déplacée ?

Au bout d'un moment, il ne put supporter plus longtemps de la voir pleurer à chaudes larmes, ses bras serrés contre ses côtés. C'était apparemment le lot de Madison dans la vie. Elle devait affronter chaque émotion, chaque circonstance *toute seule*. Alors, il s'approcha d'elle, et la serra dans ses bras. Il ignorait si c'était la réponse appropriée. Il savait simplement que c'était ce qu'il devait faire.

Elle se blottit étroitement contre lui, pressant son visage contre son torse, et ses sanglots cessèrent peu à peu. Ne sachant quoi faire d'autre, Blake posa doucement sa main sur sa nuque, et la tint serrée contre lui. Trop vite, hélas, elle s'écarta de lui et, détournant son visage baigné de larmes, elle s'éloigna pour aller chercher un mouchoir en papier afin de s'essuyer les yeux et de se moucher.

— Je dois être affreuse, gémit-elle.

— Je suis désolé, murmura Blake.

— Ce n'est pas votre faute, assura-t-elle en pivotant face à lui. Personne n'avait jamais proposé de m'aider à faire quoi que ce soit dans cette maison. Pas même mes amies. Elles pensaient probablement que je refuserais, et elles avaient sans doute raison. J'ai toujours tout fait moi-même.

Elle marqua une pause, avant d'ajouter :

— Je ne trouve pas les mots pour vous dire combien j'apprécie votre offre de m'aider, d'autant plus que vous vous attendiez sûrement à ce que je vous rabroue.

— Cette possibilité m'avait effleuré l'esprit, convint-il.

— C'est parce que vous êtes un homme intelligent.

— Cela… j'en suis moins sûr. Mais je suis entêté.

Ils éclatèrent de rire ensemble, dissipant la tension entre eux. Mais Blake n'entendait pas en rester là.

— Alors ? insista-t-il. Et si vous me disiez ce que vous souhaitez faire de ce lit d'hôpital ?

— Je voudrais en faire don à un ami qui gère une structure médicale associative du quartier accueillant des personnes âgées en fin de vie. J'y pensais depuis le décès de mon père, mais je n'avais aucun moyen de le déplacer.

— Je pense pouvoir régler ce problème.

— Alors, vous pourriez peut-être aussi monter réparer la toiture de la maison, le taquina-t-elle.

— Seulement si une ambulance se tient prête à m'emmener.

Blake se réjouit d'avoir pu lui rendre son sourire. Les deux hommes qu'il avait appelés arrivèrent avec un camion, et le reste du travail se fit dans la bonne humeur. Il la sentit seulement un peu tendue lorsque les déménageurs durent entrer dans la maison, mais elle prit sur elle, et tous les équipements médicaux de son père défunt furent soigneusement emballés et chargés. Elle désirait réellement que cette tâche soit menée à bien, et il eut un moment de tristesse en pensant au temps qu'il lui avait fallu pour trouver une solution à son problème. Même si elle avait des amis qui auraient pu l'aider, elle ne s'était pas senti le droit de les ennuyer avec ses soucis.

Le directeur de la structure de soins palliatifs la connaissait bien, et il se perdit en remerciements pour son don. Il se trouvait que son établissement venait de rénover une nouvelle chambre, mais qu'ils n'avaient pas encore pu y installer les équipements médicaux nécessaires. Avant de partir, Blake lui glissa discrètement un chèque de deux mille dollars pour financer tout ce qui pourrait encore manquer. La chambre pouvait désormais servir à un nouveau patient.

L'idée que Madison essaie encore d'aider les autres alors qu'elle était en deuil l'avait ému au-delà des mots.

— Vous êtes mon héros, murmura-t-elle tout contre ses lèvres alors que le camion redémarrait.

Mais Blake n'était pas un héros. Il n'était qu'un loup déguisé en mouton. Seulement, elle l'ignorait encore.

J'aime mon mari de tout mon cœur. Je ferais n'importe quoi pour lui. Mais, même si je sais que sa décision tient de l'entêtement, et qu'elle pourrait nous nuire, je n'arrive pas à la comprendre. Il ne veut rien savoir de mon passé. Il refuse d'accorder plus de pouvoir à un homme qui ne m'appréciait que pour mon physique et mes bonnes manières en société. Mais je constate chaque jour notre dénuement, les souffrances que nous endurons, et je sais que tout s'arrangerait pour nous si nous vendions cette bague. Pourquoi les hommes sont-ils aussi obstinés ?

Par respect pour lui, je n'ai jamais évoqué ce sujet. J'ai même évité d'y penser. Je n'ai jamais mentionné mes précédentes fiançailles dans mes journaux, et je n'en ai jamais parlé avec ma fille. Un jour, peut-être, je lui parlerai des choix difficiles que j'ai dû faire. J'ai tout de suite su que mon mari était l'homme de ma vie, et j'ai choisi l'amour plutôt que l'argent.

Mais je détesterais qu'elle apprenne que ce choix que j'ai fait a causé la ruine de notre famille.

Adossée aux coussins de son fauteuil, dans sa chambre, Madison relut ce passage, l'esprit tourbillonnant. Quelles précédentes fiançailles ? Sa mère ne lui avait jamais dit un mot à ce sujet. Et elle n'en avait parlé à personne d'autre. Si Madison n'avait jamais lu aucun détail de cette vie précédente dans ses journaux, c'était parce que sa mère avait décidé de se taire par respect pour son mari.

Quelque chose s'était produit, qui l'avait forcée à faire un choix. Son père avait adoré sa mère, elle le savait, mais ce choix avait été la cause de ce mystérieux traumatisme qu'il tenait tant à oublier.

Vendre la bague ? À quelle bague faisait-elle allusion ? Madison ne se rappelait pas avoir jamais vu sa mère porter autre chose que son anneau de mariage et le second anneau que son père lui avait offert pour leur dixième anniversaire, les uniques objets de valeur que Madison avait toujours refusé de vendre, même quand les temps avaient été durs. L'argent ne pouvait pas remplacer ces souvenirs.

Sa mère avait-elle conservé une bague de fiançailles d'une précédente relation ? Ce bijou avait peut-être une grande valeur. Pour quelle raison sa mère ne l'avait-elle pas simplement rendue après la rupture ?

C'était la première fois qu'elle mentionnait cette fameuse bague dans ses journaux. Dans les lignes qu'elle avait écrites le jour précédent, elle se lamentait sur sa difficulté à régler les énormes frais médicaux de son mari, soigné pour une sclérose en plaques. Un peu plus bas, sur cette page, elle lut :

> *Mon mari m'assure que tout va bientôt s'arranger, mais je crains que les dommages ne soient permanents. L'autre homme m'avait déclaré qu'il se vengerait, et c'est ce qu'il a fait. L'entreprise de mon mari ne sera jamais plus la même. Mon mari ne sera jamais plus le même homme. J'espère que ce sacrifice était justifié, pour lui. Si mon mari finissait par m'en vouloir, je ne me le pardonnerais jamais.*

Alors, oui, ce qui s'était produit était vraiment terrible,

mais Madison était de plus en plus curieuse de savoir ce qui avait bien pu tout déclencher. Durant tout ce temps, sa mère avait écrit de nombreuses pages concernant sa vie quotidienne, les joies de la maternité, son amour pour son mari, et des réflexions sur l'existence. Mais elle n'avait jamais écrit une seule ligne ou dit un mot concernant ce sujet d'une importance capitale pour elle.

Pour eux tous.

Madison se leva, et commença à faire les cent pas dans la pièce. Elle avait envie d'en parler, de partager cette découverte avec quelqu'un. D'ordinaire, elle se serait adressée à ses amies, mais la vie de Trinity était déjà suffisamment compliquée pour lui donner des soucis supplémentaires. Et, à cette heure-ci, Tamika était encore à son travail.

À qui pouvait-elle... Blake serait-il agacé par ce genre de spéculations ?

Elle avait le sentiment qu'ils s'étaient beaucoup rapprochés, et l'aide qu'il lui avait apportée la veille l'avait profondément touchée. Personne d'autre ne l'avait jamais aidée ainsi. Il l'avait réellement étonnée.

Mais elle avait fait de son mieux pour ne plus pleurer à nouveau sur son épaule. Son père réagissait de la même manière que lui. Les larmes le faisaient paniquer, alors elle s'était donc appliquée à garder une façade stoïque devant lui alors qu'elle savait qu'elle était en train de le perdre.

Madison posa à nouveau son regard sur le journal. Ce mystère l'intriguait énormément.

Quel mal y aurait-il à passer un coup de fil ?

— Bonjour, dit Blake en décrochant.

Sa voix grave, un peu rauque, lui rappela leurs derniers ébats, et elle se sentit frissonner.

— Bonjour à vous, répondit-elle.

— Quoi de neuf ? Journée tranquille, aujourd'hui ?

— Trop tranquille, répondit-elle. J'ai dû me trouver

des activités pour m'occuper, attendu que vous ne venez pas me voir, aujourd'hui.

— Eh bien, si vous êtes désespérée à ce point…

— Je me suis lassée du ponçage, expliqua-t-elle, riant à sa plaisanterie. Alors, j'ai occupé mon temps à lire les journaux de ma mère, et vous ne croirez pas ce que j'ai découvert.

— Attendez une minute ! Les *journaux* de votre mère ?

— Oui. D'aussi loin que je m'en souvienne, elle a toujours tenu un journal. Mais le plus ancien que j'aie pu retrouver date de la première année de son mariage avec papa.

S'ensuivit un long moment de silence total sur la ligne. Un peu étonnée, Madison poursuivit :

— Aujourd'hui, je lisais un passage qu'elle avait écrit à l'époque où papa venait de tomber malade. Elle y racontait qu'elle avait été fiancée à un autre homme.

— Fiancée ? répéta Blake en toussotant.

— Oui ! Apparemment, elle avait déjà été fiancée, mais une chose terrible s'est produite, et mon père lui a interdit à tout jamais d'y faire allusion.

— Alors, cela signifierait…

Il s'interrompit, et il y eut un autre étrange silence sur la ligne. Alors elle s'enquit :

— Êtes-vous toujours là ?

— Je réfléchissais, répondit-il. Alors, vous pensez qu'elle a quitté ce type pour votre père ? Savez-vous de qui il s'agit ?

— Elle n'indique jamais son nom. Elle dit seulement que la vente de la bague qu'il lui avait offerte les aurait aidés à payer les frais médicaux de mon père. Mais il ne voulait pas en entendre parler. C'est un peu mystérieux, non ?

Madison trouvait ce mystère très excitant. Qui était cet homme ? De quelle sorte de bague s'agissait-il ? Il lui fallut un moment pour se rendre compte qu'il ne répondait pas.

— Blake ?

— Écoutez, Maddie, je dois vous quitter. Puis-je vous rappeler dans un petit instant ?

Déçue, elle s'affaissa dans le fauteuil de sa chambre.

— Oui, bien sûr, répondit-elle. Lorsque vous serez prêt.

— Je vous rappelle bientôt.

Clic.

Totalement consternée, Madison fixa le téléphone dans sa main. Cet échange avait été étrange, et elle ressentait à nouveau une inquiétude diffuse. Même si Blake lui avait affirmé qu'il ne lui dissimulait plus aucun secret, elle avait encore le sentiment d'ignorer beaucoup de choses à son sujet. Venait-elle de mettre le doigt sur l'une d'elles ? De quoi pouvait-il s'agir ? C'était peut-être une de ses affaires en cours. Quelqu'un qu'il voyait dans le cadre de son art. Il ne lui avait jamais expliqué ses activités en détail, mais de nombreuses galeries d'art prestigieuses avaient pignon sur rue à La Nouvelle-Orléans.

Était-ce un problème avec Abigail ? Au fond, c'était peut-être simplement qu'il se trouvait dans un lieu où le signal du téléphone passait mal. Elle n'avait aucune raison de s'inquiéter, elle le savait, mais elle ne pouvait pas empêcher son esprit d'échafauder les hypothèses les plus folles.

Il allait la rappeler. Elle ne devait pas en douter.

Elle se sentait tout de même un peu déçue qu'il n'ait pas eu l'air d'être intéressé par sa découverte. Peut-être était-elle la seule que cela intéressait ? De plus, Blake n'avait jamais fait l'expérience personnelle de forts liens familiaux. Au fond, il n'était pas très étonnant que ce sujet ne le passionne pas.

Mais Madison avait idolâtré sa mère, et elle avait été en âge de se sentir vraiment proche d'elle avant sa mort tragique dans un accident de voiture. Madison avait porté son deuil en privé. La nuit. Mais le reste de ses heures, elle avait dû continuer seule les soins de son père. Comme, à ce stade, ce dernier était encore suffisamment fonctionnel pour pouvoir se passer d'elle quelques heures, elle avait continué à aller en cours. Mais, durant tout le reste de ses heures de veille, elle s'occupait de lui, ou cherchait des moyens de garder la famille financièrement à flot.

Cette mystérieuse bague excitait sa curiosité. C'était un lien tangible avec le passé de sa mère. Mais elle ne l'avait jamais vue. Sa mère l'aurait-elle cachée ? S'en était-elle débarrassée d'une autre façon ? L'avait-elle vendue sans en informer son père, sans lui dire d'où provenait l'argent ?

Cédant à sa curiosité, Madison entra dans la chambre de sa mère, au bout du couloir. Ses parents avaient dormi pendant longtemps dans le même lit, mais, lorsqu'il avait fallu installer dans la grande chambre tous les équipements médicaux nécessaires pour le malade, sa mère avait dû déménager toutes ses affaires dans une autre chambre. Dans cette immense maison, elle n'avait que l'embarras du choix. Puis sa mère était décédée, et, avec les années, ils s'étaient séparés d'une bonne partie de ses possessions, y compris la plupart de ses vêtements et quelques petites choses sans importance. Tout ce que Madison possédait encore d'elle était rangé dans une armoire ancienne. Sa brosse à cheveux, un coffret à bijoux qui ne contenait plus que quelques babioles de fantaisie et ses bagues de mariage, et quelques courtepointes que sa mère avait tricotées. Elle ouvrit les portes, et un parfum de lavande vint caresser ses narines. C'était la senteur préférée de sa mère.

Étrangement, même après dix années, ce parfum imprégnait toujours ses vêtements. Madison avait choisi de conserver les tenues les plus sophistiquées de sa mère, aux luxueux tissus, et son peignoir favori. Mais pouvait-on vraiment appeler cette merveille de dentelle et de satin un simple peignoir ? Il y avait là aussi quelques paires d'escarpins à talons hauts qui étaient aujourd'hui à sa taille mais qu'elle n'avait pas eu l'occasion de porter jusqu'à tout récemment. Madison fouilla les vêtements, mais peu d'entre eux avaient des poches. Elle-même exerça des pressions contre le fond de l'armoire, au cas où un compartiment secret y aurait été dissimulé. Pour finir, elle s'assit sur le sol devant l'armoire et en sortit le coffret à bijoux de sa mère. C'était une pièce magnifique que son père avait fabriquée lui-même, en bois d'érable magnifiquement travaillé, avec des incrustations de nacre. Madison se souvenait encore du jour où il le lui avait offert. Elle devait avoir dix ou onze ans, à l'époque. Sa mère avait été si heureuse !

Son père dirigeait une entreprise de construction. Il était issu lui-même d'une famille relativement aisée, et il avait multiplié sa fortune en construisant des résidences de luxe pour des gens riches et célèbres dans toute la Louisiane. Mais ses affaires avaient périclité, puis il était tombé malade. Et sa nouvelle incapacité à travailler avait fini par lui faire perdre le goût de vivre.

Qu'avait voulu dire sa mère, en faisant allusion à une vengeance et à l'entreprise de son mari ? Madison se posait une foule de questions, et elle avait peu de réponses.

Mais le magnifique coffret ne contenait que ce qu'elle y avait vu en d'innombrables occasions. Quelques bijoux de fantaisie que sa mère l'avait laissée porter au cours des années. Mais aucun vrai bijou. À l'époque, Madison en avait été surprise, mais, devenue adulte, et sachant aujourd'hui ce que la maladie de son père leur avait coûté, elle comprenait mieux. Elle supposait que sa mère avait vendu tous ses bijoux un par un pour régler les factures ; elle avait toujours été plus attachée aux gens qu'aux choses.

Elle rangea le coffret à bijoux au fond de l'armoire et referma les portes. Même si ce mystère continuait à l'intriguer, elle allait probablement devoir se faire une raison. Sa mère avait emporté son secret dans sa tombe. À moins, bien sûr, qu'elle n'ait écrit autre chose dans ses journaux. Mais il ne lui restait plus à lire que les pages concernant les six derniers mois de sa vie.

Elle repartit à grands pas dans le couloir, et elle emporta le journal suivant dans sa chambre. L'argent ne comptait pas. Mais sa mère, si. Elle ne trouverait peut-être rien, mais elle se sentait tout excitée à l'idée que ce mystère allait peut-être bientôt être résolu.

- 12 -

Blake observa d'un air inquiet la gouvernante, qui attachait le siège enfant à l'arrière de sa voiture. Puis elle y installa Abigail et boucla soigneusement sa ceinture de sécurité avant de se retourner vers lui.

— Vous êtes fin prêts, déclara-t-elle en souriant. Je sais qu'Abigail attendait ce moment avec beaucoup d'impatience. Merci d'avoir bien voulu l'emmener.

Blake se contenta de lui rendre son sourire, puis il alla s'installer au volant. Ce sourire masquait l'inquiétude sourde qui persistait dans son esprit. Son père n'avait pas tiqué lorsqu'il avait mentionné qu'il souhaitait emmener Abigail passer une journée au parc avec Madison et lui. Au lieu de cela, il avait tout de suite donné son accord.

Blake ne croyait pas une seconde à sa sincérité, mais il lui était impossible de deviner quels noirs desseins il dissimulait derrière cette bienveillance, et il ne voulait à aucun prix décevoir Abigail.

Il espérait qu'elle passerait un moment agréable, car, de son côté, il ne savait plus du tout dans quoi il s'engageait. C'est pourquoi il s'était finalement résolu à demander à Madison de l'aider. Il se sentait coupable d'avoir mis fin si brusquement à leur appel, la veille, mais il ne savait simplement plus quoi dire. Il lui avait laissé croire qu'une autre affaire exigeait son attention pressante, car, en découvrant qu'elle ne savait rien des premières fiançailles de sa mère, et qu'elle ignorait quelle sorte de bague elle cherchait, il s'était senti honteux.

Il ne savait plus quoi faire, quoi dire, et cela lui arrivait de plus en plus souvent dans sa vie. Mais, lorsqu'il était allé chercher Abigail à l'hôpital, il lui avait promis qu'il l'emmènerait faire quelque chose d'amusant, et il tiendrait sa promesse sans l'obliger à le supplier comme son père aimait à le faire avec lui. Il n'était pas comme son père.

— Prête, Abigail ? s'enquit-il en engageant sa voiture sur la voie rapide.

Dans le rétroviseur, il vit sa sœur hocher vigoureusement la tête. Son sourire lumineux faisait plaisir à voir.

Ils firent un détour pour passer prendre Madison, puis ils repartirent vers le City Park, le plus beau parc de la ville.

— Je crois que tu vas beaucoup t'amuser, Abigail, dit Madison en se retournant vers la petite fille. Il y a des tas d'attractions fabuleuses, au City Park.

— Mais seulement jusqu'à l'heure du déjeuner, avertit Blake, peu désireux de s'engager dans un marathon d'activités dès leur première excursion avec Abigail tout juste sortie de l'hôpital.

Blake dut cependant reconnaître que cette sortie avait été une excellente idée. Abigail adora le Château des Contes et le toboggan géant représentant un célèbre dragon des histoires enfantines, et lui-même prit un plaisir immense à observer Madison et Abigail se pourchasser autour de l'aire de jeux. Leurs rires joyeux qui résonnaient dans l'air embaumé étaient pour lui comme une musique céleste.

Ensuite, ils retournèrent voir les grenouilles, les oiseaux et les tortues au jardin d'hiver, et ils se promenèrent sous les grands chênes aux branches couvertes de ces longues mousses argentées typiques du Sud. Blake savait déjà que le zoo serait le clou de la journée pour Abigail, car elle avait toujours adoré les animaux. Sa petite sœur passa de longs moments en contemplation devant leurs enclos, et elle prit des photos d'eux deux avec le téléphone de Blake. Il y eut un seul instant douloureux, lorsqu'elle demanda à Blake si elle pouvait envoyer les photos à sa maman.

Madison détourna la tête. Blake aurait tout donné pour pouvoir faire de même, mais il acquiesça.

— Bien sûr, ma petite Abby.

Avant qu'ils ne s'arrêtent pour déjeuner, Blake insista pour qu'ils fassent une balade à vélo et un petit tour de canoë sur le lac. Durant tout ce temps, il fut le plus heureux des hommes. Abigail était heureuse et détendue, et elle ne posa aucun problème. Lui qui s'était appliqué à garder le même comportement à son âge soupçonnait qu'elle était sage comme une image pour faire plaisir aux adultes.

Lorsqu'ils allèrent déjeuner, il se sentait lui-même beaucoup plus détendu. Il ne comprenait peut-être pas grand-chose aux enfants, mais il s'adressait à Abigail comme à n'importe quelle autre personne. Il ne la traitait pas comme un bébé, et il ne cédait pas à ses moindres caprices. Il l'encourageait à s'amuser, et, lorsqu'il était temps de passer aux choses sérieuses, il le lui disait, fermement mais gentiment.

Avec cette enfant particulière, la méthode semblait fonctionner à merveille.

Ils déjeunèrent dans un petit café adapté aux enfants, où Abigail s'attaqua à un sandwich au fromage grillé en couvant des yeux les gâteaux qu'elle dégusterait plus tard.

Comme Madison suggérait qu'elle aimerait essayer l'une de leurs recettes, Abigail intervint avec enthousiasme :

— Pourrai-je vous aider ? Sherry me laisse parfois l'aider, quand elle prépare des gâteaux. Elle dit que je travaille bien.

Madison le consulta du regard, et Blake acquiesça, heureux qu'elle lui ait demandé son avis avant de répondre. Mais comment dire non à une petite fille aussi merveilleuse ?

Abigail babilla durant un bon moment, leur exposant en détail les différents gâteaux qu'elle aimerait préparer, avant de manifester les premiers signes de fatigue. Ses paupières devenaient lourdes, et elle s'appuya contre Madison avant même d'avoir terminé son sandwich.

Blake demeura silencieux durant un long moment, se contentant de profiter de l'ombre et de la brise légère qui soufflait dans la petite cour, lorsque, écartant gentiment une mèche de cheveux du visage d'Abigail, Madison déclara :

— J'ai passé en revue toutes les affaires de ma mère, hier.

— Ah, oui ? murmura Blake, faisant de son mieux pour accuser le coup.

— Je n'ai trouvé aucune bague, poursuivit-elle. Bien sûr, je me suis débarrassée d'une bonne partie de ses affaires il y a dix ans déjà. Mais qui sait ? Je trouverai peut-être un jour un tiroir secret ou un coffre-fort quelque part.

Dissimulant son malaise, Blake lui rendit son sourire. Quelques nuits plus tôt, il avait passé des heures à chercher précisément ce genre de cachette dans toute la maison.

— J'aimerais seulement savoir ce qui s'est passé à l'époque. Hélas, je ne sais rien de la vie de ma mère avant son mariage.

Et, si elle savait, elle aurait un droit inattaquable sur tout ce qu'elle trouverait. Toutefois, Blake avait déjà fouillé toute la maison, et il n'avait rien trouvé. Que diable était-il advenu du diamant Belarus ?

— Il n'est pas impossible que ma mère ait vendu cette ancienne bague de fiançailles il y a des années. Les seules bagues que j'ai trouvées, ce sont celles qu'elle portait le jour de son mariage.

— Et vous les avez gardées ?

— Bien entendu, répondit Madison d'un air un peu surpris. Maman aurait pu en tirer un peu d'argent, mais elle n'aurait jamais vendu les bijoux que mon père lui avait offerts.

— Elle parle de la bague de père ? s'enquit Abigail d'une voix ensommeillée.

Seules toutes ces années passées à dissimuler ses émotions devant son père permirent à Blake de garder un visage impassible. Mais en lui-même, il tempêtait.

— Non, ma chérie, intervint-il précipitamment. Nous parlions d'autre chose. Repose-toi.

Qui eût cru qu'une petite fille de sept ans écoutant au sommet de l'escalier pourrait en apprendre aussi long ?

Heureusement, Madison n'avait pas vraiment prêté attention à la question d'Abigail, et elle poursuivit :

— Je sais que c'est un mystère un peu ridicule, mais il a éveillé ma curiosité.

Naturellement, elle ne comprenait pas la portée de la question d'Abigail. Quant à sa curiosité pour la vie de ses parents, Blake ne la comprenait pas du tout. Pour lui, ses parents n'avaient jamais été des personnes réelles. Seulement des tyrans malfaisants qu'il lui fallait à tout prix éviter.

Il avait pensé avoir laissé tout cela derrière lui, mais son passé le rattrapait.

À n'importe quel moment, cette même tyrannie pouvait écraser ce qu'il avait de plus précieux dans sa vie, s'il ne trouvait pas un moyen de l'arrêter.

Ce soir, il essaierait une nouvelle fois de joindre la mère d'Abigail, et avec un peu de chance il espérait trouver une alternative autre que la catastrophe annoncée.

Madison prit Abigail par la main et, souriant à Blake, elle s'éloigna de la table avec elle. Blake avait été parfait, et il avait géré cette journée beaucoup mieux qu'elle ne s'y était attendue, mais elle ne pouvait tout de même pas lui demander d'emmener une enfant au petit coin.

Les toilettes étaient situées tout au fond du petit café, au-delà du comptoir et du présentoir de gâteaux.

— Et si nous demandions à Blake d'acheter une de ces délicieuses galettes de blé soufflé au miel ? suggéra-t-elle.

— Il ne voudra jamais, raisonna Abigail, s'arrêtant une seconde devant le présentoir. Père dit toujours que le sucre fait pourrir les dents.

— C'est seulement vrai lorsqu'on ne se brosse pas les dents, observa Madison. Mais, toi, tu prends bien soin de tes dents, n'est-ce pas ?

— Bien sûr, répondit Abigail, lui offrant un énorme sourire.

Madison fit mine d'inspecter soigneusement ses quenottes et déclara sur un ton très sérieux qu'elles étaient parfaites.

— En tout cas, ajouta-t-elle, je pense que nous pouvons poser la question à Blake.

— Pensez-vous que mon frère m'aime bien ? s'enquit Abigail, levant ses grands yeux vers elle.

— Bien sûr que oui ! assura Madison. Comment n'aimerait-il pas une mignonne petite fille comme toi ?

Abigail pouffa de rire, mais elle reprit vite son sérieux.

— Père dit que, si je ne suis pas sage, Blake s'en ira, et qu'il ne reviendra jamais. Exactement comme ma maman.

L'idée même qu'on puisse dire une chose pareille à une enfant la révoltait. Et, mentalement, elle traita le vieil homme de tous les noms d'oiseaux alors que la porte des toilettes venait de se refermer derrière elles.

— Ma chérie, murmura-t-elle en s'agenouillant devant la petite fille, je ne sais pas ce que ton père t'a dit, mais

Blake ne t'abandonnera jamais, quoi que tu fasses. Tous les enfants font des bêtises un jour ou l'autre. C'est en les corrigeant qu'ils deviennent grands.

— C'est vrai ? s'exclama Abigail, ouvrant de grands yeux.

— Oui, bien sûr. C'est ainsi qu'on devient adulte, mais ce n'est pas parce que tu as un problème que les gens qui t'entourent vont cesser de t'aimer.

— Comme vous aimez Blake ?

Il n'était pas question de faire un tel aveu à une enfant qui pourrait bien le répéter, et elle se contenta de répondre :

— Blake est un homme très spécial. Et, si tu lui donnes une chance de te le montrer, je crois que tu découvriras qu'il t'aime beaucoup.

La petite fille lui sourit, apparemment satisfaite, puis elle passa dans l'une des cabines. Madison savait que ce qu'elle lui avait dit était vrai. Blake ne se croyait peut-être pas capable d'aimer, mais cette semaine qui venait de s'écouler avait prouvé qu'il avait en lui énormément d'amour à donner. Son seul problème, jusque-là, avait été qu'il n'avait pas la clé pour ouvrir cette porte.

Abigail avait encore une foule de questions à poser à Madison, et elle prit tout son temps pour se laver les mains. Visiblement, elle avait retrouvé toute son énergie. Certaines de ces questions étaient innocentes, mais la dernière, posée d'un ton presque solennel, la fit se figer.

— Allez-vous épouser Blake ?

— Il faut donner du temps au temps, mon poussin. Ton frère et moi nous connaissons seulement depuis peu.

Sans compter que le peu de temps qu'ils avaient passé ensemble s'était avéré assez tumultueux. Madison savait ce qu'elle ressentait pour lui, mais elle était habituée à la perte des êtres chers. Elle savait que les gens partaient. Et, même si ses actions semblaient parler pour elles-mêmes, Blake ne lui avait jamais dit un mot de ses émotions. Elle n'était donc pas très pressée de lui dévoiler ses propres sentiments.

Abigail continua à babiller sur d'autres sujets, et Madison respira à nouveau librement. Elle ne s'était pas trop mal tirée de cette conversation entre filles.

Parmi les enfants qui transitaient par la Maison du jardin, il y avait un nombre étonnant de garçons, et Madison avait davantage d'expérience avec eux. Elle ne savait pas grand-chose de l'art de la coiffure, ni des jeux avec les poupées. Les quelques adolescentes qui avaient été accueillies au refuge avec leurs mères s'étaient montrées beaucoup plus distantes que les jeunes enfants.

— Comment s'appelle votre mère ? s'enquit Abigail.

Un peu déconcertée, Madison mit un instant à répondre :

— Elle s'appelait Jacqueline.

— S'appelait ?

Madison ne savait pas trop jusqu'où allaient les connaissances d'Abigail sur le sujet de la mort, mais elle ne croyait pas au mensonge.

— Ma mère est morte lorsque j'étais plus jeune.

— Étiez-vous une petite fille comme moi ? s'enquit Abigail, plantée devant le lavabo, l'eau coulant sur ses petites mains.

— Elle a eu un accident de voiture lorsque j'avais seize ans, expliqua Madison, se demandant si une enfant de cet âge pouvait comprendre.

— Alors, elle ne vous a pas abandonnée, comme ma maman à moi ?

— Non, convint Madison.

Elle devinait à quel point cette idée devait être horrible pour Abigail, et elle attendit un instant avant de reprendre la parole, afin de laisser le temps à la petite fille d'exprimer ce qu'elle ressentait.

— Ma maman est partie parce que je lui causais trop de problèmes, murmura Abigail.

— Oh ! Abigail ! s'exclama Madison. Ce n'est pas vrai !

— Si, c'est vrai. Ma maman me le disait souvent. J'ai essayé d'être sage, mais je crois que je n'ai pas bien réussi.

Maddie sentit une vague de rage déferler sur elle. Comment pouvait-on oser tenir de tels propos à un enfant ? Quel enfant pouvait être assez insupportable pour qu'on le menace de l'abandonner à cause de son comportement ?

Beaucoup de parents pouvaient l'avoir pensé au cours d'une journée stressante, mais ils ne le diraient jamais à haute voix, parce qu'ils aimaient sincèrement leurs enfants.

— Je suis vraiment désolée, Abigail.

— Père dit que maman est fragile, remarqua Abigail en levant les yeux vers elle dans le miroir. Ça veut dire quoi ?

Égoïste serait le mot juste, songea Madison. Mais elle se contenta de répondre :

— Cela veut dire qu'une personne pourrait se casser facilement. Comme du verre, tu comprends ?

— J'ai fait tomber un verre de la table, un jour, et il a explosé sur le carrelage.

— Oui, c'est cela, être fragile.

— Vous croyez que j'ai cassé ma mère ?

— Absolument pas ! se récria Madison, avec l'impression d'avoir mis les pieds dans un champ de mines. Ce n'est pas du tout cela que je voulais dire.

Elle s'agenouilla près d'Abigail, avant d'ajouter :

— Si ta mère est fragile, ce n'est pas du tout ta faute. Cela ne concerne qu'elle, et j'espère que, durant cette absence, elle trouvera quelque chose qui la rendra plus forte.

— C'est possible, de devenir plus forte ?

— Bien sûr, assura Madison, pliant ses bras pour contracter ses biceps, ce qui fit rire Abigail. Tu dois simplement faire de l'exercice et finir tes légumes.

— Je vous aime bien, déclara Abigail en tirant deux serviettes en papier pour se sécher les mains. Mais j'aurais bien aimé que votre bague soit la bague de père.

— Pour quelle raison ? s'étonna Madison.

— Blake en a besoin. Père lui a ordonné de la retrouver.

— Je ne comprends pas, dit Madison, fronçant les sourcils.

— Je les ai écoutés, assise sur les marches. Père ne me voyait pas, mais je crois que Blake savait que j'étais là. Ils se disputaient. Blake était en colère parce que père ne voulait plus s'occuper de moi. Père a dit à Blake qu'il pouvait m'emmener s'il lui rapportait la bague. Sinon, père disait qu'il m'ignorerait, ou qu'il m'enverrait dans un foyer.

Madison était horrifiée, muette de stupéfaction. Abigail devait sûrement se tromper.

— Ton père lui a ordonné de lui rapporter cette bague qui serait chez moi ? s'enquit-elle d'une voix faible.

— Je ne sais pas, répondit Abigail. C'est ce que j'ai cru entendre. Mais il ne savait pas exactement où elle se trouvait.

— Peut-être parlait-il de quelqu'un d'autre, hasarda Madison, priant pour que ce soit vrai.

— Peut-être, convint Abigail, levant les yeux vers elle. Mais j'aimerais beaucoup aller vivre avec Blake. Je serais très sage, et il n'aurait jamais envie de m'envoyer ailleurs.

— Tu sais que Blake n'a jamais eu d'enfants, n'est-ce pas ? observa Madison, ignorant ce que Blake lui avait promis.

— Oui, je le sais, répondit Abigail d'un ton assuré. Mais je lui montrerai comment élever une petite fille. Je serai sage. Croyez-vous que Blake apprendra ?

— Oui, répondit-elle en serrant l'enfant dans ses bras, luttant contre les larmes qui montaient à ses paupières. Je crois que vous pouvez beaucoup apprendre l'un de l'autre.

Prenant Abigail par la main, elle la ramena jusqu'à leur table. En chemin, elle ne put s'empêcher de songer à nouveau à cette bague que la petite fille avait mentionnée. Il était impossible qu'elle ait un rapport quelconque avec elle.

Mais, en se rappelant les premiers jours qu'elle avait passés auprès de Blake, et son étonnement qu'il s'intéresse à une femme comme elle, cette question revenait la hanter. De quelle bague Armand et lui avaient-ils parlé ensemble ?

- 13 -

— Arrêtez de me harceler au téléphone !

Blake fixa l'appareil dans sa main d'un air stupéfait. Il avait appelé Marisa, la mère d'Abigail, une bonne douzaine de fois sans aucun résultat. Apparemment excédée par le bruit des sonneries, elle avait fini par répondre.

— J'ai épuisé toutes les autres solutions, répondit-il. Je ne savais plus qui appeler d'autre.

— Et pourquoi m'appelez-vous ?

À l'évidence, il ne lui était pas venu à l'esprit que sa fille puisse avoir besoin d'elle, car, déjà, elle poursuivait :

— Et ne me dites surtout pas que je dois rentrer à la maison. Il n'est pas question que je retourne vivre avec un psychopathe, et je ne trouverai jamais un autre mari avec une gamine en remorque.

Blake demeura silencieux un instant. Il était très tenté de lui rappeler ses responsabilités parentales, qu'Abigail était terrifiée et qu'elle se conduisait elle-même comme une enfant, mais il ne pouvait pas faire cela. Il devait aider Abigail. S'il ne pouvait pas trouver le diamant lui-même, Marisa *devait* l'aider.

— Écoutez, dit-il, je cherche seulement la meilleure solution. Vous avez laissé une enfant très malade entre les mains d'un homme qui n'a que faire d'elle.

— Il n'a pas besoin de s'occuper d'elle. C'est à cela que servent les nounous.

— Il a congédié la nounou, l'informa-t-il, atterré par son attitude.

— Pourquoi ?

— Vous n'aviez vraiment rien vu venir ? Il a dit qu'il n'y a aucune raison de payer quelqu'un pour veiller sur elle, parce qu'Abigail n'est pas du tout malade.

— Eh bien, quand il se sera fatigué de supporter tout ce que j'ai dû supporter, il trouvera quelqu'un d'autre. C'était une suite sans fin de consultations chez les médecins.

— Il n'a aucune intention de l'emmener chez un médecin. Selon lui, elle va parfaitement bien. Votre fille est victime de graves négligences.

— Elle s'en remettra, insista Marisa. Un jour, il engagera une nouvelle nounou et la question sera réglée. Il est beaucoup mieux placé que moi pour s'occuper d'elle. Je suis totalement fauchée.

— Vous venez de vider votre compte à la banque, remarqua-t-il. Comment pouvez-vous manquer d'argent ?

Blake comprit immédiatement que sa question ne serait pas bien reçue, et il s'empressa d'enchaîner :

— Écoutez, cela ne me regarde pas. Je me moque de savoir pourquoi vous êtes partie, ou si vous allez rentrer à la maison. J'ai seulement besoin de savoir tout ce que vous pouvez m'apprendre pour m'aider à obtenir la garde d'Abigail.

— Ne vous faites pas de bile pour elle. Il est riche comme Crésus. Elle sera mieux chez lui que partout ailleurs.

Blake savait par expérience personnelle à quel point c'était faux, et le volcan d'émotions qui bouillonnait en lui explosa.

— Vraiment ? répliqua-t-il d'un ton sarcastique. Un vieil homme au narcissisme pathologique, au bord de la ruine financière, serait le parent idéal pour une petite fille de sept ans malade ?

— Au bord de la ruine ? répéta-t-elle d'un ton incrédule.

— Fauché, comme vous dites. Plus d'argent. Alors, si vous pensiez obtenir une confortable compensation au moment du divorce, vous pouvez l'oublier.

Marisa demeura longtemps silencieuse. Blake commençait à croire qu'elle avait changé d'avis. Mais… pas du tout.

— D'après le contrat de mariage, je n'ai droit à rien, l'informa-t-elle. Pourquoi croyez-vous que cherche un nouveau mari ? Mais il était censé s'occuper d'Abigail.

— Elle loge chez lui, et c'est tout, insista-t-il, comprenant que cette femme n'écoutait rien. Elle a déjà fait une crise qui l'a conduite à l'hôpital.

— Si c'est ainsi, elle serait mieux avec son vrai papa.

Blake se figea, retenant sa respiration, s'efforçant d'assimiler ce qu'il venait d'entendre.

— Voulez-vous dire qu'Abigail n'est pas sa fille ?

— Heu… Nous étions déjà mariés… Mais non, c'est vrai.

Cette révélation inattendue le laissa si stupéfait qu'il lui fallut un bon moment pour retrouver la parole. Il ne savait pas encore de quelle façon cette nouvelle information allait tout arranger, mais il sentit qu'il tenait quelque chose. Et il avait bien l'intention de l'exploiter.

— Pourquoi ne le lui avez-vous pas dit ? s'enquit-il enfin.

— J'avais besoin qu'il la garde. De plus, vous le connaissez. À la seconde où il aurait su que je l'avais trompé, elle et moi aurions immédiatement pris la porte. Et je considérais que je méritais mieux que de devenir la femme du chauffeur.

Blake réfléchit fiévreusement. *Que devait-il faire ?*

— Écoutez, Marisa. Seriez-vous prête à signer des documents me confiant la garde d'Abigail ?

— Avec moi, elle ne serait pas à la fête, c'est sûr. Je n'ai ni le temps ni l'envie de m'occuper d'unc gosse. D'ailleurs, à la première occasion, je compte bien demander à un chirurgien de me débarrasser de ce souci de la grossesse pour de bon.

— Oui, mais que comptez-vous faire pour Abigail ? insista-t-il, réprimant une grimace. Me laisserez-vous m'occuper d'elle si je trouve un moyen pour que ce soit légal ? Je vous préviens, vous ne toucherez pas d'argent. En ce moment, je pense seulement à Abigail.

— Oui, je m'en doutais. Je suppose que, si je veux trouver un nouveau mari avant qu'Armand ne m'ait coupé les vivres, le temps presse. Prenez-la donc si cela vous chante.

Blake tremblait de fureur en coupant la communication. Mais il ne pouvait pas se permettre de perdre son temps à se désoler en ressassant tout ce qui avait manqué à Abigail. Il devait penser à l'avenir, réfléchir au meilleur moyen d'utiliser cette nouvelle information pour obtenir ce qu'il désirait. En l'absence du diamant, c'était sa seule option.

Si, à cause de cela, il perdait Maddie, tant pis pour lui. Mais, au moins, elle n'apprendrait jamais qu'il s'était rapproché d'elle pour de mauvaises raisons. Il ne voulait pas la faire souffrir de cette façon, même si, en la perdant, il renoncerait définitivement à trouver le grand amour. Il n'avait jamais rencontré une femme comme Maddie auparavant, et il n'en rencontrerait jamais une autre qui puisse se comparer à elle. Cependant, il ne pouvait pas se permettre de s'en inquiéter pour le moment, sous peine d'être paralysé par l'indécision.

Au lieu de cela, il allait devoir réfléchir à ce qu'il devait faire pour se voir attribuer les droits parentaux. Il avait le pressentiment que son père considérerait comme une humiliation le fait que la véritable paternité d'Abigail soit rendue publique. Sans même mentionner que l'état de ses finances lui permettrait difficilement d'engager un avocat pour le défendre dans un éventuel procès, lorsque la mère d'Abigail aurait renoncé à ses droits parentaux en faveur de Blake.

Il restait à espérer qu'Abigail l'accepterait. Comme papa, il n'était pas l'affaire du siècle, mais, au moins, il allait faire de son mieux. C'était plus que son propre père n'avait fait.

Madison marchait fiévreusement de long en large dans sa chambre. Elle était tentée de se rendre immédiatement à l'appartement de Blake, et de le sommer de lui dire la vérité. Même si son unique source était une enfant de sept ans.

Elle avait besoin de savoir. Abigail avait-elle dit vrai ? Blake et Armand avaient-ils eu une conversation à son sujet ? Blake ne lui avait-il fait la cour que pour obtenir quelque chose d'elle ? Elle avait besoin de réponses.

Mais elle avait peur de ce qu'elle découvrirait.

D'ailleurs, comment trouverait-elle ces réponses ? Elle avait terminé de lire le dernier des journaux de sa mère. En désespoir de cause, elle revint vers le coffret contenant les six volumes reliés en cuir. Puis, soudain, elle se souvint des feuillets pliés qu'elle avait trouvés dans l'un d'eux, l'autre jour. Elle les retrouva dans le fond du coffret, où elle les avait jetés avant de partir, la semaine précédente. L'écriture était bien celle de sa mère, comme dans les journaux. Mais ces lignes s'adressaient directement à elle, et elle déplia les pages avec des doigts tremblants.

Madison chérie,

J'espère que tu n'auras jamais à lire ces lignes. J'espère que l'avocat n'aura jamais à te remettre ceci si je décède.

Quel avocat ? Sa mère avait-elle prévu de porter ces papiers chez son avocat pour être insérés dans son testament, et n'en avait-elle pas eu le temps ?

Mais j'ai une histoire à te raconter. J'aurais dû le faire en personne, mais je ferais n'importe quoi pour ne pas faire souffrir ton père. Si j'ai quitté ce monde, tu dois savoir.

Avant de devenir adulte, je faisais ce que mes parents me demandaient. C'était ce que les filles de ma classe sociale faisaient en ce temps-là. Nous devions obéir à nos parents, et apprendre à bien nous tenir en société. Ne pas avoir l'air trop intelligentes ou trop impertinentes. Faire un beau mariage, et être la fierté de nos maris.

Et j'ai essayé, crois-moi. J'ai tout fait pour contenter mes parents. Tous deux étaient déjà des personnes âgées à ma naissance, et ils n'avaient jamais prévu d'avoir un enfant si tard dans leur vie. D'ailleurs, ils sont décédés tous les deux peu de temps après mon mariage avec ton père. Quoi qu'il en soit, lorsque j'ai enfin atteint l'âge de me marier, j'ai été courtisée par un homme du nom d'Armand Boudreaux. Un monsieur très connu dans notre cercle social, issu d'une très riche famille. Il était un peu plus âgé que moi, et il réussissait lui-même très bien dans les affaires.

La plupart du temps, Armand était charmant, mais je n'ai pas tardé à remarquer chez lui une subtile cruauté. Il n'était pas amoureux de moi, mais il semblait désirer m'acquérir parce que j'étais d'un milieu social supérieur au sien, et que je possédais quelque chose qui lui manquait cruellement, il le savait : la compassion et un intérêt sincère pour les autres. Il imaginait sans doute que ces qualités serviraient à renforcer sa position sociale.

À la même époque, mes parents faisaient construire une maison, et j'ai rencontré un autre jeune homme. Il était architecte et bâtisseur, et sa notoriété et sa fortune croissaient rapidement. Il était séduisant et très brillant. Je le reconnais, j'ai été éblouie. Ton père me comprenait comme mes parents ou Armand n'en avaient jamais été capables. Il faisait ressortir ce que j'avais de meilleur en moi, et il ne tournait pas en ridicule mon désir de pratiquer des activités soi-disant indignes de mon statut social. Il m'a appris à restaurer des meubles anciens, à construire des choses. Il m'a encouragée à peindre, à étudier la photo – et d'autres activités que mes parents ne comprenaient pas.

Bientôt, j'étais folle amoureuse de lui, et coincée dans une situation intenable. Mes parents m'aimaient, mais ils étaient de la vieille école. J'avais fait une promesse à Armand, et ils attendaient de moi que je la respecte.

Ils craignaient aussi l'opinion de leur milieu. Chaque génération subit des pressions sociales, même si elles prennent des formes différentes. Mais, au bout du compte, je n'ai pas pu renoncer à ton père, et nous nous sommes enfuis ensemble. La veille du jour de mon mariage avec Armand. J'ai laissé une lettre pour mes parents et une autre pour Armand, pour leur dire que j'étais désolée, mais que je ne pouvais pas aller jusqu'au bout de ce projet de mariage.

J'avais la ferme intention de renvoyer à Armand la bague de fiançailles qu'il m'avait offerte, car il s'agissait d'un bijou très spécial. Le diamant qui l'ornait était un diamant bleu ovale très rare, très célèbre et très coûteux, appelé le diamant Belarus. Mais, à mon retour, j'ai découvert qu'Armand s'était déjà lancé dans une campagne de vengeance à sa façon. Je savais qu'il serait en colère, et je soupçonnais qu'il ne resterait pas sans rien faire. Mais je n'avais jamais imaginé ce qui se passerait dans la réalité.

Armand s'est activement employé à ruiner l'entreprise de ton père. L'unique fois où j'ai essayé de l'approcher, il m'a injuriée d'une telle façon qu'il m'a réellement terrorisée. Alors, je n'ai jamais plus essayé de lui parler. Bientôt, il est devenu évident que, pour sauver ce qu'il restait de son entreprise, ton père allait devoir la délocaliser. Alors, j'ai décidé de conserver le diamant comme une police d'assurance pour notre famille, afin d'essayer de la sauver de la ruine dont j'étais responsable.

Hélas, nous n'avons jamais pu mettre à exécution notre projet de départ. Ton père est tombé malade, et j'ai pensé que le diamant était le seul atout qui pouvait encore nous sauver. Mais ton père a toujours refusé que je le vende. Il ne voulait rien devoir à Armand, et il n'a pas voulu écouter mes arguments.

Je ne pouvais pas agir contre sa volonté, mais j'ai gardé le diamant et je l'ai caché, afin que toi, ma fille, puisses en disposer en cas de besoin. Il est à toi, et tu peux en faire ce qu'il te plaira. Après tout, c'était un cadeau, et je désire de tout cœur que tu ne te retrouves jamais dans une telle pauvreté que tu ne puisses plus assurer décemment ta subsistance et celle des êtres qui te sont chers. Je connais très bien ce sentiment. Et je ne veux pas que tu aies jamais à le connaître.

Je suis désolée de ne pas avoir pu rendre votre vie plus facile. Je vous aime, toi et ton père, plus que de simples mots ne peuvent l'exprimer. Sois heureuse, mon enfant.

Jacqueline

Madison passa à la page suivante, espérant y trouver des indications sur la cachette du diamant. Elle la fixa un instant sans comprendre, puis elle cessa de respirer. Sa mère avait placé le diamant là où personne n'aurait jamais songé à le chercher. Génial.

Sans une seconde d'hésitation, elle ramassa ses chaussures et sortit en courant. Elle faisait son jogging matinal sur ce sentier qui menait tout droit à la Maison du jardin tous les jours, mais, aujourd'hui, il lui sembla interminable. Son cœur battait à grands coups dans sa poitrine, sous les effets combinés de la course et de l'anticipation de ce qu'elle allait découvrir. Le diamant serait-il toujours là ?

Durant la journée, la Maison du jardin était très tranquille, car les pensionnaires étaient presque toutes à leur travail ou à leurs cours. Madison arriva au jardin d'hiver sans avoir rencontré qui que ce soit, et elle trouva immédiatement la statue que sa mère lui avait désignée.

Elle la contempla durant un long moment. Pour elle, cette sculpture avait toujours été comme une représentation des buts de leur association. C'était une petite fille et sa maman, leurs mains jointes, leurs bras levés dans une danse joyeuse. Le but de ce refuge avait toujours été d'apporter le bonheur et la joie à des femmes et à des enfants maltraités. De les aider à reconstruire leur vie.

Madison fit enfin le tour de la statue, et entreprit de gratter la terre à sa base. Elle découvrit bientôt un compartiment secret à quelques centimètres sous la surface. Un sourire étira ses lèvres, et unc vague de bonheur l'envahit tout entière comme une onde tiède. Qui aurait jamais cru que cette statue qu'elle voyait tous les jours depuis des années dissimulait une cachette secrète ?

Malheureusement, il était impossible de l'ouvrir sans l'outil adéquat. Elle courut donc chercher un tournevis pour détacher le couvercle. À l'intérieur, elle vit un petit coffre métallique qu'elle ouvrit. Plusieurs couches de tissu en soie enveloppaient un objet. Lorsqu'elle les eut ôtées l'une après l'autre, Madison se figea, incrédule.

Le seul fait que ce diamant ait un nom aurait dû lui servir d'indice qu'il avait quelque chose d'exceptionnel. C'était un diamant ovale d'un bleu extraordinaire, si brillant qu'il resplendissait. Il étincelait comme une étoile entre ses doigts couverts de terre. Sa taille en aurait fait un bijou difficile à porter, mais elle comprenait qu'un homme comme Armand ait souhaité l'offrir à sa future épouse. Il voulait lui prouver qu'il était le meilleur mari du monde.

Il ignorait seulement que l'argent ne faisait pas tout.

Soudain, Madison comprenait ce que sa mère avait voulu dire. Vendre cette bague si spéciale, ce diamant extraordinaire, aurait pu les faire vivre, et payer toutes les factures médicales de son père. La maison où elle vivait ne serait pas en train de tomber en ruine. Les créditeurs ne rôderaient pas à sa porte. Elle n'aurait pas été obligée de faire des petits boulots le soir, après le lycée, ou d'avoir plusieurs emplois tout en soignant son père malade.

Tout à coup sa joie s'évapora. Elle comprenait aussi qu'un autre homme pourrait faire semblant de l'apprécier, ou même de l'aimer, dans le seul but de mettre la main sur ce trésor.

Blake était-il capable de cela ? Tous ces moments merveilleux qu'ils avaient vécus ensemble n'étaient-ils que des mensonges ? Madison devait le découvrir.

Je sais ce que vous avez fait. Rencontrez-moi au musée.

Songeant au texto que Madison lui avait envoyé, le soir précédent, Blake crispa sa main sur son téléphone. Il avait eu une nuit entière pour s'inquiéter de ce qui s'était passé jusqu'à s'en rendre malade. Elle avait refusé de répondre à ses appels. Probablement éteint son téléphone après l'avoir informé où il pourrait la trouver, et quand. Cette attitude ne ressemblait pas à Madison. Cela devait être grave. Très grave. Cela signifiait qu'elle avait découvert quelque chose au sujet de la bague… et le lien qu'elle avait avec sa famille.

Étaient-ce les innocentes remarques d'Abigail durant leur déjeuner qui l'avaient alertée ? Avait-elle lu quelque chose dans les journaux de sa mère et fait le lien avec sa famille ? Avait-elle deviné le plan machiavélique de son père ?

Blake savait qu'il ne pouvait pas changer le passé, mais, si elle avait découvert ne serait-ce qu'une partie de la vérité, serait-elle encore disposée à l'écouter lorsqu'il lui expliquerait ce qu'il comptait faire maintenant ? Son véritable rôle dans ce désastre ? Ce qu'il espérait être la meilleure solution, pour elle et pour Abigail ?

Il pénétra dans la rotonde du musée, et la trouva plantée devant un tableau, les bras serrés contre ses côtés comme si elle se protégeait contre le reste du monde. Cette posture, qui montrait clairement son désarroi, le désolait, lui rappelant que la vie de Madison n'avait été qu'une suite d'épreuves.

Elle méritait le meilleur – bien plus que ce que la vie ne lui avait accordé.

Il s'approcha prudemment, lui laissant le temps de le remarquer du coin de l'œil avant de l'aborder.

— Madison, qu'y a-t-il ? s'enquit-il.

Il s'attendait à des larmes, ou à une attitude de défaite.

Au lieu de cela, son visage arborait une expression insondable. Mais, dans ses yeux, il lisait une profonde tristesse.

— Je sais ce qui s'est passé. Abigail m'a tout raconté.

— Que vous a-t-elle dit ?

Blake aurait tout donné pour qu'ils ne soient pas dans cette rotonde à cet instant. Tout à coup, il avait besoin d'un appui pour soulager ses jambes tremblantes.

— Lorsque nous sommes allées aux toilettes, Abigail m'a parlé de la bague, et elle m'a répété la conversation que votre père et vous aviez eue.

Elle haussa les épaules, avant d'ajouter :

— Enfin, d'une certaine façon. Elle ne savait pas vraiment qu'il s'agissait de moi. Mais ma curiosité était éveillée, et je me suis mise à chercher.

Plongeant la main dans son sac, elle en sortit un coffret à bijoux. Un très coûteux coffret à bijoux. Blake cessa de respirer alors qu'elle l'ouvrait. À l'intérieur, il vit la bague.

C'était la dernière chose au monde qu'il s'attendait à voir aujourd'hui, et il ne put que contempler la bague un moment, totalement ébloui. Ce diamant était aussi extraordinaire que tous les témoins l'avaient affirmé.

Mais son regard remonta aussitôt se river à celui de Madison. Il était inutile de mentir plus longtemps.

— Comment l'avez-vous retrouvée ?

— Ma mère m'avait laissé une lettre, répondit-elle, luttant visiblement contre les larmes. Une lettre qu'elle n'avait pas eu l'occasion de porter chez l'avocat. Je l'ai trouvée entre les pages de l'un de ses journaux. Elle m'a expliqué tout ce qu'avait fait Armand. Et, très franchement, après avoir lu sa lettre, je ne suis pas surprise qu'elle ait gardé la bague.

— Elle avait tout à fait le droit de la garder, gronda Blake. Mon père… n'est pas un homme bien.

— S'il les avait laissés en paix, elle la lui aurait rendue.

— Mon père ne supporte pas qu'on lui résiste.

Madison détourna le regard, et il la vit prendre une profonde inspiration, puis elle lui fit à nouveau face.

— Pourquoi ? s'enquit-elle d'une voix tremblante. Pourquoi avez-vous fait cela ? Pourquoi êtes-vous allé aussi loin ?

Sa façade de sérénité se fissurait, il le sentait. Il aurait tout donné pour pouvoir lui donner une réponse qui le laverait de toute responsabilité dans ce désastre, mais il n'en avait aucune à lui offrir.

— Madison, murmura-t-il, je voudrais que vous compreniez que je n'ai jamais eu l'intention de vous faire du mal.

— Pensiez-vous vraiment que je ne souffrirais pas en apprenant que vous m'aviez fait la cour pour de mauvaises raisons ? répliqua-t-elle en le dévisageant d'un air incrédule. Mais peut-être n'aviez-vous pas prévu que je le découvrirais un jour ?

— Je n'ai aucune défense valable à vous offrir, répondit-il la gorge serrée, sentant peser tout le poids du monde sur ses épaules.

Car, si son plan avait réussi, elle n'aurait jamais soupçonné ce qui s'était passé, et il ne trouvait aucune explication qui ne le ferait pas passer pour un monstre insensible.

— Je n'ai plus aucune raison de vous mentir, dit-il, réprimant une grimace. Je me suis lancé dans cette histoire en sachant pertinemment que je devais vous dissimuler mes véritables motivations. Je pensais que nous sortirions ensemble une fois ou deux, et que je disparaîtrais ensuite de votre vie. Tout serait terminé, et personne n'aurait à souffrir. Et Abigail aurait eu droit à une vie meilleure. Malheureusement, ce n'est pas ainsi que cela s'est passé. J'ai toujours su que ce que je faisais n'était pas honnête. Mais je ne pouvais simplement pas rester sans rien faire.

— Et mes sentiments ne comptaient pas, dans vos calculs ?

— Si, mais à ce moment-là j'étais déjà allé trop loin pour m'arrêter, et je cherchais désespérément un moyen de vous éviter de souffrir. J'ai vite compris que vous n'étiez pas vous-même en possession de la bague, et que vous ignoriez même son existence. J'ai continué à chercher pour gagner un peu de temps avec mon père tout en essayant d'aider Abigail.

— Alors, ce qu'elle disait était vrai ? Son père comptait… quoi ? Échanger son enfant contre cette bague ?

— C'est la stricte vérité, confirma-t-il, comprenant combien cette histoire était incroyable. Je vous ai dit que mon père est un monstre. Il a exigé que je trouve la bague et que je la lui remette. Et, en échange, il me céderait la garde exclusive d'Abigail.

Au même instant, deux femmes entrèrent dans la rotonde, commentant les tableaux qui y étaient exposés. Madison se rapprocha pour lui chuchoter à l'oreille :

— Pourquoi un père ferait-il une chose pareille ?

— Madison, j'ai passé beaucoup de temps avec mon père, répondit-il en soupirant. Et je suis finalement parvenu à la conclusion que, si vous essayez de le comprendre, vous n'en tirerez que plus de frustration. Il vit dans son propre monde narcissique, et il ne changera jamais. La seule solution est de l'arrêter, quel qu'en soit le prix. C'est ce que je tentais de faire. À ce stade, mon seul souci était de protéger Abigail. Sans tenir compte de mes sentiments personnels, ni du fait que je vous aime.

Madison sursauta, et ferma les yeux un instant, avant de murmurer :

— Je vous en prie, ne dites pas des choses que vous ne pensez pas.

— Je suis sincère, Maddie, insista-t-il, tout étonné de lui avoir fait cet aveu. Je le pense, et je le penserai toujours. Mais je sais que vous avez toutes les raisons du monde de me repousser avec mépris.

Il posa précautionneusement ses mains sur ses bras, craignant de sentir ce doux contact pour la dernière fois, avant d'ajouter :

— Je n'ai pas les mots pour vous dire à quel point je suis désolé. Je n'avais pas l'intention de me laisser entraîner dans cette histoire. Je n'avais pas l'intention de tomber amoureux, et j'ignorais alors que vous étiez une personne merveilleuse. Mais je dois sauver Abigail. J'ai vécu moi-même cette sorte d'enfance, et je ne permettrai pas qu'elle ait le même sort.

Blake n'était pas certain que Madison ait été convaincue par ses paroles, mais elle hocha la tête avant de déclarer :

— Moi aussi, je vous aime. Mais ce n'est pas pour cette raison que je vais le faire. Je le fais également pour Abigail, car aucun enfant ne mérite de grandir sans aucune attention, aucun amour. C'est contre quoi j'ai lutté durant toute ma vie, et, pour moi, c'est plus important qu'aucune autre considération.

Elle marqua une pause, avant d'ajouter :

— C'est pourquoi je veux vous remettre ceci.

Blake tressaillit, baissant son regard vers le coffret qu'elle lui tendait avant de le fixer à nouveau sur son visage.

— Je… Je ne comprends pas, balbutia-t-il.

— Prenez-le, insista-t-elle. Pour qu'Abigail grandisse en sécurité.

— Madison, cette bague est celle de votre mère ! protesta Blake. Elle devrait suffire à vous mettre à l'abri du besoin pour le restant de vos jours. D'autant plus que vous avez passé votre vie à prendre soin des autres.

Elle fixa un instant le coffret entre ses mains, avant de répondre :

— Prendre soin des autres ne nécessite aucune récompense. Je l'ai fait par amour.

Sa voix tremblait, et elle serra les lèvres un instant. Puis elle ferma les yeux, et une larme solitaire roula sur sa joue.

— Prenez-la, c'est tout.

— Je pense que ceci m'appartient.

Une vague brûlante de peur et de colère déferla sur Blake. Pivotant sur ses talons, il fit face à son père, qui traversait la rotonde à présent déserte et se dirigeait tout droit vers eux.

— Merci de l'avoir retrouvée pour moi, Madison, dit Armand d'un ton sarcastique. Visiblement, cette mission dépassait les capacités de mon fils.

Madison commençait déjà à tendre la main lorsque Blake s'interposa entre eux, se plantant face à son père.

— Il n'en est absolument pas question. Vous ne lui prendrez pas ce coffret.

— Mais ne disiez-vous pas qu'Abigail pourrait venir vivre avec vous, si je lui rends la bague ? s'étonna Madison.

— Non, corrigea Blake. Ce qu'il a dit, c'est que j'obtiendrais la garde exclusive d'Abigail si je vous la volais.

— Je crois avoir des droits sur ce bijou, insista Armand.

— C'est un cadeau que vous aviez fait à la mère de Madison. Il ne vous appartient plus. Si c'était le cas, votre avocat se serait débrouillé pour qu'il vous soit restitué il y a déjà très longtemps.

— Mais je suis la personne qui en profiterait le plus, observa son père avec un sourire assuré. Si l'on excepte Abigail, naturellement.

Madison cessa de respirer.

— N'ayez crainte, Madison, gronda Blake. Je m'en charge.

Son père le toisa posément un instant, et pour une fois Blake ne ressentit aucune nervosité. Il ne s'agissait plus d'être à la hauteur des exigences de son père. Cette fois-ci, il n'était pas le seul en cause.

— Je n'aurais jamais cru te voir accourir pour défendre une femme, remarqua son père.

Blake fronça les sourcils. Pourquoi ne défendrait-il pas une autre personne ? C'était seulement qu'il connaissait peu de gens qui aient besoin qu'on les défende. Ce qui était certain, c'était qu'Armand n'avait jamais fait le moindre effort pour défendre qui que ce soit, à part lui-même.

— Certaines personnes grandissent, Armand, répliqua-t-il. Et elles apprennent à assumer les conséquences de leurs actes. C'est ce qui m'est arrivé. À cause de mes actions, je vais perdre Madison. Elle a parfaitement le droit de me quitter sans un regard en arrière. Et je devrai la laisser partir parce que je l'ai trahie. Vous, en revanche, vous n'aurez perdu que votre poule aux œufs d'or.

— Je ne comprends pas un traître mot à ce que tu me racontes, grogna Armand.

— Madison n'aura pas besoin de vous remettre ce diamant, et Abigail n'aura pas non plus à en souffrir. Parce que vous n'avez aucun droit sur elle.

— Ce que tu dis n'a aucun sens, grogna Armand. Je suis son père.

— Vous croyez être son père, tout du moins son père biologique. Mais ce n'est pas vrai. Cette enfant n'est même pas de vous. Je peux le prouver avec un test ADN à l'appui, et vous la faire retirer par les autorités, ou bien vous pouvez signer les documents pour me confier sa garde exclusive.

Son père parut totalement sidéré par ce discours. Blake aurait dû en être satisfait, mais il ne parvenait pas à se réjouir d'avoir vaincu le vieil homme. La seule bonne nouvelle, c'était qu'Abigail serait désormais en sécurité.

— Si vous me cédez la garde exclusive d'Abigail, poursuivit-il, je ferai virer sur votre compte une somme suffisante pour vous remettre financièrement sur pied, et vous pourrez obtenir un divorce sans la moindre contestation.

Il redressa les épaules, espérant que leur différence de taille impressionnerait son père, avant d'ajouter :

— Si vous refusez, en revanche, je m'arrangerai pour que toutes les personnes de votre entourage apprennent que votre jeune épouse vous trompait avec votre chauffeur, que vous avez élevé leur enfant pendant des années sans vous en douter et que vous avez exercé un chantage sur votre propre fils pour qu'il aille voler une femme pour vous.

Derrière lui, Madison étouffa un petit cri de surprise, mais Blake ne pouvait pas s'arrêter maintenant.

— Contrairement à vous, je n'ai absolument rien à perdre, poursuivit-il. Alors, qu'allez-vous faire ? Allez-vous choisir la solution raisonnable, ou préférez-vous perdre à la fois votre réputation et votre fortune ?

Seule une personne ayant vécu sous le même toit qu'Armand durant des années pouvait savoir à quel point sa réputation était importante à ses yeux. Ses relations mondaines en Louisiane et ailleurs étaient son unique source de revenus.

— Crois-tu vraiment que je vais laisser une fortune entre les mains de la fille de mon ennemi ? gronda-t-il, renonçant à sa façade de civilité.

— Il n'était pas votre ennemi, corrigea Madison derrière lui. Il était seulement un homme qui aimait sincèrement ma mère, qui ne désirait pas l'épouser uniquement pour améliorer sa réputation et son statut social.

— Et cela, père, intervint Blake, c'est le drame de votre vie. Votre seul souci a toujours été de sauver les apparences. De plus, si vous partez maintenant sans faire d'histoires, Madison n'aura pas à demander une injonction d'éloignement contre vous.

Le temps d'un instant, Blake crut que son père allait

exploser. Son visage avait pris une teinte brique, et il tremblait littéralement de rage.

— Alors, que décidez-vous, père ? insista Blake. Dois-je contacter votre avocat ?

— Bien sûr, répondit Armand d'une voix soigneusement contrôlée, faisant un effort visible pour se reprendre.

À l'évidence, il n'y aurait pas d'esclandre en public, aujourd'hui. Puis Armand tourna les talons et s'éloigna à grands pas, son vernis d'homme du monde dissimulant à nouveau le serpent qu'il cachait derrière sa façade civilisée.

— Combien tout cela va-t-il vous coûter ? s'enquit Madison à voix basse.

— Aucune importance, assura Blake en se retournant vers elle. Tant que je serai en mesure d'offrir une vie décente à Abigail, tout ira bien. Je suis sincèrement navré, Madison. Vous ne méritiez pas tout cela. Prenez ce coffret et portez-le à Trinity. Demandez-lui de vous trouver un acheteur sérieux pour la bague. J'ai besoin de savoir que vous ne manquerez jamais de rien. Vous le méritez.

Madison contempla un instant le coffret entre ses mains, et, lorsqu'elle releva la tête vers lui, ses yeux brillaient de larmes retenues.

— Qu'est-ce qui vous fait penser que je mérite une telle fortune ? s'enquit-elle d'une voix tremblante.

— La vie a été profondément injuste avec vous, murmura-t-il. Vous méritiez bien davantage que ce qu'elle vous a accordé.

— Et la vôtre n'a-t-elle pas été aussi dure ? Au moins, mes parents m'aimaient. Je n'ai pas eu à vivre toute ma vie sous la tyrannie d'Armand. Même s'il s'en est fallu de peu, c'est vrai.

Blake la dévisagea d'un air surpris. Était-elle vraiment en train de plaisanter ?

— Euh… Oui, convint-il. Vous auriez détesté cela.

Elle prit une profonde inspiration, avant de déclarer :

— Blake, je crois que j'ai enfin pris une décision.

Voilà, nous y sommes. La rupture ?

Elle contempla le coffret à bijoux un instant, avant de poursuivre :

— Je pense que je vais avoir besoin d'aide pour veiller sur ce bijou extraordinaire.

— Oui ? dit-il, retenant son souffle.

— Je suis persuadée qu'Abigail et vous seriez parfaits pour cette mission.

— Je... Je ne comprends pas.

— Je ne peux tout de même pas confier une telle tâche au premier venu. J'ai besoin de quelqu'un qui me connaisse réellement, qui comprenne ce en quoi je crois. Et ce doit être une personne en qui j'ai une totale confiance.

— Je ne crois pas correspondre à ces critères, répondit-il d'une voix creuse.

Il ne le méritait pas. Cela ne pouvait pas être lui.

— En êtes-vous si sûr ? observa-t-elle.

— Que voulez-vous dire ? s'enquit-il, la gorge serrée.

— C'est vrai, vous m'avez menti. Vous avez fait ma connaissance pour de mauvaises raisons, et vous m'avez fait des cachotteries.

— Oui, je le reconnais, Madison. Je suis vraiment navré.

— Je sais que vous le pensez sincèrement. Et savez-vous comment je le sais ?

N'étant pas certain de pouvoir empêcher sa voix de trembler, Blake se contenta de secouer la tête.

— Je le sais parce que vous venez de renoncer volontairement à une fortune afin de pouvoir veiller sur une enfant qui n'est même pas votre fille.

Il se perdit tout entier dans les profondeurs de ses yeux verts. Venait-elle réellement de prononcer ces paroles ?

— Je ne suis pas naïve au point de croire que votre

père vous laissera vous en tirer à si bon compte. Ni pour penser que l'idée d'élever seul une petite fille ne vous fait pas une peur bleue.

Elle se rapprocha de lui, fondant sa chaleur dans la sienne, avant de murmurer :

— Ce sont ces choses-là qui sont importantes pour moi. C'est de cet homme-là que je suis tombée amoureuse. Un homme peut-être pas parfait, mais qui fait de son mieux…

Ses lèvres vinrent effleurer les siennes, et elle conclut dans un souffle :

— Et ces efforts méritoires me suffisent amplement.

— Comment savez-vous que je ne vous mentais pas ? remarqua-t-il, s'efforçant de rester lucide. Comment savez-vous que je ne vous mens pas en ce moment même ?

Il était peut-être idiot de lui poser une telle question, mais il avait besoin d'être sûr avant de laisser plonger son cœur dans des abysses si profonds qu'il ne pourrait plus jamais en sortir.

— En réalité, c'est très simple, répondit-elle. Il me suffira d'entendre votre réponse à mon plan.

— Avez-vous élaboré un plan ?

— Oui, en effet. Et seul le meilleur de tous les hommes pourrait accepter d'y participer.

Blake ne se considérait pas comme le meilleur des hommes, mais, d'instinct, il savait déjà qu'il soutiendrait Madison quoi qu'elle lui propose. Incapable d'attendre plus longtemps, il la serra très fort dans ses bras, enfouissant son visage dans son cou.

— Je t'aime, Madison.

— Moi aussi, je t'aime, murmura-t-elle.

Puis, soudain, il s'écarta un peu d'elle.

— Tu sais qu'Abigail et moi sommes désormais une équipe inséparable, n'est-ce pas ?

— Absolument, confirma-t-elle.

Elle demeura silencieuse quelques secondes, avant d'ajouter :

— N'es-tu pas curieux de connaître mon plan ?

— Aucune importance. Abby et toi êtes désormais dans ma vie. Et c'est tout ce que j'ai besoin de savoir.

Épilogue

Madison observait de loin Abigail en train de charmer un couple âgé venu à l'exposition. La petite fille faisait peut-être ses « débuts » en société, mais il était indéniable qu'avec sa robe à fanfreluches et ces jolis rubans dans ses cheveux bouclés elle volait la vedette aux œuvres de l'exposition.

Blake se tenait à l'entrée de la rotonde du musée, prêt à répondre à d'éventuelles questions. Au cours de l'année qui venait de s'écouler, il était devenu un expert du diamant Belarus et, en quelque sorte, son gardien. Madison avait encore peine à croire qu'il ait accepté son plan. Mais non seulement il l'avait soutenue, mais il s'était rallié à sa cause, et il consacrait toutes ses journées à l'aider à accomplir son objectif.

Utiliser le diamant Belarus pour lever des fonds, afin d'aider des personnes dans le besoin.

À cet effet, ils avaient passé un contrat avec le musée, qui le mettrait en exposition à l'occasion d'événements spéciaux. Une partie des sommes récoltées irait à la Maison du jardin et à d'autres associations du même type. La Maison du jardin était désormais le propriétaire officiel de cet exceptionnel joyau. Madison n'en avait pas l'utilité, et elle ne souhaitait pas le garder pour elle. Elle avait déjà tout ce dont elle avait besoin avec son fiancé et Abigail, dont il avait aujourd'hui obtenu officiellement la garde.

Alors qu'elle s'apprêtait à siroter son eau gazeuse, Trinity vint vers elle, et lui entoura les épaules de son bras. Pas de champagne pour la future maman.

Trinity avait rencontré l'homme de sa vie à peu près au même moment que Madison. Le chaos ainsi que les lourds soupçons entourant son premier mariage et la mort de son mari avaient été difficiles à supporter, mais la destinée lui avait envoyé un nouveau mari… et une famille tout à elle. Les propriétés de Michael Hyatt étaient entre de bonnes mains. Les mains de Trinity. Et la Maison du jardin était protégée contre les vautours de la famille de Michael.

Mais, plus important encore, l'expert-conseil en affaires qu'ils avaient engagé était aujourd'hui le nouveau mari de Trinity, et son supporter le plus enthousiaste. Sans compter qu'il était aussi le papa de son bébé à venir. Leur histoire éveillait un énorme intérêt dans les cercles de la haute société de La Nouvelle-Orléans.

— Comment se porte la seconde plus grande attraction de cette petite soirée de bienfaisance ? s'enquit Madison en riant.

— Qui aurait pu imaginer que tant de gens indiscrets seraient intéressés par le spectacle d'une femme enceinte ? gémit Trinity, réprimant une grimace.

— Seulement lorsqu'elle est l'héritière la plus célèbre de toute la Louisiane, remarqua Madison.

— Vous n'êtes pas trop mal lotie vous-même, rappela Trinity. Lorsque la rumeur de votre histoire s'est répandue, le téléphone n'arrêtait plus de sonner.

— Nous avons reçu des héritages spectaculaires, toutes les deux, n'est-ce pas votre avis ?

— C'est vrai, convint Trinity en souriant. Mais, curieusement, ce sont les personnes qui les ont accompagnés qui ont été vraiment importantes pour nous.

Même si ces êtres chers n'étaient plus là aujourd'hui,

elles avaient dédié cet événement aux parents de Madison et à Michael, le défunt mari de Trinity, qui avait aidé à fonder la Maison du jardin.

Mais ces héritages avaient fait entrer d'autres personnes dans leur vie. Pour Trinity, c'était son nouveau mari et le bébé qu'elle portait dans son ventre. Et pour Madison, Blake et Abigail. Pour la première fois depuis très longtemps, la vie de Madison était pleine. Pleine à déborder.

Le regard de Blake vint se river au sien depuis l'autre bout de la pièce. Lui communiquant, sans avoir besoin de mots, l'intensité de ses sentiments pour elle. Chaque nouvelle journée qu'elle passait en sa compagnie était la meilleure de toute sa vie. Mais cette soirée… Cette soirée était spéciale.

Et, d'une manière mystérieuse, tous deux en étaient conscients.

Tamika vint les rejoindre, un grand sourire aux lèvres, une flûte de champagne à la main.

— Mesdames, aujourd'hui est mon jour de chance, annonça-t-elle.

Madison et Trinity échangèrent un regard intrigué. Tamika n'y prêta aucune attention.

— J'ai compris que tout ce bonheur finira par ruisseler jusqu'à moi aussi. Trinity est mariée. Madison le sera bientôt. Sûrement, je dois être la prochaine sur la liste.

— Vous devriez vous tenir près de Blake.

— Pourquoi ?

— C'est son jour de chance, aujourd'hui.

— Je m'en doutais déjà, répondit Tamika en riant.

— Non, vraiment, vous devriez essayer. Aujourd'hui, la chance lui sourit réellement.

Tamika et Trinity rapprochèrent leurs visages du sien

et, incapable de garder ce secret en elle plus longtemps, Madison leur chuchota :

— Parce que, ce soir, je pense que je vais lui permettre de me passer la bague au doigt.

Retrouvez en décembre 2020,
dans votre collection

PASSIONS

Un baiser interdit, de Jessica Lemmon - N°894

SÉRIE : IDYLLES AU BUREAU TOME 1

Quand Taylor se retrouve coincée dans un cagibi avec le séduisant Royce Knox, elle ne peut s'empêcher de l'embrasser ! Une folie qu'elle ne se pardonne pas. Il ne faut en aucun cas que cela se reproduise, car Royce est son collègue et n'est pas l'homme que son père a choisi pour elle... Mais comment résister à cette idylle naissante ?

Éprise de son patron, de Jessica Lemmon

SÉRIE : IDYLLES AU BUREAU TOME 2

Addison est furieuse contre elle-même : que lui a-t-il pris d'appeler Brannon Knox – son patron – à l'aide quand sa voiture est tombée en panne sur l'autoroute ? Car, non seulement Brannon ne la laisse pas indifférente, mais voilà que celui-ci a décidé de passer le week-end avec elle, risquant de donner à leur relation jusqu'ici professionnelle un tournant bien plus intime...

Seconde chance pour leur amour, de Jessica Lemmon

SÉRIE : IDYLLES AU BUREAU TOME 3

Gia a beau avoir divorcé de Jayson il y a plus d'un an, elle ressent toujours une folle attirance pour lui. Alors, quand ils se retrouvent au mariage de son frère, les sentiments de Gia menacent de refaire surface et la passion de la submerger... Au point de donner à Jayson une seconde chance ?

La tempête des sentiments, de Charlene Sands - N°895

SÉRIE : TROIS RANCHERS À AIMER TOME 2

À son grand désarroi, April voit Risk entrer dans son agence immobilière. Risk, avec qui elle a passé la plus belle nuit de sa vie il y a deux ans, mais qui l'a quittée le lendemain sans un au revoir... Désormais elle doit lui faire visiter le chalet de Canyon Lake. Or, coincés par une tempête, ils sont obligés de dormir sur place. Comment cohabiter avec celui qui lui a brisé le cœur et qui se montre bien plus attentionné aujourd'hui ?

Une rencontre dans la neige, de Joanne Rock

Tandis qu'April entame l'ascension des Bitterroot Mountains, une tempête de neige s'abat sur la montagne, la poussant à demander de l'aide à Weston, le beau et fougueux propriétaire du ranch de Mesa Falls. Un geste qu'elle regrette aussitôt, car sa mission première est d'enquêter sur Weston, soupçonné de malversations. Or, toute forme de rapprochement avec lui met en péril ses chances de succès... et l'intégrité de son cœur.

Le procès de la tentation, de Robyn Grady - N°896

SÉRIE : UNE NUIT POUR TOUT CHANGER TOME 1

Après avoir passé une nuit délicieuse avec l'avocat Jacob Stone, Teagan apprend avec stupéfaction qu'il poursuit son frère, magnat de la presse, pour diffamation ! Teagan sait alors que leur histoire est finie... Mais comment se résigner à ne plus voir le fascinant Jacob ? Lui qui lui donne un nouveau souffle après une période compliquée de sa vie et qui éveille en elle des sentiments abandonnés depuis trop longtemps...

Amoureuse de son rival, de Robyn Grady

SÉRIE : UNE NUIT POUR TOUT CHANGER TOME 2

Veda vient de réaliser son rêve le plus fou : passer une nuit avec l'irrésistible Ajax Rawson, dont elle était amoureuse au lycée ! Seulement voilà, il subsiste un problème de taille : leurs pères, éleveurs de pur-sang, sont rivaux depuis toujours. Dorénavant, Veda devra choisir : se ranger aux côtés de son père ou laisser une chance à Ajax, dont elle se rapproche dangereusement...

Leur plus belle nuit, de Jules Bennett - N°897

En tournant un film dans le haras de la famille Barrington, Lily était loin d'imaginer à quel point sa vie changerait ! Car c'est ici qu'elle a rencontré Nash James, dont le regard a embrasé son corps. C'est ici qu'ils sont devenus amants. C'est ici qu'elle lui a annoncé qu'elle portait son enfant. Mais, si Nash est prêt à assumer ses responsabilités, elle ne peut pas s'installer chez lui. Car elle sait qu'elle devra bientôt retourner à Los Angeles...

Un inconnu si séduisant, de Sara Orwig

Lorsqu'elle croise le regard du séduisant inconnu qui vient de l'aborder, Sophia sent un délicieux frisson la parcourir. Elle n'a qu'une envie : qu'il l'embrasse. Et lorsque, enfin, il pose les lèvres sur les siennes, elle s'abandonne au plaisir... *Est-ce cela, l'amour ?* se demande-t-elle soudain. Rien n'est moins sûr, car Sophia ignore encore que la rencontre qui vient de bouleverser sa vie n'est en rien le fruit du hasard...

Le souffle de la séduction, de Catherine Mann - N°898

Alexa regrette de plus en plus d'avoir accepté la proposition de Seth Jansen. Elle était pourtant persuadée que s'occuper des deux enfants de cet homme d'affaires lui donnerait l'occasion de lui proposer d'investir dans son entreprise. Sauf que, depuis son arrivée en Floride, elle n'a pas eu une seule fois le temps de parler à Seth de ses futurs projets. Pire, elle se sent de plus en plus troublée par la proximité de cet homme incroyablement viril...

Les promesses du désir, de Kat Cantrell

Cia est bouleversée. Si elle a conclu un contrat de mariage avec le beau Lucas Wheeler, c'est uniquement pour obtenir les fonds nécessaires au financement de son œuvre caritative. Seulement voilà, vivre aux côtés de ce séducteur se révèle plus difficile qu'elle ne l'avait prévu. Car comment nier l'attraction de plus en plus irrésistible entre eux ? Hélas, elle ne doit pas céder à la tentation : car un divorce scellera bientôt la fin de leur pacte...

Composé et édité par HarperCollins France.

Achevé d'imprimer en octobre 2020.

BLACK PRINT

Barcelone

Dépôt légal : novembre 2020.

MIXTE
Papier issu de sources responsables
FSC® C108412

Pour limiter l'empreinte environnementale de ses livres, HarperCollins France s'engage à n'utiliser que du papier fabriqué à partir de bois provenant de forêts gérées durablement et de manière responsable.

Imprimé en Espagne.

OFFRE DÉCOUVERTE !

Vous souhaitez découvrir nos collections ? Recevez **votre 1er colis gratuit*** **avec 2 cadeaux surprises !** Une fois votre colis de bienvenue reçu, si vous souhaitez continuer à recevoir nos livres, cela se fera automatiquement. Vous recevrez alors vos livres inédits** en avant-première.

Vous n'avez aucune obligation d'achat et cette offre est sans engagement de durée

*1 livre offert + 2 cadeaux / 2 livres offerts pour la collection Azur + 2 cadeaux. Les collections Gentlemen et Aliénor démarrent avec le 1er colis payant.
**Les livres Ispahan, Sagas, Best-Sellers Féminins, Gentlemen et Hors-Série sont des réédités.

☛ COCHEZ la collection choisie et renvoyez cette page au
Service Lectrices Harlequin – CS 20008 – 59718 Lille Cedex 9 – France

Collections	Références	Prix colis*
❏ **AZUR**	Z0ZFA6	6 livres par mois 28,79€
❏ **BLANCHE**	B0ZFA3	3 livres par mois 23,65€
❏ **LES HISTORIQUES**	H0ZFA2	2 livres par mois 16,59€
❏ **ISPAHAN**	Y0ZFA3	3 livres tous les 2 mois 23,35€
❏ **PASSIONS**	R0ZFA3	3 livres par mois 25,09€
❏ **SAGAS**	N0ZFA3	3 livres tous les 2 mois 27,66€
❏ **BLACK ROSE**	I0ZFA3	3 livres par mois 25,09€
❏ **VICTORIA**	V0ZFA3	3 livres tous les 2 mois 25,69€
❏ **GENTLEMEN**	G0ZFA2	2 livres tous les 2 mois 17,35€
❏ **BEST-SELLERS FÉMININS**	E0ZFA2	2 livres tous les 2 mois 18,75€
❏ **ALIÉNOR**	A0ZFA2	2 livres tous les 2 mois 17,35€
❏ **HORS-SÉRIE**	C0ZFA2	2 livres tous les 2 mois 17,35€

N° d'abonnée Harlequin (si vous en avez un) ____________

Mme ❐ Mlle ❐ Nom : ____________

Prénom : ____________ Adresse : ____________

____

Code Postal : ______ Ville : ____________

Pays : ____________ Tél. : ____________

E-mail : ____________

Date de naissance : ____________

❐ Oui, je souhaite recevoir par e-mail les offres promotionnelles des éditions Harlequin.
❐ Oui, je souhaite recevoir par e-mail les offres promotionnelles des partenaires des éditions Harlequin.

Date limite : 31 décembre 2020. Vous recevrez votre colis environ 20 jours après réception de ce bon. Offre soumise à acceptation et réservée aux personnes majeures, résidant en France métropolitaine, dans la limite des stocks disponibles. Prix susceptibles de modification en cours d'année. Vous pouvez demander à accéder à vos données personnelles, à les rectifier ou à les effacer. Il vous suffit de nous écrire en nous indiquant vos nom, prénom et adresse à : Service Lectrices Harlequin CS 20008 59718 LILLE Cedex 9. Service Lectrices disponible du lundi au vendredi de 8h à 18h : 01 45 82 47 47.